ullstein

Das Buch

Nach einigen Jahren Funkstille lädt die Künstlerin Lioba ihre Mutter zu einer Ausstellungseröffnung in eine Berliner Galerie ein. Sie will das Schweigen brechen und endlich erfahren, wer ihr Vater ist. Sie erhält jedoch keine Antwort. Ihre Mutter verlässt die Galerie und erleidet in der Nacht einen Schlaganfall. Für Lioba steht schnell fest: Sie muss herausfinden, woher sie stammt und wer sie wirklich ist. Doch die Spurensuche führt sie auf Umwegen von Berlin nach Köln, und schließlich bleibt nichts mehr, wie es war.

Die Autorin

Mila Lippke, Jahrgang 1972, studierte Theater-, Film- und Fernsehwissenschaften. Heute arbeitet sie als Fernsehautorin in Köln. Nach zwei historischen Krimis ist im April 2010 ihr erster Unterhaltungsroman für Frauen, *Irgendwie mein Leben,* im Ullstein Taschenbuch erschienen.

Von Mila Lippke sind in unserem Hause bereits erschienen:

Irgendwie mein Leben
Die Kinderdiebin
Der Puppensammler

Mila Lippke

MORGEN BIST DU NOCH DA

Roman

Ullstein

Besuchen Sie uns im Internet:
www.ullstein-taschenbuch.de

MIX
Papier aus verantwortungsvollen Quellen
FSC® C006701

Originalausgabe im Ullstein Taschenbuch
1. Auflage Januar 2012

Umschlaggestaltung: ZERO Werbeagentur, München
Titelabbildung: © plainpicture/Wolf, R.; FinePic®, München
Satz: Pinkuin Satz und Datentechnik, Berlin
Gesetzt aus der Berkeley Oldstyle
Papier: Holmen Book Cream
von Holmen Paper Central Europe, Hamburg GmbH
Druck und Bindearbeiten: CPI – Ebner & Spiegel, Ulm
Printed in Germany
ISBN 978-3-548-28349-4

Für Käte, Ilse, Julie, Linnéa & Laura

You can retell your life and remember your life by the shape, weight, color, and smell of those clothes in your closet. They are like the weather, the ocean – changing all the time.

Louise Bourgeois

XXXXXX

Sonnenlicht dringt warm durch den Spalt zwischen den Holzbrettern vor den Fenstern. Als das Mädchen die Finger danach ausstreckt, fühlt die Haut sich golden an. Hinter den Brettern kann sie den Himmel sehen, der zu einem wässrigen Grau wird mit einer Spur Gelb darin. Wenn sie ein Auge zukneift und das andere an den Spalt presst, vermag sie auch die Äste des Baumes zu erkennen, in dessen sattgrünen Blättern sich Vögel versteckt halten. So wie sie hier unter dem Dach.

Doch die Vögel dürfen singen und streiten. Das Mädchen muss schweigen.

Abrupt dreht sie sich um, als hätte ihr Rücken gespürt, dass Mama sie zu sich winkt. Sie blinzelt, da sie sich an die Dunkelheit erst wieder gewöhnen muss.

In der Stille hört sie das Atmen der Menschen, die sich auf dem Dachboden befinden, drei Frauen, zwei Männer; sie ist das einzige Kind. Es riecht säuerlich und nach Staub, als das Mädchen die Decken zur Seite schlägt, die an Balken hängen, um die Betten abzutrennen. In einem dieser Deckenräume schläft sie mit Mama.

Wenn es draußen vor dem Spalt ganz schwarz geworden sein wird, werden sie sich dicht an dicht auf die Matratze legen. Dann wird sie Mamas Herzschlag spüren, als wäre es ihr eigener, und ihre Nase in Mamas Haar vergraben, das den Geruch der Wolldecke angenommen hat, unter der das Mädchen schläft, und den von Milch, die zu lange im Warmen steht. Mama wird ihr Wörter zuflüstern, geheimnisvolle Namen von Farben, Zauberworte wie Lichtblau und Indigo, Mauve und Purpur, Orange und Ocker, Grünspan und Kupferrot.

Das Mädchen blickt in den Schatten, der es umgibt, und stellt sich vor, wie die Farben zu den Namen aussehen. In der Dämmerung erkennt sie die Umrisse des Koffers, darüber eine Spitzendecke, deren Muster sie mit den Fingern unzählige Male nachgefahren ist, und darauf zwei Tassen. Das Porzellan hebt sich hell ab. Obwohl es fast zu dunkel dafür ist, sieht das Mädchen das Blumenmuster deutlich vor sich, das auf die Tassen gemalt ist. Sacht streicht sie darüber, darum bemüht, nichts zu zerbrechen und keinen Lärm zu machen. Ihre Fingerkuppen spüren die sanften Erhebungen der Blumen und Blätter. Dort, wo der Pinsel mehr Farbe aufgetragen hat, fühlt es sich an wie eine Borke, die über einer aufgeschürften Stelle am Knie gewachsen ist. Lange hat das Mädchen keine Borken mehr gehabt, weil es nicht umherlaufen und springen darf.

Die Dunkelheit verschluckt die Farben des Blumenmusters, aber das Mädchen kennt ihre Namen. Sie weiß, dass die Kornblumen darauf von einem Blau sind, das Mama Königsblau nennt. Der Mohn ist zinnoberrot, die kleineren Butterblumen sind goldgelb. Geschwungene Linien aus Oliv, Schwarz und Lindgrün bilden die Stängel der Blüten, die nie verwelken. Das Mädchen denkt sich die Farben dazu, während es das Muster erfühlt. Sie liebt den Übergang von dem glatten Porzellan zu der stumpferen Farbschicht.

Mama spricht nicht, als sie den Teekessel nimmt und mit einem leisen Geräusch kaltes Wasser in die Tassen gießt. Das Mädchen fühlt, wie Mama lächelt. Sie sieht ihre halb geschlossenen Augen vor sich, die leicht gekräuselte Nase und die nach oben gebogenen Mundwinkel. Mama lächelt immer, wenn sie das Spiel mit den Tassen spielen.

Ein warmer Strom erfüllt das Mädchen. Sie hakt ihren Zeigefinger im Henkel fest. Das Porzellan drückt sich hart in den Finger. Den Daumen presst sie von oben dagegen, wie sie es bei Mama beobachtet hat. Als sie die Tasse anhebt, ertönt ein Schaben, ein leichtes Kratzen auf dem Unterteller. Das Mädchen nimmt die andere Hand zur Hilfe. Mit Herzklopfen umgreift sie die Tasse, die schwer wiegt. Ihre Handinnenflächen beginnen zu schwitzen. Immer fester klammert sie sich an das Porzellan. Das Mädchen atmet tief, als es die Tasse an die Lippen führt. Sie sieht sie schon zu Boden fallen, sieht sie in unendlich viele Stücke zerbrechen, sieht Mamas Hand auf ihr Gesicht zufliegen, wo sie einen kurzen Schmerz und ein langes Brennen auf der Wange hinterlässt.

Zitternd stellt das Mädchen die Tasse auf dem Unterteller ab. Es ist nichts passiert.

1.

Die Nadel stach von unten durch den Stoff und zerteilte das zarte Gewebe. Ich zog sie hervor, bis der Faden gestrafft war, dann durchbrach ich mit der Spitze den Stoff an einer anderen Stelle. Ein roter Stich blieb auf dem weißen Untergrund im Stickrahmen zurück. Ich wusste noch nicht, was daraus werden sollte; am wahrscheinlichsten war es, dass ich die Stickerei am Ende wieder auftrennen würde. Ich stickte einfach drauflos, weil es half, meine Gedanken zu verlangsamen, die von einer inneren Unruhe mal hierhin, mal dorthin gezogen wurden.

Wann immer ich mit der Nadel arbeitete, war ich ganz bei mir, ganz in mir. Ich saß im Licht der frühen Märzsonne auf dem Boden meines Ateliers, ein buntes Kissen als Unterlage, und nahm meine Umwelt kaum wahr, hörte den Baustellenlärm nur mehr gedämpft, so sehr konzentrierte ich mich auf die winzigen Stiche. Es war eine Handarbeit, in die nicht nur meine Finger involviert waren, sondern mein ganzer Körper, und aus der ich aufschreckte, als Tetra unvermittelt vor mir stand. Sie klimperte mit dem Schlüssel zu meinem Wohnatelier, den ich ihr vor Jahren anvertraut hatte. Es gab mir wie sonst auch ein warmes Gefühl, wenn sie ihn benutzte. Ich wusste, dass Tetra sich immer um mich sorgen würde.

Obwohl sie die Lippen bewegte, verstand ich kein Wort. »Was hast du gesagt?«

Sie schüttelte den Kopf und stellte die Musikanlage aus.

»Du hast nicht aufs Klingeln reagiert.« Meine Freundin beugte sich zu mir hinunter und küsste mich auf die Wangen. Ihr vertrauter Duft nach Vanille mit einem Hauch Salbei streifte mich.

»Schön, dass du da bist. Ich bin so froh, nicht allein zur Ausstellungseröffnung zu müssen«, gestand ich.

Tetra winkte ab, als wolle sie sagen, das sei doch eine Selbstverständlichkeit. Das war es in unserer Freundschaft sicher auch, dennoch fühlte ich mich erleichtert. Ich zog ein weiteres Sitzkissen heran, ein tibetisches mit naiven rosafarbenen Stickereien. Die Kissen waren die einzigen Farbtupfer, die ich in meinem spärlich möblierten, ganz in Weiß, Holz und Stahl gehaltenen Wohnatelier duldete. Sie waren verrückbar und damit jederzeit transportierbar wie die Materialinseln, die ich auf dem Boden aufschichtete, wenn ich an einem Kunstprojekt arbeitete.

Ich sammelte alles, was mich inspirierte: Puppenköpfe, Stoffe, sogar alte Teppiche. Durch diese Inseln war meist ein großes Sammelsurium um mich, deshalb ertrug ich wenig andere Dinge. Tapeten, Vorhänge oder Regalwände, all das lenkte meinen Blick ab, also verzichtete ich lieber darauf. Meine Bücher stapelte ich aus diesem Grund neben meiner Matratze. Wenn der Stapel zu hoch wurde, sortierte ich aus. Einen Kleiderschrank brauchte ich auch nicht. Meine Sachen hingen auf einem Ständer mit Rollen, das genügte.

»Pass auf, ich habe uns Chai mitgebracht. Ich koche den Tee auf, während du das Kleid anprobierst, okay?« Tetra holte besagtes Kleid aus einer der mitgebrachten Stofftaschen, auf die ihr Name aufgedruckt war: Tetra von Hannover. Ihr Modelabel hieß genauso. »Wann triffst du dich noch mal mit der Journalistin vom *ArtMag*?«, wollte sie wissen.

»Um sechs. In der Galerie.«

Mit einer chinesischen Isolierkanne, rote Blumen auf türkisfarbenem Grund, ging sie in die Küche, die bloß aus einer schmalen Zeile in meinem weitläufigen Atelier bestand. Sie schüttete den Tee in einen Topf, den sie auf die Gasflamme stellte. Ich hatte nur eine kleine Kochstelle, keinen richtigen Herd. Vor allem keinen Backofen.

»Dann müssen wir uns wohl beeilen«, sagte sie.

Ich legte den Stickrahmen zur Seite und zog mich aus.

Von den Nägeln, die ich in die Wand über der Spüle geschlagen hatte, nahm Tetra zwei Porzellantassen vom Flohmarkt, deren Blumenmuster ich so wunderbar kitschig fand. Mit dem Wasserdampf atmete ich kurz darauf die Gerüche von Zimt, Nelken und Kardamom ein und fühlte mich trotz aller Aufregung beruhigt und geborgen. Ich werde ihr jetzt sagen, dass ich schwanger bin, dachte ich.

»Nun zieh es endlich an.« Tetra stellte meine Tasse auf den aus alten Dielen gezimmerten Tisch, der mitten im Raum stand und die Küchenzeile vom Bett trennte.

Wände empfand ich als einengend, genau wie Mauern, die mich einsperrten. Die Weite gab mir Freiraum. Je nach den Lichtverhältnissen arbeitete ich überall im Atelier, und ich liebte und brauchte diese Wahlmöglichkeiten.

Ich schlüpfte in das Kleid. Auf den ersten Blick wirkte es wie Hippie-Patchwork mit den vielen gemusterten Stoffen, aber die blassen Farben und der an die vierziger Jahre angelehnte Schnitt glichen den Eindruck aus. Die meisten der verwendeten Stoffe waren im Ton kaum zu unterscheiden, grau mit einem etwas dunkleren graphischen Muster darin. Der Kragen, die kurzen Ärmel und der gerüschte Saum waren von einem verwaschenen Rosa.

Obwohl ich es mir längst hätte leisten können, bestand Tetra darauf, mir das Kleid für die Ausstellungseröffnung zu schenken. Im Austausch dafür sollte ich bei ihrer nächsten Modenschau mitlaufen, ein Wunsch, dem ich nur zögernd entsprochen hatte. Auch wenn sie nie professionelle Models auf den Laufsteg ließ, sondern ausschließlich befreundete Frauen, egal wie groß und mit welcher Figur, war mir der Gedanke unangenehm. Ich stand nicht gerne ohne meine Kunst im Licht der Öffentlichkeit. Ohne meine Werke fühlte ich mich nackt.

Im Vorfeld hatte Tetra Maß genommen und mich bei Farben und Mustern zu meiner Ansicht befragt, ansonsten hatte sie sich absolute kreative Freiheit ausgebeten. Ich war gespannt auf das Endprodukt. Ihre Entwürfe waren immer einzigartig, immer besonders, weil sie gelernt hatte, Vertrautes aus dem Kontext zu lösen und es mit ungewöhnlichen Details zu etwas Einmaligem zusammenzufügen. Sie hatte mit Sachen vom Flohmarkt und aus Altkleidertüten begonnen, die sie zu neuen Kleidungsstücken aneinandergenäht hatte.

Damals hatten wir uns gerade kennengelernt. Mittlerweile war sie gut im Geschäft. Den Stoff ihrer Modelle ließ sie nun in einer kleinen Weberei in Indien zu fairen Preisen anfertigen. Genäht wurde ausschließlich in Berlin von Frauen in Tetras Werkstatt. Frauen, die keine Berufsausbildung und keine Lebensperspektive hatten und die sie selbst mit viel Verständnis anlernte. Bevor sich meine Kunst allmählich zu rentieren begonnen hatte, hatte auch ich zwischen den diversen Künstlerstipendien, mit denen ich mich vornehmlich finanziert hatte, bei ihr gearbeitet.

Um mich im Ganzen sehen zu können, musste ich auf einen Stuhl steigen, denn mein einziger Spiegel hing neben der Eingangstür. Das Kleid war hochgeschlossen, am Oberkörper eng anliegend, und ab der Hüfte warf der Rock leichte Falten. Ich wirkte wie eine Internatsschülerin, Gouvernante und Hure zugleich. Die Stoffknöpfe wanderten so über den Busen, dass sie wie Brustwarzen aussahen.

»Es ist perfekt!«, gestand ich und fühlte mich auf eine seltsame Art schön, begehrenswert und besonders. Tetras Kleider hatten diesen Effekt auf ihre Trägerinnen.

Doch der Blick meiner Freundin blieb kritisch. »Hast du zugenommen?«

Ich leckte mir mit der Zunge über die spröden Lippen und suchte nach Worten, um meinen Zustand zu beschreiben, die nicht ganz so fatalistisch klangen wie der Satz »Ich bin schwanger«, der mir als einziger einfiel.

»Zieh's noch mal aus. Das spannt hier so.« Tetra griff nach der mitgebrachten Schere, mit der sie eine Naht auftrennte, während ich in BH und Unterhose vor ihr stand.

Ich blickte wieder in den Spiegel, diesmal mitten in mein Gesicht. Die Falten auf der Stirn hatten sich eingegraben, und meine Augen waren rot geädert und verquollen. Mit Make-up und guter Laune konnte ich gerade noch als Mitte dreißig durchgehen. Allerdings nicht an diesem Tag. Vor Aufregung hatte ich in der Nacht schlecht geschlafen. Nicht nur wegen der Ausstellungseröffnung, sondern weil mir der Gedanke gekommen war, dass das Ausbleiben meiner Menstruation womöglich nicht mit einem verfrühten Einsetzen der Menopause zu tun haben könnte. Und am Morgen hatte ich mir dann einen Schwangerschaftstest in der Drogerie besorgt.

Ich blickte tiefer. Mein Spiegelbild hatte die Hand auf den Bauch gelegt. Ich nahm sie sofort weg.

Der Gedanke, dass da ein Lebewesen in mir heranwuchs, war unerträglich für mich. Ich wollte kein Kind.

Ich sah zu Tetra hinüber. Die kinnlangen, pechschwarz gefärbten Haare fielen ihr ins Gesicht, während sie die Naht versetzte. Wir hatten in den vergangenen Wochen oft gemeinsam gearbeitet, meist in ihrer Wohnarbeitsküche. Sie hatte genäht und neue Entwürfe gezeichnet, und ich hatte meine Ausstellungsstücke bestickt, die nun zum ersten Mal in der Galerie Zazewitz präsentiert werden sollten. Dabei brauchten wir nicht viel zu reden, um unsere Vertrautheit und Intimität wachsen zu lassen, falls dies überhaupt noch möglich war.

»Ich bin schwanger«, sagte ich endlich.

»Was?« Es war nicht ganz klar, ob Tetra mich wirklich nicht verstanden hatte oder ob sie noch Zeit brauchte, um das Gesagte zu verdauen.

»Ich bin schwanger«, wiederholte ich und dachte an ihren nicht erfüllten Kinderwunsch.

Meine Freundin blickte auf. Ihr Gesicht zeigte keinen deutbaren Ausdruck, blieb seltsam leer. »Seit wann?«

»Fünf, sechs Wochen vielleicht …« Mit einer Handbewegung wischte ich den Satz beiseite.

Tetra schrie auf, steckte den Zeigefinger in den Mund und lutschte daran. Die unzähligen Silberringe an ihren Ohrmuscheln klirrten, als sie den Kopf schüttelte. Langsam atmete sie aus, dabei legte sie das Kleid zur Seite. Mit ihren schwarz lackierten Fingernägeln klopfte sie auf das Holz meines Tisches.

»Mensch, Lio, wie konnte das passieren? Warum hast du nicht aufgepasst?«

Ich fühlte Ärger und Enttäuschung in mir aufsteigen, weil sie bedenkenlos davon ausging, dass ich das Kind nicht wollte. Nun war ich erst recht verwirrt. Wie konnte ich darüber sauer sein? Ich hatte nie ein Kind gewollt, das wusste Tetra. Niemals wollte ich einem anderen Menschen antun, was mir in der Kindheit widerfahren war. Niemanden konnte ich diesem Grau ausliefern, in dem ich früher gelebt hatte.

Meine Freundin trennte den Faden mit den Zähnen ab. »Und was sagt er dazu?«

»Er weiß es noch gar nicht.« Er war Dominic, mein Lover. Mein verheirateter Liebhaber. Wir hatten uns damit eingerichtet, und ich mochte nichts daran verändern. »Wozu auch?«

Ich merkte, dass die Schwangerschaft sich zwischen mich und Tetra schob und fühlte den Druck, sie mir selbst zu erklären. »Ich kann nicht sagen, wie es passiert ist. Irgendwann werden wir nicht verhütet haben, was weiß ich. Ich bin jetzt zweiundvierzig, ich habe nicht im Traum an ein Kind gedacht.«

»Du willst es doch nicht, oder?«

Eigentlich kannte ich Tetra so gut wie sonst keinen Menschen, dennoch konnte ich in diesem Moment nicht feststellen, welchen Unterton ihre Frage hatte.

Schon damals, zu unserer Zeit als Hausbesetzerinnen, war sie meine beste Freundin gewesen. Sie hatte mich in ihrem Bauwagen an der Mauer wohnen lassen, als ich zum ersten Mal in Berlin gestrandet war. Wir hatten nicht nur die auf dem Campingkocher gegarten Spaghetti und ihren Schlafsack, sondern auch die Krätze miteinander geteilt. Gemeinsam hatten wir mit neunzehn Jahren die Kali-Sisters gegründet, eine kleine Gruppe von Anarcha-

Syndikalistinnen, die sich den Gebärstreik zur Aufgabe gemacht hatten.

Unter den modebewussten Berlinerinnen war es seit einigen Jahren ausgesprochen angesagt, in einer Kreation von Tetra von Hannover, die sie in ihrem Laden verkaufte, Johannisbeerschorle trinken zu gehen.

Keine der Frauen ahnte, wie sich der Name der Designerin eigentlich zusammensetzte. Er war ein Relikt aus unseren frühen Zwanzigern, abgeleitet von den Tetra Paks, aus denen wir damals Wein mit so romantischen Bezeichnungen wie »Fortune du Clochard« kippten. Er war ebenso ein Überbleibsel aus jenen Jahren wie die tätowierten Fäuste auf Tetras Rücken. Dass sie den Namen nicht abgelegt hatte, machte sie so authentisch, obwohl sie Wein, selbstverständlich biologisch dynamisch angebaut, längst nur noch aus Flaschen trank. Hannover wiederum war der Ort, an dem Tetra grandiose Chaostage verlebt hatte, bevor sie sich entschloss, ihrem Leben noch einen anderen Inhalt als regelmäßige Vollräusche zu geben.

Ich wusste alles von ihr und sie von mir. Dennoch wusste ich nicht, welche Gedanken ihr durch den Kopf gingen, während sie in meinem Atelier saß und schwieg. Ich befürchtete, dass ich sie an ihre Fehlgeburt erinnert hatte.

Um frische Luft hereinzulassen und die Zeit der drückenden Stille zu überbrücken, öffnete ich eines der Fenster in der breiten Front. Gegenüber wurde gerade ein Haus abgerissen. Ein Teil des Dachstücks war bereits abgedeckt, die Balken wurden zersägt. Das Geheul der Motorsägen drang bedrohlich herüber. »Was denkst du?«, fragte ich, weil ich es nicht länger aushielt, zu warten.

Tetra hatte sich wieder mein Kleid vorgenommen. Sie

nähte einen der Knöpfe weiter oben an und antwortete nicht. Ich erinnerte mich an unser provisorisches Atelier in einem besetzten Haus vor siebzehn, achtzehn Jahren. Damals hatten wir gemeinsam Altkleidersäcke von den Bürgersteigen geklaut. Ich hatte die Hosen und Röcke in Fetzen gerissen und daraus mit Bauschaum scheußliche menschenähnliche Gebilde geschaffen, die ich mit goldenem Lack aus der Dose besprüht hatte. Tetra hingegen hatte die Kleider sorgfältig getrennt, um die einzelnen Teile weiterzuverarbeiten. Vielleicht spielten auch deshalb Stoffe eine so große Rolle in meiner Kunst; sie waren etwas, das mich mit ihr verband.

»Wir müssen los.« Sie blinzelte den traurigen Ausdruck aus ihren Augen und orderte per Handy ein Taxi.

Ich hatte gerade noch Zeit, in das Kleid zu schlüpfen, meine verknoteten Haare zu kämmen und einen knalligen roten Lippenstift aufzutragen. Am Morgen hatte ich mir eine neue Tönung kaufen wollen, um die zahlreichen grauen Haare abzudecken, die sich sichtbar auf meinem Kopf kringelten. Stattdessen hatte ich dann den Schwangerschaftstest auf das Band an der Kasse gelegt.

»Sag mir doch, was ist«, bat ich.

»Die Farbe vom Lippenstift passt nicht zum Kleid.«

Tetra wich mir aus, daher brachte ich nicht den Mut auf nachzufragen. Ich dachte, dass es ihre Sache sei, den Verlust ihres Kindes anzusprechen, denn ich wollte keine Erinnerungen heraufbeschwören, die sie verletzen konnten.

»Musst du nicht noch zum Bahnhof, um deine Mutter abzuholen?« Im Taxi kramte Tetra umständlich in ihrer Tasche.

»Sie wollte direkt zur Galerie kommen«, erwiderte ich.

»Noch ziemlich aktiv, was?« Sie redete hastig, als wolle sie verhindern, dass wir ein spezielles Thema anschnitten. »Ich kann mir nicht vorstellen, dass sich meine Mutter auch nur einen Meter in Berlin ohne meine Hilfe bewegen würde. Sieht sie dir eigentlich ähnlich?«

»Ich glaub nicht. Wir haben uns jetzt aber auch drei Jahre nicht mehr gesehen.«

Tetra nickte. Sie wusste um mein schwieriges Verhältnis zu meiner Mutter und dass die Vergangenheit nichts war, das mir schöne Erinnerungen bescherte. Doch durch ihre Frage drängte sich meine Mutter wieder in meine Gedanken. Vor über zwanzig Jahren war ich nach Berlin gegangen und hatte mein ganzes Leben in Köln zurückgelassen. Aus dem Nichts, nur mit Tetras Unterstützung, hatte ich mir eine Existenz als Künstlerin aufgebaut. Am Anfang war es schwer gewesen, nicht wegen Mangelernährung kapitulieren zu müssen. Doch ich hatte mir etwas in den Kopf gesetzt und hatte die Sache trotz aller Hindernisse und Tiefschläge durchgezogen. Ich hatte mich nicht gefragt, was meine Mutter empfand, wenn ich mich nur alle paar Wochen bei ihr meldete. In den Jahren, in denen ich von besetztem Haus zu besetztem Haus gezogen war, hatte ich keine feste Adresse und auch keine Telefonnummer gehabt, unter der sie mich hätte erreichen können.

Aber ohne diesen Egoismus wäre ich niemals so weit gekommen, dachte ich. Dann wäre ich nicht nach etlichen zähen Versuchen an der Universität der Künste angenommen worden und könnte heute nicht halbwegs zufriedenstellend von meiner Kunst leben. Und ja, ich war unfassbar stolz darauf, endlich in einer renommierten Galerie ausstellen zu dürfen.

»Halten Sie hier an«, bat Tetra den Taxifahrer.

Sie stieg als Erste aus. Gerne wäre ich noch einmal allein durch die Ausstellung gegangen, bevor die Gäste und die Presse anrückten, doch im Büro der Galeristin wartete schon die Redakteurin des *ArtMags*.

Kaum hatte ich mich hingesetzt, legte sie los. »Im Ankündigungstext steht, Sie definieren sich als feministische Künstlerin. Was genau meinen Sie damit?«

Ich musste eigentlich dringend pinkeln und fühlte mich auf einmal nicht genügend vorbereitet auf das Interview. »Feminismus heißt für mich, dass ich mich nicht mit dem zufriedengebe, was ist. Dass ich die bestehende Dinge und so was …« Ich rang mit den Worten. »Dass ich sie aus dem Kontext heraushole und in meiner Kunst verfremdet darstelle.« Vor ein paar Tagen hatte ich diese Antwort vorformuliert, trotzdem stolperte ich darüber. »Indem ich sie anders darstelle, verändere ich oder will ich den Blick des Beobachters darauf verändern. Feminismus bedeutet für mich, eine neue Welt zu schaffen.«

»Eine Weltanschauung, eine feministische Philosophie?« Die Journalistin fixierte mich mit ihrem Blick.

»Nicht ganz. Feminismus ist eher ein Handwerk für mich. Etwas ganz Alltägliches.«

Ich war froh über die Störung von Annegret Lösch, die Geschäftsführerin der Galerie, die uns ein Tablett mit Tee hinstellte.

»Für mich ist Feminismus eine Selbstverständlichkeit. Ich wunder mich eher immer wieder darüber, wenn andere nicht so denken wie ich«, gestand ich. Mit einem dankbaren Lächeln nahm ich die Tasse entgegen, die Annegret mir reichte. Ich presste die Handflächen an den Tassenbauch, und es beruhigte mich, die Hitze des Tees durch das dünne Porzellan zu spüren.

»Welchen Stellenwert nimmt denn die Sexualität in Ihren Werken ein?«, fragte die Journalistin.

Mir fiel auf, dass ihre Nase sehr ebenmäßig war. Streng genommen viel zu gerade, um natürlich gewachsen zu sein. Vorsichtig nippte ich am Tee und erkaufte mir Zeit für die Antwort.

»Sex ist für mich ein Mittel der Provokation. Sex sells. Immer noch. Gerade auf dem Kunstmarkt. Ich könnte meine Aussagen sicher auch auf andere Weise treffen, aber durch die Sexualität erziele ich größere Aufmerksamkeit. Ganz einfach.« Das hatte ich im Vorfeld mit Dominic diskutiert. Wenn wir im Bett lagen, verschwitzt nebeneinander ausgestreckt, dann redeten wir immer über Kunst.

»Sie benutzen seit längerer Zeit Stoff als Ausgangsmaterial in Ihrer Kunst.«

Abwesend nickte ich. Als ich an Dominic dachte, fiel mir auch die Schwangerschaft wieder ein. Ich schluckte den im Mund gesammelten Speichel herunter. Die Journalistin blätterte durch ihre Notizen. Das gab mir die Möglichkeit, mich auf ihre Fragen zu konzentrieren.

»Stoff gilt ja allgemein als weibliches Material, wegen seiner Anschmiegsamkeit und Verletzlichkeit. Was verbinden Sie denn damit?«, fragte sie weiter.

Ich dachte an das Fell, aus dem ich die ausgestellten überdimensionalen weiblichen Geschlechtsteile genäht hatte, und an den Plüsch, den ich sorgfältig bestickt hatte. »Fell ist für mich ein organisches Material. Das gilt auch für Stoffe. Aber weiblich? Ich empfinde Stoff eher als geschlechtsneutral. Jeder trägt ihn. Egal ob Mann oder Frau.«

Sie bewegte den Kopf wie zur Zustimmung. »Wie sind Sie denn darauf gekommen, Fell und Plüsch als Materialien zu wählen?«

Mir stand die Postkarte vor Augen, die über meinem Bett hing. Die Karte zeigte die legendäre Felltasse von Meret Oppenheim. »Mich hat das Animalische am Fell immer interessiert. Auch wenn das Tier tot ist, lebt es in seiner Haut weiter.«

Die Journalistin schrieb meine Antwort mit einem Ausrufungszeichen in ihr Notizbuch. »Und das Pink Ihrer …« Sie brachte das Wort nicht über die Lippen.

Ich merkte, wie sehr sie sich quälte, und kam ihr zuvor. »Meine Fellfotzen und Kuschelmuschis?«

Sie nickte heftig. Ihre offensichtliche Erlösung berührte mich. Auf einmal empfand ich die unterschwellige Aggression, die von meiner Kunst ausging, geradezu körperlich. Ich rutschte auf dem Stuhl nach vorne.

»Der Kontrast zwischen dem Tierfell und dem künstlichen Stoff aus Chemiefasern hat mich gereizt«, erklärte ich.

Provokation war der wichtigste Bestandteil meiner Kunst. Ich setzte sie strategisch ein, um eine Reaktion beim Publikum zu erzielen, und ich war damit weit gekommen. Doch in diesem Augenblick fühlte ich mich befangen. Ich ahnte, dass ich genau dadurch etwas von dem verloren hatte, was ich mit meiner Kunst einmal auszudrücken versucht hatte: Gefühle. Gefühle, die sich sonst nicht beschreiben ließen, die sich den Möglichkeiten meiner Sprache entzogen.

»Wie war's?«, wollten Tetra und Annegret wissen, als ich aus dem Büro in den Ausstellungsraum trat.

Ich wich aus. Zum ersten Mal hatte ich soeben in Bezug auf meine Kunst richtiggehend Scham gefühlt bei dem Gedanken daran, dass meine Mutter, die mit der Kunstszene nicht das Geringste zu tun hatte, an diesem Abend mit den genähten Vulven aus Plüsch und Kaninchenfell konfrontiert werden würde. Meine Mutter, die sich niemals nackt vor mir gezeigt hatte, sondern das Badezimmer stets verschlossen gehalten und sogar das Schlüsselloch zugehängt hatte. Meine Mutter, die immer eine Frau ohne Unterleib für mich gewesen war.

Es war ein Fehler gewesen, sie einzuladen. Doch ich konnte es nicht mehr rückgängig machen.

Jede von uns hatte eine den Körper umgebende Intimsphäre. Einen Raum, vor dessen Zugang die andere stehen blieb. Man konnte die Grenzen dieses Raums nicht sehen oder berühren, aber sie waren da. Und wie es diese Sphäre um den Körper gab, so gab es auch einen Bereich unserer Seelen, den nie jemand betreten durfte.

XXXXXX

Das Licht, das durch die Schlitze zwischen den Brettern vor den Fenstern fällt, bringt den Staub zum Glänzen. Feenstaub nennt die Mutter ihn.

Auf dem Dachboden riecht es nach diesem Feenstaub, nach etwas Altem, nach verborgenen Wundern, die erst noch entdeckt werden müssen. So wie die löchrigen Pelze in einer Ecke, die wurmstichigen Möbel, die unausgepackten Kisten, gestapelten Bücher, in Koffer gestopften Hüte, der verbogene Degen. Lauter Märchendinge. Dinge, die eine Geschichte erzählen, wenn man nur ganz genau hinhört.

Das Mädchen geht von einer der geheimnisvollen Inseln zu der nächsten, um den gewisperten Geheimnissen zu lauschen. Die Insel mit den ausgestopften Vögeln, die Federn lassen, wenn man sie streichelt, umrundet sie mit großem Abstand. Sie fürchtet die spitzen Schnäbel. Seit sie weiß, dass das Innere der Vögel aus Stroh ist, kann sie auf ihrer ebenfalls mit Stroh gefüllten Matratze nicht mehr so gut schlafen.

Sie bringt Mama vergilbte Zeitungen, damit sie ihr die Geschichten darin vorliest. Mama gibt merkwürdige Wörter von sich, die das Mädchen nicht versteht. Sie muss über die Laute lachen, die Mama macht.

»Schsch, leise!«, mahnt Mama. »Das ist Holländisch.«

»Was ist das?«

»Eine Geheimsprache«, wispert Mama.

Das Mädchen nickt. Sie weiß, es ist die Sprache der Menschen auf den Fotos in den Alben, die hier oben liegen. Fremde Menschen, die keiner kennt, der mit ihr auf dem Dachboden lebt. Menschen, die in seltsamen Kleidern unbeweglich dastehen und das Mädchen anblicken, wenn es die Seiten aus Pappe umschlägt.

Während sie mit dem Finger Kreise und Linien in den Staub auf die Fußbodendielen malt, versucht sie sich die geheimen Wörter zu merken, die Mama vorliest. Es ist wichtig, dass sie die Sprache lernt. Sie kann nicht sagen, warum sie es weiß oder woher, nur dass es wichtig ist. Wichtiger noch als die Zauberwörter.

2.

Die Gäste betraten die Ausstellung gebückt, da sie unter der Vulva aus schwarzem Samt her tauchen mussten, die ich unmittelbar über dem Eingang angebracht hatte. Die einen Meter hohe Kissenskulptur war nach einem tragischen Opfer der Kolonialgeschichte »Hottentotten-Venus« benannt. Ich selbst stand mitten zwischen meinen bestickten Kuschelmuschis aus Kunstplüsch, die auf dem Boden zum gemütlichen Platznehmen einluden, während meine Fellfotzen im Kreis um mich herum von der Decke baumelten.

Nervös beobachtete ich die Reaktionen der Besucher. Sie gingen langsam umher, bedächtig, bis sie sich dem hinteren Teil des Raumes näherten, in dem die Lautsprecher hingen. Aus den Boxen tönte ein Soundteppich von übereinandergelegten Interviewpassagen, die ich mit Berlinerinnen und Berlinern zum Thema »Genitalbeschneidung« geführt hatte.

»Das ist so widerlich, diese Praktik, so was von frauenfeindlich.«

»Ja, in Afrika und Arabien ist das ein großes Problem.«

»Das Thema ist doch längst total ausgeschlachtet.«

»Gab's da nicht mal so einen Film im Kino? Hab ich auf DVD gesehen, glaub ich.«

Wenn man sich von den Lautsprechern entfernte, wurden die Sätze zu einem Hintergrundrauschen.

Wie von einer Last befreit nahm ich wahr, wie sich die

ersten Gäste mit Sektgläsern auf meinen Plüschvulven niederließen. Die Werke hießen »Yoni«, »Yoni2«, »Yoni3« und so weiter. Die abschreckenderen Fellfotzen hatte ich »Hannelore«, »Gaby«, »Heidi« und »Djamila« getauft. Mit anhaltendem Herzklopfen ging ich zu Annette hinüber, die den geladenen Besuchern Fingerfood anbot. Es war Sesam- und Honiggebäck in Vulvaform und nach einem von Tetras Rezepten entstanden. Die Idee war genauso provokant, dreist und selbstbewusst wie meine Freundin selbst.

»Meinst du, es kommt noch mehr Presse?«, fragte ich die Galeristin.

Sie lächelte aufmunternd. »Die Uhrzeit auf den Einladungskarten ist doch nie verbindlich. Sei froh, dass überhaupt schon so viele da sind«, meinte sie.

Ich wollte noch etwas sagen, als eine unbekannte Besucherin an mir vorbei nach dem Gebäck griff.

»Oh, Fingerfood!«, stellte sie entzückt fest und leckte sich nach dem Genuss die Fingerkuppen mit der Zunge, ohne den sexuellen Bezug zu bemerken.

Ich blickte mit Zuneigung zu Tetra hinüber, die mir mit einem Weinglas in der Hand zuprostete.

»Von wem ist eigentlich das tolle Kleid, das du trägst?«, rief sie mir zu.

Es gab mir ein gutes Gefühl, sie in meiner Nähe zu wissen. Ich wollte unbedingt, dass die Ausstellung ein Erfolg würde. Noch immer war ich finanziell darauf angewiesen, im Jahr wenigstens ein Stipendium zu ergattern. Meine Hoffnung lag darauf, endlich genug meiner Kunstwerke verkaufen zu können, um mir ein kleines Polster zu schaffen. Ich war zweiundvierzig und hatte mir in der Vergangenheit zu viel abverlangt. Mit zunehmendem Alter schien ich mehr Sicherheit zu brauchen.

Vielleicht hätte ich die Plüschmuschis doch weiter am Rand bei den Texttafeln mit den Zitaten der Schönheitsinstitute platzieren sollen? Vielleicht waren die Fellfotzen zu dominierend?

Ich sorgte mich, ob die Zitate zusammen mit den Interviews aus den Lautsprechern wirklich aussagekräftig genug waren. Sie stammten von Internetseiten, auf denen Kliniken die Beschneidung von Schamlippen anboten. Ein Institut warb sogar damit, dass zu große Schamlippen den Sexualakt nachhaltig stören könnten. Ein anderes bot Schamlippenplastik unter der Rubrik »Leistung Frauen« an, worunter ich eher eine Auflistung von Marie Curie, Louise Michel, Jane Austen, Emma Goldman und Clara Schumann erwartet hätte als die Amputation des weiblichen Geschlechts. Daneben waren weitere Texttafeln angebracht, auf denen Zahlen standen. Statistiken über in bekannten Museen ausgestellte Werke von Künstlerinnen. Es waren noch immer viel zu wenige im Vergleich zu den männlichen Kollegen.

»Darf ich der Künstlerin gratulieren?« Jemand sprach mit warm-feuchtem Atem in mein Ohr.

Ich drehte mich zu Dominic um, doch bevor ich ihm einen Kuss auf den Mund geben konnte, schob er mich mit den Händen zärtlich, aber bestimmt von sich. Ich versuchte mir die Irritation darüber nicht anmerken zu lassen.

»Deine Hottentotten-Venus ist einfach großartig«, sagte er.

Die Stoffskulptur hatte den Spottnamen einer aus Südafrika verschleppten Frau, die eigentlich Saartjie Baartman hieß und als exotisch-erotische Monstrosität auf den europäischen Theaterbühnen des neunzehnten Jahrhunderts ausgestellt worden war. Ihre ausgeprägten Schamlippen, auch »Hottentotten-Schürze« genannt, lösten erregtes Erschauern beim Publikum aus, das die Fremde angaffte wie ein Tier im Zoo. Eines Abends, bei viel zu viel Rotwein, hatten Tetra und ich uns gefragt, was die Schönheitskliniken wohl dazu sagten, wenn wir uns die Schamlippen aufspritzen lassen würden. Immerhin boten sie für den Mann ja auch Penisvergrößerungen an. »Machen Sie mir bitte die Hottentotten-Schürze«, hatten wir rumgealbert, bis uns Tränen in die Augen schossen und unsere Zwerchfelle schmerzten.

»Du siehst extrem sexy aus«, raunte Dominic mir zu.

Ich suchte die Nähe seines Körpers und legte die Hand auf seinen Oberarm, aber er wandte sich scheinbar beiläufig den Texttafeln zu, so dass meine Hand abrutschte. Ich ließ sie herabbaumeln und spürte meine Verletztheit über sein abweisendes Verhalten. Ich war nie davon ausgegangen, einen Besitzanspruch auf ihn zu haben, deshalb hatten wir zu Beginn unserer Affäre vereinbart, dass wir beide nebenher andere Liebschaften haben würden. Als ich vor vier Monaten mit diesen anderen sexuellen Beziehungen aufhörte, hatte ich mir gesagt, dass es einzig und allein am derzeitigen Stress in meinem Leben liege.

Während Dominic in der Galerie Zazewitz so nah bei mir stand und ich ihn dennoch nicht berühren durfte, überlegte ich, dass es noch einen anderen Grund für meine unerwartete Monogamie geben mochte.

»Deine Stickereien sind einfach irre«, unterbrach Mattis meine Gedanken.

Ich umarmte ihn mit besonderer Körperlichkeit, vielleicht weil mein durch Dominic gewecktes Bedürfnis noch nicht gestillt war. Mattis war ein Künstler, mit dem ich seit Kunstakademiezeiten befreundet war und den ich bei den Vorbereitungen zur Blockade eines Naziaufmarschs unterstützte. Der Aufmarsch sollte in drei Wochen unweit des Brandenburger Tors durchgeführt werden. Mattis und ich hatten die Organisation eines Blockadepunktes übernommen.

»Kennst du eigentlich Dominic, den Herausgeber von *Ars&Ass*?«, fragte ich ihn.

Ars&Ass war eine kleine, aber in der Szene vielbeachtete und daher recht einflussreiche Kunstzeitschrift. Dominic und ich hatten uns kennengelernt, als er für einen Artikel recherchierte. Er schüttelte Mattis die Hand.

»Wir sind uns, wenn ich mich richtig erinnere, mal auf einer Party begegnet.«

»Stimmt. Und, wie findest du die Ausstellung?«, fragte Mattis. »Sind die Sachen nicht wahnsinnig eindringlich, was meint du?«

Man duzte sich natürlich. Ich lächelte über Mattis' naive Frage. Er wusste nicht, in welchem Verhältnis Dominic und ich zueinander standen. Wahrscheinlich glaubte er, den Herausgeber auf mich als Künstlerin erst noch aufmerksam machen zu müssen.

»Die Reduktion der Frau auf der Lust- und Schaffensebene ist durch die Texttafeln hervorragend dargestellt«, antwortete Dominic.

Mattis stieß mich heimlich an. Mir fiel die Nacht wieder ein, in der Dominic und ich zusammen auf meiner Matratze gelegen und genau darüber geredet hatten. Er war es gewesen, der angeregt hatte, das Thema in die Ausstellung einzubauen. Normalerweise hatte meine Kunst viel mit Einsamkeit, mit Stunden des Nachdenkens und Überlegens sowie mit versunkenem Werkeln zu tun. Auch deshalb war mir Dominic so wichtig geworden, weil ich mit ihm meine Gedanken über Kunst teilen konnte.

Ich blickte ihn voller Sehnsucht an. Da ich befürchtete, mein Blick könne zu intim sein und den anderen zu viel verraten, sah ich gleich wieder von ihm weg in den Raum hinein. Meine Augen blieben an einer alten Frau hängen, deren Finger in das Kunstleder ihrer Handtasche gekrallt waren. Es war meine Mutter.

Ich hatte das Gefühl, meine Beine nicht mehr richtig unter Kontrolle zu haben. Ich atmete zu schnell, und mir war viel zu heiß. Langsam ging ich auf sie zu. »Mama.«

Sie blickte mich an. Es war, als brauche sie ein paar Sekunden, um zu begreifen, wer ich war. Dann begrüßte sie mich mit einer ungelenken Umarmung, die mich mehr auf Abstand hielt, als mich ihr näher zu bringen.

»Freut mich, dass du gekommen bist«, sagte ich steif, als würde ich mit einer Fremden sprechen. Ich wollte es mit der Frage nach ihrer Anreise und dem Hotel wiedergutmachen, doch sie kam mir zuvor.

»Was hast du denn da an?« Sie hatte die Stirn gerunzelt.

Ihr Blick war auf mein neues Kleid gerichtet, und ich fühlte mich auf einmal seltsam unbekleidet und ausgeliefert. Mir lag eine schroffe Bemerkung auf der Zunge, doch dann ließ ich meinen Speichel die bitteren Gefühle zersetzen. Ich hatte meine Mutter nicht eingeladen, um Kämpfe auszufechten, die ich seit über zwei Jahrzehnten tunlichst vermied. Wenn wir uns trafen, selten genug, verabredeten wir uns in Cafés oder zum Spaziergang im Kölner Stadtwald und erzählten einander nur das Allernotwendigste, um eine Bekanntschaft vortäuschen zu können. Sie wusste, dass ich Künstlerin war, aber das war auch schon alles.

Ich wusste im Grunde nichts von ihr, weder von ihrem gegenwärtigen Leben noch von ihrer Vergangenheit. In ihrer Familie gab es wohl eine künstlerische Ader. Einmal hatte sie verlauten lassen, dass ich mein Talent von meinem Großvater geerbt hätte. Das war aber so ziemlich das Einzige, was ich in Erfahrung bringen konnte.

Ich bemerkte, wie sie die Fellfotzen und Kuschelmuschis anstarrte. Auf einmal sah ich alles mit ihren Augen. Ich empfand die Bedrohlichkeit der Sexualität in meinen Werken, und in mir keimte das Bedürfnis, sie zu verdecken, zu verstecken.

»Die Stickereien auf den Blumen sind aber schön geworden, Lioba. Dass du das nicht verlernt hast.«

Es dauerte eine Weile, bis ich begriff, dass sie mit den Blumen meine Kuschelmuschis meinte, die bestickten Kissen aus Samt, einer Vagina bei gespreizten Beinen nachgeformt. Das passte zu meiner Mutter. Und wie das passte. Ich fühlte Ärger, Hass und Enttäuschung in mir. Gegen die Widersprüche, die in mir tobten, kämpfte ich vergebens an. All die Jahre hatte ich versucht, meiner Vergangenheit gegenüber gleichgültig zu werden. Die Anwesenheit meiner Mutter löste Emotionen in mir aus, mit denen ich längst nicht mehr gerechnet hatte und von denen ich keine Ahnung hatte, wie ich sie in den Griff bekommen sollte. Außerdem fiel mir wieder ein, dass ich schwanger war. Gerade durch die Anwesenheit meiner Mutter wurde das Gefühl, einen kleinen Menschen in meinem Bauch zu tragen, immer stärker und damit bedrohlicher.

Es hatte alles mit ihr zu tun.

»Wenn ich um Ihre Aufmerksamkeit bitten dürfte!«

Vorübergehend rettete mich die Eröffnungsrede von

Annegret aus der angespannten Situation. Sie stellte meine Werke in ihrer unterhaltsamen Rede in einen größeren Zusammenhang, zeigte Deutungen sowie politische und kulturelle Hintergründe auf. Mir gelang es tatsächlich, alles andere auszublenden. Die Blicke des Publikums, vor allem Dominics, versetzten mich in eine langersehnte Hochstimmung. Ich war froh, Tetras Kleid zu tragen, das mich zu einer perfekteren Version von mir selbst machte.

»Heutzutage betrachten wir das Sticken als überflüssig, weil es sich nicht rentiert und weil es jede Menge Zeit frisst«, erzählte Annegret. »Heute kann jede Nähmaschine sticken. Das Sticken mit der Hand ist dagegen eine langwierige Angelegenheit. Es ist eine Arbeit, die eingeübt werden muss.« Ich blickte meine Mutter an. Von ihr hatte ich das Sticken gelernt. »Aber es ist auch eine Arbeit, die bleibende Spuren hinterlässt. Fühlbare Spuren. Frauen, die Analphabetinnen waren, stickten Buchstaben auf Stickmustertücher und lernten so lesen und schreiben. Es war vielleicht das erste Mal, dass sie ihren Namen schrieben und ihn damit sichtbar machten …«

Ich versuchte Augenkontakt zu Dominic herzustellen, doch er schien sich ganz auf Annegret zu konzentrieren. Ich sah wieder zu meiner Mutter hinüber, und mir fiel noch stärker auf, wie wenig sie hierher passte.

»Die Suffragettenbewegung bestickte Demobänder mit Parolen …« Langsam begann der Inhalt der Rede an mir vorbeizurauschen. »Künstlerinnen wie Sonia Delaunay, Sophie Tauber und Hannah Höch experimentierten Anfang des zwanzigsten Jahrhunderts mit Stickereien …« Meine Mutter stand im Profil zu mir. »Und dennoch haftet der Stickerei bis heute der Vorwurf des Kunsthandwerklichen an.«

»Langes Fädchen, faules Mädchen«, lautete der Leitspruch meiner Mutter, den sie mir eingebläut hatte, wo es nur ging. Was ich an ihr immer enervierend gefunden hatte, war ihre scheinbar nie enden wollende Geduld, mit der sie tagelang Zierstiche sticken konnte und mit der sie mich darin zu unterweisen versucht hatte, die Handarbeiten ebenso sorgfältig auszuführen wie sie. Sticken hatte ich gelernt, ebenso das säuberliche Ausmalen anhand von Malbüchern. Es war in meiner Kindheit nicht um Kreativität gegangen, denn Letztere hätte zur Bedingung gehabt, dass man den eigenen Gefühlen nachspürt. Und Gefühle waren für meine Mutter immer zu bedrohlich gewesen.

Ich konnte nicht sagen, ob sie mich je geliebt hatte. Ihre Zuneigung hatte sie mir und der Öffentlichkeit dadurch bewiesen, dass sie mich genährt und eingekleidet hatte. Um meine realen Bedürfnisse war es dabei nie gegangen. Ich hatte essen müssen, was sie gekocht hatte, und hatte tragen müssen, was sie mit ihren Händen gefertigt hatte. Dass die anderen Kinder in meiner Klasse Jeanshosen anziehen durften und gesteppte Anoraks, hatte sie nicht gelten lassen. Gelobt wurde ich von ihr nur, wenn ich ihren Vorstellungen von einem braven kleinen Mädchen entsprach.

Im besten Fall ließ sie mich in meinem Zimmer in Ruhe, nachdem ich getan hatte, was sie von mir verlangte. Wenn ich also meinen Teller bis auf den letzten Rest leer gegessen und das von ihr vorgesehene Pensum meiner Stick- oder Häkelarbeiten bewältigt hatte. Ein Pensum, das sie am Ende wieder auftrennte, ungeachtet dessen, ob mir die Stiche und Maschen gelungen waren oder nicht.

Im schlimmsten Fall hatte ich auf einem Küchenstuhl Platz nehmen müssen, während sie geschwiegen hatte.

Stundenlang war das so gegangen, zumindest in meiner Erinnerung waren es unzählige Stunden. Sie auf dem einen Stuhl, ich auf dem anderen. Kein Wort war dann zwischen uns gefallen. Sie hatte mich nicht einmal angeblickt, sondern die ganze Zeit auf den Herd gestarrt, auf das dunkle Fenster in der Herdklappe wie auf einen ausgeschalteten Fernsehbildschirm. Ich hatte mich immer gefragt, was sie dort zu sehen hoffte.

Meine Mutter war kein körperlicher Mensch. Zärtlichkeiten hatte sie stets sparsam verteilt. Besuch hatten wir in unserer Wohnung erst gar nicht aufgenommen. Als Kind hatte ich in der Schule einmal die Geschichte von Moses gehört, der als Säugling im Weidenkörbchen aufgefunden worden war. So hatte ich mir auch meine Empfängnis vorgestellt. Erst viel später war mir durch Bemerkungen meiner Mitschülerinnen und die intensive Lektüre der *Bravo* aufgegangen, dass ein Mann an meinem Schöpfungsakt beteiligt gewesen sein musste. Es war mir undenkbar erschienen. Meine Mutter stöhnend unter einem sich auf und ab bewegenden Mann, wie es die anderen Mädchen beschrieben hatten, nackt gar? Niemals. Die Vulva war für meine Mutter immer nur »da unten«. Im Grunde war unser beider Geschlecht für sie eine Leerstelle, ein schwarzes Fenster, das die Jungen in meiner Klasse allerdings weniger euphemistisch mit »Loch« beschrieben hatten.

Die Bilder, die mich nun in der Galerie überkamen, irritierten mich. Offenbar bestand meine Lebensgeschichte aus lauter losgelösten, aufgetrennten Erinnerungen.

Erst als Tetra mich anstieß, nahm ich den anhaltenden Applaus im Anschluss an die Rede wahr. Ich lächelte höflich in die Runde. Ich lächelte und lächelte, aber es gelang mir nicht, wirkliche Freude zu empfinden. Während ich den Gratulanten dankte, überlegte ich, dass ich meine Mutter zum Essen einladen musste, und befürchtete, dass wir uns doch nur anschweigen könnten.

Annegret packte mich am Arm. »Sämtliche Kuschelmuschis sind bereits verkauft!«, teilte sie mir euphorisch mit.

Der Druck ihrer Finger auf meinen Unterarm verstärkte sich. Ich verspürte Zufriedenheit und ein bisschen von der Sicherheit, nach der es mich so unerwartet verlangte.

»Und die Fellfotzen? Wie viele habt ihr davon verkauft?«

»Noch keine.«

Trotz der sensationellen Verkäufe der bestickten Plüschvulven war ich gekränkt, dass nur die künstlichen, in gewisser Weise gezähmten Kuschelmuschis auf Interesse stießen. Ich wollte zu Tetra hinübergehen, um ihr davon zu erzählen, und fand sie in einer Unterhaltung mit meiner Mutter vor.

»Du hast mir gar nicht erzählt, dass deine Mutter mal in Berlin gelebt hat«, sagte sie zu mir.

»Das wusste ich nicht.«

Ich musterte meine Mutter, die in ihrem mindestens fünfzehn Jahre alten Mantel in dem von der Menschenmenge aufgeheizten Galerieraum stand. Sie schien sich lediglich an ihrer Handtasche aufrecht zu halten. In einem überraschenden Anfall von Fürsorge griff ich nach ihrer freien Hand, aber sie sah mich dermaßen verwundert an, dass ich sofort wieder zurücktrat. Auf eine obskure Art und Weise fühlte ich mich dabei von ihr im Stich gelassen.

Ich blickte mich um und merkte, dass ich unmittelbar vor Dominic stand, der eine Frau mit tizianrot gefärbten kurzen Haaren untergehakt hielt. Sie trug ein sackartiges Gewand, das sie älter erschienen ließ, als sie vermutlich war. Ich schätzte sie auf mein Alter. Sie reichte mir die Hand, die ich gezwungen ergriff, weil mich etwas in Dominics Blick hemmte.

»Eine wunderbare Ausstellung. Wirklich. Ganz wunderbar. Geschickt, wie Sie die weibliche Sexualität in den Fokus des Betrachters zwingen. Mein Mann hat mir erzählt, dass er ein Foto Ihrer Kuschelmuschis in der nächsten Ausgabe von *Ars&Ass* abdrucken will.«

Mein Mann. Ich ließ ihre Hand los. Ihr Lächeln gab den Blick auf unnatürlich weiße Schneidezähne frei. Dominic hatte seine Frau zu meiner Ausstellung mitgebracht. Er hatte mir nichts davon gesagt. Und ich fragte mich, ob sie mir die Schwangerschaft ansehen konnte.

»Die Fellfotzen haben es mir besonders angetan«, redete sie unbekümmert weiter. »Ich werde mir eine davon für unser Schlafzimmer zulegen. Was denkst du, Dom?«

Er gab so etwas wie einen zustimmenden Laut von sich. Ich fand seinen ehelichen Spitznamen selten idiotisch. Dom. Das passte nicht zu dem Mann, mit dem ich immerhin seit fast einem Jahr eine geistige und körperliche Intimität teilte, und es störte mich immens, dass ich nicht wusste, ob seine Frau ahnungslos war oder nicht. Die Unklarheit darüber, wer von uns welchen Wissensvorsprung hatte, ließ mich argwöhnisch zu Tetra hinüberblicken, die mitfühlend das Gesicht verzog.

»Du solltest ihre Fellfotzen auf die Titelseite der nächsten Ausgabe bringen«, regte Dominics Frau an, die kein Problem damit zu haben schien, das Wort »Fotze« auszusprechen. Aus ihrem Mund klang es ordinär und bissig.

»Mal sehen. Wenn das die Leser anspricht …« Dominics Haltung blieb vage.

Der Mensch, dem ich mich so nah fühlen konnte, war in diesem Augenblick emotional unendlich weit von mir entfernt.

»Männer!« Seine Frau rieb über ihren kurzen Haarschopf.

Mir fiel ein, dass er ihren Vornamen einmal erwähnt hatte, aber ich hatte ihn nicht behalten. Es war mir nicht wichtig genug erschienen, weil sie keinerlei Bedeutung für das gehabt hatte, was mich mit Dominic verband.

Nun legte sie mir in einer seltsam vertraut anmutenden Geste ihre Hand auf den Rücken. »Phallussymbole waren im letzten Jahr mindestens viermal auf dem Titel von *Ars&Ass*. Eine Vagina kein einziges Mal.« Sie redete laut, viel zu laut. »Schon irre, wie Männer sich da anstellen. Dabei werden Frauen, wenn sie nicht gerade die eigenen Ehefrauen sind, von Männern sowieso auf das Geschlechtsteil reduziert. Reine Fotzen halt.«

In meinem Mund blieb ein säuerlicher, metallischer Geschmack zurück, als ich ihre Provokation schluckte. In meinen Ohren rauschte es. Ich fühlte mich verwundet und geschrumpft und ich kam mir vor, als befände ich mich im Körper der Hottentotten-Venus Saartjie Baartman. Es war, als drehte ich mich an ihrer Stelle auf einer Bühne vor dem gaffenden Publikum, fast nackt, nur mit dem dünnsten aller Kleider bedeckt. Ich erwartete, dass Dominic etwas sagte. Egal was. Fell legte sich auf meine Zunge, klebte an meinem Gaumen. Ich wollte den Mund öffnen, bekam die Kiefer aber nicht auseinander.

»Hör mal, Lio, ich glaub, du musst dich um jemanden von der Presse kümmern.« Tetra schob sich so zwischen uns, dass sie mich von Dominic und seiner Frau abschirmte.

Ausgerechnet in diesem Moment erinnerte ich mich.

Als Kind hatte ich einmal laut und saftig gelacht. Ich wusste allerdings nicht mehr, worüber.

Ich wusste nur noch, dass ich den Mund geöffnet hatte, bis ich das Lachen im ganzen Körper spüren konnte. Doch meine Mutter hatte es mir verboten.

»Dein Mund ist viel zu weit aufgerissen. Man kann ja alles da unten sehen«, hatte sie geschimpft. »Wenn du nicht aufhörst, so laut zu lachen, muss ich ihn dir zunähen.«

Mein kindliches Selbst hatte sich vorgestellt, wie ich die Nahrung künftig durch ein winziges Löchlein mit einem Strohhalm zu mir nehmen würde. Ein Löchlein, so klein wie das Loch zwischen den Puppenbeinen, wo das Wasser-Pipi rauströpfelte, nachdem ich ihnen das Fläschchen gegeben hatte.

In diesem Moment in der Galerie war ich nur mehr dieses Löchlein.

Dominic und seine Frau gingen weiter. Tetra verharrte an meiner Seite. Meine Mutter, die die Unterhaltung dank der Lautstärke mitbekommen hatte, kam zu uns herüber. Sie sah müde aus.

»Ich glaube, ich gehe lieber mal.«

Ihre leise Stimme löste eine ungeahnte Wut in mir aus. Eine Wut, die mich überwältigte, die mit nichts zu erklären war, die regelrecht explodierte. Wut auf ihre Prüderie, auf ihre Kleingeistigkeit, auf ihr verklemmtes, jämmerliches Leben. Ein Leben, das sie mir achtzehn Jahre lang aufgezwungen hatte. Ein Leben mit all dem Schweigen, das ich viel zu lange akzeptiert hatte. Dem ich auch noch entsprochen hatte, indem ich nach Berlin gegangen war und den Kontakt auf ein Minimum reduziert hatte. Und meine Mutter hatte nie dagegen protestiert und nie mehr Kontakt eingefordert.

»Wer ist mein Erzeuger?« Viel zu fest packte ich den Arm meiner Mutter.

Wie dünn er war. Betroffen ließ ich sie wieder los. Meine Wut löste sich im selben Moment auf und ließ bei mir völlige Konfusion zurück. Ich starrte meine Mutter an, befremdet nicht nur über die Wucht meines Ausbruchs, sondern auch über den Inhalt meiner Frage. Ein größeres Tabu hatte es zwischen meiner Mutter und mir nie gegeben. Ihre Vergangenheit wurde mir höchstens in beiläufigen Bemerkungen, in Halbsätzen angedeutet, die mehr verschwiegen als verrieten. Vielleicht gab es deshalb so wenige Farben in meiner Kindheit, dachte ich mit einem Gefühl von Isolation, obwohl ich mitten zwischen den Gästen der Ausstellungseröffnung stand, die mir ein anerkennendes Lächeln zuwarfen, sobald ich in ihre Richtung sah. Weil Schweigen keine Farbe hatte. Weil es alle Fragen zurückwarf, so wie Porzellan das Licht reflektiert.

Hätte ich an diesem Abend denn auch nur ahnen können, was ich mit der Frage in meiner Mutter auslöste?

Die Nadel sticht von unten durch den Stoff. In der Dunkelheit muss das Mädchen aufpassen, dass es sich nicht verletzt. Sie fürchtet sich vor der Spitze. Wenn diese die Haut aufritzt, brennt es. So behutsam, wie sie nur kann, bewegt sie die Nadel mit dem kurzen Faden. Je kleiner ihre Stiche sind, desto mehr wird sie von Mama gelobt. Mama, die auf dem Bett liegt und in der Stille laut atmet.

Das Mädchen bemüht sich, dem Drang seiner Beine, die einfach nicht ruhig bleiben wollen, zu widerstehen. Wenn sie lange genug gestickt hat, wird Mama ihr übers Haar streicheln. Dann darf das Mädchen sich vielleicht zu ihr auf die Matratze legen. Ganz vielleicht erzählt Mama ihr auch von den Farben.

Das Mädchen muss an die Zauberwörter denken, die es gelernt hat. Rosenrot, Ultramarin, Purpur. Immerzu spricht sie die Wörter still vor sich hin, damit sie ja keines davon vergisst. Manchmal stellt sie sich Figuren dazu vor. Purpur, das ist eine Hexe, eine gute, die in der Nacht, wenn die braven Kinder schlafen, auf ihrem Reittier, einer schwarzen Katze, vorüberfliegt. Der lange Schwanz der Katze streicht den Kindern sanft über die Stirn. Rosenrot ist eine schöne Prinzessin, schöner noch als Mama, mit einer goldenen Krone auf dem Kopf, die heller scheint als die Sonne. Ultramarin ist ein Zwerg, der in der Dunkelheit der Höhlen tief unter einem Berg lebt, weit, weit weg von hier. Sein einziges Licht in der Schwärze kommt von einem Diamanten, leuchtend hell wie der Mond.

Das Mädchen denkt sich viele dieser Geschichten aus. Aber nur leise, in ihrem Kopf. In ihrem Kopf denkt sie auch an Papa. Mama nach ihm zu fragen, traut sie sich nicht. Denn Mama wird bestimmt traurig. Und Mama ist schon so oft traurig.

Das Mädchen ist jetzt auch traurig, weil es sich Papas Gesicht gar nicht mehr vorstellen kann. Sie weiß nur noch, dass Papa einen Schnurrbart hat. Wie die Katze, die auf dem Dachboden Mäuse jagen kommt. Wenn sie das Tier streichelt, schnurrt es. Dann denkt das Mädchen, dass es Papas Stimme ist, die es hört. Papa erzählt ihr Geschichten von Rittern und Edelfrauen und Riesen.

Ein Brennen durchfährt die Hand des Mädchens. Sie hat nicht richtig aufgepasst und sich mit der Nadel in den Finger gestochen. Um nicht aufzuschreien, beißt sie sich in die Wange. Sie darf nicht schreien. Etwas läuft ihre Backe hinunter, und sie leckt mit der Zungenspitze danach. Es schmeckt salzig.

Neben ihr raschelt es. Mama hat sich aufgerichtet und nimmt ihr den Stoff mit der Nadel aus den Händen.

»Für heute reicht es«, flüstert sie, als sie den Faden aus dem Stoff trennt. Stich für Stich löst sich auf, verschwindet in der Nacht und lässt Leere zurück, bis das Mädchen morgen wieder von vorne beginnen wird.

XXXXXX

3.

Von meinem Atelierfenster aus betrachtete ich den Abriss des gegenüberliegenden Gebäudes. Die Öffnungen für die Fenster hatten schon keine Rahmen mehr. Sie glichen Lücken ausgeschlagener Zähne im Gebiss. In einer davon flatterte der Fetzen einer Gardine. An den stehen gebliebenen Wänden klebten noch die Überreste der Tapeten.

Ich hatte erwartet, dass der Abriss des Gebäudes ein Gewaltakt werden würde. Brutal, laut, schnell. Mit diesem langsamen Dahinsterben, diesem Siechen hatte ich nicht gerechnet. Nach den Türen, Fenstern, Heizkörpern und Badewannen waren die Dachpfannen dran. Ich sah die Bauarbeiter auf dem Dach balancieren, als mein Handy mir mit einem Piepton den Erhalt einer SMS signalisierte. Kaum las ich Dominics Namen, nahm ich wahr, wie rasch mein Herz zu schlagen begann. Es war albern, aber auch schön. Ich rief seine Nachricht auf: TREFFEN AM BAUM UM ELF?

Verlangen erfüllte mich bei dem Gedanken an ihn. Ich dachte kurz an meine Mutter, die ich an diesem Vormittag kontaktieren musste, doch ich beschloss, mich später bei ihr zu melden. Nicht ich war es gewesen, die sich am gestrigen Abend entzogen hatte. Sie hatte entschieden, nach meinem Wutausbruch ins Hotel zu fahren, statt mit mir etwas essen zu gehen. Ich konnte nachvollziehen, dass es an meiner Frage nach meinem Erzeuger gelegen hatte und dass sie deshalb so blass geworden war. Doch am Ende stand fest, dass sie sich wieder vor einer Auseinandersetzung gedrückt hatte. Seit zweiundvierzig Jahren behielt sie die Identität des männlichen Genspenders konsequent für sich, als hätte ich nicht das geringste Anrecht darauf. Nicht einmal auf meiner Geburtsurkunde tauchte der Name meines Vaters auf. Das hatte ich bereits als Teenager festgestellt, als ich mich zum ersten Mal gegen ihr Schweigen zur Wehr zu setzen versucht hatte.

Außerdem hatte ich nach der verletzenden Begegnung mit Dominics Frau ein unfassbar starkes Bedürfnis danach, ihn zu sehen, ihn zu berühren und endlich zu klären, was für eine Art von Beziehung wir hatten.

Unsere Zähne schlugen schmerzhaft aneinander, als wir uns mit einem Kuss begrüßten. Ich grub die Finger in sein dichtes, grau werdendes Haar und rieb mit der Nase über die Haut hinter seiner Ohrmuschel. An der warmen Stelle roch er herb, ganz vertraut und gleichzeitig so fremd. Ich presste meinen Körper an ihn. Er umfasste mich. Seine behaarte Hand schob sich zwischen meine mit Gänsehaut überzogenen, entblößten Schenkel, und er drängte mich gegen den bemoosten Stamm einer Eiche. Es war der Baum im Grunewald, an dem wir uns vor elf Monaten zum ersten Mal geliebt hatten.

Ich ließ mich auch jetzt von meiner Lust treiben wie auf einem aufgewühlten Meer. Dominics Stöhnen war in meinem Ohr, sein Geruch in meiner Nase. Mit den Handflächen versuchte ich den Stamm zu umfassen, streichelte das lange Moos wie ein Fell und fühlte den Übergang zur bröckelnden, von Flechten bedeckten Rinde. Mein Blick ging in Richtung Himmel, der über meinem Kopf von dem wild verzweigten Muster der Äste durchzogen war.

Dann schrie Dominic auf, aber nicht vor Hingabe, sondern weil ein Eichhörnchen seine nackten Waden gestreift hatte. Atemlos kichernd hielten wir inne und beobachteten, wie das rötlich braune Tier den Stamm einer Buche emporhuschte, von der kahlen Krone des Baumes zur nächsten sprang und immer weiter, bis es unseren Blicken entschwand. Ich drehte den Kopf Dominic zu. In seinen Pupillen meinte ich, mich winzig klein zu erkennen.

»Ach, Lio, du machst mich wahnsinnig«, sagte er.

Mein entblößter Hintern fühlte sich eiskalt an, doch nichts war mir in diesem Moment gleichgültiger.

Danach liefen wir zur Bahnstation, wobei wir uns an den Händen hielten wie ein Liebespaar. Mir fiel auf, wie selten sich unsere Leben derart intensiv berührten. Vielleicht zögerte ich, ihn auf den gestrigen Abend anzusprechen, weil ich ahnte, dass unsere ohnehin so begrenzte Intimität gleich ein abruptes Ende finden würde.

Als Dominic sich am Automaten eine Fahrkarte zog und mir den Rücken zukehrte, fühlte ich mich von ihm erneut auf einen weit entfernten Platz verwiesen. Etwas in mir klumpte sich wie am Abend zuvor zusammen. Ich überlegte, ihm doch von meiner Schwangerschaft zu erzählen, obwohl ich das eigentlich für mich behalten wollte. Aber ich verspürte diesen drängenden Wunsch in mir, eine Verbindung zu ihm aufzubauen, die nicht unweigerlich wieder abreißen würde, wenn er in die Bahn stieg und von mir wegfuhr.

»Nimm mich in den Arm!«, sagte ich.

Selten sprach ich ihn mit seinem Namen an, selten redeten wir über etwas anderes als über meine Kunst und seine Zeitschrift. Nach unseren Treffen blieben mir nie mehr als Erinnerungen und ein flüchtiger Geruch, der noch in meinen Kleidern und meiner Bettwäsche hing, wenn er längst gegangen war. Dominic streichelte mir mit dem Handrücken liebevoll über die Wange.

»Voll peinlich, die Alten«, kreischte eine Mädchenstimme.

An der Treppe zu den Gleisen entdeckte ich zwei Teenager. Unwillkürlich musste ich lächeln. Mit vierzehn Jahren waren mir Vierzigjährige auch uralt vorgekommen.

»Geh noch nicht«, bat ich Dominic und registrierte zu spät, dass ich damit zu viel von meinen Gefühlen für ihn preisgegeben, zu viel von meiner Sehnsucht verraten hatte.

»Ich muss wirklich los.«

Er wollte sich aus der Umarmung lösen, doch ich küsste ihn, wobei ich meine Arme um seinen Nacken legte.

»Warum bleibst du nicht?«, flüsterte ich. Er trat so heftig zurück, dass ich ihm ein paar Haare ausriss. Sie blieben zwischen meinen Fingern hängen.

»Was soll das?« Der Ton seiner Frage alarmierte mich. »Was ist mit dir los? Ich hab dir nie was vorgemacht. Wenn dir das nicht mehr reicht, dann lassen wir es besser gleich sein«, schnauzte er.

Es stimmte. Er hatte mir gesagt, noch bevor wir das erste Mal miteinander geschlafen hatten, dass er sich niemals von seiner Frau trennen würde. Ich hatte es akzeptiert, weil ich selbst nicht an einer festen Beziehung interessiert war oder es nicht zu sein glaubte. Ich wusste es nicht mehr. Alles überforderte mich im Moment. Noch blieb mir die Hoffnung, dass sich meine Verwirrung legen würde, sobald meine Mutter abgereist war, und sich dieser unselige körperliche Zustand, in dem ich mich befand, gelegt hatte.

»Die Ausstellungseröffnung und das Ganze, das stresst mich eben, okay?«, blaffte ich in sein verschlossenes Gesicht. Meine Haut straffte sich, als sich die Muskeln darunter anspannten. Ich konnte mindestens so kalt sein wie er.

»Okay«, sagte er.

Ich hielt seinem Blick stand, legte so viel Distanz in meinen wie nur möglich. Er streckte die Hand aus, doch als seine Fingerspitzen meine Wange berührten, zog ich den Kopf um ein paar Millimeter zurück.

Er lächelte. »Komm, Lio, sei nicht so.«

»Wie bin ich denn?« Ich verschränkte die Arme vor dem Körper.

»Kompliziert?« Dominic lachte neckend und ein bisschen lockend. Ich verzog die Mundwinkel nicht. »Du kannst doch nicht einfach so beschließen, dass du die Regeln unserer Beziehung änderst«, sagte er dann.

Ich schwankte zwischen dem Trost darüber, dass er unser Verhältnis zueinander als Beziehung bezeichnete, und Konsterniertheit, weil ich nie Regeln aufgestellt hatte. Nun hob er wie zur Entschuldigung die Schultern, gab mir einen raschen Kuss auf die Stirn und ging.

Ich hätte mit ihm gehen, dieselbe Bahn in die Stadt nehmen können, um etwas zwischen uns zu klären, aber ich blieb zurück. Vielleicht aus Stolz. Vielleicht aus Enttäuschung. Während ich zusah, wie seine Silhouette immer kleiner wurde, je weiter er sich von mir entfernte, wuchs das Loch in meinem Bauch.

Erinnerungen sind wie Kleider. Sie können getragen und durchlöchert sein, lassen sich mit dem Sonntagsstaat des Großvaters an die nächste Generation vererben oder zu

Flickenteppichen verweben. Man kann sie aufheben, Trophäen gleich, wie das Hochzeitskleid und die Lederjacke, die man auf der ersten Demo gegen die Startbahn West getragen hat. Sie lassen sich ändern. Gekürzt und geweitet, passen sie sich der Gestalt des Trägers an. Sie nutzen sich ab oder werden geschont, wenn man sie nicht oft anzieht.

Wann immer ich mich an diesen Vormittag im Grunewald zurückerinnerte, erschrak ich über mein Bedürfnis, zu etwas zu gehören, das größer war als ich.

Ich trat aus dem Bahnhofsgebäude, weil mir der Kreislauf wegsackte, und stützte mich an einer Mauer ab. Unter den Handflächen spürte ich Rillen. Ich lehnte an einer Wand aus Beton, grau und porös, mit Löchern, die aussahen, als ob dort einmal Menschen hineingepresst gewesen wären. In mir stieg eine diffuse Ahnung auf, dass ihr Fehlen etwas mit mir und meiner Vergangenheit zu tun haben musste.

Die Betonmauer war ein Mahnmal. Schon oft hatte ich die Inschrift auf der Tafel gelesen, welche an die über fünfzigtausend Juden erinnerte, die vom Berliner Grunewald aus in die Vernichtungslager deportiert worden waren. Mein Herz verspürte einen Riss, ohne dass ich auch nur begreifen konnte, was mit mir geschah.

An diesem feuchtkalten Nachmittag im März wusste ich noch nicht, wie viel mich mit dieser Leere, die jene Menschen im Leben hinterlassen hatten, verband. Ich wusste nur, dass ich zweiundvierzig Jahre alt war, mich einsam fühlte und ungewollt schwanger war.

Wehmütig blickte ich aus der Bahn in das Graubraun der postwinterlichen Stadt. Vergeblich suchte ich nach

Farben, nach etwas, das mich aufheitern würde. Alles verschwamm in einem nebligen Dunstschleier. Sogar die knallrot lackierten Autos auf der Straße wirkten seltsam farblos. Ich versuchte an Farben zu denken, daran, dass viele Farben in der Natur, wie auch bei den Schmetterlingen, nicht durch Mischen zustande kamen, sondern durch Eigenschaften des Lichts. Dass Purpur auf weißer Wolle ganz anders aussah als auf schwarzer. Dass Stickereien am Tag viel bunter wirkten als im Schein einer Kerze. Dass Farben vor allem Ideen und Gefühle waren.

Was ich über Farben wusste, hatte mir meine Mutter beigebracht. Sie saß vermutlich in ihrem Hotelzimmer und wartete auf meinen Anruf. Womöglich befürchtete sie, dass ich meine Frage vom Abend wiederholen könnte. Vielleicht war sie entschlossen, jedem Rühren an der Vergangenheit weiterhin standzuhalten. Ich war es jedenfalls leid, mir ihre Lügen und Ausflüchte anzuhören. Ich konnte kein Schweigen mehr ertragen und fuhr daher erst mal zu Tetra.

Meine Freundin ging mir voran in ihre Wohnarbeitsküche. »Tee, Sekt, nimm dir, was du willst, ich bin gleich fertig. Muss nur noch schnell eine Idee aufzeichnen, bevor sie wieder weg ist.«

Ich schenkte mir etwas von der bereitstehenden Weinflasche in ein Glas. Dass es gerade einmal Mittag war, war mir egal. Weniger egal war mir meine Schwangerschaft. Ich schadete dem Fötus mit Alkohol. Aber ich wollte das Kind doch nicht. Ich trank in kleinen Schlucken, während ich den Raum betrachtete, dessen Vertrautheit mich einhüllte.

Tetras Küche war wie ein eigenes Haus. Jede Wand gaukelte einem vor, in einem anderen Zimmer zu sein. Der

Kühlschrank, der Gasherd, die Spüle und das mit Töpfen und Gewürzen vollgestopfte Regal bildeten die kulinarische Sektion. Hier roch es nach Curry, Knoblauch und Ingwer. Hier befanden sich auch die Weinflaschen, deren Inhalt Tetra und ich in Krisenzeiten, etwa bei Liebeskummer und Finanzknappheit, in uns hinein kippten.

Wenn ich vom Kühlschrank geradeaus blickte, sah ich auf eine ungestrichene Wand. Auf dem nackten Putz hingen ihre Entwürfe, Bleistiftzeichnungen auf Recyclingpapier, Stoffmuster, herausgerissene Seiten aus Zeitschriften, Schnappschüsse von Menschen auf der Straße, kurzum alles, was meine Freundin zu ihren Modellen inspirierte. Links davon befand sich die Tür. Auf dieser Seite des Raums baumelten an einer Kleiderstange die neuesten Modelle. Kleider, Röcke, Hosen und Blusen, denen nach wenigen Stunden schon der Duft des Essens anhaftete, den sie mit sich in Tetras Laden trugen und der sich dort mit den Parfüms der Kundinnen mischte. Rechts war die Wand mit dem großen Altbaufenster, das den Blick auf einen stets schattigen Innenhof freigab, den Tetra mit Bambus üppig begrünt hatte.

In diesem Raum, in dem ich mich zu Hause fühlte, wurde das Auge von allen Seiten in Bann gezogen. Wenn ich das Wesen meiner Freundin beschreiben sollte, dann käme mir als Erstes diese Wohnarbeitsküche in den Sinn, obwohl die räumliche Gemütlichkeit einen scharfen Kontrast zu Tetra selbst darstellte. Ihre blasse Haut, die sich von den schwarzen, gerade geschnittenen, glatten Haaren beinahe märchenhaft abhob, war mit unzähligen Tätowierungen verziert. Ich hatte bloß eine kleine Tätowierung auf der Hüfte, ein X wie ein Kreuzstich, das ich mir selber an meinem achtzehnten Geburtstag gestochen hatte. Es hatte schrecklich wehgetan und mich ein für alle Mal von dem Gedanken an weitere Tätowierungen kuriert.

Tetra jedoch liebte ihre Körperbilder, die sich über Arme und Oberschenkel ausbreiteten, jeder Modeerscheinung trotzten und ein Leben lang Bestand hatten. Neben dem verschnörkelten Schriftzug »Hoffnung« prangten ein rosafarbenes Faultier und darüber eine Lotusblüte. Auch mein Name war in ihrer Haut verewigt, am linken Schulterblatt, gleich über den geballten Fäusten, die eine Kette zerrissen. Erst war mir der Gedanke unangenehm gewesen, für immer in Tetras Haut geritzt zu sein, aber sie hatte mir begreiflich gemacht, dass ich zu ihrem Leben dazugehörte und dass sie diese Zugehörigkeit auf der Landkarte ihres Körpers verzeichnen wollte.

»Was sollte das überhaupt?«, legte Tetra los, kaum dass sie den Bleistift neben die Skizze gelegt hatte. Ich trat zu ihr, um mir das Kleid anzusehen, das sie mit wenigen Strichen auf dem Papier entworfen hatte. »Bist du denn total bescheuert?« Sie lehnte den Kopf gegen meine Hüfte. Die Berührung nahm ihren Worten die Härte. »An deinem Abend! Ausgerechnet den Abend deines Triumphs versaust du dir mit Dominic und seiner Frau?«

Nur sie durfte so mit mir reden. Niemand sonst.

»Ich wusste ja nicht, dass er sie mitbringt.« Ich streichelte ihr über die Haare, die weich wie Fell waren.

»Er ist ein Vollidiot.«

Ich lächelte matt. »Machst du mir einen Chai, bitte?«

»Wenn du mich fragst, da stimmt doch was nicht«, überlegte sie laut.

»Ich frag dich aber nicht. Was ist mit dem Tee? Muss ich erst auf die Knie fallen, um ihn zu kriegen?«

Sie ließ sich nicht beirren. »Warum ist sie überhaupt mitgekommen? Weiß sie von dir?«

»Keine Ahnung. Wir reden nicht über seine Frau.« Eigentlich war ich bei Tetra, um mich ablenken zu lassen, und nicht um über Probleme zu sprechen. Vor allem nicht über Dominic und seine seltsame Ehe. »Lass uns im Internet nach meiner Ausstellung gucken, damit ich mein Ego ein bisschen aufpolieren kann. Vielleicht ist sie ja irgendwo erwähnt.«

Tetra hörte gar nicht richtig zu. »Mein Internetanschluss ist im Moment total lahm. Ein blöder Virus. Sag mal, kann sie wissen, dass du schwanger bist?«

»Das weiß er ja nicht mal. Aber vielleicht kann sie hellsehen«, zog ich das Ganze absichtlich ins Lächerliche.

»Ja, ja. Ich sag dir, die ahnt was. Das war doch das reinste Reviergepisse gestern«, beharrte meine Freundin.

»Ist im Grunde auch egal«, beendete ich das Thema. »Lass uns bitte über was anderes reden.«

»Hast du deine Mutter noch mal getroffen? Euer Wiedersehen ist ja nicht besonders herzlich ausgefallen.«

»War zu erwarten.« Ich gab mich cooler, als ich mich fühlte.

Die Themen, die Tetra anschnitt, waren allesamt zu schmerzlich, daher verabschiedete ich mich wieder. Auf den Tee verzichtete ich diesmal.

»Eins noch.« Ihr Tonfall wurde sanfter, als sie mich zurückhielt. »Wenn du nicht allein zur Abtreibung gehen willst, komme ich mit. Du brauchst nur was zu sagen.«

Ich fühlte mich, als wäre ich soeben mit dem Kopf gegen eine Wand gelaufen. Benommen. Verwirrt. Schmerzerfüllt. Natürlich wollte ich diese Schwangerschaft nicht, und ich wusste auch, dass ich sie bald beenden musste, aber das

Wort »Abtreibung« ließ alles so viel realer, so viel brutaler wirken. Tetra hatte ja recht. Mir blieb nicht ewig Zeit. Dennoch wünschte ich mir einfach nur, ich könnte das Ganze lösen, indem ich nicht mehr darüber nachdachte.

Auf der Straße wählte ich die Nummer des Hotels, in dem ich ein Zimmer für meine Mutter gebucht hatte. Der Rezeptionist versuchte meinen Anruf durchzustellen, doch niemand antwortete. Sie musste ausgegangen sein.

Am geöffneten Fenster meines Ateliers atmete ich den staubig-modrigen Geruch der Trümmer ein. Während des Abbruchs wurden die Mauern mit Wasser besprengt. Selbst als ich das Fenster schloss, meinte ich den Moder noch immer riechen zu können. Pulverartig hing er in der Luft, setzte sich in meinem Atelier fest und verkroch sich in den Materialien. Es müffelte nach Alter.

Unweigerlich fiel mir wieder meine Mutter ein und die Erschöpfung, die am vergangenen Abend auf ihr gelastet hatte. Ich wünschte mir, ich könnte die Wut, mit der ich sie nach meinem Erzeuger gefragt hatte, rückgängig machen. Ich wünschte mir wirklich, ich hätte einen Weg gefunden, mit ihr offen über die Leerstellen in meiner Erinnerung zu reden. Aber dazu gehörten immer zwei. Unter Umständen würde ich auch für die nächsten Jahrzehnte akzeptieren müssen, dass sie mich nicht an sich heranließ. Vielleicht gab es hinter der Fassade der abweisenden Frau einfach keine andere.

Ich hatte eine Hand auf den Bauch gelegt. Als ich mir dessen bewusst wurde, erschien es mir zu sinnlos sie wegzunehmen, deshalb ließ ich sie einfach dort, wo sie war.

Seit ich nach Berlin geflüchtet war, waren meine Mutter und ich uns nur noch wie zwei Fremde begegnet, die zufällig den gleichen Nachnamen trugen. Dennoch hatte es in der Vergangenheit einige Gelegenheiten gegeben, bei denen die Fassade gebröckelt war, bei denen sie etwas von sich herausgelassen hatte. Ich suchte in meiner Erinnerung danach.

Einmal waren wir Eis essen gegangen, das wusste ich noch. Ich war etwa acht, neun Jahre alt gewesen. Damals trug ich das Haar auf Schulterlänge. Meine Mutter schleckte ihr Himbeereis mit Hingabe, und als etwas davon auf ihre strohgelbe Bluse tropfte, wischte sie den Fleck mit dem Finger ab. Wahrscheinlich hatte es hin und wieder ein paar dieser kleinen Momente gegeben, aber ich erinnerte mich vor allem an das Eis und an die Farbe ihrer Bluse. Vermutlich wegen des prägnanten roten Flecks und weil sie in der Situation unerwartet entspannt gehandelt hatte.

Es gab da offenbar noch eine andere Frau in meiner Mutter. Eine Frau, die auf eine mir letztendlich unvorstellbare Art und Weise ein Kind bekommen hatte. Diese Frau war nach und nach zu meiner Mutter geworden, aber etwas von ihrem früheren Selbst musste noch vorhanden sein. Diese Frau würde ich nach meinem Erzeuger fragen. Als Kind hatte ich gespürt, dass ich die Frage nicht stellen durfte, doch ich war nicht mehr das Kind von damals.

Ich hockte mich mit dem Notebook und einem tiefen Bedürfnis nach Ablenkung auf die Matratze und gab meinen Namen sowie »Galerie Zazewitz« als Suchwörter ein. Tatsächlich entdeckte ich ein paar Erwähnungen meiner Ausstellungseröffnung in diversen Blogs. Die Schreibenden schwärmten allesamt von den Kuschelmuschis, und ich zog es vor, mich diesmal nicht darüber zu ärgern, dass die Fellfotzen kaum erwähnt wurden. Stattdessen las ich die positiven Sätze mehrmals, bis ich merkte, wie meine Körperspannung nachließ.

Der Abriss des Gebäudes vor meinem Atelier geriet zu einer Art Happening. Die Fassade war bereits zur Hälfte verschwunden. Die verbleibenden Wände wirkten wie ein buntes Schachbrett. Quadratische Farbflecken in Weinrot, Grau, Hellgelb und Weiß reihten sich aneinander, dazwischen gab es einen Durchbruch mit dem gnadenlosen Blau des Himmels. Aus den Zwischendecken ragten die Drähte empor, Fäden aus einer schlampigen Näharbeit gleich.

Ich begoss den Teebeutel in einer Tasse mit heißem Wasser. An der Hitze, die durch das Porzellan drang, wärmte ich mir die Fingerspitzen. Mit der Tasse ging ich durchs Atelier, von Materialinsel zu Materialinsel.

Berge von gesammelten Dingen, Kurioses und Schwemmhölzer ebenso wie schön gefärbte Flaschen und runde Steine türmten sich in größeren Abständen zueinander auf. Überall dort, wo das Licht je nach Tageszeit besonders gut war, errichtete ich einen solchen Haufen aus Fundstücken. Das Licht bestimmte den Weg, zeichnete ihn auf den Holzboden.

Mein Blick richtete sich auf die Postkarte mit der Felltasse über meinem Bett, Meret Oppenheims »Frühstück im Pelz«. Als die Tasse zum ersten Mal ausgestellt wurde, schrieb Max Ernst: »Wer überzieht die Suppenlöffel mit kostbarem Pelzwerk? Das Meretlein.« Die schaffende, begehrende, leidenschaftliche Künstlerin wurde von ihm durch ein geschlechtsloses »das« und ein angehängtes »lein« zu einem kleinen Mädchen degradiert.

Das weiße Porzellan der Tasse hatte Oppenheim mit dem Fell einer chinesischen Gazelle beklebt, das langhaarige Oberfell zierte das Innere, den Teller und die Löffel, das Bauchfell die Außenwand. Die Künstlerin hätte auch einen billigeren Fuchspelz verwenden können, Hasenfell oder was auch immer, aber sie hatte sich für die Haut eines wilden Tieres entschieden. Ein zartgliedriges, flinkes Tier mit Hörnern, die der Verteidigung dienten. Durch das harte Material der Tasse wurde das Fantastische, das Triebhafte der Gazelle gezähmt und zu einem häuslichen Leben gezwungen. Dennoch blieb auch die Tasse nicht ohne Veränderung, denn das Fell ließ sie weicher erscheinen und vor allem lebendiger. Beim Betrachten der Postkarte stieg das Bedürfnis in mir auf, über die Haare zu streichen. Ich wollte ins Fell hauchen und die Härchen mit meinem Atem erzittern lassen; ich wollte die Nase darin vergraben, um den Staub zu riechen und die leichte, nach all den Jahren wahrscheinlich kaum mehr wahrnehmbare animalische Spur. Ich glaubte sogar die Haare auf der Zunge zu schmecken.

Mir fiel wieder der gestrige Abend ein. Dominics Frau hatte mich angegriffen. Reviergepisse, hatte Tetra es genannt. Es stimmte. Seine Frau hatte meine Sexualität und Begierde zu etwas Dreckigem gemacht. Und er hatte mich nicht verteidigt, sondern mit seinem Schweigen unsere Liebe auf eine schmuddelige Affäre reduziert, derer man sich schämt.

Obwohl wir unsere Beziehung nie näher definiert hatten, war es für mich nicht nur eine sexuelle Affäre. Schließlich redeten wir viel über das, was mich am meisten bewegte: meine Kunst. Mit niemandem konnte ich mich so intensiv darüber austauschen wie mit ihm. Niemand verstand wie er, was ich ausdrücken wollte. Dabei hatte ich die Existenz seiner Frau einfach ausgeblendet. So wie wir sie aus unseren Gesprächen heraushielten, verdrängte ich sie aus meinen Gedanken. Sie spielte keine Rolle, denn ich hatte mir von ihm keine Ehe, keine Versprechungen und keine Symbole seiner Zuneigung oder Liebe erhofft. Das brauchte ich alles nicht.

Dennoch hatte ich erwartet, dass er mich auf seine Art lieben, dass er zumindest loyal sein würde. Dass er das, was wir miteinander hatten, für ebenso wertvoll hielt, wie es für mich war. Zu realisieren, dass ihm alles so viel weniger bedeutete, schmerzte, als würde mir die Haut in Streifen abgezogen.

Habe ich deshalb meiner Mutter die Frage nach meinem Vater gestellt?, überlegte ich. Weil Dominics Kälte mich zu sehr an ihre erinnert?

Mein Verhältnis zu meiner Mutter war vergleichbar mit dem des Fells zu der Porzellantasse, ging mir auf. Von der Beschaffenheit her konnten wir einfach nicht zusammenpassen, nicht mit meiner Wildheit, meiner Triebhaftigkeit und mit ihrer Kälte, ihrer Härte.

Als Kind hatte ich ihre Zurückweisung zu akzeptieren gelernt. Mir war ja nichts anderes übrig geblieben. Dennoch hatte ich einmal, mit Mitte zwanzig, animiert von Tetra und den anderen Kali-Sisters, den Entschluss gefasst, meine Mutter nach meinem Erzeuger zu fragen. Es fiel mir jetzt wieder ein. Ich musste es komplett verdrängt haben. Es war nicht zu einer Antwort gekommen. Bevor ich die Frage hatte aussprechen können, hatte sich der Körper meiner Mutter versteift, und sie hatte ihre Mimik auf das absolut Notwendigste heruntergefahren, als wäre sie aus Porzellan.

»Lass uns nicht an das denken, was war. Lass uns nach vorne blicken«, hatte sie gesagt. Es hatte sich angehört, als kämen die Sätze nicht aus ihrem Mund. Als bewege sie nur die Lippen und jemand anders spreche an ihrer Stelle.

Jetzt fiel mir ihre Reaktion auf der Ausstellung ein. Irgendetwas war diesmal anders gewesen.

Sie hatte diesmal nichts Hartes an sich gehabt. Stattdessen hatte sie getroffen und verwundet reagiert. Beim Gedanken daran wuchs in mir die Hoffnung, endlich eine Antwort zu erhalten.

Erneut rief ich im Hotel an, doch meine Mutter war noch immer nicht da. Sie sah sich wohl die Stadt an. Tetra hatte gestern erwähnt, dass meine Mutter mal in Berlin gelebt hatte. Es war seltsam, weil ich nichts davon wusste. Ich werde sie auch danach fragen, entschied ich. Ich werde nicht aufgeben, selbst wenn sie mich abweist. Ich werde immer weiter fragen und weiter, denn ich werde ihr keinen Ausweg mehr lassen.

Der ohrenbetäubende Lärm der einstürzenden Mauern vor meinem Fenster ließ mich zusammenzucken. Durch den Krach hätte ich die Türklingel beinahe nicht gehört. Ich wünschte, es wäre Dominic, der mit mir reden wollte, doch es war die Polizei. Eine unbestimmte Angst stieg in mir auf, Dominic könnte was passiert sein.

»Ihre Mutter hatte einen Schlaganfall. Sie ist gestern Abend in einer U-Bahn-Station aufgefunden worden. Wir haben Sie als Angehörige ermitteln können«, sagte die Polizistin und gab mir die Adresse des Krankenhauses, in dem meine Mutter lag.

Sofort rief ich mir ein Taxi. Erst viel später ging mir auf, dass ich gar nicht in Betracht gezogen hatte, dass meiner Mutter etwas zugestoßen sein könnte.

Die Angst hält das Mädchen im Nacken gepackt und drückt es auf den Boden. Es hallt in ihrem Kopf. Wenn sie nicht still ist, hat Mama gesagt, dann kommt der böse Mann und holt sie.

Still sein.

Ganz stumm.

Den Atem leise herausströmen lassen.

Das Mädchen weiß, wie wichtig das ist, damit der böse Mann nicht kommt, denn dann ist man tot. Aber jetzt schreit Mama. Sie schreit in das Kissen, das sie sich in den Mund gestopft hat. Sie schreit und schreit und schreit.

Das Mädchen hält sich die Ohren zu, doch die Schreie kann es trotzdem noch hören. Die Frau hat sie hinter die Decke geschickt, die wie eine Wand Mamas Bett vom Rest des Dachbodens abtrennt. Sie darf nicht eher wieder hervorkommen, bis die Frau es ihr sagt. Wenn sie näher an die Decke herantritt, kann sie die Fäden und Flusen darauf sehen. Dort, wo die Wolldecke die Wand nicht berührt, ist eine Lücke, durch die das Mädchen vorsichtig zu Mama späht, obwohl die Wolle an der Wange kratzt und es den Filz ekelig findet.

Mama hat die nackten Beine aufgestellt. Dazwischen ist es nass wie von Pipi und rot. Zinnoberrot. Himbeerrot. Das Mädchen sucht nach dem richtigen Zauberwort. Dabei hat sie eine Angst, so hoch wie ein Berg. Sie hat Angst, dass der böse Mann kommt und Mama holt, weil die so laut schreit.

Das Mädchen wird wütend auf Mama. Sie möchte, dass Mama still ist. Sie möchte Mama schlagen, eine Tasse zerbrechen, damit sie mit dem Schreien aufhört. Auch die anderen hinter den aufgehängten Decken wollen, dass Mama endlich aufhört.

»Sie verrät uns noch alle!«, wimmert die Frau mit dem Fuchsfell, das sie sich jeden Morgen umlegt, wenn sie ihre Zähne aus einem Wasserglas geholt und sie sich in den Mund geschoben hat. Das Mädchen fürchtet sich vor dem Mund der Frau, der ohne die Zähne wie ein schwarzes Loch aussieht.

Noch einmal blickt sie zu Mama hinüber und wagt einen Blick zwischen die Beine, wo es tiefrot ist und dunkle Haare wachsen. Wenn das Mädchen Pipi macht oder sich wäscht, fasst es sich manchmal heimlich zwischen den Beinen an. Da unten wachsen bei ihr keine Haare. Mamas Haar ist fremd und spannend. Sie muss immer wieder hinsehen. Dann verändert es sich. Es wird zu einem Loch und durch dieses Loch presst sich ein rundes, schmieriges Ding, ein Ball mit Haaren. Mama schreit noch lauter, bis der Schrei erstickt und aus dem Ball eine hässliche Puppe geworden ist. Das Mädchen dreht den Kopf weg, als Mama die Puppe mit einem langen Stöhnen in die Arme schließt.

Es dauert viel zu lange, hundert oder tausend Jahre, bis Mama das Mädchen zu sich ruft. Zögernd kommt sie hinter der Decke hervor. Sie setzt einen Fuß vor den anderen, dabei würde sie am liebsten weglaufen und sich verstecken.

»Schau, das ist deine Schwester.«

Sie guckt sich die Puppe genau an. Zerknautscht ist sie und fleckig. Die feuchten Haare kleben fies an der Kopfhaut.

»Wie schön sie ist«, sagt Mama.

Das Mädchen findet seine kleine Schwester hässlich. Und noch hässlicher, als Mama den Säugling küsst und wieder küsst. Sie wünscht das Baby weg von hier, von ihr und Mama.

»Komm zu uns, Große«, sagt Mama und bettet ihre Hand an die Wange des Mädchens.

Sie ist warm und weich. Mamas Hand ist wie ein Flügel. Das Mädchen fühlt sich als Küken unter der Schwinge des Muttervogels.

»Bist du noch immer meine Mama?«, wispert sie, als sie sich zu ihr auf das Bett kuschelt.

»Immer.«

»Auch morgen noch?«

»Auch dann. Und am Tag danach und danach und danach und für immer.«

»Aber du bist auch die Mama von dem Baby da.«

»Ihr seid beide meine Töchter.«

Das Mädchen sieht die andere an, die zweite Tochter von Mama, und wundert sich, dass es mit diesem roten, verquollenen Wesen etwas gemeinsam hat.

4.

Die Frau in dem Bett auf der neurologischen Intensivstation war nicht meine Mutter, konnte einfach nicht meine Mutter sein. Wie eine Greisin sah sie aus. Der Monitor mit den zuckenden Linien ließ sie mit dem Rest der medizinischen Gerätschaften, an die sie angeschlossen war, unglaublich eingefallen wirken. Sie war beinahe zu einem Kind geschrumpft. Ich hatte Angst, mich ihr zu nähern, Angst, als Riesin neben ihr zu stehen. Meine Schritte waren steif, während ich zu ihr ging, so als lernte ich gerade erst laufen, und ich musste daran denken, wie unsicher ich in der Galerie auf sie zugegangen war.

Ein Bild stieg aus dem Schatten meiner Gedanken auf, eine Art Traum. Als Mädchen hatte ich beim Baden oftmals an meinem Bauchnabel herumgespielt und überlegt, wie es wohl gewesen war, als mich eine lange Schnur mit meiner Mutter verband und ich dieser Schnur folgen musste, wohin sie wollte, wohin sie mich zog. Noch als Heranwachsende war mir die leise Ahnung geblieben, dass diese Schnur vielleicht nie durchtrennt worden war, dass sie nur unsichtbar geworden war und dass ich, je weiter ich mich entfernte, umso schmerzhafter zurückschnellte zu meiner Mutter.

Die Haut ihrer Hand fühlte sich so trocken an wie mein Mund. Es war, als läge überhaupt kein Gewicht darin, als hielte ich bloß eine Feder, die, einmal dem Wind ausgesetzt, auf und davon fliegen würde. Ich war erschrocken darüber, wie unerwartet verletzlich mir meine Mutter ohne Make-up erschien. Trotz der tief eingegrabenen Falten wirkte sie jung, viel zu jung, und in mir stieg ein tiefes Bedauern darüber auf, dass ich der Person, die sie hinter der Maske der angepassten Frau gewesen sein musste, nie richtig begegnet war.

Der zuständige Arzt hatte in dem Gespräch vor meinem Besuch auf der Stroke Unit, der Intensivstation für Schlaganfallpatienten, zu mir gesagt, dass meine Mutter wegen einer halbseitigen Lähmung auf unbestimmte Zeit die Sprache verloren habe. In dem nüchternen Krankenhauszimmer, das in seiner Schlichtheit auf die reine Funktion zu versorgen reduziert war, kam ich nicht umhin, ihren Sprachverlust mit meiner Frage in Verbindung zu bringen. Als ich sie mit der Frage nach meinem Erzeuger hatte zwingen wollen, das Schweigen zu durchbrechen, war sie verstummt. Vielleicht sogar für immer.

Ohne großen Erfolg kämpfte ich gegen meine Schuldgefühle an, denen ich keine Berechtigung einräumen wollte. Schließlich konnte ich nichts für das Leben meiner Mutter. Ich hatte sie nie darum gebeten, mich zur Welt zu bringen. In dieses Gefühl mischte sich obendrein ein Abklatsch der Wut des gestrigen Abends. Eine Wut, die mich ängstigte, weil ich sie gegenüber dieser hilflosen Gestalt hier im Krankenhausbett empfand. Man durfte doch auf eine alte, kranke Frau nicht wütend sein. Aber wieder einmal hatte sich meine Mutter jeglicher Auseinandersetzung entzogen. Womöglich tat sie nur so schwach und spielte die Kranke, um nicht reden zu müssen. Für einige Sekunden absurder Wut glaubte ich beinahe daran. Ich presste die Hände aufs Gesicht, als könnte ich so die Gedanken stoppen. Aufhören. Aufhören. Aufhören.

Als ich die Hände wegnahm, sah ich den Blick meiner Mutter auf mich gerichtet. Tastend griff ich nach ihrer gelähmten Hand, sie konnte sie ja nicht wegziehen, und umschloss sie mit meiner. Meine Mutter öffnete den Mund, versuchte die Zunge zu bewegen und Laute zu formen, doch sie hatte keinerlei Gewalt über den Fleischlappen, der an ihrem Gaumen zu kleben schien. Über ihre Lippen drang bloß ein Gurgeln. Mühsam hob sie den geschrumpften Kopf einige Zentimeter von dem weißen Kissen, als könnte sie mir etwas sagen, wenn sie nur nahe genug an mich herankäme. Mit der freien Hand, die ich ihr auf die Stirn legte, drückte ich sie sanft aufs Kissen zurück.

»Pscht, Mama! Nicht. Du darfst dich nicht anstrengen, hörst du? Der Doktor hat gesagt, dass später ein Logopäde vorbeikommt, der mit dir ein paar Übungen macht. Sie helfen dir hier.« Ich begann sinnloses Zeug zu reden, weil ich nicht über das sprechen wollte, was ich fühlte. Haltlose Traurigkeit. Und Liebe. Viel zu viel Liebe.

Vielleicht war das mein Problem. Zu viel Liebe, nicht zu wenig davon, dafür aber zu wenige Wörter, um darüber reden zu können. Kunst ist eine Sprache, die ohne Wörter auskommt, dachte ich noch.

Ich blieb bei meiner Mutter sitzen, hielt weiterhin ihre Hand. Dabei lauschte ich ihrem Atem und dem leisen elektronischen Brummen der Maschinen. Neben ihrem Bett stand ein weiteres. Darin lag eine Frau, die an ein Beatmungsgerät angeschlossen war. Durch die krankenhausbettenbreite Türöffnung schallte aus dem Flur das Echo der Gespräche der Pflegerinnen und Pfleger. Sie redeten über die Patienten, über die Noten ihrer Kinder, ein Reitturnier einer Tochter und den Kinofilm, in dem sie gestern gewesen waren. Die Normalität, mit der sie diesen Ort und die Patienten behandelten, beruhigte mich derart, dass ich beinahe die Tragweite der Situation vergaß, in der ich mich befand. Meine Mutter war weggedämmert. Ich streichelte mit der freien Hand meinen Bauch, bis mir einfiel, dass ich das Kind nicht wollte. Eilig stand ich auf.

»Mama, ich komme bald wieder. Versprochen.«

Ich ließ ihre Hand los, um zu gehen. Dabei war es mir, als könnte ich das Reißen der Schnur hören, die unsere Herzen verband.

Der Holzboden meines Ateliers schwankte. Erst dachte ich, mein Kreislauf spiele verrückt und mir wäre schwindelig, dann realisierte ich, dass das Wackeln vom Abriss des Gebäudes gegenüber kam. Ich entledigte mich des Mantels, warf ihn über einen abgeschabten Sessel und setzte mich an meinen Entwurfstisch. Meine Arbeit hatte mich immer schon zuverlässig abgelenkt.

Ich wollte nicht mehr an meine wehrlos daliegende Mutter denken und an die Frage, mit der ich ihren Zustand heraufbeschworen hatte. Ich wollte keine Schuld mehr empfinden müssen, und ich wollte ganz bestimmt nicht an meine seltsame Liebe zu Dominic denken. Das Telefon klingelte, aber ich ging nicht ran. Mattis sprach mir wegen des Bündnistreffens für die Blockadeaktion auf den Anrufbeantworter. Nicht jetzt. Morgen würde ich ihn zurückrufen.

Auf der Tischplatte schob ich Fotos und Papiere hin und her, als könnte mich allein die Bewegung auf Ideen bringen. Mein Blick schweifte durch das Fenster zur Baustelle ab, wo in den wenigen noch bestehenden Mauern des früheren Gebäudes Risse erschienen, bevor sie nach und nach von einem Bagger endgültig abgebrochen wurden. Dann stand mir wieder das Bild meiner Mutter im Krankenhausbett vor Augen. Sie hatte jung ausgesehen und irritierend unschuldig.

Ich hatte ihr immer die Verantwortung für meine Probleme zugeschoben. Sie trug für mich die Schuld daran, dass ich in meiner Kindheit so einsam gewesen war. Aber vielleicht war sie daran schuldloser, als ich glauben wollte?

Ich atmete tief durch. Arbeit. Ein neues Kunstprojekt. Das war es, was ich brauchte. Doch ich wusste einfach nicht, womit ich anfangen sollte. Das war ziemlich ungewöhnlich für mich. Üblicherweise fanden die Einfälle mich und nicht umgekehrt. Eigentlich war ich in Gedanken bereits beim übernächsten Projekt, während ich gerade noch eines fertigstellte. Es konnte nur an meinem körperlichen Zustand liegen. Ich wollte nicht länger von meiner Arbeit abgelenkt sein. Wieder blickte ich auf die Mauerreste vor dem Fenster.

Die Erinnerungen an meine Kindheit waren wie diese Mauern. Rissig. Wie bunte Tattoo-Bildchen aus den Kaugummipackungen, deren Inhalt ein künstlich schmeckender rosa Klumpen war und nach dem dritten Kauen einen ausgelutschten Geschmack im Mund hinterließ. Klebte man die Bildchen auf die Haut, rissen sie ein, so dass die Haare auf den Armen darunter zu sehen waren.

Meine Mutter hatte nie von der Vergangenheit geredet. Auch nicht von einem Bruder oder einer Schwester. Nicht einmal eine entfernte Cousine hatte sie erwähnt. Ich war das von klein auf gewohnt und hatte es deshalb stets als gegeben hingenommen. Aber nun kam es mir unwahrscheinlich vor. Es konnte nicht sein, dass ich ihre ganze Familie war. Wenigstens ein paar Tote musste es geben, über die man erzählen konnte.

Ich las die Zettel, auf die ich völlig wirr Ideen notiert und gezeichnet hatte. Darunter würde sicher eine sein, an der ich arbeiten konnte. So war es jedenfalls immer. Aber diesmal: nichts. Ich zerknüllte die Zettel und warf sie in einer hilflosen Geste gegen die Fensterscheibe. Aus dem Bücherstapel neben meinem Bett holte ich einen Kunstband hervor und begann darin zu blättern. Das Unterfangen war zwar sinnlos, allerdings immer noch besser als das krampfhafte Nachdenken, das mir bloß meine Einfallslosigkeit vor Augen führte.

Bei einem Foto hielt ich inne. Unter der Abbildung einer aus Kissen und Decken geformten Höhle, die auf mich wie eine Gebärmutter wirkte, las ich ein Zitat von Louise Bourgeois: »Nadeln haben schon immer eine besondere Faszination auf mich ausgeübt: die magische Kraft der Nadel. Die Nähnadel dient dazu, Schaden wiedergutzumachen. Sie fleht um Vergebung.«

Ich las die Sätze ein weiteres Mal, dann noch einmal.

Die Nadel als Heilende. Der Stich, den sie hinterlässt, als Bitte um Vergebung.

Wenn mich etwas beruhigte, so war es das Nähen, das Sticken, das Flicken. Nachdenklich blätterte ich weiter, ließ das Blättern zu einem beiläufigen Akt werden und das Rascheln des Papiers zu einer Melodie, bis ich erneut innehielt. Nadelstiche, die zusammenfügten, was so unterschiedlich war. Niemand konnte das so gut wie Tetra.

Ich rief meine Freundin an und erzählte ihr von dem Zustand meiner Mutter.

»O Shit, wie schrecklich. Die Arme. Und du Arme.« Allein ihre vertraute Stimme flößte mir wieder Mut ein. »Pass auf, ich kenne da eine Ärztin, eine meiner Kundinnen, die ist auf Schlaganfallpatienten spezialisiert. Ich ruf sie mal an und frage nach, ob du da noch was machen kannst.« Das war Tetra. Immer für mich da. An meiner Seite.

Reflexartig legte ich die Hand auf meinen Bauch. Das Wesen, fiel mir ein, es würde wachsen, in mir, wenn ich nicht bald handelte. Ich musste dringend handeln.

In einem Kraftakt rief ich bei pro familia an, um einen Termin für ein Beratungsgespräch auszumachen. Es war eigentlich erstaunlich simpel, dennoch war ich danach so erschöpft, dass ich mich auf der Matratze zusammenrollte. Mit geschlossenen Augen versuchte ich das Bild einer Nadel, die durch ein Stück Stoff stach, in mir abzurufen. Nach wenigen Stichen wurde ich unendlich müde.

Mehrmals wachte ich aus einem unruhigen Schlaf auf, von den Sequenzen des Traumes verstört, in dem mir die Füllungen aus den Zähnen gefallen waren. An ihren Unterseiten saßen dicke rosafarbene Würmer, die sich von meinem Zahnfleisch ernährten. In den verbliebenen Löchern im Mund krochen ihre winzigen Nachkommen herum.

»Komm, setz dich und iss.« Tetra hockte sich neben mich auf die Matratze. Sie hielt eine Schale in den Händen, aus der Dampf aufstieg. »Hühnersuppe.«

Ich blinzelte. Langsam drückte ich mich hoch, schob mir ein Kissen in den Rücken und rang mir ein Lächeln ab. »Was machst du hier?«

»Seelennahrung. Nun iss schon.« Sie fütterte mich wie eine Kranke oder ein Kind. Es gefiel mir, einfach nur den Mund auf- und zuzumachen. »Das Huhn hab ich eigenhändig auseinandergepflückt. Das war keine besonders appetitliche Angelegenheit.«

Dass Tetra, die Vegetarierin, mir ein Trostessen aus Fleisch gekocht hatte, rührte mich.

»Lieb von dir.«

»Jetzt werd nicht sentimental. Rück lieber mal ein Stück.« Sie drängte mich zur Seite, wobei etwas von der Suppe auf die Bettdecke kleckerte. »Das zieh ich nachher ab«, sagte sie.

»Nein, nicht.« Ich legte Entschiedenheit in meine Stimme.

Auf keinen Fall würde ich zulassen, dass meine beste Freundin mein Bett abzog. Zumal Dominic darin gelegen hatte. Tetra legte mir den Arm um die Schulter, und ich lehnte meinen Kopf an ihren. Die Duftmischung von Vanille und Hühnersuppe hatte etwas so Tröstliches, dass mir Tränen in die Augen stiegen.

»He, nicht weinen.« Meine Freundin streichelte mir die Wange. »Ich bin da. Ich bin immer für dich da.«

Ihre Zärtlichkeit öffnete eine Schleuse, und mich durchströmten Gefühle, die ich in den letzten Monaten wieder und wieder verdrängt hatte. Sie stiegen alle nach oben, und ich schluchzte wehrlos auf.

»Schschhh, Lio. Ist ja gut. Ist ja gut.«

Das Weinen erleichterte mich, aber etwas in mir hasste auch meine Bedürftigkeit. Ich war wohl einfach nicht so stark, so unabhängig, wie ich immer sein wollte. Ich war nicht wie Tetra.

Damals, an meinem allerersten Tag in Berlin, hatte

ich sie am Bahnhof getroffen. Ich wusste nicht, wohin, hatte mir nur die Adressen einiger Jugendherbergen aufgeschrieben. Ich hatte der Stadt entgegengefiebert, aber nun schüchterte sie mich ein.

»Haste mal 'ne Mark?« Ein Typ mit grün-lila Irokesenschnitt blies mir seinen Bieratem ins Gesicht.

Ich schwankte zwischen vorgetäuschter Coolness und Flucht. Und weil ich noch nichts von den Regeln Berlins wusste, gab ich ihm ein Zweimarkstück.

»Geil. Willste 'nen Schluck?« Er bot mir seine Flasche an. »Komm, Puppe, trink schon.«

»Nein danke.«

Eine Hand packte meinen Arm. Einfach nur widerlich. Nikotingelb und Dreckschwarz. Bedrängt wich ich aus. Ich wünschte mich nach Köln zurück. Nach Hause.

»Lass sie!« Eine Frauenstimme. Ein bisschen rotzig und vor allem sehr bestimmt.

Der Typ drückte mir dennoch den Hals der Bierflasche an die Lippen.

»Sag mal, hörst du schlecht? Brauchst du einen Tritt in deinen fetten Arsch, damit du was kapierst? Loslassen, sag ich.«

Voller Faszination starrte ich auf die Frau mit den schwarzen Haaren, den silbernen Piercings im Gesicht und den Tätowierungen, die durch die vielen Löcher in der Netzstrumpfhose schimmerten. Der Punker ließ mich tatsächlich los, wohl auch, weil die Frau ihn mit ihren hochgeschnürten DocMartens in den Hintern getreten hatte. Der Typ baute sich vor ihr auf. Er überragte sie um bestimmt zwei Köpfe, doch sie wirkte kein bisschen eingeschüchtert. »Zieh Leine«, sagte sie. Und er tat es. Zwar beschimpfte er sie noch als »verschimmelte Fotze« und überzog sie mit weiteren ekelhaften Bezeichnungen, aber er ging wirklich davon.

Meine Bewunderung war grenzenlos. Kein Märchenprinz auf einem weißen Pferd hätte mich mehr in Erstaunen versetzen können.

Meine Retterin grinste. »Neu hier?«

Ich nickte.

»Okay, ein Tipp. Egal wie schissig du bist, du darfst es niemals zeigen. Alles klar?« Wieder nickte ich. »Dann komm.«

Ich ging tatsächlich mit, und das war der seltsame Beginn einer wunderbaren Freundschaft.

Es war mir bis heute unbegreiflich, was diese toughe Frau in mir gesehen hatte, wie ich verunsichert, in einem selbstgenähten Dufflecoat meiner Mutter und mit einem Bundeswehrsack als Gepäck auf dem Rücken, damals am Bahnhof stand.

Die Hühnersuppe füllte meinen Magen. Tetra stand auf und hob das Kleid auf, das sie für mich genäht hatte. Fein säuberlich drapierte sie es auf einen Bügel. Beinahe zärtlich strich sie darüber, zog einen Ärmel glatt und ordnete die Fältchen.

In ihren Bewegungen glich sie meiner Mutter. Trotz unserer relativen Armut hatte meine Mutter das Schöne und Dekorative immer geliebt. An jedes meiner Kinderkleider hatte sie mindestens eine Schleife genäht, eine Biese, ein Fältchen. Ich schüttelte mich unwillkürlich. In meiner Kunst war das Dekorative der äußere Anschein, um den darunter verborgenen Schrecken umso brutaler zu transportieren.

Tetra drehte sich zu mir um. »Hör mal, ich weiß, das ist

alles ein bisschen viel …« Es passte gar nicht zu ihr, dass sie um den heißen Brei herumredete.

»Was ist?«, fragte ich.

»Hast du dich schon um die Abtreibung gekümmert?« Sie hob einige verstreute Kleidungsstücke auf.

»Lass das!«, protestierte ich.

»Hast du oder hast du nicht?«, insistierte sie.

»Ich habe einen Termin in knapp zwei Wochen, zufrieden?«, informierte ich Tetra knapp. »Und ich möchte jetzt nicht darüber reden.« Das hatte ich so gelernt. Wenn man über etwas nicht sprach, dann existierte es nicht.

Als wir im Schulunterricht, in der neunten Klasse vielleicht, das Thema Nationalsozialismus behandelten, hatte ich meiner Mutter Fragen gestellt. Ich wollte wissen, was ihre Mutter und ihr Vater im Dritten Reich gemacht hatten. Ob sie auch Nazis gewesen waren und dergleichen. Meine Mutter hatte mit völliger Abwehr reagiert, indem sie mir den Rücken zugedreht hatte. Und mit Schweigen. Durch ihre Reaktion war mir sofort klar, dass ihre Familie damals Schuld auf sich geladen haben musste. Ich konnte mir nur keinen Begriff von der Schwere dieser Schuld machen.

Tetra legte sich wieder zu mir, aber sie hielt Abstand. In dem Wunsch, anstelle von Verstimmtheit und Distanz unsere Vertrautheit auferstehen zu lassen, griff ich nach ihrer Hand.

»Ich kenne mich im Moment selbst nicht mehr«, sagte ich.

»Schon gut. Vergiss es.« Es war nicht zu erkennen, ob sie meine Abfuhr wirklich nicht mehr kümmerte oder ob sie mir was vormachte.

»Weißt du, wenn ich wenigstens mit meiner Kunst weiterkäme. Aber nicht mal das klappt. Der Zustand meiner Mutter oder das hier«, ich deutete auf meinen Bauch, »das blockiert mich alles total.«

Tetra streichelte meine Finger. »Wundert dich das? Du hast die Angewohnheit, nie nach links oder rechts zu gucken. Du gehst immer nur schnurstracks auf das zu, was vor dir liegt.« Ich? Redete sie wirklich von mir? »Lio, glaub mir, dadurch kommst du zwar weit, aber du lässt auch ganz schön viel von dir zurück.«

Ich konnte mit der Kritik nichts anfangen. Was fiel ihr überhaupt ein, an mir herumzumäkeln, während ich genug andere Probleme hatte? Ich wünschte, ich könnte einfach alles ausblenden, bis es wieder Sommer wäre und ich bei offenem Atelierfenster bis zur Besessenheit an neuen Werken arbeitete.

»Hast du mir eigentlich zugehört?«, fragte Tetra.

»Ich bin ja nicht taub.« Es nervte mich, dass sie nicht aufgab. »Aber was soll das? Meinst du, das hilft mir gerade weiter? Meinst du, das macht meine Mutter wieder gesund?«

»Das ist unfair.« Meine Freundin sah mich gekränkt an.

Ich bedauerte meinen Ausbruch sofort, doch bevor ich mich erklären konnte, klingelte mein Handy. Eine Schrecksekunde lang dachte ich, es wäre jemand vom Krankenhaus.

»Bist du im Atelier?« Es war Dominic.

»Ja.« Tetra fing meinen Blick auf und biss sich auf die Unterlippe.

»Dann bin in einer Viertelstunde da.« Er legte auf.

Meine Freundin erhob sich und ging zum Fenster. Ihr Körper war angespannt. Sie hielt die Ellbogen angewinkelt. Ich kannte sie lange und gut genug, um zu ahnen, dass sie etwas sagen wollte, was sie in Gedanken bereits vorformuliert hatte, wahrscheinlich bevor sie zu mir gekommen war.

»Hast du dir eigentlich mal überlegt, dass du nicht ganz zufällig schwanger geworden bist?«

Es war, als hätte sie mich in eine Ecke gedrängt, wo es keinen anderen Ausweg gab, außer an ihr vorbei. »Was willst du mir damit sagen? Dass ich es geplant habe?«

Tetra zog die Schultern hoch, als wolle sie sich vor etwas schützen. »Du bist jetzt zweiundvierzig. Das ist für dich vielleicht die letzte Möglichkeit, ein Kind zu bekommen.«

Ich atmete flach. Ein Gedanke tauchte in meinem Gehirn auf und blockierte es für alle weiteren Gedanken. Ich presste die Handflächen gegen die pochenden Schläfen.

»Was soll denn jetzt der Psychoquatsch? Ich hab verdammt viel Stress mit der Ausstellung, wie du weißt. So was passiert eben, ohne dass ich mich deshalb gleich auf die Couch legen muss.« Die heftige Wut, die ich bei der Ausstellungseröffnung empfunden hatte, war plötzlich wieder da. Diese unerklärliche Wut, die mich von einer Sekunde auf die nächste beherrschte. »Ich wäre dir sehr dankbar, wenn du deinen Kinderwunsch nicht auf mich projizieren würdest«, stieß ich noch hervor.

Tetra sah mich an, als hätte ich ihr gerade ins Gesicht geschlagen.

Etwas in mir rollte sich zusammen, schrumpfte, welkte. »Das, das wollte ich nicht … Tetra. Ich hab nicht …« Ich fand keine Worte, um mein Entsetzen auszudrücken. Es war, als hätte ich einen Teil meiner Sprache verloren.

»Gut. Schön.« Sie reckte das Kinn nach vorne wie zu

einer Spitze, die gegen mich gerichtet war. »Mach so weiter. Prima. Verdräng alles. Das kannst du doch so gut.« Sie wurde lauter. »Aber halt mich gefälligst da raus.«

Als sie ging, knallte sie die Tür hinter sich zu.

Die Schuld traf mich ungebremst. Ich hasste mich dafür, Tetras Sehnsucht nach einem Kind gegen meine Freundin benutzt zu haben. Meine Fingernägel gruben sich in die Handflächen. »Scheiße!«, schrie ich.

Draußen beleuchteten einige Scheinwerfer die Baustelle mit dem zerstörten Häuserkomplex. In wenigen Tagen würden sie mit dem Neubau beginnen, ein Fundament gießen, aus dem Nichts neue Wände aufziehen. Bei Tetra und mir würde es nicht so leicht gehen, das wieder aufzubauen, was ich soeben zerstört hatte. Das empfindsame Gebilde unserer Freundschaft.

Ich wollte ihr nachlaufen, obwohl ich wusste, dass ich nichts würde klären, nichts würde ungeschehen machen können. Hilflos öffnete ich die Tür und blieb doch stehen. Ich stand noch allein im Treppenhaus, als Dominic kam. Stumm schloss er mich in die Arme. Ich redete mir ein, ich bräuchte gar nichts anderes als das. Er zog mich ins Atelier, zu meinem Bett. Ich gab seinen Bewegungen nach und dachte doch nur an Tetra.

»Ist was mit dir?« Dominic blies seinen warmen Atem auf die Härchen hinter meiner Ohrmuschel.

Ich spürte, wie sie sich aufstellten. »Meine Mutter«, sagte ich. »Sie liegt im Krankenhaus. Ein Schlaganfall.«

Er küsste mich auf den Hals. »Willst du darüber reden?«

Es war gut, endlich über alles zu sprechen. Nicht nur über den kritischen Zustand meiner Mutter. Aber das Reden fiel mir unendlich schwer. Ich fürchtete mich vor

Dingen, die, einmal ausgesprochen, nicht mehr in den Griff zu bekommen waren. Wörter besaßen eine unkontrollierbare Macht. Ich hatte Tetra damit zutiefst verletzt. Deshalb suchte ich stumm Dominics Körper, suchte Verdrängung und Trost.

Atemlos lagen wir danach auf dem Bett, eng umschlungen. Ich musste daran denken, dass ich mit ihm auf eine mir unerklärliche Art verbunden war. Durch seine Gene, die sich mit meinen zu dem Wesen in meinem Bauch vermengt hatten. Wenn ich es ihm sagte, würde ich vielleicht Halt bei ihm finden, doch ich lief auch Gefahr, ihn zu verlieren. Es war wie ein hochkompliziertes Laufwerk. Ein Rädchen, das sich verstellte, und nichts mehr im Leben lief mit derselben Selbstverständlichkeit ab wie zuvor.

XXXXXX

Mama geht komisch, wenn sie aufsteht, ganz langsam, wie ein alter Mann. Dabei verzieht sie das Gesicht, als ob ihr etwas wehtut, aber wenn das Mädchen sie danach fragt, lächelt Mama bloß und beteuert, dass alles gut ist.

Das Mädchen muss auf dem Boden schlafen. Bei Mama im Bett darf nur noch das Baby liegen. Wenn es seinen zahnlosen schwarzen Mund aufreißt, der aussieht wie der Mund der Frau mit den Zähnen im Glas, öffnet Mama ihre Bluse und holt eine große weiße Brust hervor. Den braunen Nippel steckt sie dem Baby in den Mund, das die Lippen darum schließt. Mama hat erzählt, dass es dann

Milch trinkt. Das Mädchen hat gefragt, welche Farbe die Milch hat, und Mama hat daraufhin Töne von Weiß beschrieben. Ein Elfenbeinweiß mit einem Hauch von Gelb, ein Schneeweiß, hell und glitzernd, das Weiß der Sonne, das in den Augen beißt.

Das Mädchen liegt auf dem Boden und hört das Baby saugen. Es schmatzt und stöhnt. Immerzu hängt es an Mamas Brust, als wäre es selbst ein Teil von ihrem Körper. Das Mädchen spürt das Loch in seinem Bauch, das größer und größer wird, je länger das Baby trinkt. Sie kann hören, wie es mit lautem Gegurgel und Gebrumm aufreißt.

Mama hat es wohl auch gehört, denn sie sieht das Mädchen an. »Hast du Hunger?«

Das Mädchen nickt.

Seufzend legt Mama das stille Baby auf die Seite und wiegt ihre Brust in der Hand. »Komm her.« Das Mädchen klettert vom Boden auf die Matratze und kuschelt sich an Mama. »Trink!«

Noch zögert sie. Sie will nicht an der Brust saugen und will es doch.

»Pass aber auf mit den Zähnen«, mahnt Mama.

Das Mädchen wünscht sich, es könnte wie die alte Frau die Zähne herausnehmen, um Mama nicht wehzutun. Ganz vorsichtig schließt sie die Lippen um den Nippel. Ihre Nase drückt gegen die Brust, und sie bekommt keine Luft mehr. Erst nachdem sie sich daran gewöhnt hat, kann sie atmen und saugen.

Sie saugt und saugt, bis ein warmer Strahl in ihren Mund rinnt. Es schmeckt süßlich und ein wenig abgestanden, dieses Weiß der Milch. Es ist ein ruhiges Weiß. Das Mädchen trinkt, dabei wird es zu einem Teil von Mamas

Körper. Sie saugt, bis nichts mehr kommt, und saugt danach noch ein kleines bisschen weiter.

Das Loch in ihrem Bauch ist nun gefüllt. Satt blickt das Mädchen hoch zu Mama, die die Augen geschlossen hält. Sie atmet auf Mamas Haut und beschließt, nicht auf den Boden zurückzukehren, sondern im Bett zu bleiben.

Seine Lippen nuckeln weiter an der Brust, und das Mädchen fühlt, dass sie alle drei eins sind. Mama, das Baby und sie selbst.

XXXXXX

5.

Heute durchschaue ich das Muster, das meine Beziehung zu Dominic ausmachte. Damals konnte ich es einfach noch nicht erkennen. Ich merkte nicht, dass er immer dann auf mich zukam, wenn ich mich zurückzog. Und dass er jedes Mal ungreifbar war, wenn ich auf ihn zuging.

Drei quälende Tage nach meinem Streit mit Tetra suchte ich ihn in seinem Büro auf. Die Redaktion von *Ars&Ass* war in einem Hinterhofgebäude untergebracht, das einmal als Fabrik gedient hatte. Dominic hatte als Einziger ein eigenes Arbeitszimmer, dessen Backsteinwände gekalkt waren. An den Wänden hingen keine Bilder, was für den Herausgeber einer Kunstzeitschrift vielleicht merkwürdig war. Dominic begründete die Tatsache mit seiner Unvoreingenommenheit allen Kunstrichtungen gegenüber, doch ich glaubte, dass er anderen nicht gerne zu viel von sich verriet und deshalb die Wände lieber weiß ließ.

Bevor ich mich bemerkbar machte, beobachtete ich ihn vom Türrahmen aus, wie er in dem ledernen Schreibtischsessel saß und eine Ausgabe von *Ars&Ass* durchblätterte, als wäre das Heft eine Verlängerung seines Selbst. Dominic verkörperte das sagenumwobene In-sich-Sein wie kein anderer. Alles, was er tat und was er sagte, schien für ihn einen Sinn zu ergeben. Er war weit davon entfernt, fehlerlos zu sein, aber er zweifelte nicht an sich. Zumindest ließ er sich nie etwas anmerken.

In seiner Gegenwart verstummten auch meine Selbstzweifel. Durch unsere Gespräche über meine Kunst erfasste ich stärker, was meine Werke so einzigartig machte, weshalb sie besonders und damit ausstellungswert waren. Ich hatte mich im Hinblick auf meine Identität als Künstlerin noch nie so sicher gefühlt wie seit dem Beginn unserer Affäre. Auch wenn es nur wenige Stunden waren, die uns gehörten, bekam ich zu viel, um ihn aufgeben zu wollen. Und ohne es jemals auszusprechen, liebte ich ihn für das, was er mir gab.

Die Details an Dominic liebte ich besonders. Seine großen Nasenlöcher, die sich weiteten, wenn er erregt war, die seinem Gesicht beinahe jede Schönheit nahmen und es gerade deshalb so besonders machten. Ich liebte seine Hände mit den dunklen Haaren auf dem Rücken und auf den Fingern, jene Hände, mit denen er mich streichelte und mit denen er nun in seinem Büro auf der Maus seines Computers herumdrückte.

»Lio!« Er hatte mich entdeckt. »Sieh mal hier!« Mit einem Klick öffnete er eine Graphik auf dem Computerbildschirm. Das Bild einer der Fellfotzen erschien, darüber der Schriftzug von *Ars&Ass*. »Das neue Cover. Was sagst du jetzt?«

»Schön«, war das Einzige, was mir dazu einfiel.

»Schön?« Er lachte mich an. »Das ist alles? Es ist grandios, einzigartig! Phat!«

Er hatte recht, das Foto auf dem Titel mit dem Schriftzug war ein Hit. Ich wusste, dass es zu den Titelbildern gehören würde, die sich Galerien und Kunstsammler merkten.

»Phat«, erwiderte ich mit einem dürftigen Abklatsch seines Lächelns, dabei fiel mir ein, dass ich in den vergangenen Minuten weder an meine Mutter noch an meinen Zustand gedacht hatte.

»Wir könnten den Schriftzug auch giftgrün machen, aber ich finde, Neonpink kommt besser.« Er wurde von einem Kunstkritiker unterbrochen, der für *Ars&Ass* schrieb. Der Kollege schob Dominic ein paar Computerausdrucke über den Tisch zu, die er unbedingt lesen sollte.

»Sorry, Lio, ich muss jetzt weitermachen. Du verstehst doch?«

»Ich wollte dir auch nur kurz sagen, dass ich heute nach Köln fahre. Die Sachen meiner Mutter ordnen und so. Sie braucht was anzuziehen, wenn sie in die Reha geht.« Da ich ihr einziges Kind und zudem ihre einzige Angehörige war, musste ich mich um alles kümmern.

»Ich melde mich bei dir«, versprach er.

»Ja?« Dass ich so bedürftig klang, störte mich. »Mach das. Bis dann«, sagte ich deshalb deutlich kühler.

»Bis dann.« Er hatte sich längst den Ausdrucken zugewandt.

Ich zögerte noch ein paar Sekunden. Der Kritiker ließ uns wieder allein. Ich fahndete nach Worten, suchte nach einer Möglichkeit, um Dominic zu erklären, was auf mir lastete. Dass ich mich vor der Vergangenheit fürchtete, der ich in der Wohnung meiner Mutter begegnen würde, und auch vor dem, was sich in meinem Bauch verbarg. Hätte ich Worte dafür gefunden, dann hätte ich von meinen Gefühlen geredet. Doch das war eine Sprache, die ich nicht beherrschte. Ich streckte die Hand aus, um die Leere zwischen uns zu überbrücken. Mit den Fingerspitzen berührte ich Dominics Schulter. Es war mehr ein Hauch als ein Streicheln. Er fuhr herum.

»Nicht! Hier!« Vielleicht verriet mich etwas in meinen

Augen, denn er fügte wesentlich einfühlsamer hinzu: »Meld dich doch, wenn du aus Köln zurück bist.«

Während der Zugfahrt plante ich den Aufenthalt durch. Ich würde in der Wohnung meiner Mutter nach den Unterlagen suchen, die das Krankenhaus benötigte. Ich würde die Zeit aber auch nutzen, um nach Briefen, Urkunden und anderen Dingen Ausschau zu halten, die mir Aufschluss über meinen Erzeuger geben könnten. Dann würde ich einige Kleider meiner Mutter zusammenpacken, eine Ausstellung von Louise Bourgeois besuchen und den letzten Intercity zurück nach Berlin nehmen.

Ich war froh, klar festgezurrte Aufgaben zu haben. Die letzten Tage hatte ich mit Krankenhausbesuchen und Grübeleien über meinen Streit mit Tetra verbracht. Dreimal hatte ich versucht, sie zu erreichen, doch ich hatte immer nur die Mailbox erreicht. Jedes Mal hatte ich aufgelegt, ohne etwas zu sagen. Was sollte ich ihr auch in den paar Sekunden erklären? Tetra konnte immerhin sehen, dass ich angerufen hatte.

Der ICE kroch über die Schienen der Hohenzollernbrücke, bis er vollends darauf zu stehen kam. Die Vergangenheit war zum Greifen nahe, und doch war ich noch nicht angekommen. Mein Blick ging zum Fenster hinaus. An dem Gitter, das die Fußgänger auf der Eisenbahnbrücke davon abhalten sollte, auf die Gleise zu stürzen, hingen Vorhängeschlösser. Große, kleine, schlichte, goldene … dicht an dicht. Ich fragte mich, was das sein sollte, assoziierte eine Kunstinstallation und dachte an Ben, meinen ersten Freund, mit dem ich just auf dieser Brücke in einer lauen Sommernacht gestanden und über unsere Zukunft gesprochen hatte. Vielmehr hatte Ben geredet. Über einen

Trip quer durch Indien, den er mit mir machen wollte. Er hatte von Goa geschwärmt und von Tempelbesuchen. Ich hatte mich neben ihm über das Geländer gelehnt, seiner Stimme gelauscht und mich elend gefühlt, weil ich ihm nicht sagen konnte, dass ich andere Vorstellungen davon hatte, was ich nach dem Abitur machen wollte.

Es waren kurze Erinnerungen, die mich überkamen. An die Menschen, die ich hinter mir gelassen hatte, als ich von Köln nach Berlin gegangen war. Ben, meine Mutter, meine damalige beste Freundin Dany. Erinnerungen, die jedoch noch den Hauch von Schmerz mit sich trugen wie alte Narben von längst verheilten Wunden, die jederzeit unerwartet für einen Augenblick zu jucken anfangen konnten.

Das Taxi setzte mich vor dem Haus ab, das achtzehn Jahre lang mein Zuhause gewesen war oder zumindest der Ort, wo ich geschlafen, gegessen, gelernt und gestickt hatte. Ich blickte an der verschmutzten Fassade empor. Das Gebäude schien kleiner geworden zu sein. Die Fenster waren erneuert worden, weiße Plastikrahmen ohne Streben, dahinter Gardinen und die eine oder andere Orchidee oder Porzellanfigur. Hinter den Fenstern meiner Mutter, die auf die Straße hinausgingen, dritter Stock rechts, hingen ebenfalls Gardinen.

In meiner Handtasche suchte ich nach dem Schlüssel. Ich besaß zu der Wohnung meiner Mutter keinen eigenen mehr, sondern hatte ihren aus dem Krankenhaus mitgenommen. Der schwere Schlüsselbund war genau wie sie: die notwendigen Schlüssel, gehalten von einem in der Hülle eng und sorgfältig gefalteten, rundum praktischen Einkaufsbeutel in gedeckter Farbe. Ich stellte mir vor, dass ich ihr einen großen, bunten, gänzlich sinnlosen Schlüsselanhänger schenkte. Der Gedanke brachte mich für einen Moment zum Schmunzeln. Doch meine Hände zitterten, als ich versuchte, einen der Schlüssel ins Schloss der Haustür zu stecken. Stockend atmete ich, dabei kribbelten meine Handinnenflächen, und ich begann zu schwitzen.

»Was machen Sie denn da?«

Die alte Frau, die mich angesprochen hatte, kam mir vage bekannt vor.

»Frau Knusel?« Verwundert entdeckte ich in der verhutzelten Person Spuren des herrischen Weibes, das meiner Mutter über Jahre hinweg die Hölle heißgemacht hatte, wenn ich es wieder einmal gewagt hatte, im Treppenhaus zu singen. Misstrauisch blickte sie mich an. »Ich bin Lioba. Wissen Sie nicht mehr? Meine Mutter hatte in Berlin einen Schlaganfall.«

»O Gott. Ist es schlimm?« Frau Knusel strich über den Webpelzkragen ihres cremefarbenen Mantels, in dem sie zu versinken schien.

Vielleicht lag es nicht nur an meiner Mutter und ihrer Sprachlosigkeit nach dem Schlaganfall, dass sie kleiner auf mich wirkte, vielleicht war es einfach auch eine Begleiterscheinung des Alters und des emotionalen Abstands. Es war befremdlich für mich, keine Angst mehr vor ihr zu haben.

»Genaues weiß man noch nicht. Aber es wird alles Mögliche getan, und sie ist zäh. Ich bin hier, um ein paar Sachen zu holen.«

»Wenn Sie meine Hilfe brauchen …«

Beinahe musste ich vehement werden, um Frau Knusel daran zu hindern, mit mir zur Wohnung hochzusteigen. Trotz des augenscheinlich echten Entsetzens über das

Schicksal meiner Mutter war ihr die Neugier anzusehen. Aber meine Mutter hatte nie jemanden in die Wohnung gelassen, auch ihre Nachbarinnen nicht, und ich würde jetzt nicht damit anfangen.

Während ich die drei Schlösser an der Tür öffnete, fiel mir der Tick meiner Mutter wieder ein, alles mehrfach abzuschließen. Sie hatte uns sogar tagsüber in der Wohnung eingeschlossen. Als Teenager hatte ich überheblich gelacht, wenn ich meinen Mitschülerinnen davon erzählte. Insgeheim hatte ich mich deshalb wie eine Gefangene gefühlt.

Ich betrat die Wohnung mit der Befürchtung, es könnte nach Abfall riechen. In meine Nase drang jedoch nur der Geruch nach Staub und Vanille. Die Duftnote kam von einem Lufterfrischer, den meine Mutter deutlich sichtbar auf der Ablage im Flur deponiert hatte. Vergeblich betätigte ich den Lichtschalter. Die Birne war offensichtlich defekt.

Nachdem ich die Haustür hinter mir geschlossen hatte, war es beinahe gespenstisch in dem fensterlosen dunklen Flur. Mein Herz schlug so schnell wie bei einem Horrorfilm. Vorsichtig tastete ich mich zur ersten Zimmertür vor. Es fehlte nur noch, dass eine Hand aus dem Schatten hervorschoss und nach mir griff. Ich machte mich über meine Furcht lustig, und um sie zu zähmen, stieß ich sämtliche Zimmertüren auf. Viele waren es nicht. Die zur Gästetoilette, die wir hatten, obwohl meine Mutter nie jemanden einlud, die zur Küche, zum Wohnzimmer, zum Badezimmer und zu meinem alten Kinderzimmer.

Als Erstes sah ich in der Küche nach. Der Mülleimer war geleert und der Kühlschrank abgetaut. Es war, als hätte meine Mutter mit einer längeren Abwesenheit gerechnet. Auch das Wohnzimmer mit dem Schrankbett, in dem meine Mutter geschlafen hatte, als ich noch zu Hause wohnte, wirkte extrem aufgeräumt. Nichts Überflüssiges stand herum, nur ein paar Kunstblumen in einer billigen Steingutvase. Wie deutlich zeigte die Wohnung die Lebensumstände, in der wir gelebt hatten. Wir mussten nie hungern oder Derartiges, aber es hatte immer nur so gerade gereicht, genau wie der knapp bemessene Platz der ordentlichen, jedoch bis heute nicht modernisierten Räume.

Meine Mutter hatte als Köchin in einer Großküche gearbeitet und abends oft Essensreste mit nach Hause gebracht. Vor dem Fernseher hatte sie noch genäht, sich so in der Nachbarschaft etwas dazuverdient und durch Flickarbeiten auch die Kosten unserer Kleidung minimal gehalten. Nähen und Flicken, das waren die Tätigkeiten meiner Mutter, an die ich mich am deutlichsten erinnerte.

Ich kam mir vor wie ein Eindringling, als ich ein Glas aus dem vergilbten Hängeschrank in der Küche nahm und es unter dem Wasserhahn voll laufen ließ. Mit dem Glas in der Hand schritt ich durch die Räume, als gehörten sie zu einem Museum. Wie in einer Ausstellung über das Leben meiner Mutter waren in der Gästetoilette die beigefarbenen Handtücher säuberlich gestapelt. Obenauf lag eines mit meinem gestickten Namenszug. Braune Maschinenstiche formten meinen Namen. Lioba.

Auf meinen Armen stellten sich die Härchen auf. Die Unberührtheit des Handtuches machte den Eindruck, als habe es nur darauf gewartet, dass ich an diesen Ort zurückkehren würde. Zu jedem Namenstag hatte ich eines dieser personalisierten Handtücher geschenkt bekommen.

Immer der gleiche beigefarbene Frottee mit der schokoladenbraunen Schrift, für meine Aussteuer.

Unter dem Handtuch kam ein identisches zum Vorschein, ebenfalls mit meinem Namen versehen, und darunter wiederholte sich das Ganze noch einmal. Es war, als wollten die Handtücher sagen: »Siehst du, jetzt bist du doch wieder hier. Du hast uns verlassen, aber wir wussten immer, dass du irgendwann zurückkommst.«

Mein Nacken spannte. Ich wollte so schnell wie möglich die wichtigsten Unterlagen zusammensuchen. Einen Schreibtisch hatte meine Mutter nicht. In der furnierten Schrankwand des Wohnzimmers, Eiche rustikal, fand ich auch nichts, das nach wichtigen Dokumenten aussah. Hier verstaute meine Mutter offenbar nur ihre Handarbeitssachen. Ich entdeckte Bettwäsche aus grobem Leinen. Sie war unbenutzt, soweit ich das erkennen konnte, und sorgfältig mit rotem Garn bestickt. Hohlsaumnähte im Leiterstich.

Jeden Abend hatte meine Mutter mich als Jugendliche diesen Stich üben lassen. Kaum war ich mit einer Reihe fertig geworden, trennte sie alles wieder auf und ließ es mich erneut versuchen. Mir war es nie gelungen, sie vollends zufriedenzustellen.

Ich befühlte das eingestickte Monogramm. Meine Mutter hatte die Wäsche damit vor langer Zeit als ihr Eigentum gekennzeichnet. Auf mich wirkte sie wie eine Karikatur ihrer vergeblichen Hoffnung, eines Tages doch zu heiraten und mit dem Namen ihres Ehemannes eine neue Identität anzunehmen. Die roten Kreuzstiche des Monogramms auf der Bettwäsche meiner Mutter riefen bei mir Gedanken an Blutflecken auf einem Laken hervor. Eine Hochzeitsnacht hatte es für meine Mutter nie gegeben. Im Jahr meiner Geburt hatte es noch unter Strafe gestanden, einer unverheirateten Frau und einem Mann die Gelegenheit zum Sex zu bieten. Vor diesem Hintergrund war meine Mutter wohl nicht sonderlich erpicht darauf gewesen, mich zu empfangen.

Ich war der Fehlstich, den sie nicht wieder auftrennen und neu versuchen konnte.

Nachdem ich den Schrank sorgfältig verschlossen hatte, betrat ich den Flur, in dem nicht einmal ein Paar Schuhe herumstanden. Alles war weggeräumt, hatte seine Ordnung. Es gab keine Spuren der Anwesenheit meiner Mutter, alles deutete ausschließlich auf ihre Abwesenheit hin.

Ich sehnte mich nach Tetra oder Dominic. Mit dem Gedanken an die beiden wagte ich mich in mein ehemaliges Kinderzimmer, in das ich zuvor nur einen flüchtigen Blick geworfen hatte. Die Türklinke ließ ich so lange nicht los, wie es nur ging. Alles war beinahe noch wie in meiner Kindheit, und dennoch war es anders, denn ich war nicht mehr dieselbe. Ich betrachtete den engen Raum aus veränderter Perspektive und mit Augen, die eine Weite und Freiheit gesehen hatten, die ich als Kind nur erahnt hatte.

Ein Bügelbrett lehnte zusammengeklappt an der Wand. Ich stellte mich an den Schreibtisch. Bilder tauchten vor meinem geistigen Auge auf, von mir als Schulkind, wie ich mit Buntstiften malte. Besonders Drachen oder in Türmen gefangene Prinzessinnen, die in den Armen ihrer Retter – meist Prinzen – lagen, hatten es mir damals angetan.

Sacht klopfte ich gegen die Schranktür, lauschte dem Pochen nach und blickte zu dem schmalen Jugendbett hinüber, auf dem zwei alte Puppen und die Giraffe aus Plüsch drapiert waren. Was hatte ich Babi geliebt. Ich presste sie an die Wange. Der Geruch nach Staub kitzelte mich in der Nase, als ich mich auf die Matratze hockte. Kurz entschlossen steckte ich Babi in meine Manteltasche. Die sentimentale Anwandlung brachte mich zum Schmunzeln. Der lange Hals der Giraffe ragte heraus und schien sich an meinen Bauch zu schmiegen.

Nun betrachtete ich die Puppen, die ich nie gemocht hatte, denn ich hatte mir damals vorgestellt, sie wären Mädchen wie ich, die in ihrem Lächeln versteinert worden waren, auf Miniaturgröße geschrumpft. In ihrem Inneren, so hatte ich geglaubt, schlugen ihre Herzen weiter, drehten ihre Gedanken und Wünsche die immer gleichen Runden. Ich konnte nicht mehr sagen, wie ich als Kind auf diese absurde Idee mit den gefangenen Mädchen gekommen war. Es gab so vieles, das ich früher gedacht und gefühlt hatte, ohne den Grund dafür zu kennen. Oder konnte ich mich einfach nur nicht mehr daran erinnern?

Als ich die beiden Puppen hochnahm, empfand ich die Kälte, die von den Porzellangliedern ausging. Ich blickte in ihre starren, wie eingefrorenen Gesichter, in ihre toten Augen. Ich hatte ihnen nie Namen gegeben. Sie waren für mich stets nur »die eine« und »die andere« gewesen. Ihnen Namen zu geben hätte bedeutet, ihre Gefangenschaft in den Puppenkörpern anzuerkennen. Meine Mutter hatte mir viele Vorschläge gemacht, lächelnd zuerst, später immer verärgerter. »Nenn sie doch Lisa und Karen oder Heike und Claudia«.

Ich hatte weder genickt noch den Kopf geschüttelt und war bei meinen Bezeichnungen geblieben. Die eine und die andere.

Die Nadel fährt in den Stoff. Sie ist gefährlich. Wenn das Mädchen sich damit sticht, quillt aus seinem Finger ein Tropfen hervor. Sie fürchtet sich vor dem Blut fast noch mehr als vor der Nadelspitze.

Beim Sticken wagt sie es nicht, an die Namen der Farben zu denken, auch nicht an die Geschichten oder die Geheimwörter. Sie hockt auf einem Koffer, hält den Stoff in den Lichtstrahl und stickt. Winzige Kreuze setzt sie dicht nebeneinander. Reihe für Reihe. Wenn sie dabei besonders leise ist und besonders kleine Stiche macht, wird sie von Mama gelobt. Leise sein und sich klein machen, darum bemüht sich das Mädchen.

Sie hält den Atem an, um dem der anderen zu lauschen. Sie hört das Röcheln ihrer Schwester. Sie vernimmt auch die Geräusche, die die Menschen von unten machen. Gesehen hat sie die Leute noch nicht, aber sie kann sie reden hören; sie benutzen die Geheimwörter, die Mama ihr aus den Zeitungen vorgelesen hat. Das Mädchen stellt sich die Menschen dabei so vor, wie sie auf den Fotos in den Alben abgebildet sind. Mit großen Pelzkragen und mit Augen, die das Mädchen immerzu ansehen.

Sie vermag es, den Klang ihrer Stimmen zu unterscheiden. Weil sie ihre Namen nicht kennt, gibt sie ihnen die Namen von Farben. Die Stimme mit dem klirrenden Klang nennt sie »Eisblau«. Die ganz hellen Stimmen, die sie kaum auseinanderhalten kann, sind »Mehlweiß« und »Schwanenweiß«. Die mit dem brummenden, nachhängenden Ton, das ist »Nussbraun«, weil der Klang der Stimme fast satt macht und auf der Zunge wie das letzte

Stück Schokolade schmeckt, welches das Mädchen an seinem vierten Geburtstag geschenkt bekommen hat.

Als sie an das harte Stück aus Kakao denkt, das im Mund ganz langsam zu einer süßen Schmiere geschmolzen ist, bekommt sie wieder Hunger. Sie spuckt auf die Handfläche, wartet kurz und leckt die Spucke dann auf. Für eine kleine Weile kann sie so tun, als hätte sie etwas gegessen.

XXXXXX

6.

Durch den Spalt linste ich in das dunkle Innere des Schrankes, die beiden Knäufe der Flügeltüren noch in den Händen. Es war, als würde ich den Zugang zu einem Geheimversteck öffnen. Ich stand unter einer mir unverhältnismäßig erscheinenden Anspannung, die ich nicht abschütteln konnte. Mein Atem ging unregelmäßig. Ich hatte vor, die Tür langsam zu öffnen, doch ich zog sie stattdessen mit einem Ruck auf.

Die aufgebrachte Kraft hatte den Schrank in Schwingungen versetzt, und die Kleider schaukelten wild an der Stange. Bügel schlugen aneinander. Für einen Augenblick war es so, als berührten die Kleidungsstücke sich, als tanzten sie gar.

Der Geruch von Mottenpulver und die Düfte verschiedener Seifen mit Sandelholz, Zitronengras, Rose und Veilchen vermischten sich zu einem dichten Ganzen. Auf der rechten Seite des Schrankes befanden sich die Kleider meiner Mutter, auf der linken meine Mädchenkleider.

Ich griff nach dem Ärmel einer eidotterfarbenen Bluse und befühlte den Stoff, der mir unter den Fingerkuppen brüchig vorkam. Mit angehaltenem Atem holte ich die Bluse aus ihrem Versteck der letzten Jahrzehnte. In meiner Grundschulzeit hatte ich sie getragen, ich glaubte, sogar darin eingeschult worden zu sein. Vergeblich mühte ich mich ab, mir mein kindliches Selbst darin vorzustellen.

Es wollte einfach kein Bild vor meinem inneren Auge erscheinen. Bloß das Gefühl von Hilflosigkeit stieg in mir auf, das ich auf dem viel zu großen Schulhof empfunden haben musste, nachdem meine Mutter mich dort allein gelassen hatte.

Ich legte die Bluse auf der Matratze ab. Ein Kleid nach dem anderen nahm ich aus dem Schrank, bis nur noch die Duftsäckchen an der Stange baumelten. Ich ergab mich den an den Kleidungsstücken hängenden Gedanken und forschte in den Leerstellen meines Gedächtnisses. Während die anderen Kinder in Jeanshosen und Nicki-Pullovern herumgelaufen waren, hatte ich Kleidchen mit gestärkten Schürzen getragen, als wäre ich geradewegs einer Heimatschmonzette entsprungen. Ein deutsches Mädel vom Immenhof.

Jedes der Kleidungsstücke, die ich auf dem Bett auf die anderen legte, hatte meine Mutter genäht. Das Bild ihres gebeugten Rückens auf einem Stuhl in der Nähe einer matt scheinenden Lampe kam mir in Erinnerung. Mit dem Gefühl der Last, die ich mit mir herumgetragen hatte, seit ich ein Kind war, rieb ich ein rotweiß kariertes Kleidchen mit einem herzförmigen Latz zwischen den Fingern. Dabei löste sich eine Naht, und ein roter Faden kringelte sich über den Stoff.

Der Geduldsfaden, mit dem meine Mutter diese Kleider, eines nach dem anderen, gefertigt hatte, kam mir aus meiner heutigen Perspektive unendlich lang vor.

Dabei trennte sich etwas in mir auf, wie sich zuvor schon die Naht aufgetrennt hatte. Ein tiefes Bedürfnis stülpte sich nach außen. Ich dachte an die Einsamkeit, die ich in Gegenwart meiner Mutter in diesem Raum empfunden hatte, und nahm eines der Kleider vom Stapel. Ich grub die Finger in den Stoff. Die Naht gab mit einem knackenden Geräusch nach, als ich an ihr riss.

Das ständige Bewusstsein von Schuld, die ich in mir trug, ohne genau zu verstehen, weshalb ich sie mir aufgeladen hatte. Ich war damals so angefüllt von der Idee, meine Mutter könnte hereinkommen, meine Stickarbeit nehmen und mit dieser abfälligen Geste alles in nichts auflösen, was ich gerade geschaffen hatte. Jedes Mal war ich voller Schuld, versagt zu haben, ihren Ansprüchen wieder nicht genügt zu haben, sie enttäuscht zu haben. Sie, die für mich doch so viel opferte.

Wieder riss ich an der Naht. Ich zog und zerrte, bis das Kleid nur mehr aus zwei Hälften bestand: einer Vorderseite und einer Rückseite. Ein Hauch von Befriedigung, von Genugtuung streifte mich, verschwand jedoch sofort wieder. Ich wollte mehr davon, griff nach einem Rock und zerriss auch ihn, zusammen mit der Erinnerung an den vorwurfsvollen Blick meiner Mutter, mit dem sie vom Fenster aus auf mich und meinen damaligen Freund Ben herabgeblickte hatte, als ich mit ihm die Straße entlanggekommen war. Ich hatte die Hände unter seine Jacke geschoben, zog sie jedoch sofort zurück, als ich meine Mutter dort oben bemerkte.

Das Reißen verschaffte mir Erleichterung, und ich konnte nicht mehr damit aufhören. Die voneinander getrennten Seiten legte ich auf den verschlissenen spatzenbraunen Teppichvelours, die eine neben die andere. Ich trennte und fügte zusammen, schuf einen Boden, über den ich schritt, vom Bett zum Schrank und wieder zurück, bis ich meine Hälfte des Schrankes komplett geleert hatte. Die Kleider meiner Mutter ließ ich unangetastet, berührte sie nicht einmal. Es waren meine Kindheit und meine Erinnerungen daran, die ich auflöste, um sie neu zusammenzusetzen.

Danach fühlte ich mich wie von einer Last befreit und gleichzeitig erschöpft. Ich dachte an meinen ursprünglichen Plan, so schnell wie möglich mit den Papieren aus Köln zu verschwinden, doch mein Körper fühlte sich schwer und müde an. Wenn ich nicht wie beabsichtigt in die Bourgeois-Ausstellung ging, konnte ich mich ein bisschen ausruhen und trotzdem den letzten Intercity erwischen. Ich legte mich hin und schlief sofort ein.

Als ich aufwachte, war es kalt, weil ich die Heizung nicht angestellt hatte. Noch immer trug ich den Filzmantel. Mein knurrender Magen rief mir ins Bewusstsein, dass ich seit der Zugfahrt, auf der ich ein Croissant und einen Kaffee gefrühstückt hatte, nichts mehr zu mir genommen hatte. Ich ging in die Küche. In den Kühlschrank, dessen Tür weit aufstand, brauchte ich gar nicht erst zu gucken. Meine Hoffnung galt den Schränken. Als ich den ersten öffnete, kamen mir sofort Farben in den Sinn. Cremeweiß waren die laminierten Türen, orangebraun die Kacheln hinter dem Herd, smaragdgrün die Vorhänge vor dem Fenster.

Dies war ein Spiel, das ich gerne mit meiner Mutter gespielt hatte. Damit hatten wir uns Bahnfahrten oder Einkaufsgänge vertrieben. »Mama, das Farbenspiel, ja?«, hatte ich oft gebettelt, sobald sie von der Arbeit zur Tür hereingekommen war. Dann war ein Lächeln über ihr Gesicht gehuscht, und sie hatte das Spiel eröffnet: »Häng mal meinen königsblauen Mantel auf.« Stundenlang hatte ich so weitermachen können. Wir hatten uns immer neue Bezeichnungen für die Farbtöne ausgedacht. Ich wusste nicht, warum mir ausgerechnet an diesem Spiel so viel gelegen hatte, während ich ein anderes, das meine Mutter häufig vorschlug, nicht so sehr mochte. Wenn sie ihre Porzellantassen hervorgeholt hatte und »feine Damen« mit mir mimen wollte, dann hatte ich so getan, als fände ich es ebenfalls unterhaltsam, den kleinen Finger abzuspreizen und die Tasse bedächtig an die Lippen zu führen. Es war meine Täuschung gewesen, um sie nicht zu enttäuschen. Wann ich wohl damit begonnen hatte, meine wahren Gefühle vor meiner Mutter zu verbergen?

Im untersten Fach des Einbauschranks lag ein Sack Kartoffeln. Einige davon hatten bereits Triebe, die sie in dem vergeblichen Versuch, sich zu verwurzeln, in die Luft streckten. Ich setzte mich so hin, dass ich die Herdklappe im Rücken hatte. Mit dem Messer begann ich, die Pelle abzuschälen. Die Kartoffel in meiner Hand hatte dunkle Flecken. Je tiefer ich schnitt, umso mehr schwarze, bröselige Gänge legte ich frei, die ihr Inneres durchfurchten. Angewidert nahm ich lieber eine Packung Nudeln heraus, riss sie auf und steckte mir die Spiralen roh in den Mund. Es krachte und knackte, während ich sie mit den Zähnen durchbrach. Als Kind hatte mich der Lärm in meinem Kopf immer beruhigt.

Ich sah auf die Uhr meines Handys. Es war bereits sieben, und ich hatte weder Kleider zusammengepackt noch die Unterlagen meiner Mutter gefunden. Fest entschlossen, auf jeden Fall an diesem Abend nach Berlin zurückzufahren, ging ich zum Schrank und nahm ein paar gefaltete Pullover heraus. Mit den Fingerspitzen stieß ich an einen Schuhkarton, auf dessen Deckel in einer zackigen Schrift »Fotos« stand. Ich klappte die Schachtel auf. Zuoberst lag die Einladung zu meiner Vernissage in der Galerie Zazewitz, die ich meiner Mutter geschickt hatte. Darunter war ein Foto neueren Datums von mir, abgedruckt in einer Kölner Tageszeitung, die vor einem guten halben Jahr ein kurzes Porträt über mich gebracht hatte. Die Ränder des Artikels waren exakt ausgeschnitten. Spucke sammelte sich in meinem Mund, und ich musste überbewusst schlucken. Mein Speichel, der sich mit dem Nudelteig vermischt hatte, schmeckte süßlich.

Unter dem Artikel kamen Fotos aus meinen Teenagertagen zum Vorschein, auf denen ich meist mit abgewandtem Kopf oder ins Gesicht hängenden Haaren zu sehen war, weil ich es gehasst hatte, fotografiert zu werden. Die Bilder zeigten fast alle Schulsituationen. Wahrscheinlich waren sie vom Lehrer aufgenommen worden. Auf einem erkannte ich zur Hälfte mich mit Ben und Dany. Wir schnitten alle drei Grimassen. Unter dem Foto lagen weitere Bilder von mir als Kind. Ordentlich gekämmt und in den selbst genähten Kleidern war ich darauf abgebildet, frontal beim Fotografen im Studio in Szene gesetzt. Immer war ich alleine zu sehen. Ich alleine unter dem Tannenbaum. Ich alleine mit Schulranzen, Schultüte und Zahnlücke. Ich alleine an einem See mit einer Eiswaffel in der Hand.

Fetzen von Gefühlen tauchten wieder auf. Einsamkeit. Warten. Eine Grundstimmung, die sich durch mein Großwerden gezogen hatte. Fahrig blätterte ich durch die Fotos und fand nur wenige Aufnahmen von meiner Mutter unter dem Stapel Kinderbilder. Sie posierte für die Kamera, mit Perlenkette und gebügelter Bluse, geschminkt und toupiert. Ich meinte, das Haarspray förmlich riechen zu können. Sie lächelte, aber ich hatte nicht den Eindruck, dass das Lächeln ihr Gesicht wirklich berührte; es wirkte eher wie eine Montage.

Eines der Bilder ließ mich jedoch innehalten. Es zeigte meine Mutter mit einer Art Duschhaube auf dem Kopf und in einem gestärkten weißen Kittel in einer Großküche. Zu dem Zeitpunkt, als das Foto aufgenommen worden war, war sie etwa in meinem Alter, wahrscheinlich ein wenig jünger. Ausnahmsweise lächelte sie mal nicht. Ernst blickte sie den Fotografen mit runden, großen Augen an. Ihr Blick wirkte offen und abweisend zugleich. In ihren Zügen erkannte ich die kleine, schmale Frau wieder, die ich vor wenigen Tagen im Krankenhausbett vorgefunden hatte, und tief in meinem Herzen empfand ich Mitleid.

Ich nahm wahr, dass jemand in der oberen Wohnung über den Boden stampfte. Kurz darauf hörte ich eine Klospülung. Ich verlagerte mein Gewicht auf der Matratze und streckte die Beine aus, die einzuschlafen drohten. Das Prickeln in den Gliedern war schmerzhaft, aber es half mir auch, in der Realität zu bleiben. Es war besser, nichts in die Fotos hineinzuinterpretieren. Vielleicht war meine Mutter auf dem Bild in der Großküche einfach nur müde gewesen. Vielleicht hatte der Fotograf sie ermahnen müssen, nicht künstlich zu lächeln.

Ich griff zu meinem Handy. Meine Finger zitterten, als ich Dominic anrief.

»Lio! Schön, dass du dich meldest!«

Seine Stimme hatte diesen warmen Unterton, der mir das Gefühl gab, gehalten zu werden. Ich stellte mir seine Hände mit den dunklen Haaren dabei vor, wie sie mein Gesicht streichelten.

»Wie läuft es in Köln? Hast du alles geregelt?«

Beiläufig öffnete ich wieder die Schachtel, wühlte mit

der freien Hand in den Fotos. »Ja, hier ist halt viel von früher«, sagte ich ausweichend, weil ich nicht gelernt hatte, wie ich mit wenigen Worten all das zusammenfassen sollte, was ich seit meiner Ankunft empfand. »Ich stoße die ganze Zeit auf Erinnerungen.«

Erst jetzt bemerkte ich ein Foto von meiner Mutter, das sie als junge Frau zeigte. Ihre Augen waren sittsam zu Boden gerichtet, doch das Lächeln konnte sie nicht unterdrücken. Sie stand in einer Art Werkstatt, mit einem Pinsel und einer bemalten Vase in den Händen. Um sie herum waren Männer, alle wie sie in Kitteln gekleidet, und meine Mutter bildete den Mittelpunkt. Von ihr schien ein Glanz auszugehen, der auf die anderen abfärbte.

»Rührselige Erinnerungen?«, fragte Dominic. »Klein-Lio und ihre Barbie-Puppen oder Klein-Lio und die Arztspiele mit dem Nachbarsjungen?«

Ich fand es nicht lustig. Ungehalten drehte ich das Foto um. KPM hatte jemand mit Bleistift darauf geschrieben. Das Kürzel sagte mir etwas, ich kam nur nicht darauf, was. Ich betrachtete das Bild noch einmal. Meine Mutter wirkte auf dem Foto so jung und unbeschwert. Sicher war es vor meiner Geburt aufgenommen worden, ihrer schlanken Figur nach zu urteilen, die der Kittel nicht gänzlich verbarg, sogar vor meiner Empfängnis. Ein Gedanke durchschnitt mein Bewusstsein.

War einer der abgebildeten Männer etwa mein Vater? Ich fuhr mir mit den Fingern über den Mund. Worauf war ich hier gestoßen? Welchen Ausschnitt zeigte das Foto vom Leben meiner Mutter? Wann konnte es entstanden sein?

»Ich hab dich was gefragt, Lio. Hörst du mir überhaupt noch zu?«, fragte Dominic.

»Ich habe nur gerade an was gedacht. An meinen Vater. Ich hab hier ein Foto, darauf könnte er zu sehen sein.« Bei der Ausstellungseröffnung hatte Tetra erwähnt, dass meine Mutter einmal in Berlin gelebt hatte. Offenbar hatte sie in einer Porzellanfabrik gearbeitet.

»Wann genau kommt denn dein Zug in Berlin an? Ich kann dich abholen«, schlug Dominic vor.

Zu jedem anderen Zeitpunkt hätte mich sein Angebot in Euphorie versetzt. Zuvor hatte ich unbedingt noch an diesem Abend zurückfahren wollen. Aber ich spürte auf einmal, dass ich ganz dicht davor war, Antworten auf meine Fragen zu erhalten. In der einen Hand hielt ich das Handy, in der anderen das Foto. Es war, als würde ich beide Optionen abwägen. Das eine war meine Zukunft, das andere die Vergangenheit. Beides hing unweigerlich zusammen, das fühlte ich mit Nachdruck.

»Ich bleibe die Nacht noch hier«, sagte ich. »Holst du mich morgen ab?«

»Morgen kann ich nicht. Bis bald«, verabschiedete sich Dominic.

Am Rande nahm ich wahr, dass ich nicht einmal richtig enttäuscht über seine Absage war. Ich forschte in den Gesichtern der Männer auf dem Foto nach etwas Vertrautem, etwas Familiärem, einem Hinweis, fand aber nichts. Erst als ich das Foto umdrehte, erfuhr ich Neues. In der Schrift meiner Mutter war darauf mit Bleistift ein Datum notiert: April 1967. Ganze zwei Jahre vor meiner Geburt. Was auch immer dieser offensichtlich glückliche Lebensabschnitt, den das Foto festhielt, für meine Mutter bedeutet hatte, er hatte nicht das Geringste mit meiner Existenz zu tun. Ich war deshalb frustriert, aber auch das erklärte nicht, warum sich mir die Kehle zuschnürte, als eine getrocknete, gepresste Blume aus dem Karton mir in den Händen zerbröselte.

Ich warf das Foto in den Karton zurück und setzte den Deckel wieder darauf. Anschließend rief ich Tetra an, obwohl ich wusste, dass ich erst einiges mit ihr klären musste, bevor ich ihr von Köln und den Geheimnissen erzählen konnte. Meine Freundin ließ das Telefon klingeln. Ich rechnete damit, dass jeden Moment die Mailbox anspringen würde, und hatte keinen blassen Schimmer, was ich draufsprechen sollte.

»Hallo.« Tetra meldete sich doch.

Die Zurückhaltung in ihrer Stimme versetzte mir einen Stich. Immerhin war sie rangegangen.

»Es tut mir leid.« Wo beginnen, um unseren Streit zu schlichten? »Du wolltest bloß für mich da sein, und ich hab mich so irre nervig verhalten und … Ich hätte das nicht sagen dürfen mit dem Kinderwunsch, das war …« Mir gingen die Worte aus.

Sie reagierte lange nicht. Ich hörte ihren Atem, hielt die rechte Hand zur Faust geballt im Schoß und befürchtete, dass sie einfach auflegen könnte.

»Okay«, sagte sie dann.

Meine verkrampften Finger lösten sich. Doch sie sprach nicht weiter. Ich dachte an die Blume, die so leicht zerbrochen war unter meiner Berührung, und fühlte, dass die Reste unserer Freundschaft ebenso fragil waren.

»Ich bin gerade in Köln. Morgen komme ich zurück. Können wir uns dann sehen und in Ruhe reden?« Ich biss mir auf die Nägel.

»Besser nicht. Nein.« Durch den Hörer klang es, als ringe Tetra nach Atem.

»Aber …«, begann ich und brach ab, weil ich begriff, dass ich akzeptieren musste, wenn meine Freundin nicht wollte oder konnte. Doch es fiel mir unendlich schwer. »Dann reden wir bald, ja?«

»Ich weiß nicht. Hör zu, Lio. Ich habe es satt, dein emotionaler Mülleimer zu sein! Du bist zu weit gegangen, und ich kann nicht so tun, als wär nichts passiert. Klär dein Problem selbst. Und jetzt ist es besser, wir legen auf.«

Es tutete in der Leitung. Das war noch nie vorgekommen, in all den Jahren unserer Freundschaft nicht. Sofort wählte ich wieder ihre Nummer, aber sie ging nicht mehr ans Telefon. Mein erster Impuls war, zum Bahnhof zu laufen, in den nächstbesten Zug zu steigen und die fünfhundert Kilometer zu ihr zu fahren. Ein Blick auf die Uhranzeige auf dem Handy-Display sagte mir jedoch, dass ich den letzten Zug verpasst hatte. Der nächste würde mitten in der Nacht abfahren und doppelt so lange brauchen. Es wäre sinnlos.

Es war sowieso sinnlos, Tetra zu einer Aussprache zwingen zu wollen. Sie war verletzt worden, von mir, und deshalb würde sie den Zeitpunkt bestimmen, zu dem sie eine Annäherung zulassen konnte.

Spontan schrieb ich ihr eine SMS: ICH HABE DIR WEHGETAN, ABER ICH HAB ES NICHT …

Ich brach mitten in der Textnachricht ab. Was hatte ich nicht? Sie bewusst verletzen wollen? Wenn ich ganz ehrlich zu mir war, hatte ich sie mit voller Absicht verletzt. Weil sie etwas ausgesprochen hatte, das ich nicht hören wollte. Dass ich mit zweiundvierzig Jahren die letzte Möglichkeit ergriffen hatte, noch ein Kind zu bekommen. Weil ihre Unterstellung sich wie ein Verrat angefühlt hatte. Ein schaler Abklatsch meiner Wut klumpte in meinem Magen.

Dabei stand mir Tetras Gesicht vor Augen, nachdem ich sie als übergriffig bezeichnet und ihren Kinderwunsch gegen sie benutzt hatte. Ihre Wangenmuskulatur, die gearbeitet hatte, als kaue sie noch auf dem herum, was ich gesagt hatte. Die in Falten gelegte Stirn, der ratlose Ausdruck auf ihrem Gesicht, als könnte sie nicht fassen, dass ich es getan hatte.

Das soeben noch empfundene Selbstmitleid löste sich schlagartig auf.

Ich legte mich auf das Bett und stieß dabei versehentlich die Schachtel mit den Fotos herunter. Auf dem Boden spie sie ihren Inhalt aus. Meine Kinderfotos und die meiner Mutter vermischten sich. Die Chronologie, die sie gehabt hatten, als ich die Schachtel geöffnet hatte, geriet durcheinander. Alles war nun neu in Beziehung gesetzt, und ich begriff, dass dies ein treffender Ausdruck für meine augenblickliche Lage war. Ich musste mein Leben dringend neu sortieren, und ich wollte es angehen. Jetzt.

Als ich die Fotos aufhob, entdeckte ich ein Amulett. An einer Kette, deren Glieder ineinander fassten, ließ ich es vor meinem Gesicht baumeln. Auf dem Amulett waren Blumen eingraviert. An der Seite ließ es sich aufklappen. Darin waren Bilder zweier Mädchen. Das links wirkte etwas jünger als das auf der rechten Seite. Ich dachte nicht, dass ich eines der Kinder sein könnte. Die Mädchen sahen sich ähnlich, vielleicht auch deshalb, weil sie mit dem gleichen starren Lächeln den Betrachter anblickten.

Ich hatte in Köln nicht wie erhofft Antworten gefunden, sondern war auf weitere Fragen gestoßen. Als ich mich auf die Matratze legte und angestrengt an die Decke starrte, hörte ich Geräusche wie das Knarren von Dielenbrettern, das Quietschen von Türen und erstickte Schreie, die unmöglich meiner Gegenwart entstammen konnten, sondern deren Ursprung irgendwo in der Vergangenheit zu finden war.

XXXXXX

Mama flüstert ihr keine Zauberwörter mehr ins Ohr. Meist ist sie ruhig und traurig. Das Mädchen weiß, dass es seine Schuld ist. Sie hat die Stiche nicht klein genug gemacht.

Sie steht am Fenster und sieht nach draußen. Während sie ausatmet, sieht sie Rauch aus ihrem Mund kommen. Sie wundert sich, dass ein Feuer in ihr brennt, obwohl ihr doch so kalt ist. Sie muss Mama fragen, Mama, die mit der Schwester auf der Matratze liegt.

»Mama«, sagt sie. »Ich brenne.«

Mama sieht das Mädchen lange an, dann schüttelt sie den Kopf. »Aber nein, mein Dummchen, das ist nur die warme Atemluft, die du in der Kälte sehen kannst.«

Mama zerkaut ein Brot und schiebt es in ein Tüchlein. Das Tüchlein bindet sie zusammen und gibt den Brei der Schwester zum Nuckeln.

»Kann ich gar nicht brennen, Mama?«

»Du doch nicht. Und weißt du auch warum? Du bist innen aus Stein. Dich kann man nicht zerstören.«

Das Mädchen piekt mit dem Finger in die Haut des Armes. Erst ist es weich, dann trifft der Finger auf etwas Hartes, auf Stein, genau wie Mama gesagt hat. Das Mädchen fühlt sich auf einmal stark und sicher.

»Und weil du nicht kaputtgehst«, sagt Mama, »musst

du dafür sorgen, dass auch deine Schwester nicht kaputtgeht. Versprich es mir.« Das Mädchen nickt. »Was auch immer passiert. Mit uns … mit mir. Du wirst auf deine Schwester aufpassen. Du wirst sie niemals im Stich lassen. Nie.«

Sie nickt erneut und bemerkt eine Schwere, die plötzlich auf ihr liegt, aber auch Freude, weil Mama in ihr die große Schwester sieht. Sie will noch mit Mama darüber sprechen, warum sie aus Stein ist, doch Mama ist wieder mal zu müde. Wenn Mama müde ist, und das ist sie dauernd, wird ihr Gesicht ganz fremd. Dann sieht sie aus, als ob sie ganz weit weg ist, obwohl sie in dem Bett liegt, auf dem das Mädchen sitzt.

Weil das Mädchen nicht mit Mama sprechen kann, wenn sie so ist, spricht es mit seinem Kopf. Sie erzählt ihrem Kopf Geschichten, und der Kopf antwortet ihr. Dabei müssen sie gar nicht laut sein. Sie sind ganz leise, niemand kann sie verstehen. Nur das Mädchen und sein Kopf.

XXXXXX

7.

Als ich aufwachte, wusste ich zunächst nicht, wo ich mich befand. Ich sah an meinem Körper herunter und bemerkte, dass ich komplett angezogen war. Ich lag auf meinem Kinderbett in der Wohnung, in der ich aufgewachsen war. Meine Mutter lag weit weg in Berlin auf einer Intensivstation für Schlaganfallpatienten.

Durch das Fenster drang Tageslicht. Zwischen meinen Fingern steckte etwas Hartes, die Kette mit dem Amulett. Meine Kleider hatte ich seit gestern nicht ausgezogen. Ich stand auf, um mich zu waschen. Da ich nicht davon ausgegangen war, über Nacht in Köln zu bleiben, hatte ich nichts zum Wechseln dabei.

Eine separate Dusche gab es im Badezimmer immer noch nicht. Duschen konnte ich daher nur in der Wanne, in der ich mich hinknien musste, wollte ich den Raum nicht überfluten. Als ich den Strahl aufdrehte, dauerte es einen Moment, bis das Wasser heiß wurde. Langsam umfing die Wärme meinen Körper. Durch die Berührungen des Wassers auf meiner Haut malte ich mir Dominics Hände aus, die mir zärtlich über die Schultern, die Brüste, die Hüften und den Bauch fuhren. Ich vermisste seine Nähe und seine Berührungen ebenso sehr wie unsere Gespräche.

Sehnsuchtsvoll stellte ich die Dusche ab. Mir blieb nichts anderes übrig, als die getragenen Kleidungsstücke wieder anzuziehen, denn ich wollte nichts von meiner

Mutter leihen. Mit dem Zeigefinger und Zahnpasta putzte ich mir die Zähne, während ich in den beschlagenen Spiegel über dem Waschbecken blickte. Mein Anblick war ungewohnt, aber vielleicht lag es auch nur an den kondensierten Wassertropfen, die mir übers Gesicht liefen. Ich erinnerte mich an die Fragen, die ich gestern vor dem Einschlafen aufgeworfen hatte. Mir kam es vor, als hätte sich meine Perspektive wieder einmal verschoben, als blickte ich auf die Welt durch Kinderaugen, die nur Abschnitte der Wahrheit erkennen konnten.

Doch dann wusste ich einfach so aus dem Nichts heraus, was ich als Nächstes tun würde. Ich würde in die Bourgeois-Ausstellung gehen. Kunst hatte mir noch immer geholfen, einen anderen Blickwinkel einzunehmen.

Als ich im Flur stand, fielen mir die Schlüssel ein. Schließlich wollte ich noch einmal in die Wohnung zurückkommen. Mit der größten Selbstverständlichkeit, als ob ich hier wohnen würde, zog ich eine der Schubladen der Ablage auf. Dort hatte mein Schlüssel früher gelegen. Ich lächelte über meinen Rückfall in alte Gewohnheiten und wollte die Lade schon wieder zuschieben, als ich eine Plastikmappe entdeckte. Darin waren die wichtigsten Unterlagen meiner Mutter wie Krankenkassenkarte, Patientenverfügung und Organspenderausweis abgeheftet. Mir ging auf, dass ich viel zu umständlich gesucht hatte und dass dies letzten Endes Absicht gewesen sein musste.

In der Straßenbahn Richtung Innenstadt saß ich gegenüber von einer jungen Frau, vermutlich Anfang dreißig, die einen Säugling auf dem Schoß hielt. Das Baby griff ihr mit seinen Patschehändchen ins Gesicht. Sie lachte und gurrte, um es zu animieren. Da kniff ihr das Kind in die

Oberlippe. Es musste wehtun, doch die Frau löste die Finger ganz vorsichtig und hörte auch nicht auf, ihr Baby anzulächeln. Es zog in meinem Bauch. Als ich am Neumarkt ausstieg, drehte ich mich noch einmal zu den beiden um. Sie bemerkten mich nicht, zu versunken waren sie in ihre Beziehung zueinander.

Ich ging zur Rolltreppe, um die U-Bahn zum Dom zu nehmen. Dort war die Galerie ansässig, zu der ich wollte. Auf dem Bahnsteig wartete eine Familie. Papa, Mama und eine etwa fünfzehnjährige Tochter. Mutter und Tochter sahen derart ausgemergelt aus, als hätte die Mutter ihre Bulimie wie einen Erbschmuck an die nächste Generation weitergereicht. Ich zwang meinen Blick weg von ihnen, konzentrierte mich auf eine Familie mit zwei Kindern, die rosafarbene Schmetterlingsflügel umgeschnallt hatten. Die Mädchen liefen im Kreis um die Eltern herum, vollkommen ausgelassen, und der Vater hatte Probleme, sie zur Ruhe zu ermahnen.

Erst nachdem ich in die nächste Bahn eingestiegen war, realisierte ich, dass ich meinen Blick auf Eltern und Kinder fokussierte. Ich begriff, dass ich einfach nicht wissen konnte, wie ich als Mutter sein würde. Es bestand durchaus die Möglichkeit, dass ich meine ganzen Altlasten weitergäbe, aber es war ebenso denkbar, dass ich mein Kind bedingungslos lieben würde.

Ich wollte das Kind aber nicht. Liebesfähigkeit hin oder her.

Ich machte mich auf die Suche nach den weitläufigen Galerieräumen in der Nachbarschaft des Doms und des regionalen Fernsehsenders. Bevor ich auch nur einen Blick auf die ausgestellten Werke von Louise Bourgeois warf, genoss ich erst einmal das pure Weiß der Wände und Decken. Es war diese Nacktheit, die ich liebte. Unbeschriebene Wände, an denen die Bilder ständig wechselten, die selbst jedoch immer rein blieben. Ich liebte das gedämpfte Licht, das in der Galerie einen leichten Goldton verbreitete. Ich mochte auch das grellere, bloßstellende Weiß anderer Räumlichkeiten wie das der Galerie Zazewitz, in der meine Vulven ausgestellt waren.

Je nach Lichteinfall wirkte jedes Weiß anders, hatte eine andere Temperatur, mal kalt wie das Blauweiß von Milch oder warm wie altes Papier. Jeder weiße Ton löste bei mir andere Emotionen und Sinneseindrücke aus. In der Galerie ließ ich die Gefühle zu, die mich durchströmten. Ich dachte an meine Mutter, die von Farben wie von Fabelwesen gesprochen hatte. Durch sie hatten Farben für mich immer auch eine Gestalt besessen.

Vor einem neueren Werk der Bourgeois, in dessen Mitte ein Unterrock aus Tüll befestigt war, fragte ich mich, warum in meiner Kunst so lange kaum Farbe vorgekommen war. Die Phase reichte von den goldbesprühten Monstrositäten meiner Anfangszeit in Berlin bis zu meinen Plüschvaginen. Meine früheren Fotografien waren streng farbreduziert gewesen; ich hatte viel mit Schwarz und Weiß gearbeitet und mit Holz. Mit dem Purpur meiner Kuschelmuschis hatte ich zum ersten Mal seit langem wieder bewusst eine Farbe eingesetzt. Ich beschloss, in Zukunft mehr damit zu experimentieren.

Der Unterrock, auf den ich blickte, gehörte wohl zu einem Hochzeitskleid. Der Tüll war so angeordnet, dass die Falten die Form einer Vagina bildeten. Die Spitzen und Rüschen des Rocks sollten offenbar die inneren und äußeren Schamlippen darstellen. Die Taille des Kleidungsstücks war so zusammengelegt, dass ein Drahtring die Klitoris zu formen schien. Links unten am Rock war eine Naht vom Saum abgetrennt und ringelte sich zum Rand des Bildes hin wie eine Nabelschnur. Rechts waren zwei überlange Arme gemalt, die aussahen wie mit Blut beschmiert. An einem der Finger prangte ein Ehering. Über den Fingerspitzen hatte die Künstlerin weiße Farbe verschmiert, schemenhaft glaubte ich das Wort *»Oui«* zu erkennen.

Eine überdimensionale Vagina, das passte zum Thema meiner Ausstellung. Ich fühlte mich tief in mir drin berührt. Die Vulva von Louise Bourgeois war weiß, rein, durchsichtig, durchdringbar. Eine hauchdünne Schrift, der Titel des Werkes, eine Bitte, ein Hilferuf, aber vielleicht auch ein Befehl: *»Don't Swallow Me!«*

Verschluck mich nicht! Verschling mich nicht!

Lange stand ich vor dem Bild, das eine beängstigende Faszination auf mich ausübte. Ich kniff die Lider zu. In meinen Gedanken sah ich mich im Körper meiner Mutter, in ihrem Bauch. Allerdings nicht als Säugling, sondern als die Frau, die ich war, in dem rauchblauen Filzmantel in der überheizten Galerie. Ich war ein zweiundvierzigjähriger Fötus.

Trotz aller Aufgewühltheit, trotz aller innerer Zerrissenheit war dies ein Moment, in dem ich die Ironie verspürte, dass ich all die Jahre meines bisherigen Lebens darum gekämpft hatte, mich als eigenständiges Wesen zu definieren. Ausgerechnet während meine Mutter im Krankenhaus lag und ich ihrem Einfluss gänzlich hätte entzogen sein müssen, war ich ihr unmittelbar ausgeliefert.

Als ich die Augen wieder öffnete, fielen mir all die kleinen Fältchen auf, in die der Rock gelegt worden war. So viel zerreißbarer Stoff, so viele nicht ausgelebte, sondern sorgsam gefaltete Mädchenträume. Wie die Leinenbettwäsche mit den Stickereien meiner Mutter, die nie mit Leidenschaft benutzt und befleckt worden war. Ich löste die Zunge vom Gaumen und knöpfte meinen Mantel auf. Weil mir schwindelig war, setzte ich mich auf die Fensterbank zur Straße hin. Ich atmete kurz und flach.

Das Bild an der mir gegenüberliegenden Wand wirkte unverfänglicher auf mich. Wie zur Erholung betrachtete ich den Leinenstoff und das grob gewebte Material. Mit Maschinenstichen aus rosafarbenem Garn waren die Stoffe aneinandergenäht. Zusammen mit Stücken von zerfallenen Tapisserien bildeten sie eine Art Patchwork. Die Eltern von Louise Bourgeois hatten ebensolche alten Tapisserien restauriert, das hatte ich gelesen. Ihre Mutter hatte versucht, alte Farben so authentisch wie möglich zu rekonstruieren.

Im linken Teil des Bildes war eine Pflanze gemalt, deren Blätter nach unten wuchsen, es hätte aber auch der Faltenwurf eines Rockes sein können. Interessiert suchte ich auf der Liste, die mir die Aufseherin der Galerie überreicht hatte, nach dem Titel des Werkes: »*When I Was Young*«. Auf einmal hatte ich den scheppernden Sound eines Liedes im Kopf.

Nachdem ich mir den für meine Verhältnisse viel zu teuren Katalog der Ausstellung gekauft hatte, machte ich mich auf die Suche nach einem Internetcafé in der Innenstadt. Dort bestellte ich einen Kaffee und gab in eine Suchmaschine den Titel des Liedes ein, dann klickte ich auf einen der angezeigten Links. »*When I Was Young*« von Eric Burdon und den Animals schallte mir entgegen. »*The rooms were so much colder then. My father was a soldier then …*«

Etwas blitzte vor meinen Augen auf, blendete mich,

bevor ich es zu fassen kriegen konnte. Ich wusste auf einmal, dass ich das Lied als Kind gehört hatte, aber es fiel mir mehr als schwer, den melancholischen Hippie-Sound mit meiner Mutter in Verbindung zu bringen. Bei Wikipedia las ich nach, dass der Song 1967 erschienen war, zwei Jahre vor meiner Geburt. Ich spürte förmlich, wie sich die Zellen meines Hirns zusammenzogen, als ich den Zusammenhang zwischen meiner Vergangenheit und dem Lied wiederherzustellen versuchte. Ich presste die Fingerspitzen an die Schläfen, denn manchmal half das, doch diesmal tat sich nichts.

Kein Bild. Kein Gefühl. Keinerlei Verbindung. Nur eine Ahnung.

Mir stand das fröhliche Gesicht meiner Mutter von dem Foto vor Augen. Sie mit dem Pinsel im Kreis der Männer in einer Werkstatt. Wie das Lied erschien mir auch dieser Ausschnitt aus dem Leben meiner Mutter zu abwegig für die Frau zu sein, die ich kannte. Was hatte sich die Zeit nur dabei gedacht, aus einer fröhlichen jungen Frau, die sich in der Gesellschaft von Männern ganz offenbar wohlgefühlt hatte, eine allein erziehende, isolierte Mutter zu machen?

Beiläufig öffnete ich den Katalog und überflog die Seiten, bis bestimmte Wörter mein Interesse weckten. Ich las von den Selbstzweifeln, die Louise Bourgeois ihr Leben lang überfielen. Ich las auch, dass sie ihre künstlerischen Aktivitäten immer wieder unterbrach und dann erneut aufnahm, wenn sie an Aspekte ihrer Vergangenheit anknüpfte. Der Autor schrieb zudem von Kleidungsstücken ihrer Mädchenjahre und aus frühen Ehezeiten und von Kleidern der künstlerischen Erfolgsphasen, die sie in Schubladen weggesperrt hatte und schließlich hervorholte, um sie in ihren Werken zu verarbeiten.

»Hier, bitte, Ihr Kaffee«, unterbrach mich die Bedienung. Abwesend dankte ich, doch sie blieb stehen und deutete auf den Kunstkatalog. »Tolle Ausstellung«, sagte sie. »Ich war schon dreimal drin. Schade nur, dass keine einzige ihrer Spinnen ausgestellt ist.«

»Die kenne ich gar nicht«, gab ich zu. Ich interessierte mich zwar für andere Künstlerinnen, die mir durch ihre Erfahrungen den Weg geebnet hatten, aber ich versuchte, mich nie allzu sehr mit ihren Werken zu beschäftigen, um ganz bei mir selbst zu bleiben.

»Die Bourgeois sieht die Spinne als Metapher für die Mutter an«, erzählte die junge Frau mit den zahlreichen bunten Armreifen. »Bei ihr ist die Spinne nicht nur eine Jägerin, die ihre Beute fängt und verspeist oder die nach der Paarung das Männchen auffrisst. Sie sieht die Spinne auch als Weberin, die Verbindungen schafft. Ein Netz webt.« Sie lächelte schief. »Ich schreibe gerade eine Hausarbeit an der Uni darüber.«

Ich erwiderte ihr Lächeln, obwohl mir gar nicht danach war. Das Opfer erst im Netz verstricken und es sich danach einverleiben. *Don't Swallow Me* – Verschling mich nicht. Meine Mutter und ihr Opfer. Ich.

Um die Gefühle, die die Erinnerungen mit sich nach oben trugen, zu unterdrücken, nippte ich an dem schwarzen Kaffee. Er schmeckte säuerlich. Mich verschluckend prustete ich den Kaffee über die Tastatur. Verlegen entschuldigte ich mich bei der Bedienung, die sofort mit einem Lappen ankam, zahlte rasch und verließ das Café.

Im Schrank ganz oben lag die Unterwäsche meiner Mutter gestapelt, lauter blütenweiße Schlüpfer. Einer Eingebung folgend schob ich den Stapel zur Seite und zog eine Schatulle hervor. Es war ein Kästchen für Schmuck, nicht besonders hoch, von burgunderfarbenem Kunstleder überzogen. Ich wollte keine Heimlichkeiten mehr. Doch das Kästchen war extrem schmal, bot bloß begrenzten Raum für die Geheimnisse, die in unserer kleinen Familie überwogen. Es konnte gut sein, dass ich keine ausreichenden Antworten auf meine Fragen erhalten würde, wenn ich den Inhalt betrachtete. So knapp vor dem Ziel fürchtete ich eine Enttäuschung. Oder war es bloß eine Ausrede?

In der Schatulle befand sich tatsächlich nicht viel. Ein altmodischer Schlüssel, ein amtliches Schreiben, in dem es um irgendein Gebäude ging, eine Postkarte aus Afghanistan, 1974 abgestempelt und mit einem Satz versehen, dessen Buchstaben leicht verschmiert waren. »Ich denke an sie«, stand dort. Nicht mehr. Schließlich Kinderfotos meiner Mutter. Es gab keine Aufnahmen von ihr, die sie als Säugling oder Kleinkind zeigten. Erst im Alter von sechs Jahren schienen überhaupt Bilder von ihr gemacht worden zu sein. Auf den meisten Fotos war mit ihr zusammen ein weiteres, jüngeres Kind fotografiert worden. Ein Mädchen. Auf allen Bildern lachten die beiden Kinder mit dem immer gleichen Gesichtsausdruck in die Kamera. Es hatte den Anschein, als wären sie erst mit diesen Fotos in die Welt hineingeboren worden.

Dass diese Bilder existierten, verwunderte mich. Ich hatte sie nie gezeigt bekommen, hatte auch nie von der Kindheit meiner Mutter Geschichten erfahren. Ich hatte sie immer mal wieder nach Erlebnissen gefragt, wie wahrscheinlich alle Kinder das taten. »Wie war deine Mama? Sah sie aus wie du? Was hast du gespielt? Wie war dein Papa?«

Angeblich konnte sie sich nicht erinnern. Die einzigen Informationen, die ich von meiner Mutter im Hinblick auf ihre Vergangenheit bekam, waren Sätze wie »Als ich in deinem Alter war, war ich froh, wenn ich überhaupt was zu essen bekam« oder »Ich hatte nur kratzige Wollstrümpfe zum Anziehen. Du ziehst diese Strumpfhose sofort an!«.

Wenn ich mir meine Mutter als junges Mädchen vorzustellen versuchte, hatte ich eine kleinere Version ihres erwachsenen Selbst vor Augen, niemals ein Kind wie ich es war.

Ich nahm das Schreiben zur Hand. Es schien eine Besitzurkunde oder etwas in der Art zu sein. Offenbar gehörte meiner Mutter ein Haus. Nein. Unvorstellbar.

Bevor ich den Brief noch einmal lesen konnte, klingelte mein Handy. Es war Mattis, der wegen der Blockadeaktion anrief.

»O nein, ich hab das Treffen schon wieder vergessen«, meldete ich mich. »Aber meine Mutter hatte einen Schlaganfall, und ich bin gerade in Köln, um alles zu regeln. Mit der Krankenkasse und so.«

»Kein Problem. Ich kann das so weit übernehmen. Nur beim nächsten Bündnistreffen, da brauche ich deine Unterstützung. Wir haben darüber diskutiert, was passiert, wenn die Polizei die Blockade räumen will. Und dabei ging's ziemlich hoch her.« Ich versuchte meine Gedanken von dem obskuren Haus zu der Sitzblockade zu lenken. »Die einen meinen, wir müssten sofort aufstehen und weggehen, wenn die Polizei uns dazu auffordert, und …«

»Was soll das denn dann für eine Blockade sein?«, unterbrach ich ihn.

»Das hab ich auch gefragt. Aber da gibt's eine Fraktion, die findet selbst wegtragen lassen zu militant. Wenn das so weitergeht, kommt's bald zur Spaltung.«

Das konnte ich gar nicht gebrauchen. Ich atmete aus und

versuchte, mich auf das Gespräch zu konzentrieren, doch ich konnte nur daran denken, dass wir finanziell nie gut aufgestellt waren. Dass meine Mutter sprichwörtlich jeden Pfennig einzeln umgedreht hatte. Sicher, sie hatte mir gerne Kleider genäht, aber es war auch aus einer Notwendigkeit heraus geschehen. Wenn sie tatsächlich ein Haus besaß, warum hatte sie es nicht einfach verkauft? Wir hätten ja dort wohnen können, um Miete zu sparen.

»Bist du noch da?«, fragte Mattis.

»Ja. Ich bin da. Ich meine, ich werde beim nächsten Treffen da sein.«

»Super. Alles Gute bis dahin.« Mattis klang sehr fröhlich, als er sich verabschiedete.

Alles Gute. Wohl eher alles zu viel auf einmal. Immerhin wusste ich, wohin mich mein nächster Schritt bei meiner Suche führen würde. Zu dem seltsamen Haus. In die Vergangenheit, die nun mehr und mehr Gestalt annahm.

XXXXXX

Mama wickelt dem Mädchen ein Tuch um den Hals. Der Knoten ist ein bisschen zu fest, aber sie sagt nichts, weil Mama so traurig aussieht und sie glaubt, gleich losweinen zu müssen. Dann drückt Mama ihr die kleine Schwester in den Arm. Das Mädchen hält das Bündel, während es Mama ansieht. Mamas Lippen sind zu einem schmalen Schlitz zusammengepresst. Ihre Augen weichen denen des Mädchens aus.

Das Mädchen wundert sich darüber, dass es mit seiner

Schwester nach draußen gehen soll. Sie durfte noch nie nach draußen, seit sie auf dem Dachboden leben. Das ist schon lange her, tausend Jahre oder hundert Meter, denn der Rock des Mädchens ist kürzer geworden und seine Schuhe drücken. Deshalb hat Mama Löcher für die großen Zehen hineingeschnitten.

Ein Poltern lässt das Mädchen zu dem Durchgang im Boden herumfahren, der sonst von einer schweren Kiste verschlossen ist. Ihr fällt auf, dass jemand die Kiste weggeschoben hat und eine Klappe offen steht. In dem Loch erscheint nun der Kopf einer Frau. Das Mädchen erschrickt, aber als die Frau spricht, erkennt es die Stimme von Eisblau wieder.

»*Kom op, hij kan niet meer wachten. Dat is gevaarlijk.*« Eisblau hat ein rundes Gesicht und braune Haare. Mama nickt der Frau zu und seufzt von so tief unten, dass es sich für das Mädchen anhört, als jaule ein Hund.

»Du musst jetzt ganz stark sein.« Mama hockt sich vor sie. Das Mädchen nickt, dabei fühlt es sich schwach und glaubt nicht, dass seine Beine es länger tragen können. »Du musst immer auf deine Schwester aufpassen. Vergiss nicht, du hast es mir versprochen!«

»Aber wo gehen wir denn hin?«, fragt das Mädchen. In ihr steigt eine Kälte auf, die nichts mit der Luft auf dem Dachboden zu tun hat und nichts mit dem Wind, der durch die vielen Ritzen pfeift.

»Ihr kommt zu einer sehr netten Familie. Dort könnt ihr draußen spielen. Ist das nicht schön? Und ihr habt dann immer genug zu essen. Wunderbar, nicht!« Mamas Stimme klingt falsch. Sie redet, als fände sie es selbst schön, doch das Mädchen, das sich an sie schmiegt, riecht unter dem Puder auf Mamas Haut die Angst.

»Komm mit!« Das Mädchen würgt die Wörter heraus, die ihm den Hals verstopfen.

»Ich bleibe hier. Ohne mich seid ihr sicherer.« Eine Träne läuft über Mamas Wange.

Mit der einen Hand presst das Mädchen seine kleine Schwester fester an sich, mit der anderen wischt es Mama die Träne ab und steckt den Finger in den Mund. Sie leckt daran; es schmeckt salzig und bitter.

»Wann kommst du nach?«, fragt das Mädchen, als die helle Stimme von Eisblau wieder mit diesem drängenden Ton redet.

»Bald«, versichert Mama. »Ganz bald.« Dabei blickt sie das Mädchen nicht einmal an. »Versprich mir, dass du deine Schwester nie im Stich lässt, egal was passiert, versprich es mir!«

»Ja, ja«, flüstert das Mädchen. Das hat sie doch schon versprochen. Sie fühlt eine riesige Schwere auf dem Herzen. »Aber kommst du morgen? Bitte, Mama?«

»Morgen«, wispert Mama, und das Mädchen gibt sich zufrieden.

Morgen ist das, was noch kommt.

XXXXXX

8.

Ein rostiger Maschendrahtzaun grenzte das Grundstück von der Straße ab. Das alte Tor hing in den Angeln. Ich hätte den Schlüssel aus der Schatulle gar nicht gebraucht, um den Garten zu betreten. Er war von einer ehemals überbordenden, doch längst vergangenen Sinnlichkeit. Das Rot der verfrorenen Rosen an einem kahlen Strauch war nach dem Winter ins Braune übergegangen. Modriges Laub lag auf ungeschnittenen Büschen, die sich zu kleinen Bäumen ausgewachsen hatten. Die Rasenfläche gab schmatzende Geräusche von sich, als ich darüber schritt. Kahle Platanen breiteten ihre Äste wie Flügel über das Haus und warfen Schatten darauf.

Es war ein stiller Märzgarten von morbider Schönheit. Ich atmete die schwere Luft ein. Um mich war eine Ruhe abseits vom Lauf der Zeit, wie sie sonst nur auf Friedhöfen herrscht. Als unerwartet die Sonne herauskam, hielt ich ihr das Gesicht entgegen. Für einen Augenblick war es, als streichele mir jemand über die Wangen. Die schwache Wärme löste meine Verspannung, und ich entspannte die viel zu fest aufeinandergepressten Kiefer. Dann betrachtete ich das Haus.

Ich war keine Architekturexpertin, aber meine Vermutung ging dahin, dass es Anfang des zwanzigsten Jahrhunderts gebaut worden war. Die Fenster waren mit verwitterten Fensterläden verdeckt, die von davorgenagelten Brettern an ihrem Platz gehalten zu werden schienen.

Auch die Tür war versperrt. Das Haus war vermutlich seit längerem nicht mehr bewohnt, dennoch war es wunderschön. Eine Seite der Fassade war von Efeu überwuchert, das bis über das Dach reichte.

Mir stand sofort ein Bild vor Augen. Wie aus dem Nichts war es plötzlich da. Ich hatte nicht darauf gewartet und es auch nicht heraufbeschworen. Aber es war da. Ich. Als Kind. Mit Zuckerwatte in der Hand. In diesem Garten.

Ich war hier schon einmal gewesen? Angestrengt versuchte ich mich zu erinnern. Wir mussten auf einem Fest gewesen sein, einer Kirmes vielleicht. Meine Mutter war selten so ausgelassen. Sie hatte mich gefragt, wie die Zuckerwatte schmecke.

»Süß. Wie gezuckerte Wolle.«

»Lass mal probieren.«

Ich hatte meiner Mutter die Zuckerwatte hingehalten, und sie hatte tatsächlich abgebissen und das Gesicht verzogen, aber sie hatte dabei gelacht.

»Das schmeckt widerlich.«

»Ich mag das.«

Sie hatte mir über den Kopf gestreichelt, und wir waren hier vorbeispaziert. An diesem Haus. An genau diesem Garten. Meine Mutter war einfach hineingegangen und hatte sich auf den Rasen gestellt. Das durfte man doch nicht. Einfach fremde Gärten betreten. Es passte gar nicht zu meiner Mutter, dass sie etwas tat, das nicht erlaubt war. Meine Mutter hatte die Augen geschlossen, die Arme ausgebreitet und das Gesicht in die Sonne gehalten.

»Betreten verboten!«, rief eine ältere Frau zu mir herüber.

Ich blickte mich um. Sie stand mit einem Spaniel auf dem Gehweg und richtete eine Schirmspitze auf mich. Ihr graues Haar hatte sie mit einem durchsichtigen Plastikkopftuch bedeckt. Durch das hohe Gras, das unter meinen Schritten quietschte, lief ich auf sie zu.

»Wissen Sie was über das Haus?«, fragte ich hastig. »Ich bin die Tochter der Besitzerin. Bis heute hatte ich keine Ahnung, dass es meiner Mutter gehört.«

Forschend sah die Alte mich an. »Ich kenne Ihre Mutter nicht«, erwiderte sie. »Aber gehen Sie da lieber nicht rein.« Sie meinte wohl das Haus.

Mein Blick fiel auf die feuchte, beinahe schwarz erscheinende Erde am Rande dessen, was mal ein Weg gewesen war. Zwischen den nackten Zweigen eines Busches wuchsen Schneeglöckchen. Nur ein Hauch von Grün und noch viel weniger Weiß. Zarte, für den Blütenkelch viel zu dünne Stängel, Blütenblätter wie Flügel, die nach unten hingen. Ich pflückte die Blume und drehte sie in der Hand, während ich mich aufrichtete, um mich durch das Tor zu schlängeln. Die Frau stand auf dem Bürgersteig und beobachtete mich.

»Ich weiß nicht viel über das da.« Sie deutete auf das Haus. »Da haben früher, vor dem Krieg, Juden drin gewohnt und danach verschiedene Familien. Seit bestimmt zwanzig Jahren steht es jetzt schon leer.«

Das Wort »Juden« traf mich wie ein Stromschlag. Konnte das sein? Konnte es wirklich sein, dass meine Mutter Jüdin war? Ich dachte daran, dass ich es immer schon für wichtig gehalten hatte, mich gegen Nazis zu positionieren, dachte an ein früheres Kunstprojekt mit Fotos von mir hinter Stacheldraht. Wenn ich jüdische Wurzeln hätte, könnte dies mein großes Interesse womöglich erklären. Doch es erklärte nichts über meine Mutter. Sie war keine Jüdin. Nie gewesen.

Alles schien verfahren zu sein. Ich würde immer nur Bruchstücke in Erfahrung bringen wie die aus dem Nichts gekommene Erinnerung an die Zuckerwatte, wie ein Wort, das etwas, ein Gefühl, in mir wachrief, das mir aber nie die ganze Geschichte erzählte. Wahrscheinlich war dies einfach nicht der richtige Zeitpunkt, um mich mit meiner Vergangenheit zu konfrontieren. Vielleicht sollte ich meine Mutter in einer Rehaklinik unterbringen und mir weitere Gedanken machen, sobald sich eine Besserung zeigte und sie wieder sprechen konnte … Ich hielt mich an dem wackeligen Zaun fest, weil mich schwindelte.

»Geht's Ihnen nicht gut?«

»Ich bin schwanger.« Keine Ahnung, warum ich das sagte. Mit Befremden stellte ich fest, dass ich den Satz fast ein bisschen stolz hervorbrachte.

»Kommen Sie, trinken Sie einen Tee mit mir.« Die Frau legte mir die Hand auf den Arm. Ihre faltigen Finger waren mit goldenen Ringen geschmückt. »Es ist nicht weit.« Sie deutete auf eine Villa, drei Häuser die Straße hinunter und rief ihren Spaniel herbei, der den Namen »Liebling« trug.

Ich begriff es nicht. Ich begriff es überhaupt nicht.

Wir hatten doch Weihnachten gefeiert und Ostern wie alle anderen auch? Ich hatte sogar am Religionsunterricht in der Schule teilgenommen, und als ich mich mit achtzehn selbst davon befreit hatte, war meine Mutter sehr aufgebracht gewesen. Ich konnte mich zwar nicht daran erinnern, dass wir jemals einen Gottesdienst oder Ähnliches besucht hatten, aber wir hatten auch nie eine Synagoge betreten. Das Rätsel um die Vergangenheit löste sich nicht auf, stattdessen erschien sie immer verworrener.

»Setzen Sie sich bitte.« Die Frau hatte die Tür zum Wohnzimmer geöffnet. »Der Tee kommt gleich.«

Ich sah mich um. Sie lebte in einer Jahrhundertwendevilla. »1908« stand über der Eingangstür. Das Zimmer, in das ich trat, war überheizt. Ziselierte Sofas und Sessel und Beistelltische verstopften den Raum. Schwere Samtvorhänge mit Troddeln umrahmten die Fenster. Porzellanfigurinen und Vasen quollen von den Kommoden, Landschaftsmalereien verdeckten die großgemusterte Tapete an den Wänden. Dazu roch es nach Rosen, ein Duft, der von den überall herumstehenden Schalen ausging, in denen getrocknete Blütenblätter lagen. Im Vorgarten hatte ich die gestutzten kahlen Rosensträucher gesehen. Es war, als hätte sich ein Requisiteur für eine Rosamunde-Pilcher-Verfilmung ausgetobt.

Ich ließ mich auf eines der weichen, mit Kissen übersäten Sofas in der Nähe des Kamins sinken, in dem einige verkohlte Holzscheite lagen. Die etwas staubige Plüschigkeit der Umgebung und die Hitze machten mich schläfrig. Ich blickte aus den hohen weißen Sprossenfenstern. Meine Mutter könnte hier nie leben, dachte ich, sie hätte viel zu viel Angst, dass jemand durch die Fenster einsteigen würde.

Der Garten erschien wie ein privater Park mitten in der Stadt. Der Rasen war perfekt getrimmt, die Sträucher waren geschnitten und unzählige Rosenbäumchen ließen ihre dornigen Äste über stählerne Bögen ranken. In einigen steckten auf Stöcken bunte Glaskugeln, in denen sich das Tageslicht fing.

Wenn die Familie meiner Mutter früher wirklich hier in der Nachbarschaft gelebt hatte. Wenn sie wirklich Juden gewesen waren. Wenn der Lauf der Geschichte ein anderer gewesen wäre. Wenn. Wenn. Wenn.

Dann würde meine Mutter heute womöglich in ebenso einem Haus leben wie diese mir unbekannte Frau. Ohne Ängste. Aber es war nur eine Gedankenspielerei, vorstellen konnte ich es mir im Grunde nicht.

Das Klirren von Geschirr alarmierte mich. Die alte Frau kam, gefolgt von ihrem Cockerspaniel, herein. Ich stand auf, um ihr das Tablett abzunehmen, und stellte es auf dem runden Tisch vor dem Sofa ab.

»Darf ich?« Zur Hälfte goss ich die beiden Tassen mit der goldbraunen Flüssigkeit voll.

»Zucker? Milch?« Mit vom Alter zitternden Händen griff meine Gastgeberin nach einer silbernen Zange und mühte sich damit ab, einen Zuckerwürfel zu fassen zu bekommen.

»Ich trink den Tee ohne«, erwiderte ich.

Sie tat sich äußerst konzentriert einen Würfel in ihre Tasse. Mehrmals rührte sie mit einem kleinen silbernen Löffel um. Ihre Bewegungen hatten etwas Andächtiges und zugleich etwas Manieriertes. Als sie die Tasse an die Lippen führte, fiel mir das Blumendekor auf. Um mehr davon erkennen zu können, besah ich mir meine eigene Tasse genauer. Ich bemerkte, dass das Muster, verschiedenfarbige Rosen, von Hand aufgemalt war. An einigen Stellen konnte ich die schwachen Erhebungen erkennen, dort wo die Farbe ein wenig fester und dicker aufgetragen worden war.

Ich fühlte mich in der Zeit zurückkatapultiert.

Obwohl ich in diesem englisch anmutenden Raum mit einer Fremden saß, kam ich mir vor, als befände ich mich in der Küche meiner Mutter und spielte »Feine Damen« mit ihr. Als würde ich mich wie damals dazu zwingen, Gefallen daran zu finden, beim Trinken den kleinen Finger abzuspreizen, wie es meine Mutter mir vorgemacht hatte.

Unvermittelt ertönte ein lautes Geräusch, als blase jemand Luft durch die geschlossenen Lippen. Ich blickte die alte Dame an, aus deren Richtung ein Gestank nach Verwesung zu mir herüberwehte. Vermutlich hatte der Spaniel, der zu ihren Füßen lag, eine gestörte Verdauung. Den Geruch ignorierend blickte die Frau an mir vorbei.

»Wenn ich mich recht erinnere, dann habe ich mal eine Frau mit einem Kinderwagen im Garten gesehen. Ich glaube, das war die Jüdin. Vorsicht, der Tee!«, warnte die Frau.

Der Henkel der Tasse war mir zwischen den Fingern verrutscht, und eine kleine Lache sickerte durch den Stoff meiner Hose. Allmählich wurde mein Oberschenkel heiß.

»Kommen Sie, nehmen Sie sich neuen Tee.«

Ich stellte die Tasse zurück auf das Tischchen und setzte mich mit durchgedrücktem Kreuz wieder hin. »Wissen Sie noch, wie die Frau hieß?«, fragte ich.

Sie schüttelte den Kopf. »Ich war ja noch so klein. Höchstens sechs Jahre. Lassen Sie mich überlegen. Neunzehnhundertvierzig war das? Damals standen hier nicht so viele Häuser, und es hat auch noch keinen Bombenkrater gegeben. Meine Mutter wollte nichts davon hören, zu ihrer Tante aufs Land zu gehen. Sie hat gesagt, wenn sie die Frau länger als einen Tag aushalten muss, dann stirbt sie langsam und qualvoll. Da ist es ihr lieber, ihr fällt eine Bombe auf den Kopf und aus. Ich gehöre zur betrogenen Generation, wissen Sie?«

Abwesend nickte ich. Betrogene Generation. In einer Villa im Überfluss lebend.

»Nach dem Bombenkrater hat meine Mutter ihre Meinung natürlich geändert. Wir sind doch zu ihrer Tante und mussten uns ein Zimmer mit anderen Evakuierten teilen. Das waren schwere Zeiten. Wir waren ja auch Opfer.«

Ich dachte an meine Mutter und an ihre ärmliche Wohnung. »Was ist mit der Familie passiert?«, fragte ich.

»Nein, ich kann mich nicht erinnern. Ich mochte die kleinen Lämmer auf dem Land so gerne, aber meine Mutter, die hat immer nur gesagt ›Tiere stinken so‹, wenn ich mir eins gewünscht habe. Aber trinken Sie doch. Ihr Tee wird ganz kalt.«

Mit einem Räuspern versuchte ich, meine Stimme wiederzufinden. »Ich denke, das Baby im Kinderwagen, das könnte vielleicht meine Mutter gewesen sein. Neunzehnhundertvierzig ist sie geboren. Und die Frau war vielleicht meine Großmutter. Falls sie zu der Zeit überhaupt noch hier leben konnten. Als Juden. Ich meine, sind die nicht in irgendwelche Judenhäuser verbannt worden?«

Die Frau sah mich mit rot geäderten Augen an. »Ich weiß nicht. Vielleicht habe ich Ihre Großmutter im Garten gesehen, damals, mit dem Kinderwagen.«

Ich stellte mir eine Frau vor, jünger als ich heute, die einen dickwangigen rosigen Säugling anlächelte. Das Bild tat mir weh, weil mir klar war, dass dieses Lächeln, das ihrer kleinen Tochter gegolten hatte, nicht lange Bestand gehabt haben konnte. Ich hatte unter den Fotos im Schrank meiner Mutter keine Fotos von ihren Eltern gesehen. Sie hatte auch nie von ihnen erzählt. Wenn sie Juden waren … Ich wagte es nicht, den Gedanken zu Ende zu denken. So weit war ich einfach noch nicht.

Den Kellerschlüssel fand ich in der Schublade der Ablage im Flur, dort wo er immer schon gelegen hatte. Alles im Leben meiner Mutter war berechnend, vorgezeichnet, zuverlässig. Was ich aber von der alten Dame mit dem Spaniel erfahren hatte, brachte ich nicht mit ihr in Verbindung. Es war, als gäbe es in der Vergangenheit eine ganz andere Person an ihrer Stelle, und ich hoffte, wenn ich mich tiefer in ihr Leben eingrub, würde ich mehr über diese andere erfahren.

Im Keller entdeckte ich vor allem Sperrmüll und Pappkartons. Wegen des muffig-feuchten Geruchs, der von den durchweichten Kartons ausging, atmete ich durch den Mund. Als ich einen der Deckel hochklappte, fiel mein Blick auf zerbrochene Porzellantassen. Ich nahm eine Scherbe heraus. Im Licht der Deckenleuchte war auf dem Tassenbauch ein Blumenmuster zu erkennen, und ich vermutete, dass die in Königsblau gemalten Blumen Kornblumen waren. Ich konnte nicht sagen, ob die Mohnblumen eher von einem Braunrot oder einem Zinnoberrot waren. Die kleineren Blüten leuchteten in einem warmen Gelbton. Vermutlich Sumpfdotterblumen. Von Blume zu Blume führten schwungvolle, mit dem Pinsel gemalte Linien aus zwei Grüntönen und Schwarz. Ich strich mit dem Finger über die Erhebungen und fühlte den Übergang von dem glatten, abweisenden Porzellan zu der stumpferen Farbe.

Behutsam legte ich den Tassenrest auf einen anderen Karton und griff nach einer weiteren Porzellanscherbe, auf der eine ziemlich identische Sumpfdotterblume und Blütenstängel zu sehen waren. Der Linienschwung des Pinsels erschien mir nur geringfügig anders zu verlaufen. Bei dem nächsten Scherbenstück, diesmal mit dem Ausschnitt einer Kornblume über Blättern des Mohns, gewann ich denselben Eindruck. Eine Scherbe nach der anderen versuchte ich zu einem Muster zusammenzulegen, doch das Licht machte es mir schwer, die Farbnuancen zu unterscheiden.

Überwältigt von der Sinnlosigkeit meines Tuns, rettungslos zerstörte Tassen aneinanderzufügen, öffnete ich einen weiteren Karton. Dieser war voller Papiere, die ich nicht in dem düsteren Keller lesen wollte. Also packte ich die Scherben obenauf und schleppte den Karton in die Wohnung.

Als ich mit dem Hintern die Tür aufdrückte, rief mich jemand an. Ich brauchte eine Weile, bis ich den Karton abgestellt und das Handy hervorgekramt hatte, und befürchtete schon, der Anrufer hätte längst aufgelegt. Aber als ich mich meldete, begrüßte mich Dominic.

»Hast du an mich gedacht?«, platzte es aus mir heraus.

»Warum sollte ich sonst anrufen?« Er lachte sein kehliges Lachen. Ich hätte ihm längst von meiner Schwangerschaft und meinen ambivalenten Gefühlen erzählen sollen. In diesem Augenblick wünschte ich mir nichts mehr, als dass ich es getan hätte. Ich wollte die Distanz zwischen uns mit Ehrlichkeit überbrücken.

»Ich vermisse dich«, gab ich zu. Keine Umwege mehr. »Und ich muss dir was sagen.«

»Ich dir auch.«

In dem Ton, mit dem er den Satz hervorbrachte, schwang so viel Versprechen mit, dass ich die Augen schloss und einatmete, bis sich mein Brustkorb spannte. Wenn ich es ihm sagte, war es nicht mehr allein meine Entscheidung für oder gegen das Kind. Er würde mitreden, und seine Haltung würde meine beeinflussen. Ich hatte Angst vor diesem Mitspracherecht, das wurde mir nun klar. Angst, dass er nicht in dieselbe Richtung wollen würde, in die es mich zog. Ich holte Luft, um anzusetzen, doch Dominic kam mir zuvor.

»Ich weiß, dass sich das seltsam anhört. Ich war auch erst irritiert. Aber glaub mir, das ist alles in Ordnung so.«

Hatte er sich etwa von seiner Frau getrennt? Ich verstand in dieser Sekunde, dass ich mir genau das wünschte, ja, es mir schon seit längerem gewünscht hatte, ohne es mir wirklich eingestehen zu können. Im Verdrängen war ich groß. Immer gewesen. Ich presste das Handy ans Ohr.

»Bella möchte, dass du am Donnerstag zu uns zum Essen kommst. Es werden ein paar wichtige Leute da sein, unter anderem Kunstmann.« Essen? Zusammen mit Bella und Dominic? »Den zu treffen, ich sag's dir, das wird dich unheimlich weiterbringen.«

In meinem Gehirn knallten die Gedanken aufeinander. »Aber …«, begann ich.

Dominic sprach einfach weiter. »Mach dir keinen Kopf darum, okay? Das ist alles in Ordnung. Bella war ganz begeistert von deinen Fellfotzen, und sie liebt es, Leute zusammenzubringen. Sie hat dich schon fest neben Kunstmann eingeplant am Tisch. Ihr lernt euch offiziell kennen. Alles ganz locker.«

Ganz locker. Ich. Er. Seine Frau. Das Kind. An einem Tisch. Wie konnte er nur glauben, dass ich mich darauf einlassen würde? Weil er mir die Aussicht bot, als Künstlerin weiter Karriere zu machen? Ich war verstört. Absolut verstört.

Dominics Stimme überschlug sich fast. »Bitte komm vorbei, ja? Am Donnerstag um acht. Ruf mich an, wenn irgendwas ist. Wir bekommen das hin. Bis Donnerstag dann?« Er redete auf einmal leiser, und dann schien es, als spreche er mit einer anderen Person.

»Lio? Hier ist Bella. Hallo!« Seine Frau. »Sie kommen doch? Dominic hat Ihnen doch sicher gesagt, dass Kunstmann zugesagt hat. Sie kennen Kunstmann, oder?«

An der Pause, die sie machte, erkannte ich, dass sie eine Antwort von mir erwartete. Ich gab einen unbestimmten Laut von mir.

»Wunderbar. Dann sehen wir uns am Donnerstag. Um acht. Nicht vergessen. Ich gebe Ihnen noch mal meinen Mann. Tschüss.« Es raschelte und knackste.

»Lio?«

»Dominic, das ist Wahnsinn«, endlich fand ich meine Sprache wieder. »Deine Frau und ich an einem Tisch. Total irre! Was soll ich da?«

Es war mir egal, ob sie vielleicht noch neben ihm stand und alles mit anhörte. Eine Affäre mit einem verheirateten Mann zu haben war etwas anderes, solange die Partnerin als grauer Schemen im Hintergrund blieb. Solange ich nicht an den Menschen denken musste, der von meinem Verhalten in Mitleidenschaft gezogen wurde.

»Bella steht über solchen Dingen«, behauptete Dominic.

Ich glaubte ihm nicht. »Weiß sie denn von uns?«

Er zögerte. »Ja.«

»Was hast du ihr erzählt?« Ich ließ nicht locker.

»Sie weiß es. Punkt. Meine Ehe geht nur meine Frau und mich was an. Was willst du hören? Du hast doch große Reden geschwungen, von wegen kein Interesse an Besitzdenken in der Liebe und so. Weißt du noch?«

Ich wusste es noch. Es war alles richtig, was er sagte.

Trotzdem hatte sich im Laufe der Monate unserer Affäre oder Beziehung etwas in meiner Haltung zu ihm verändert. Schon vor der Schwangerschaft. Vor Dominic hatte ich meine verschiedenen Bedürfnisse immer mit verschiedenen Menschen befriedigt. Tetra war diejenige, die mir das Gefühl von Zugehörigkeit schenkte. Mattis und andere waren für den intellektuellen Austausch über Politik und Kunst da. Und dann gab es da noch die Männer, mit denen ich Sex hatte.

Die Sache mit Dominic hatte sich schleichend entwickelt. Wir hatten uns bei einem Interview kennengelernt und gleich auf einer geistigen Ebene getroffen, als wir im Straßencafé saßen, jeder mit einer Wolldecke um die Schultern, und über meine Kunst redeten. Er hatte genau verstanden, was ich ausdrücken wollte, hatte die richtigen Worte dafür gefunden, bevor sie mir eingefallen waren.

Es war alles so natürlich gewesen, wie wir da Seite an Seite saßen, der Aprilhimmel grau bewölkt, aber wir taten trotzdem so, als wäre Sommer, selbst als die ersten Tropfen auf uns herabfielen. Auch als es zu schütten begann, saßen wir noch draußen, und während wir lachten und redeten, liefen unsere Kaffeetassen über. »Kann ich bei dir trocknen?«, hatte Dominic gefragt, und wir waren zu mir gerannt. Meine Füße steckten in Stoffturnschuhen und quietschten, während ich durch die Pfützen sprang. Ich blickte zu ihm und musste über seine nassen Haare lachen. Mein Lachen wich nicht mehr von meinem Gesicht. Ich lachte sogar noch, als wir uns voreinander in meinem Atelier auszogen. Als wir uns in die Augen sahen, stand außer Frage, dass wir gleich Sex haben würden, obwohl wir uns nicht einmal berührt hatten.

»Bevor wir miteinander schlafen, musst du wissen,

dass ich verheiratet bin«, hatte Dominic gesagt. Ich hatte genickt. Es hatte mich nicht gestört. Nicht wirklich. Ich fand es eher beeindruckend, dass er so ehrlich war, bevor wir miteinander im Bett gelandet waren. Und aus dem, was folgte, wurde schon währenddessen mehr als der Austausch von Körperflüssigkeiten. Ein Gefühl des Gehaltenwerdens, des Eins-Seins. Ich hatte nicht einmal in den Monaten unserer Beziehung seine Frau erwähnt, um dieses Gefühl nicht zu zerstören. Nur war das alles zu komplex, um es mal eben am Telefon zu erklären.

»Dominic, ich verlange nicht von dir, dass du mir Details deiner Beziehung preisgibst. Aber …« Ich bin schwanger. Der Satz lag mir auf der Zunge, doch ich konnte unsere Distanz durch den Hörer spüren. Emotional war Dominic gerade mehr als fünfhundert Kilometer weit von mir weg.

»Was aber? Ich bin mit Bella verheiratet, und ich schlafe mit dir. Meine Frau weiß davon, doch sie macht mir keinen Stress deshalb. Du bist es, die alles verkompliziert. Und wenn du ein Problem damit hast, am Donnerstag zu uns zu kommen, dann bleibst du eben weg. Es ist deine Entscheidung« Er legte auf.

Was? Was tat er da? Was wollte er von mir?

Ich presste die Handballen auf die Augäpfel, bis ich taubenblaue Flecken sah. Vielleicht hatte er recht. Ganz sicher sogar. Ich hatte ein Problem. Vielmehr das Kind. Wenn ich nicht schwanger wäre, würde ich gar nicht erst so verzweigt denken. Ich war bisher zufrieden mit unserer Beziehung gewesen. Mit dem, was ich von ihm bekam. Mehr brauchte ich doch gar nicht. Ich dachte an den Beratungstermin bei pro familia.

Unter einem Stapel Papiere aus dem Karton entdeckte ich einige gewellte Fotos, denen die Feuchtigkeit im Keller nicht gut bekommen war. Die Abzüge waren auf dickem Papier entwickelt, einige hatten einen gezackten, vergilbten Rand. Wahllos zog ich ein Foto hervor, das zwei Mädchen im Backfischalter zeigte. Ich meinte, meine Mutter in der Älteren zu erkennen. Neben ihr stand ein jüngeres, dünneres und deutlich hübscheres Mädchen. Wobei dieser Eindruck täuschen konnte, überlegte ich, während ich mir die Aufnahme dichter vor die Augen hielt. Die Jüngere hatte eine kokettere Haltung eingenommen, eine Drehung der Hüfte, die Hand in die Seite gestemmt. Sie poste richtiggehend für die Kamera, wogegen die Ältere steifer dastand, sich ihres Körpers und dessen Wirkung offensichtlich nicht bewusst.

Auf einem weiteren Bild waren erneut die beiden Mädchen zu sehen, rund fünf Jahre später. Meine Mutter, oder diejenige, die ich dafür hielt, trug ein tailliertes Kostüm mit einem Rocksaum, der bis über die Knie ging. Ihre Haare waren zu einem Knoten zurückgekämmt, eine biedere Frisur für eine junge Frau. Die andere hatte eine Steghose sowie einen schwarz-weiß gestreiften Pullover an und trug einen flotten Bubikopf. Sie wirkte in ihrer Aufmachung sehr modern und bohemehaft, ein wenig wie ich mir die ganz junge Simone de Beauvoir vorstellte. Ich zog ein anderes Foto hervor und noch eines und ein drittes. Immer wieder entdeckte ich diese beiden Mädchen, als angehende Teenager, als junge Frauen.

Die Haarfollikel auf meinen Armen richteten sich auf. Da ich fror, drehte ich die Heizung auf und wickelte mich in meinen Filzmantel, doch das Gefühl von Kälte wurde ich nicht los. Eine Liedzeile tauchte in meinem Kopf auf.

»The rooms were so much colder then. My father was a soldier then.«

Mein Vater. Mein Erzeuger. Mit der Frage nach ihm hatte ich meine Reise in die Vergangenheit begonnen.

Unter dem Wust an Papieren, Rechnungen und Kaufverträgen befand sich auch der Briefwechsel mit einem Amt, den meine Mutter kurz nach meiner Geburt begonnen hatte. Er streckte sich über Jahre hin, bis sie vor ungefähr fünfunddreißig Jahren das Haus wieder übereignet bekam. Nun wusste ich es mit Sicherheit. Meine Mutter war Jüdin, oder zumindest waren es ihre Eltern gewesen, weshalb die Familie im Nationalsozialismus enteignet worden war.

Die Information stürzte mich in gnadenlose Verwirrung. Ich hatte immer gedacht, mit diesem Teil der deutschen Vergangenheit nichts zu tun zu haben. Ein positiver Nebeneffekt meiner nicht existenten Familie sozusagen, keine Nazi-Opas und BDM-Omas, die bei steigendem Alkoholpegel alte Ansichten laut aussprachen. Jetzt war ich auf einmal über Umwege doch mit dieser unrühmlichen Vergangenheit verbunden. Nein, mehr noch, ich war kein Abkömmling von Tätern, wie alle anderen, sondern ein Nachkomme der Opfer.

Ich konnte mir keinen Begriff davon machen, was dies für mich bedeutete. Wie wird es von nun an mein Leben bestimmen?, fragte ich mich. Immerhin lebte ich in einem Land, in dem man trotz der noch viel zu nahen politischen Vergangenheit Internet-Domains wie kz.de erwerben konnte. Ein Land, das in den Offizieren des zwanzigsten Julis vor allem Helden zu finden suchte, wo es an Kriegsverbrechen beteiligte Täter gab. Ein Land, in dem ein Deutschland-Memory-Kinderspiel den Titel »Impressionen aus einem schönen Land« trug und mit dem Zusatz warb, es zeige die Vielfalt. Unter zweiundfünfzig Kartenpaaren mit Bierhumpen, Leuchttürmen, Weintrauben, den Bremer Stadtmusikanten und ähnlichen Wahrzeichen war auf einem Kartenpaar das Berliner Holocaust-Mahnmal abgebildet. Ein Land, in dem die Shoah allmählich zur werbewirksamen Touristenattraktion wurde.

Wo war dann ich zwischen all den Bildern zu verorten? Wenn meine Mutter eine Jüdin war, wurde ich automatisch ebenfalls zu einer? Ich fühlte mich nicht als Jüdin. Ich fühlte mich bloß einsam, verloren, auf dem Rhein dahintreibend wie ein Stück Holz.

Durch die Kälte hatten sich meine Schultern verspannt, wie ich jetzt merkte. Ich dehnte sie, während ich auf den Stapel Fotos blickte, der vor mir auf der gräulich weiß gesprenkelten Resopaltischplatte lag. Die sepiafarbenen Bilder waren übereinandergerutscht und verdeckten einander. Das Gefühl von Verlorensein in mir konnte nicht nur dieses ominöse Jüdinsein ausgelöst haben. Ich schob zwei Fotos nebeneinander, legte noch ein drittes dazu. Was mich so verwirrt hatte, waren der immer gleiche, starre Blick und das gleiche eingefrorene Lächeln, das die beiden Mädchen jedes Mal zur Schau stellten, ungeachtet dessen, wie viel Zeit zwischen den einzelnen Aufnahmen vergangen war.

Ich blickte durch die Gardine vor dem Küchenfenster auf die Straße, konnte das Treiben aber nur verschwommen erkennen. Das war meine Perspektive auf das Leben meiner Mutter. Ich machte Schemen ihrer Vergangenheit aus, doch ich sah nichts davon deutlich vor mir. Alles blieb rätselhaft.

So wie diese Postkarte aus Afghanistan, die ich entdeckt hatte, mit dem ominösen Satz: »Ich denke an sie«.

Wer dachte hier an wen? Hätte es nicht heißen müssen: »Ich denke an Sie«? Und wen um alles in der Welt hatte meine Mutter in Afghanistan gekannt?

Ich fühlte mich versucht, Tetra anzurufen, um ihr all die Fragen mitzuteilen, die in mir ein solches Chaos anrichteten. Ich hätte ihr so gerne davon erzählt, dass meine Mutter ein Haus besaß, das einst Juden gehörte. Dass es von ihr lauter Fotos gab, auf denen sie mit einem Mädchen zu sehen war, das ihr ähnelte wie eine Schwester. Dass ich mir keinen Grund vorstellen konnte, aus dem meine Mutter mir eine Schwester verschwiegen hätte. Aber diese Möglichkeit war mir verwehrt. Ich wusste, dass Tetra vorerst keinen Kontakt zu mir wünschte, egal wie stark ich ihn mir ersehnte. Dabei dachte ich daran, wie sie mir an meinem ersten Tag in Berlin zu Hilfe gekommen war. Wie sie mir seitdem immer beigestanden hatte. Es konnte doch nicht alles zwischen uns vorbei sein. Es durfte nicht vorbei sein!

Ich zog die Gardine zur Seite und lehnte die Stirn an die kalte Glasscheibe. Ich konnte mich nicht erinnern, auf der Straße jemals so viele Autos fahren und parken gesehen zu haben.

Es gab etwas Schweres in der Vergangenheit meiner Mutter, etwas nie Bewältigtes, das hatte ich von klein auf gefühlt. Nun wusste ich es mit Bestimmtheit. Vielleicht hatte meine Mutter das Haus zurückhaben wollen, um Kontrolle über die Vergangenheit zu erhalten. Vielleicht hatte sie es deshalb nie verkauft, obwohl das Geld uns das Leben erleichtert hätte. Vielleicht hatte sie gewollt, dass eines Tages die Mauern wie ihre Erinnerungen zerfielen, überlegte ich, während ich zum Karton ging, um darin nach Fotos neueren Datums zu suchen.

Ich fand keine. Was aus der möglichen Schwester geworden war, konnte ich nur erahnen. Wahrscheinlich war sie einen frühen Tod gestorben und hatte meine Mutter allein zurückgelassen. Ich betrachtete ein Bild genauer und mühte mich ab, in den Gesichtszügen der Fremden zu lesen. Ich glaubte, eine gewisse Ähnlichkeit zwischen uns feststellen zu können. Aber wenn sie wirklich die Schwester meiner Mutter und damit meine Tante wäre, dann war das kein Wunder.

Ich versuchte die Fotos chronologisch zu sortieren, um auf diese Weise Ordnung in meine Gedanken zu bringen. Auf dem ältesten Bild war meine Mutter etwa sechs Jahre alt, meine vermeintliche Tante circa drei. Schon in diesen jungen Jahren hatte meine Mutter das nichtssagende Lächeln beherrscht, das ich so gut kannte. Auf den ersten Blick wirkten die beiden Kinder fröhlich, doch wenn man genauer hinsah, erkannte man, dass es Furcht war, die sie mit einem Lächeln maskierten.

In der Stille der Küche lachte ich auf. Die Furcht hinter dem Lächeln. Wie tiefsinnig. Dabei wusste ich doch im Grunde gar nichts von den Mädchen. Nicht einmal ob sie wirklich Jüdinnen und Schwestern waren. Nichts davon konnte ich mit Bestimmtheit sagen.

Je länger ich mich mit meiner Mutter auseinandersetzte, je mehr ich von meinen Erinnerungen zuließ, desto tiefere Schichten kamen zum Vorschein. Wie bei einem Möbelstück, das in der Vergangenheit mehrmals lackiert worden war und von dem nun Farbschicht für Farbschicht abplatzte, immer wieder ein anderer Ton.

Ich konnte mir nur nicht sicher sein, ob ich trotz weiterer Nachforschungen das Holz, aus dem es ursprünglich gemacht war, je erkennen würde.

XXXXXX

Alles ist braun und schwarz und grau, doch an einer Stelle des Hofes spitzen aus dem Boden kleine Blumen. Das Mädchen weiß nicht, was Mama zu den hellen Blüten sagen würde, die wie Flügel einer Libelle von dünnen, dunkelgrünen Stielen nach unten wachsen und die vor sich hin zittern, als würden sie frieren, wenn es mit dem Finger dagegen schlägt. Wenn es den Atem anhält, kann das Mädchen die feine Musik hören, die die Blumen für es spielen. Sie schließt die Augen und hört zu. Die Melodie ist wie ein warmer Hauch. Es ist, als ob Mama ihr über die Wange streichen würde.

Die Blumen wachsen aus der feuchten Erde. Wenn sie trocknet, ist sie nussbraun, jetzt ist sie pechschwarz. Das Mädchen hockt in einer Pfütze von Regenwasser und denkt an Mama und an die Farben, an all die Zauberwörter wie »Pflaumenblau«, »Lilienweiß« und »Nussbraun«. Wenn sie an Mama denkt, redet sie mit ihrem Kopf in der Sprache, in der sie mit Mama geredet hat.

Mit der Tante spricht sie die Geheimsprache. Die Tante hat ihr gesagt, dass die kleinen weißen Blumen *»sneeuwklojke«* heißen.

Das Mädchen ist schon so lange bei der Tante und dem Onkel, dem *oom*, dass es deren Sprache gelernt hat. Die kleine Schwester beherrscht sie auch, jedenfalls erste Wörter und Sätze, dafür kennt die Schwester aber die Sprache nicht, die das Mädchen mit Mama gesprochen hat. Das Mädchen hat niemanden, mit dem es in der Sprache der Zauberwörter reden kann. Sie durfte auch ihren Namen nicht behalten.

Niemals darf sie ihn oder die Zauberwörter aussprechen, das hat die Tante ihr gesagt, sonst kommen *de boze mannen* und holen sie. Das Mädchen weiß nicht, wie die bösen Männer aussehen. Sie stellt sich vor, dass sie Schnurrbärte haben wie Papa, nur anstelle des Mundes haben sie ein schwarzes Loch. Das Mädchen hat Angst vor dem schwarzen Loch, so wie es Angst vor den Schnäbeln der Vögel hat.

Die Wörter der Geheimsprache gefallen ihr nicht. *Pimpelpaars. Citroengeel. Pikzwart.* Das Mädchen spricht die Wörter laut vor sich hin, doch es hört keine Geschichten, wenn es sie ausspricht. Sie sieht keine reitenden Hexen und zaubernden Feen, keine mutigen Abenteurer und gefährlichen Piraten.

»Kom, drink je melk op!«, ruft die Tante sie ins Haus. In der Küche drückt sie ihr eine warme Tasse in die Hand.

Das Mädchen sieht zu, wie die Schwester auf den Schoß der Tante klettert und sich an sie schmiegt. Die Tante streichelt den Kopf der Kleinen mit ihren schorfigen, rauen Händen. Sie reden in der Geheimsprache miteinander, und die Schwester nennt die Tante »Mama«. Das Mädchen wird böse auf die Kleine. Es gibt nur eine Mama, ihre Mama. Die Mama mit den weichen Händen, die zart wie Flügel sind. Die Tante kann niemals die Mama sein.

Sie selbst darf nicht mehr von ihrer Mama reden, sonst muss sie in der Ecke stehen, weil Mama wie ein böses Wort ist. Das Mädchen fühlt, wie sich ein Klumpen in seinem Magen formt, fest wie Stein. Ihre Beine, ihre Arme, alles wird hart und steif, so dass sie die Tasse, die sie in der Hand hält, nicht mehr halten kann. Auf dem Steinboden zerbricht die Tasse in so viele Scherben, dass das Mädchen die Zahlen dafür nicht mehr kennt.

Die Tante schreit auf und herrscht das Mädchen an. Sie nimmt die Schwester vom Schoß, kniet sich hin und sammelt die Scherben in der Milchlache auf, Weiß auf Braun, aber das Mädchen bleibt stehen, weil sich ein Stein nicht bewegen kann.

»*Ze is nu eenmaal een jood*«, hört das Mädchen die Tante leise zum *oom* sagen.

Sie weiß nicht, was das Wort bedeutet, sie weiß nur, dass *jood* eine schlimme Bezeichnung ist, wie *klootzak*.

Die Augen des Mädchens brennen. Sie dreht sich um und geht nach draußen. Durch den Regen ist der Boden aufgeweicht. In den Pfützen spiegelt sie sich verzerrt. Sie ist ein *jood*, etwas, das man nicht laut aussprechen darf. Wie Mama. Es läuft nass über die Wangen des Mädchens. Sie hockt sich hin und drückt die Hände in den Matsch.

Sie besieht sich den Abdruck, den ihre Finger hinterlassen haben. Wo ihre Hände waren, bleibt eine Leere zurück, die sich mit Schlammwasser zu füllen beginnt.

Das Mädchen wünscht sich, dass es aufhört zu regnen. Sie wünscht sich, dass der Matsch trocknet und ihre Spuren in der Erde für immer zu sehen sind.

XXXXXX

9.

Der immer gleiche, ausdruckslose Blick der beiden Schwestern. Die leeren Augen, die den Betrachter zu spiegeln scheinen und nichts vom Inneren der beiden verraten.

Ich kannte diesen Blick. Ich kannte ihn von meinen eigenen Kinderfotos. Bis ich achtzehn geworden und sofort nach dem Abitur nach Berlin gegangen war, war ich immer nur die Tochter meiner Mutter gewesen. Vielleicht hätte ich diese Identität annehmen können, wenn ich mich genug geliebt gefühlt hätte. Aber ich wusste bloß, dass ich etwas war, das ich mir nicht hatte aussuchen können. Und ich wollte nichts mehr, als diese für mich falsche Identität durch eine neue zu ersetzen.

Erst hier, in der Wohnung meiner Mutter, am Ort meiner Kindheit, an dem Punkt, zu dem ich nie zurückgewollt hatte, begriff ich, dass ich trotz allem mit und in der Vergangenheit lebte. Eine Vergangenheit, die nicht meine war, sondern die einer anderen.

Warum hatte ich nicht schon früher erkannt, wie viel ich von dieser anderen in mir trug? Warum hatte ich zweiundvierzig Jahre alt werden müssen, um das zu begreifen?

Die Antwort lag nahe. Ich war viel zu beschäftigt damit gewesen, mein Leben und meine Kunst voranzutreiben, nach vorne zu blicken, nur nie zurück zu dem Ausgangspunkt, vor dem ich all die Jahre davongelaufen war. Doch ich war nie wirklich entkommen, hatte sie alle in mir mitgenommen, diese fremden Bilder.

Es gab keinen Moment, in dem ich mich bewusst dafür entschied, noch eine Nacht in Köln zu bleiben. Ich tat es einfach. Der Traum der zweiten Nacht war harmlos. Darin betrachtete ich eine derart feine und sorgfältig ausgeführte Stickerei, dass es mir beinahe so vorkam, als seien diese winzigen Stiche nicht von Menschenhand hinterlassen worden. Sanft strich ich darüber, doch die leichteste aller Bewegung genügte, um die mühsam gestochenen Stiche aufzuribbeln, bis der Stoff nur mehr winzige Löcher aufwies, dort wo die Nadel ihn durchstochen hatte.

Trotzdem wachte ich mit Herzklopfen auf. Und ich begann mich zu erinnern.

Als Kind, ich war etwa sieben Jahre alt gewesen, wenn mich die Erinnerung nicht täuschte, hatte ich meiner Mutter beim Frühstück von einem ähnlichen Traum erzählt. Ich hatte wohl ebenfalls von Stickereien geträumt und von Vögeln, ganz genau wusste ich es nach dem Aufwachen nicht mehr. Aber meine Mutter hatte daraufhin ihre Tasse auf den Boden fallen lassen, wo das Porzellan zersprungen war.

»Woher weißt du das?«, hatte sie in einem schrillen Ton gefragt.

Ich hatte auf meine Stirn gezeigt. »Da ist so ein Mund, und der sagt mir das.«

Meine Mutter hatte die Scherben aufgehoben und sich daran geschnitten, so dass Blut auf den Boden getropft war. Sie hatte es gar nicht bemerkt, und ich hatte nichts gesagt. Der Traum war damals regelmäßig wiedergekehrt, doch ich hatte ihr nie mehr davon erzählt.

Nun blickte ich auf die Uhr meines Handys. Drei Uhr vierundvierzig. Trotzdem war ich hellwach. Von Unruhe getrieben holte ich einen weiteren Karton aus dem Keller nach oben. Darin befanden sich neben zerfledderten Readers-Digest-Heften zarte Aquarellzeichnungen. Es waren meisterhaft zusammengestellte Blumenarrangements, Tierzeichnungen, Abbildungen von Obst und Studien aus der Natur von vertrockneten Blättern, Samen und Tannenzapfen.

Jede Zeichnung war auf der Rückseite mit Bleistift datiert. Auf den frühen von 1966 schien mir die Linienführung noch etwas zaghafter, weniger schwungvoll zu sein, fehlte den Pinselstrichen die Leichtigkeit, die auf den späteren Zeichnungen immer deutlicher zu Tage trat. Je naturgenauer die Bilder wurden, umso erkennbarer waren die künstlerische Handschrift und die Begabung, Farben zu kombinieren. Ganz besonders beeindruckte mich die Zeichnung einer weißen Feder, deren Konturen bloß angedeutet waren. Struktur und Beschaffenheit erhielt die Feder allein durch die unterschiedlichen Abstufungen von Weiß.

Meine Mutter hatte mir einmal einen Wollpullover vorgehalten und mich gefragt, von welcher Farbe er sei. »Weiß«, hatte ich geantwortet. Dann hatte sie mir ein Stück Spitze hingelegt und erneut nach der Farbe gefragt. Wieder hatte meine Antwort »Weiß« gelautet. Daraufhin hatte sie eine Porzellantasse aus dem Schrank geholt, ein Blatt Papier daneben gehalten und mich aufgefordert zu entscheiden, ob die Farbe all dieser Gegenstände die gleiche sei. Ich hatte es verneinen müssen. Sie hatte mir über den Kopf gestreichelt, und ein warmer Schauer war mir von der Kopfhaut aus über den Rücken gelaufen. Dabei hatte sie mir vom Weiß des Mondlichts erzählt, von dem Gefieder weißer Tauben und von dem reinen Weiß des Schnees. Wir waren uns so nah gewesen, unheimlich nah und vertraut. Eine derart seltene Begebenheit, dass sie mir nachhaltig in Erinnerung geblieben war.

Als die anderen Kinder ein paar Tage darauf in der Schule von ihren Vätern erzählt hatten, hatte ich von meinem berichtet, der bei den Eskimos lebte und ihr König war und bei Mondschein eine Möwe mit Nachrichten für meine Mutter und mich verschickte. »Lügnerin!«, hatten mich die anderen Kinder genannt. Unter Tränen hatte ich zu Hause meiner Mutter davon berichtet, in der Erwartung, dass sie mir über den Kopf streicheln würde, wie sie es zuvor getan hatte. Doch meine Mutter war eine Armlänge von mir entfernt stehen geblieben und hatte gesagt, dass ich mich nicht wundern dürfe, wenn ich solche Märchen erzählte. Dass ich selbst schuld sei, wenn die Kinder mich verachteten.

Ich hatte es nie wieder getan.

Die Einsamkeit, die mich am Morgen nach dem Aufwachen in der Wohnung meiner Mutter überkam, entsetzte mich. Normalerweise genoss ich Einsamkeit regelrecht. Sie war eine Grundvoraussetzung für mein künstlerisches Schaffen. In meinem Atelier konnte ich mich ihr ganz hingeben, mich von ihr treiben lassen und sicher sein, dass sie mich zu meiner nächsten Idee, meinem nächsten Projekt trug. Zugegebenermaßen war dies ein absichtliches Alleinsein, eine frei gewählte Einsamkeit, die ich jederzeit unterbrechen konnte, indem ich Tetra besuchte oder mich mit meinen Freundinnen und Freunden traf, um über Kunst und Politik zu reden. Diesmal jedoch war die Einsamkeit von anderer Qualität.

Ich verspürte das drängende Bedürfnis, einem anderen Menschen die Fotos zu zeigen und jemandem von meiner jüdischen Familie zu erzählen, um all die Fragen in mir loszuwerden. Doch ich kannte in Köln niemanden mehr. Ich dachte an Dominic und verwarf den Gedanken sofort wieder. Tetra war ebenfalls ausgeschlossen. Ich könnte Mattis anrufen, aber obwohl wir regelmäßig in Kontakt standen und gemeinsam an politischen Aktionen teilnahmen, war er nicht der Richtige. Ich wollte mit jemandem reden, der mich besser kannte, der mich auch kannte, bevor ich mich zu der gemacht hatte, die ich inzwischen war.

Dany!, fiel es mir siedend heiß ein. Meine Schulfreundin. Wir waren uns nie so nah gewesen wie Tetra und ich. Das hatte wohl auch daran gelegen, dass meine Mutter Freundschaften stets skeptisch gegenübergestanden hatte. Sie hatte es nicht gern gesehen, wenn ich zu sehr an einem anderen Menschen hing. Immerhin hatte ich mich regelmäßig mit Dany getroffen, um über Bücher und Kunst zu diskutieren. Darüber war sie so etwas wie eine beste Freundin geworden. Nicht mit meiner Freundschaft zu Tetra zu vergleichen, aber abgesehen von Ben war meine Beziehung zu ihr die engste, die ich damals zu einer anderen Person hatte. Dany hatte geplant, ein Kunststudium anzufangen und nach London zu gehen. Ich hatte überlegt, mich ihr anzuschließen.

Nach dem Abitur war nichts Richtiges draus geworden. Dany hatte ständig neue Gründe vorgebracht, aus denen sie in Köln bleiben musste, und am Ende war ich nach Berlin gegangen. Allein.

Vermutlich lebte sie längst nicht mehr in Köln, führte in München oder Düsseldorf eine renommierte Galerie oder arbeitete in einem Auktionshaus oder so was. Dennoch versuchte ich ihre Eltern unter der früheren Adresse zu erreichen. Über die Auskunft brachte ich die Telefonnummer in Erfahrung. Danys Mutter erinnerte sich tatsächlich noch an mich und gab mir bereitwillig die Nummer ihrer Tochter. Dany habe geheiratet, verriet sie mir, und trage jetzt einen anderen Nachnamen.

Ich rief meine ehemalige Freundin an, und nachdem sie die erste Überraschung überwunden hatte, nach über zwanzig Jahren von mir zu hören, wollte sie mich unbedingt treffen.

»Du bist in Köln? Das ist doch … Warum kommst du nicht einfach vorbei? Heute? Jetzt passt es gut. Dann haben wir zwei Stunden Zeit zu quatschen, bevor die Kinder aus der Schule kommen.«

Ich machte mit ihr aus, mich gleich ins Taxi zu setzen und zu ihr zu fahren.

Als Dany in der Tür ihres Reihenendhauses vor mir stand, sah sie genauso aus wie früher. Auf der Straße hätte ich sie im Vorbeilaufen sicher noch erkannt. Sie hatte mehr Falten, war aber genauso dünn wie zuvor und trug sogar eine ähnliche Frisur.

»Mensch, hast du dich verändert!«, rief sie aus. »Bist du größer geworden?«

Ich wusste, was sie meinte. In der Schulzeit hatte ich mich stets in weiten Pullovern verkrochen. Mit nach vorne gebeugten Schultern hatte ich mich kleiner und unauffälliger gemacht. In Berlin dagegen hatte ich angefangen, den Rücken durchzustrecken.

Der aufrechte Gang und Tetras Kleider, etwa der Filzmantel, den ich jetzt trug, machten mich zu einer auffälligeren Person, als ich es früher gewesen war.

»Willst du eine Hausführung?«, überfiel mich Dany.

Ich folgte ihr durch die Räume ihres Familiendomizils

und suchte nach etwas, das mir vertraut vorkam. Ein Foto von damals, ein Buch, das wir beide gelesen hatten, etwas in der Art. Ich fand nichts. Stattdessen betrachtete ich eine Kinderzeichnung. »Für Mami«, stand in krakeliger Schrift darunter. Der Satz löste ein Ziehen in meinem Bauch aus.

»Mein kleines Reich«, lächelte Dany. »Wie wär's mit einem Kaffee?«

»Was ist aus deinen London-Träumen geworden?«, fragte ich, als wir in der Einbauküche vor Filterkaffee und Keksen saßen.

Dany lachte ein wenig zu laut. »Wir waren vor zwei Jahren an unserem Hochzeitstag dort, Marc und ich. Viel zu teuer und die Geschäfte gibt's bei uns alle auch.« Sie blickte mich nicht an, während sie redete, sondern fuhr mit dem Fingernagel die Muster auf der Wachstuchtischdecke nach.

»Und dein Kunstgeschichtsstudium?«

»Im ersten Semester hab ich Marc kennengelernt. Er hat Betriebswissenschaften studiert und arbeitet inzwischen bei einer Computerfirma im mittleren Management. Na ja, wie es dann so geht. Nach dem Grundstudium war ich schwanger mit Charlotta, unserer Ältesten. Bald darauf kamen Paula und Jannik. Und mit drei Kindern ...« Sie lachte wieder, dann goss sie sich Kaffee nach. »Du auch noch?«

Ich verneinte und hätte sie gerne danach gefragt, wie es war, Kinder zu haben, nur wollte mir der Einstieg ins Thema nicht gelingen.

»Stell dir vor, letztens bin ich Ben begegnet. Einfach so in der Innenstadt. Wir waren einen Kaffee trinken, das war total witzig«, erzählte Dany.

Mir fiel der schwarze Stern, der von Bens linken Ohr gebaumelt hatte, wieder ein, ebenso die mit Lackstift bemalten Doc-Martens und die Comics, die er auf alles gezeichnet hatte, auf Schulpulte, Toilettentüren, Busfahrpläne. Ich fühlte mich seltsam traurig. »Wie geht's ihm?«

»Er macht hauptsächlich politische Sachen für Tageszeitungen«, erzählte sie. »Karikaturen.« Es freute mich, dass Ben das tat, was er immer gewollt hatte. »Wir haben auch über dich gesprochen. Hier, warte, ich schreib dir seine Nummer auf.« Dany notierte auf einen Einkaufszettel, auf dem Salz, Butter, Milch, Brot und Eier verzeichnet standen, eine Telefonnummer, riss sie ab und schob mir das Papier zu.

Ich steckte es ein, obwohl ich mir unsicher war, ob ich meinen Exfreund überhaupt anrufen würde.

»Was hast du all die Zeit so getrieben?«, fragte Dany.

Zwanzig Jahre waren eine endlos lange Zeitspanne. Wo sollte ich beginnen?

»Ich bin Künstlerin«, sagte ich. »In Berlin.«

»Wow!« Sie stand auf, um die Spülmaschine anzuschalten. Es wurde ziemlich laut. Vielleicht sollte ich lieber gehen. »Das hätte ich nicht gedacht«, sagte Dany, die mir den Rücken zukehrte. »Du warst ja eher der introvertierte Typ. Was machst du denn so für Kunst?«

»Ich arbeite mit unterschiedlichen Materialien. In letzter Zeit viel mit Stoffen. Gerade läuft eine Ausstellung von mir in der Galerie Zazewitz in Berlin-Mitte. Kennst du die?«

Ihre Augen wurden schmal, als sie den Kopf schüttelte. »Nie gehört.«

Ich dachte daran, dass Dany in meiner Vorstellung in einem teuer eingerichteten Luxusloft gelebt hatte, dass sie

Designerklamotten anstelle von Jeans und Sweatshirt getragen und dass sie für ihren Beruf gelebt hatte. Wer weiß, was sie sich für Vorstellungen über mich gemacht hatte.

»Da sind meine Plüschvaginen und Fellfotzen ausgestellt«, fuhr ich fort, um der Spannung auszuweichen, die sich zwischen uns in der Küche ausbreitete. »Zusammen mit einer Klang- und Textinstallation. Ich will damit zeigen, dass die Perspektive auf das weibliche Geschlecht keine natürliche ist, sondern eine gesellschaftlich konstruierte. Und dass sich dieses Konstrukt auflösen lässt, wenn man alles aus einem anderen Blickwinkel betrachtet.«

Vor zwanzig Jahren hätte Dany mit mir über diesen Ansatz diskutiert. Nun runzelte sie bloß die Stirn. »Bist du Feministin?«

Ihre Frage hatte einen beleidigenden Unterton, den ich mir nicht erklären konnte. War nicht sie es gewesen, die mir immer von Cindy Sherman und anderen feministischen Künstlerinnen vorgeschwärmt hatte? Der Journalistin vom *ArtMag* hatte ich mit Überzeugung auf eine ähnliche Frage geantwortet. Ich war Feministin. Immer noch. Ich hätte mir gar nicht vorstellen können, etwas anderes zu sein. Doch auf einmal fühlte ich mich, als hätte Dany gefragt, ob ich ein islamischer Selbstmordattentäter sei.

»Bist du's etwa nicht mehr?«, erwiderte ich eine Spur zu aggressiv.

Da die Spülmaschine einen ziemlichen Krach machte, wusste ich nicht, ob Dany mich gehört hatte, denn sie begann Gemüse abzuwaschen. Ich machte mir Vorwürfe, zu hohe Erwartungen aufgebaut zu haben. In zwei Stunden konnte man nicht zwanzig Jahre überbrücken. Es war einfach zu viel Zeit vergangen, die jetzt wie ein Graben zwischen uns lag. Ich wusste nicht, was ich tun sollte. Zwar hatte ich das Gefühl, Dany im Weg zu sein, die das Mittagessen vorbereitete, aber ich konnte mir auch nicht vorstellen, einfach aufzustehen und zu gehen. Vor zwanzig Jahren hatten wir uns sehr nahe gestanden. Ich vermisste diese Nähe.

Mein Blick fiel auf die gerahmten Familienfotos an der Küchenwand. Kinder in unterschiedlichen Altersstufen waren darauf zu sehen. Dazwischen ein Foto von Dany und ihrem Marc. An einem Strand schmiegte sie sich lächelnd in seine Arme. Er umfasste ihre Schulter, gab ihr Halt und Schutz. Ich schluckte. Warum gab es immer nur den einen oder den anderen Weg? Wenn Dany damals nach London gegangen wäre, dann wäre sie vielleicht nicht mit Marc verheiratet. Wenn sie damals Karriere an der Uni gemacht hätte, dann hätte sie womöglich noch keine Familie. Wenn ich in Köln geblieben wäre, hätte ich Ben heiraten können. Rein theoretisch könnte ich mit ihm in diesem Reihenendhaus wohnen. Mit ihm und unseren zwei oder drei Kindern. Wäre ich dann ein glücklicherer Mensch geworden?

»Ich bin schwanger«, sagte ich zu den Fotos.

Dany drehte den Wasserhahn ab, trocknete sich die Hände an einem Geschirrtuch ab und lächelte mich an. »Herzlichen Glückwunsch! Das ist ja toll! Wie weit bist du?«

»Erst ein paar Wochen.«

»Bist du, ich meine, und der Vater?« Ihre Stimme drückte gleichermaßen Neugier und Vorsicht aus.

»Er weiß es noch nicht. Ich bin mir gar nicht sicher, ob ich es ihm überhaupt sage.«

Dany reagierte befremdet. Natürlich. Ich war froh, dass

sie dieses Problemfeld überging. »Wenn du willst, hole ich dir ein paar Babysachen aus dem Keller. Ist alles noch da. Die ganze Ausstattung. Ich hab mich einfach nicht davon trennen können.«

Ich schüttelte den Kopf. »Ich weiß noch nicht, ob ich das Kind bekommen soll.« Meine Ehrlichkeit überraschte mich selbst.

Dany schaltete die Spülmaschine aus. Der absterbende Lärm ließ mich aufatmen. Sie setzte sich wieder zu mir.

»Du hast nie Kinder gewollt«, stellte sie fest. Sie sagte es nüchtern, ganz ohne Vorwurf, und ich war ihr, der Mutter, dankbar dafür.

»Nein.«

»Manchmal stelle ich mir vor, wie es ohne die Kinder wäre. Wenn ich mein Studium fertiggemacht und ein Praktikum in London angefangen hätte …« Sie fegte ein paar Krümel vom Tisch. Ständig war sie in Bewegung, selbst wenn sie saß, machte sie noch irgendwas. »Weit komme ich mit diesen Überlegungen nie. Eins der Kinder will ja ständig was von mir.« Sie lächelte. »Irgendwann habe ich begriffen, dass es sinnlos ist, einem Traum hinterherzutrauern. Wenn ich das eine hätte, dann hätte ich das andere nicht und umgekehrt.«

»Warum?«, fragte ich. »Ich meine, warum ist das so? Warum schlägt man einen Weg ein und bleibt darauf, anstatt einfach mittendrin umzudrehen und zurückzugehen oder querfeldein über die Wiese zu laufen?«

Sie lächelte wieder. »Das kann man alles tun. Aber wenn man schon mal in eine Richtung unterwegs ist … Es geht vielleicht eher um die Frage, wohin du guckst, wenn du läufst. Ob du dich immer wieder nach Abzweigungen umschaust oder so was. Ich blicke meistens nach vorne.

Dahin, wo der Weg leichter wird, weil er abschüssiger ist, wenn die Kinder groß sind.«

Ich sah mich in Gedanken auf einem Weg. Ständig stolperte ich, weil ich mich immer wieder umblickte. Hinter mir lief eine Gestalt, und als ich auf sie wartete, erkannte ich, dass es meine Mutter war.

»Ich würde das Kind schon gerne bekommen, aber ich habe Angst, dass dann alles anders ist. Dass ich dann anders bin«, sagte ich. »Es kann auch sein, dass ich mir bloß was vormache. Dass ich das Kind gar nicht will und nur denke, ich müsste es bekommen, weil ich schon zweiundvierzig bin und den Gedanken an die Einsamkeit nicht ertragen kann.«

Dany nahm meine Hand. »Du kannst auch in einer Familie sehr einsam sein«, sagte sie. »Das hat nichts mit Kindern zu tun. Nur mit dir. Ich bin oft einsam.«

Ich war verwundert über diese Intimität und begriff, dass sie weniger mit unserer früheren Freundschaft zu tun hatte als mit der Tatsache, dass wir mittlerweile Fremde füreinander waren. Dass ich in mein Leben zurückkehren würde und Dany in ihres. Dass wir nur hier in der Küche eine Schnittmenge bildeten, für nur mehr eine halbe Stunde, bevor die Kinder nach Hause kamen. Deshalb konnten wir so ehrlich zueinander sein.

Ich verschränkte meine Finger mit ihren. »Vielleicht war meine Mutter Jüdin.«

Dany sah mich an. Distanziert. Überfordert. Ich konnte meine Reaktion in ihrer gespiegelt sehen. »Wie kommst du darauf?«

Ich erzählte ihr von meiner Suche, von den Fotos, den Papieren, dem Haus. Ihre Irritation legte sich ein wenig, während ich redete, und ich merkte, dass auch ich meine

Gedanken besser ordnen konnte. Als die Kinder klingelten, verabschiedete ich mich überstürzt. Ich wollte nicht bei der häuslichen Routine stören.

»Schade, dass du damals einfach so weggegangen bist. Ich wünschte, wir hätten in Kontakt bleiben können«, sagte Dany und umarmte mich leicht, und in mir stieg der Wunsch nach Tetras Nähe auf.

Vor dem Reihenhaus blieb ich stehen und schaute mich um. Im Garten stand eine Plastikrutsche, und auf der Grenze zum Nachbarn lag ein umgedrehtes Bobby Car. Mit einem Mal begriff ich, dass ich meinen Weg und das Tempo, in dem ich ihn beschritt, stets selber gewählt hatte. Ich hatte so viele Abzweigungen genommen, dass ich zwischenzeitlich den Überblick verloren hatte, aber nun war ich dabei, eine Art Karte meines zurückgelegten Weges zu erstellen.

Wenn ich jetzt stehen blieb und zurücksah, meiner Mutter sogar ein Stück entgegenging, dann nur, weil ich es so wollte, weil ich es so beschlossen hatte. Und ja, wahrscheinlich hatte Tetra recht und ich war schwanger geworden, weil ich mich nach einem Kind sehnte. Dass ich diesen Entschluss nicht bewusst hatte treffen können, änderte nichts daran, dass ich es getan hatte. Auch wenn sich etwas in mir nach einer heilen Welt wie Danys sehnte, würde ich sie nicht im Reihenendhaus finden. Dennoch beruhigte mich der Gedanke, dass ich den für mich richtigen Weg wählen würde.

Auf der Heimfahrt machte ich einen Abstecher in den Baumarkt und kaufte zusätzlich zu dem Umzugskarton eine Energiesparlampe. In der Wohnung meiner Mutter tauschte ich sie gegen die alte Glühbirne in der Flurlampe aus, indem ich auf einem Stuhl balancierte. Ich sah das Bild vor mir, wie sich meine einundsiebzigjährige Mutter zu zerbrechlich gefühlt hatte, um auf den Stuhl zu steigen und Licht in ihren Flur zu bringen. Die Überlegung, dass sie womöglich schon vor dem Schlaganfall hilfloser gewesen war, als ich es für möglich gehalten hatte oder wahrnehmen wollte, machte mich traurig. Ich hatte Bruchstücke und Fetzen einer Vergangenheit aufgedeckt, deren Risse ich nun zu kitten versuchte. Weil ich hoffte, dadurch die Risse in mir zu heilen.

In den großen Umzugskarton aus dem Baumarkt packte ich einige Anziehsachen meiner Mutter, die sie in der Rehaklinik brauchen würde. Ich überlegte, ob ich auch Sommerkleider dazulegen sollte, entschied mich aber dagegen. So lange würde sie wohl nicht von zu Hause fortbleiben. Eine gefaltete graue Strickjacke deckte ich über die Unterwäsche. Es war noch Platz im Karton, daher packte ich ein paar Scherben, Unterlagen wie Briefe und Zeugnisse sowie Fotos dazu. Obenauf legte ich Babi, meine Spielzeuggiraffe. Dann öffnete ich den Karton extra noch einmal, nahm Babi heraus und steckte sie in meine Umhängetasche. Den Karton klebte ich schließlich zu, adressierte ihn an mich selbst und brachte ihn zur Post. Er war mir zu schwer, um ihn im Zug zu transportieren. Als ich wieder in der Wohnung war, rief ich im Krankenhaus an und erkundigte mich nach dem Befinden meiner Mutter. Man konnte mir keine nennenswerten Fortschritte mitteilen.

Nur einen kleinen Teil der Fundstücke steckte ich in meine Tasche, darunter die Aktenkopie, die meine Großmutter, die Mutter meiner Mutter – zumindest trugen sie den gleichen Nachnamen – als Ankömmling im »polizeilichen Judendurchgangslager Kamp Westerbork« verzeichnete. Ich meinte mich zu erinnern, dass Anne Frank nach ihrer Entdeckung im Versteck auch in Westerbork gewesen war.

Während ich über die Zeit des Nationalsozialismus nachdachte, fiel mir Mattis ein. Ich musste mich dringend bei ihm melden und mich hinter die Vorbereitung der Blockade klemmen. Allerdings fühlte ich eine tiefe Kraftlosigkeit, sobald ich daran dachte. Das war nicht normal. Dass die Nazis durch Berlin marschierten, machte mich sonst wütend und entschlossen, etwas dagegen zu unternehmen. Warum fühlte ich mich diesmal so ohnmächtig?

Mit der Hoffnung auf Ablenkung ging ich ins Wohnzimmer, kramte die Nähutensilien meiner Mutter hervor und trug sie ins Kinderzimmer. Ich hockte mich auf den Boden, mitten auf die zerteilten Kinderkleider, die ich dort ausgebreitet hatte. Meine Zungenspitze klemmte zwischen den Lippen, als ich den Faden durchs Nadelöhr schob. Dann begann ich, die Kleider aneinanderzunähen.

Es half tatsächlich. Sobald ich die ersten Stiche gemacht hatte, hörten die Gedanken auf, an mir zu zerren. Sie wurden ruhiger, lösten sich auf, schufen schließlich Platz für andere.

Mit groben Nähten flickte ich meine Kindheit zusammen. Ich nähte den Ärmel einer Bluse an einen Rock und daran die Tasche eines Latzes. Die Kleider trugen noch Erinnerungen an meinen Kinderkörper. Meine Knie und die Ellbogen hatten den Stoff dünner und weicher gemacht und die Rillen des Cordstoffes geebnet. Auf dem Rock mit den gestickten Blumen war der Umriss eines Tintenflecks zu sehen, als mir in der vierten Klasse der Füller ausgelaufen war. Das geflickte Löchlein am Ärmel der Matrosenbluse hatte ich mit Absicht hineingebohrt, weil ich nicht zum Geburtstag einer Klassenkameradin gehen durfte.

Ich durchlebte all diese Erinnerungen noch einmal. Die Erwartung von etwas Großem angesichts des unterfütterten Risses im Saum eines Dirndls, das ich zum ersten Schultag getragen hatte. Das Dirndl hatte ich jedoch auch, mit heruntergelassenem Saum, angehabt, als sich die Erwartung nach und nach in Enttäuschung verwandelte, weil ich nichts von dem Großen mit nach Hause nehmen konnte.

Mit jedem Kleid, das ich vernähte, erinnerte ich mich an einen Moment aus meiner Kindheit. An das Rutschen auf dem Spielplatz, das Fangen auf dem Schulhof, die Wut auf meine Mutter, die mir Hausarrest gegeben hatte. Meine Mutter hatte die Kleider für mich genäht und mich damit ausstaffiert wie eine Schauspielerin für eine Rolle. Aber ich hatte in ihnen gelebt, hatte Spuren auf ihnen hinterlassen. Sie waren auch ein Beweis für meine Existenz.

Während des Nähens musste ich an den Moment zurückdenken, als ich ausgezogen war, kurz nach meinem achtzehnten Geburtstag. Ich hatte meine Tasche gepackt, einen Schlafsack darauf geschnürt und war an der Tür zur Küche stehen geblieben, in der meine Mutter gerade Einkäufe auspackte. Lebensmittel für zwei Personen.

»Ich ziehe nach Berlin«, hatte ich zu ihrem Rücken gesagt. »Ich melde mich, wenn ich angekommen bin.«

Sie war in der Bewegung verharrt, mit gebeugten Knien. Ich weiß nicht mehr, ob sie sich noch mal zu mir umgedreht hatte; ich hatte nicht auf ihre Reaktion gewartet und war zu keinem Kompromiss bereit gewesen. Ich war einfach gegangen.

Ich würde nie nach rechts oder links gucken, hatte Tetra

einmal zu mir gesagt. Nun, auf dem Boden in der Wohnung meiner Mutter, mit dem Stoff zwischen den Händen, fühlte ich die Härte, die damals von mir ausgegangen war. Ich hatte sie wie einen Panzer angelegt, um mich gegen Verletzungen zu schützen. Und ich begriff, dass ich sie seitdem niemals abgelegt hatte.

Die halbe Nacht brachte ich damit zu, die Vorder- und Rückseiten aneinanderzunähen. Es kam mir vor, als würde ich damit die Geschichte der Welt erschaffen, die zu entdecken ich aufgebrochen war.

Meine Mutter hatte sich nie gefragt, warum der Himmel blau war. Sie sagte, dass er es sei, selbst wenn er grau war. Und ich hatte gelernt, über die Wahrheit zu schweigen.

Mit dem Nähen gab ich mir die Sprache über meine Gefühle zurück.

XXXXXX

Sie spielen auf der trockenen Erde. Das Mädchen rupft Grashalme heraus und flüstert seiner Schwester das Zauberwort dafür zu. Niemand verbietet ihr jetzt, die Zauberwörter zu benutzen, aber sie will nicht, dass jemand außer der Schwester davon erfährt.

Mit den Namen, die nicht ihre sind, werden sie von der Tante gerufen. Das Mädchen blickt auf. Die Tante steht in der Tür zur Küche, die Arme vor der Brust verschränkt. Sie tritt zur Seite, so dass ein menschlicher Schatten hinter ihr zu erkennen ist.

»*Jullie vader is er*«, sagt sie.

Euer Vater? Vater ist da? Das Mädchen begreift nicht. Sie begreift noch viel weniger, als ein alter Mann auf sie zukommt. Beim Gehen zieht er ein Bein nach. Er streckt eine zitternde Hand nach dem Mädchen aus, doch es weicht davor zurück. Wer ist dieser Mann? Sie hat ihn noch nie gesehen.

»Erkennst du mich denn nicht?«, fragt er in der Sprache, die nur sie kennt, in der Sprache der Zauberwörter. Ein weicher Ton liegt darin, der sie an Mama erinnert.

Das Mädchen muss schlucken, wie immer wenn es an Mama denkt. Sie schüttelt den Kopf zur Antwort, denn sie wagt es nicht, in der Sprache mit ihm zu reden. Die Tante verbietet es zwar nicht, aber sie ist dann immer besonders streng zu ihr. Der Mann seufzt. Es ist ein Laut, der ganz tief von innen kommt. »Ich bin doch dein Papa«, sagt der Mann ohne Schnurrbart.

Sie blickt auf seine grauen Haare. Ihr Papa hat braune Haare, wie sie selbst, und Barthaare, wie die Katze. Sie will von dem Mann nicht berührt werden, dennoch lässt sie es zu, dass er sie in die Arme schließt. Als er sich an sie klammert, wird ihre Wange ganz nass. Sie würde das Nasse gerne wegwischen, doch sie traut sich nicht.

»Mein Liebling«, schluchzt der Mann. »Mein kleiner Liebling.«

Sie mag die Worte, die er sagt, und mag sie noch mehr, als sie über seine Schulter zur Tante hinüberblickt, die die Hand der Schwester hält. Die Tante sieht erschrocken aus, richtig erschrocken. Das Mädchen muss lächeln. Sie mag den Mann, der es schafft, die Tante einzuschüchtern. Das schafft sonst nicht mal der *oom*. Der Mann lockert den Griff und blickt sie an. Mit Augen, die weich sind wie Mamas Hand, wenn sie ihr über die Wange gestreichelt hat.

»Du siehst aus wie deine Mutter«, flüstert er.

Ihr wird ganz warm. Sie versucht seinen Namen auszusprechen. »Papa.« Es klingt rau und ungewohnt auf der Zunge, wie ein hartes Brot, das man erst weich kauen muss, bevor man es schlucken kann. Das Mädchen kaut. »Papa.«

Er lächelt.

Die Tante schiebt die Schwester zu ihm hin. Das Mädchen will nicht, dass die Wärme verfliegt, weil die Schwester kommt. Doch die Kleine hat einen Flunsch gezogen und fängt an zu heulen.

»Ik wil niet! Ik wil niet! Ik wil niet!«, schreit sie und tritt den Mann, der ihr Papa ist, vor das Bein, das er hinterher zieht.

Das Mädchen sieht den Papa an und merkt, wie sein Blick hart und spitz wird wie ein Vogelschnabel. Sie versteht nicht, wieso er sie so weich angesehen hat und warum er ihre Schwester, die doch viel kleiner und niedlicher ist, nicht ebenso ansieht. Nicht nur die Tante, alle Menschen sehen die Schwester so weich und lieb an. Das Mädchen wundert sich. Aber sie ist auch glücklich darüber, deshalb nimmt sie seine Hand, die er drückt, und drückt sie zurück. So drücken sie beide, anstatt zu sprechen. Das Drücken sagt viel mehr als Worte.

Die Schwester schreit noch immer. Sie klammert sich an das Bein der Tante. Papa steht auf und lässt die Hand des Mädchens los. Jetzt hängen seine Arme herunter. Er sieht aus, als wollte er gar nicht hier sein, in dieser Küche. Das Mädchen bekommt Angst. Sie will nicht, dass Papa geht. Sie hat ihn doch gerade erst kennengelernt. Sie wird wütend auf die Schwester und will sie an den Haaren ziehen, aber der *oom* biegt schon die Finger der Schwester vom

Bein der Tante und trägt sie durch die Küche zur Haustür, obwohl die Kleine schlägt und tritt. Der *oom* ist kräftiger als sie, und schon sind sie draußen, und das Geheul wird leiser.

»Wir gehen jetzt«, sagt Papa zum Mädchen. »Eure Sachen sind im Auto.«

Das Mädchen nickt. Ja, ja, sie will mit ihm gehen. Weg von hier. Weg. Sie will ihm nachlaufen, da erinnert sie sich an die Tante, dreht sich um und macht einen Knicks vor ihr, wie sie es gelernt hat. Doch die hat den Kopf abgewendet und ihr Gesicht in den Händen vergraben. Dann folgt das Mädchen Papa nach draußen.

XXXXXX

10.

Erinnerungen entstehen im Kopf. Wenn unser Gedächtnis ein Licht auf sie wirft, erscheinen sie in allen Farben des Regenbogens. Aber es gibt Ereignisse, auf die nie das Licht der Erinnerungen fällt, die über Jahre hinweg, manchmal ein Leben lang, im Schatten verborgen liegen. Wenn ich lange genug hinblickte, dachte ich, müsste ich doch die Farben erkennen können, in denen die Vergangenheit gemalt war.

Vor der Abfahrt des ICEs hatte ich im Internetcafé meine Erinnerungen mit neuen Informationen aufgefrischt. Ich hatte gelesen, dass von Westerbork aus Züge mit mehr als einhunderttausend Juden nach Auschwitz und in andere Vernichtungslager gerollt waren. Dem amtlichen Dokument nach war davon auszugehen, dass meine Großmutter von dort in den Tod gebracht worden war. Ich konnte nur nicht verstehen, warum weder der Name meiner Mutter noch der ihrer Schwester, wenn es sich bei dem zweiten Mädchen tatsächlich um ihre Schwester handelte, in dem Dokument vermerkt waren.

Ich trat auf den Bahnhofsvorplatz, um frische Luft einzuatmen. Dabei klappte ich den Kragen des Mantels gegen die Kälte hoch und steckte die Hände in die Taschen. Meine Fingerspitzen berührten den Schlüsselbund meiner Mutter.

Die Schlösser an dem Gitter der Hohenzollernbrücke kamen mir wieder in den Sinn. Es war nur ein kurzer

Fußweg bis dorthin. Ich stieg die Treppenstufen zum Dom hinauf, hielt mich rechts und ging am Museum Ludwig mit seinen Aludächern vorbei in Richtung Brücke. Der stählerne Boden unter meinen Füßen schwang durch das Gewicht der vorbeiratternden Züge. Unter mir floss der bräunlich gefärbte Rhein. Ein Fahrradfahrer bremste quietschend, als ich vor den ersten Schlössern stehen blieb.

Es gab darunter kleine Exemplare, wie sie an Koffern oder Tagebüchern hingen, andere waren riesig, schwer, gusseisern, manche golden und verziert. Sogar Fahrradschlösser, zu Herzen geformt, hingen dort. Auf jedem Schloss standen Namen und ein Datum verzeichnet, mit Filzmarker beschriftet oder graviert, »Sabine & Thomas 17.08.2004« und »Antje und Pete 4ever. 04.11.2011«. Ich musste an Handschellen und Keuschheitsgürtel denken. Ob sich Sabine und Thomas oder Antje und Piet freiwillig aneinandergekettet hatten? Was geschah, wenn Sabine ihren Thomas mit einem Marcel betrog? Kam Thomas dann mit einer Schneidezange, um den Bund zwischen ihnen symbolisch zu lösen? Vielleicht blieben die Schlösser ewig hängen, bis der Rost sie dem Schicksal oder dem Ordnungsamt überließ, während Thomas längst eine Claudia geheiratet hatte und sogar von ihr inzwischen geschieden war.

Liebe als Besitz, als materieller Wert, Liebe, die man vor anderen verschließen musste, das war nie mein Ding gewesen. Aber wenn ich nicht einsam alt werden wollte wie meine Mutter, wo war dann die Alternative? Sicher hatte meine Unsicherheit auch mit dem Alter zu tun. Bis Anfang dreißig hatte ich in der Zukunft immer Neues entdeckt. Nun war ich über vierzig … Was würde da noch kommen?

Ratlos stieg ich in den Zug. War es dieser Bahnsteig, überlegte ich, an dem ich mich vor meiner Reise nach Berlin von Ben verabschiedet hatte? Er hatte mich an sich gedrückt gehalten, hatte mich nicht gehen lassen wollen, und als ich mich losmachte, hatte ich noch gesehen, wie er sich die Tränen abwischte. Ich hatte so getan, als wäre mir nichts aufgefallen, und versprochen, ihm zu schreiben, was ich nicht getan hatte.

Ben. Der Gedanke an ihn, meinen ersten Freund, kurbelte einen Film an. Wild aneinandergeschnittene Szenen. Überblenden. In Sekundenbruchteilen spielten sich mehrere Monate, fast ein Jahr ab. Unsere Gesichter nah beieinander unter seinem Flohmarktmantel. Er, der über den Schulhof auf mich zurannte. Wir kichernd auf dem Bett in seinem Zimmer, zwischen uns seine Plattensammlung. Ein Punk-Konzert in einer Lagerhalle. Der Kuss, unser erster Kuss, nach Zigaretten schmeckend. Sein Lachen, bei dem er die vorstehenden Zähne zeigte.

Mit den Bildern kamen die Emotionen. Ich spürte meine Erregung, meine Freude, die Sehnsucht, aber auch die Schuldgefühle, weil ich ihm nicht sagen konnte, dass ich meine Zukunft nicht an seiner Seite sah. Ich hatte es nicht einmal bei unserem letzten Abschied gesagt. Kaum war ich in Berlin, war ich jedes Mal, wenn ich doch an ihn denken musste, aufgestanden und in eine Kneipe oder auf eine Party gegangen oder hatte die Künstlerfreunde besucht, die ich nach und nach kennengelernt hatte. Durch konsequente Ablenkung hatte ich es geschafft, ihn aus meinem Leben zu verdrängen.

Und er? Wie lange er wohl darauf gewartet hatte, dass ich mich meldete? Auf einen Brief, auf einen Anruf? Ben, der vor Einfällen übersprudelte, vielleicht war er nach

Berlin gefahren und hatte mich gesucht. Vielleicht hatte er meine Mutter nach mir gefragt, aber auch sie kannte damals keine Adresse von mir. Wer weiß, ob sie ihm die Anschrift überhaupt gegeben hätte.

Ich blickte aus dem Fenster. Die vorbeiziehende Landschaft versetzte mich in einen ruhelosen Zustand. Ich hatte mich immer an der Zukunft orientiert, hatte gedacht, nur sie allein zähle. Es war mir noch nie wichtig, woher jemand kam, nur wohin man ging.

Jetzt blickte ich der Möglichkeit ins Auge, dass mein Leben viel mehr mit der Vergangenheit zu tun hatte, als ich geglaubt und auch gewollt hatte. Die Stickereien auf meinen Plüschfotzen mochten ein spielerisch-ironischer Verweis auf die Stickereien sein, die mir meine Mutter beigebracht hatte. Doch es reichte alles viel tiefer. Wenn das, was ich tat, Verbindungen in die Vergangenheit hatte, musste das, was meine Mutter tat, ebenfalls damit zu tun haben. Ich hatte eine Art Schnur vor Augen, die sich durch mein Leben schlängelte, die mich mit Tetra verband, mit meiner Mutter und mit mir als Kind. Dann musste es auch eine Schnur geben, die von meiner Schwangerschaft zu Dominic und von ihm zu Ben führte.

Ich nahm den von Dany geschriebenen Zettel aus der Tasche und stellte mir vor, ich würde ihn anrufen. *Hallo, hier ist Lioba. Wie geht's? Ich war gerade in Köln und habe Dany getroffen, und da musste ich an dich denken. Ja, ich habe zwanzig Jahre möglichst nicht an dich gedacht, aber jetzt würde ich trotzdem gerne wissen, was du so machst.*

Absurd. Ich konnte nicht erwarten, dass ich an etwas von damals anknüpfen konnte. Selbst wenn ich mit der Lio von früher mehr zu tun hatte, als mir lieb war, konnte Ben sich komplett verändert haben. Und wenn nicht, würde ich wirklich die Gefühle von damals aufarbeiten wollen? Zwanzig Jahre. Sogar mehr als das.

Aber mit Dany war es nett gewesen. Und hatte sie nicht gesagt, dass Ben beruflich genau das machte, was er sich immer gewünscht hatte? Unter Umständen war er gar nicht so viel anders geworden.

Ich tippte die Nummer in mein Handy. Als ich sie anwählte, wünschte ich mir schon, ich könnte das Telefonat so schnell wie möglich hinter mich bringen. Meine Brust hob und senkte sich. Ich atmete schwer.

»Hallo?«

Das war er, oder?

»Hallo, hier ist Lioba. Spreche ich mit Ben?« Meine Stimme piepste. Ich räusperte mich.

»Lio?« Er klang fremd, viel männlicher als früher. Kein Wunder, es war ja auch zwanzig Jahre her. »Neulich hab ich Dany getroffen und sie nach dir gefragt, aber sie wusste nichts von dir. Das gibt's doch nicht, dass du jetzt anrufst.«

Zwanzig Jahre. Zwanzig Jahre kein Wort von mir. Was gab es da noch zu sagen? »Ich war gerade in Köln.« Etwas Blöderes fiel mir nicht ein. »Ich sitze im Zug zurück nach Berlin.«

»Oh«, sagte er.

Ich wartete, dabei war es an mir, das Gespräch fortzusetzen. Schließlich hatte ich ihn angerufen. Weil ich mir eine Schnur eingebildet hatte.

»Ich habe Dany auch getroffen, und sie hat mir deine Nummer gegeben«, erklärte ich das nicht Erklärbare.

Zwanzig Jahre hatte ich es nicht für nötig gehalten, ihm begreiflich zu machen, warum ich alles hinter mir abgebrochen hatte, als ich nach Berlin ging. Warum ich ihn so verletzt hatte. Denn dass ich es getan hatte, wusste ich. Dann konnte ich wenigstens jetzt offen sein.

»Ich hab an dich gedacht und beschlossen, mich mal zu melden. Ach, ich weiß nicht, was ich mir dabei gedacht habe. Es tut mir leid. Alles. Dass ich mich damals nicht gemeldet habe und so.« Ich konnte seine Befangenheit spüren. Ich hatte ihn in eine idiotische Situation gebracht und verhielt mich selbst wie eine Idiotin. »Leider komme ich so schnell nicht mehr nach Köln. Ich hoffe, es geht dir gut. Das wünsche ich dir auf alle Fälle.«

»Oh, schade. Ja, mir geht's gut. Ehrlich gesagt, ich hätte dich wirklich gerne wiedergesehen.« Seine Stimme löste etwas in mir. Die Spucke verdickte sich in meinem Mund. »Weißt du was, ich muss demnächst nach Berlin. Hab da beruflich zu tun, dann melde ich mich, okay?«

»Okay.«

Er macht es mir leicht, und dafür mochte ich ihn. Ben hätte auch einfach auflegen können. Ich bedauerte, dass ich es nicht auf die Reihe bekommen hatte, mich anständig von ihm zu trennen. Er hätte es verdient gehabt.

»Bis dann«, sagte er.

»Ja«, presste ich mit zugeschnürter Kehle hervor.

Ich glaubte nicht, dass Ben es ernst meinte, aber ich war ihm dankbar für seine Freundlichkeit.

Als das Zugpersonal mit Getränken vorbeikam, kaufte ich mir eine Apfelschorle. Danach durchsuchte ich die Unterlagen, die ich in meiner Handtasche dabei hatte. Darunter befand sich ein Brief auf Niederländisch, den ich mühsam zu übersetzen versuchte. Darin wurde dem Vater meiner Mutter mitgeteilt, das reimte ich mir zumindest zusammen, dass er seine beiden Töchter bei einer niederländischen Pflegefamilie abholen könne. Der Brief war auf Ende der vierziger Jahre datiert. Ich machte mir Notizen. Laut einiger anderer Papiere war meine Großmutter 1944 nach Westerbork ins Lager deportiert worden. Es gab keinerlei Unterlagen über ihren weiteren Verbleib.

Was war mit den kleinen Mädchen passiert? Waren sie zu der Familie gekommen, als meine Großmutter ins Lager deportiert worden? Meine Mutter war 1944 vier Jahre alt gewesen, rechnete ich nach. Ein Alter, in dem ein Kind richtig sprechen gelernt hat. Neun Jahre war meine Mutter gewesen, als ihr Vater sie abholte. Mindestens fünf Jahre lang hatten sie und ihre Schwester in der niederländischen Familie gelebt. Wahrscheinlich illegal. Die Leute hatten zwei jüdische Mädchen versteckt und vor der Deportation ins KZ gerettet. Dann war ihr Vater gekommen. Durch ein Wunder oder einen Zufall oder was auch immer hatte er überlebt.

Einem anderen Briefwechsel nach, den ich ebenfalls eingepackt hatte, war er in Birkenau eingeliefert worden, als meine Mutter drei Jahre alt war. Ein Alter, in dem autobiographische Erinnerungen bei Kindern gerade erst einsetzen. Hatte sie sich an ihren Vater erinnern können, als er vier Jahre nach Kriegsende vor ihr stand? Oder war er ein Fremder für sie gewesen? Fünf Jahre hatte sie sich in der anderen Familie zu Hause gefühlt. Dann kam da ein Mann, der ihr Vater sein sollte, der sie herausriss aus dem, was ihr vertraut war. Was hatte ein Kind von der feindseligen Welt begreifen können, in der es sich befand?

Ich malte mit dem Kugelschreiber Kringel um die Zahlen. 1943. In dem Jahr war mein Großvater ins KZ gekommen, meine Mutter war damals drei Jahre alt. Wann war ihre jüngere Schwester geboren worden? Ich versuchte mir die Kinderfotos in Erinnerung zu rufen. Mit dem kindlichen Wachstum kannte ich mich nicht besonders gut aus, doch es war ein klarer Größenunterschied in den früheren Fotos erkennbar. Demnach war meine Mutter ein paar Jahre älter. Wie viele? Um 1943 könnte ihre Schwester geboren worden sein. Wusste der Vater von dem Mädchen?, fragte ich mich. Was hat er wohl gedacht, als er, wahrscheinlich selbst zutiefst traumatisiert von seinen KZ-Erfahrungen, zwei bedürftigen kleinen Mädchen gegenüberstand? Zwei Töchtern. War die zweite überhaupt seine Tochter?

Die Fragen brannten sich in mich ein. Es gab so viel, was ich wissen wollte, das ich aber nur von meiner Mutter würde erfahren können. Doch die lag noch immer auf der Intensivstation und konnte nicht sprechen.

Ich rief per Handy im Krankenhaus an. Wieder konnte man mir nichts Positives berichten. Ziemlich frustriert legte ich auf. Ich ärgerte mich grundlos. Völlig unvermittelt dachte ich daran, dass meine Mutter sterben könnte. Mir ging auf, dass ich zum ersten Mal überhaupt diese Möglichkeit in Erwägung zog. Auf dem Sitz im Zug kauerte ich mich zusammen, als könne ich mich so vor der Realität schützen.

Als ich in Berlin ankam, fuhr ich sofort ins Krankenhaus. Meine Mutter blickte mich an, als ich eintrat, was mich völlig überraschte. Ich hatte gedacht, sie würde die meiste Zeit mit geschlossenen Augen daliegen. Hoffnungsvoll ging ich auf sie zu.

»Hallo, Mama.«

Meine Mutter blinzelte mit dem nicht vom Schlaganfall betroffenen Auge. Ich deutete es als gutes Zeichen, nahm ihre Hand, die nicht an die Geräte angeschlossen war, und strich über die Finger. Dabei sah ich sie eingehend an. Ihre Haut war in winzige Falten gelegt, wie ein Plisseerock.

»Ich war in Köln. In deiner Wohnung.« Ich redete langsam und überdeutlich. Es war mir sehr wichtig, dass sie mich verstand. »Ich habe alles geregelt, von wegen Krankenkasse und so.«

Wieder ein Blinzeln ihrerseits. Ich wünschte, ich hätte mich mehr um meine Mutter gekümmert, schon vor dem Schlaganfall. Meine Mutter hat niemanden, dachte ich. Nur mich. Und ich hatte mich in den letzten zwanzig Jahren beinahe völlig aus ihrem Leben zurückgezogen.

Bevor ich sie allein ließ, holte ich die Stoffgiraffe heraus und legte Babi meiner Mutter in den Arm.

In meinem Atelier stellte ich die Tasche ab und ging an die Fensterfront. Ich sah, dass die Bagger ein Loch an der Stelle aushoben, wo zuvor das Nachbargebäude gestanden hatte, dann schaltete ich den Computer ein und tappte unruhig mit den Füßen auf den Boden, bis er hochgefahren war. Ich checkte meine Mails.

Es gab neue Informationen des Bündnisses gegen den Naziaufmarsch. Außerdem drei Links von Annegret Lösch, meiner Galeristin, zu Besprechungen der Ausstellung, zwei davon waren erfreulich, eine vernichtend, deshalb las ich sie nicht zu Ende. Ich wollte mich von der negativen Kritik nicht herunterziehen lassen. Eine Mail war von Tetra. Nervös klickte ich darauf und wusste nicht, ob ich erleichtert oder traurig darüber sein sollte, dass sie nicht an mich persönlich gerichtet war, sondern an alle Teilnehmerinnen der geplanten Modenschau, denen sie eine Terminverschiebung mitteilte. Immerhin hatte sie mich noch nicht aus dem Verteiler geworfen. Ich war versucht, ihr zurückzuschreiben, doch ich ließ es lieber. Sie wollte keinen Kontakt. Und auch wenn ich mir nichts mehr ersehnte, wäre es nicht fair, mich ihrem Wunsch zu widersetzen. Ich konnte mich nicht entscheiden, daher blieb ich noch eingeloggt und löschte die angesammelten Spam-Mails.

Als das Fenster mit dem Hinweis aufploppte, dass die Mails in den Ordner »Gelöscht« verschoben würden, grübelte ich über Internetinformationen nach. Noch konnte ich die Mails wieder hervorholen, doch nach einer Woche würden sie für immer verschwinden. Wohin? Ich wusste es nicht. Jedenfalls waren diese Informationen langfristig ebenso wenig abrufbar wie Erinnerungen aus dem menschlichen Hirn. Erinnerungen, so sagte ich mir, wären ein gutes Thema für mein nächstes Kunstprojekt. Ich musste an meine Zukunft als Künstlerin denken.

In dem medialen Dickicht des Internets wollte ich nach Frauen suchen, die sich des Themas »Erinnerungen« in ihren Werken angenommen hatten. Ich beschloss, die Mädchenkleiderdecke, die ich in der Wohnung meiner Mutter genäht hatte, für das Projekt zu verwenden.

Vage fiel mir das Werk einer chinesischen Künstlerin auf der Documenta ein, die mit Haaren ihrer Mutter gestickt hatte. Während ich nach ihr suchte, führte mich das Internet wie an einem Faden zu weiteren Künstlerinnen. Zu einer Britin, die in intimen Situationen geflüsterte Sätze auf den traditionellen Patchwork-Bettüberwurf gestickt hatte, außerdem zu gestickten Konterfeis von Hermann Göring und Ilse Koch. Es war bemerkenswert, dass so viele Frauen aus unterschiedlichen Kulturkreisen die Stickerei für ihre Kunst entdeckt hatten, und ich fragte mich, warum sich ausgerechnet in dieser Zeit Künstlerinnen vermehrt den traditionell weiblichen Arbeitsweisen zuwandten.

Vielleicht lag dem Phänomen die Tatsache zu Grunde, dass sich Handarbeiten wie Nähen und Sticken für die privilegierte Bevölkerung unserer Erde wirtschaftlich längst überholt hatten. Dass es billiger war, sich bei H&M eine Hose zu kaufen als Stoff, Reißverschluss und Nähgarn. Nähen und Sticken an sich waren längst museal geworden. Ich fragte mich, ob sich Künstlerinnen, wenn sie Stickereien und Textilien in ihrer Kunst verwendeten, nicht auf das reduzierten, was ihnen die Gesellschaft als weiblichen Bereich zuwies. Waren wir somit nicht auf ewig das »Meretlein«?, überlegte ich. Mussten wir erst gigantische Stahlskulpturen schweißen, um zu der Oppenheim zu werden? Womöglich blieben wir auch in Zukunft eine exotische Nische im Kunstmarkt, »Kunst von Frauen« zwischen »Kunst aus Eritrea« und »Kunst von den Molukken«. Aber eigentlich musste mehr dahinterstecken. Nähen und Sticken, das waren Fähigkeiten, die unsere Mütter uns gelehrt hatten.

Am nächsten Morgen stand ich früh auf und ging von einer Materialinsel in meinem Atelier zur anderen. Ich wühlte darin herum, wobei ich versuchte, mich auf das Kunstprojekt zu konzentrieren. Eine Idee hatte ich schon. Der Blickwinkel, aus dem man sich selbst und seine Vergangenheit betrachtete, erschien mir spannend zu sein. Ich experimentierte gerade mit ein paar Glasscherben herum, als ein Bote mir das Paket brachte, das ich aus Köln abgeschickt hatte. Mit meiner Unterschrift auf dem elektronischen Gerät bestätigte ich den Empfang und damit die Verantwortung, die ich mir durch dieses Päckchen aufgeladen hatte. Den Karton stellte ich auf dem Tisch ab, entschlossen, ihn erst einmal sich selbst zu überlassen. Manches blieb besser unangetastet.

Ich legte ein Stück Leder neben das Glas. Doch von dem Karton ging ein Sog aus, und so öffnete ich ihn. Die Porzellanscherben und Papiere legte ich beiseite. Ich holte die Anziehsachen meiner Mutter hervor, die sie nicht so schnell brauchen würde, da sie noch immer nicht von der Intensivstation entlassen werden konnte. Ich zog an der grauen Strickjacke, die über und über mit kleinen Wollknötchen bestückt war, und schmiegte die Wange daran. Mit dem Duft meiner Mutter stieg etwas Altes, Vertrautes auf. Ich wickelte mich gerade in die Jacke ein, als eine Stimme aus dem Off zu mir ins Atelier drang: »Hier spricht die Polizei.«

Ein schlechter Scherz.

»Bitte verlassen Sie das Haus, folgen Sie den Anweisungen der Polizei und ziehen sich hinter die Absperrungen zurück.«

Es war wirklich die Polizei. Ein Gefühl von Panik stieg in mir auf. Ich dachte an einen Atomreaktor-GAU, an einen Terroranschlag oder Häuserbrand. Trotz meiner Anspannung war ich immerhin noch so geistesgegenwärtig, meine Handtasche, den Mantel und das Handy mitzunehmen. Auf der Straße erfuhr ich, dass eine Fliegerbombe in der Baugrube gefunden worden war. Ein Überbleibsel aus dem Zweiten Weltkrieg. Damit hatte ich augenblicklich wohl auf allen Ebenen zu tun.

Ich lief an einem Café hinter der Absperrung vorbei, in dem sich die Kunstschaffenden des Bezirks trafen. Eine befreundete Künstlerin lud mich mit ausladenden Armbewegungen ein, doch ich winkte nur zurück. Ich fuhr mit der Straßenbahn in die Zentralbibliothek und entlieh mir das Tagebuch von Etty Hillesum, einer jungen Frau, die über ihre Zeit im Lager in Westerbork geschrieben hatte. Ich hoffte, so etwas über die Mutter meiner Mutter erfahren oder mir zumindest ein ungefähres Bild von ihrem Schicksal machen zu können.

In der Bibliothek las ich die Schilderung der deutschen Bewacher und die der auf die Deportation wartenden Juden. Auffällig oft erzählte Hillesum von den Kleidern, die die Menschen getragen hatten. Ich wischte mir mit dem Ärmel meines Mantels über die Augen und kämpfte mit der Rührung, die mich überkam.

»Wie schön, komm doch rein!«

Dominics Lächeln, als er mir die Tür aufdrückte, entlastete mich. Innerlich hatte ich mich auf eine weit kühlere Begrüßung eingestellt, denn ich war unangekündigt in den Redaktionsräumen von *Ars&Ass* aufgetaucht. Da überall um uns herum seine Kollegen saßen und arbeiteten, streichelte er mir nur etwas stärker über den Rücken, als er Wangenküsse in die Luft hauchte. Mein Körper dehnte sich zu seiner Berührung hin.

»Kaffee oder Tee?« Er wartete gar nicht auf eine Antwort. »Kunstmann ist dabei, einen spitzenmäßigen Artikel über deine Ausstellung zu schreiben. Wenn du danach nicht der Verkaufsschlager bist bei den Sammlern, dann weiß ich's auch nicht mehr.«

Dominic ging in das Gemeinschaftsbüro vor, in dem drei freiberufliche Redakteurinnen saßen und in dem auch die Kaffeeküche untergebracht war. Lieber wäre ich mit ihm allein gewesen, um die Essenseinladung bei ihm zu besprechen, aber er hockte sich auf den Tresen, während er darauf wartete, dass das Wasser kochte. Dabei schwärmte er mir vom Inhalt der neuen Ausgabe vor. Ich hörte ihm mühsam konzentriert zu, solange es meine Kunst betraf, dann fing ich mir an vorzustellen, dass ich seinen nackten Körper berühren und ihn fühlen und schmecken würde.

»Hallo?«

Ich blinzelte. Dominic wedelte mit der Hand vor meinem Gesicht herum.

»Was?« Ich hatte kein Wort von dem verstanden, was er mir erzählt hatte, weil ich meinem Verlangen in einen Tagtraum gefolgt war.

»Kunstmann möchte dich unbedingt kennenlernen. Er rechnet am Donnerstag bei dem Essen fest mit dir.«

»Dominic. Ich … Können wir uns bitte woanders treffen? Allein?« Ich sprach so leise wie möglich. Um ihm von der Schwangerschaft zu erzählen, brauchte ich einen Ort, an dem ich mich sicher fühlte.

»Wenn's um Bella geht, vergiss es«, flüsterte er zurück. »Ich hab's dir doch schon gesagt. Komm vorbei oder lass es bleiben. Wie du willst.«

»Wie stellst du dir das vor?«, insistierte ich. »Wir sitzen an einem Tisch und tun so, als wären wir nur gute Bekannte, und deine Frau hockt die ganze Zeit dabei?«

»Genau so stelle ich es mir vor. Lio, es geht um deinen Vorteil, wenn du Kunstmann triffst. Bella und ich haben nichts davon!«

Konnte es wirklich so einfach sein? War die Feindseligkeit Bellas, die ich gespürt hatte, ein reines Produkt meiner Phantasie? In diesem Augenblick hielt ich es sogar für möglich, denn Dominic klang ungemein überzeugend. Vielleicht projizierte ich mein Unbehagen auf seine Frau und machte an ihr fest, was in mir an Ambivalenz war.

»Na gut, ich komme«, sagte ich.

Dominic lachte mich derart liebevoll an, dass ich ihn am liebsten umarmt hätte. »Ich bringe dich noch zur Tür«, sagte er und begleitete mich in den Hausflur.

Dort schloss er die Tür zu den Redaktionsräumen hinter sich. Endlich waren wir allein. Ich küsste ihn und fühlte, was ich von ihm wollte. Ich wollte, dass er mich hielt, wenn es mir schlechtging, dass er mir übers Haar streichelte, über den Rücken kraulte, dass er mir nach einem anstrengenden Besuch im Krankenhaus bei meiner Mutter Badewasser einließ und Hühnersuppe kochte, wenn ich krank war. Ich wollte, dass er mit mir über das Kind sprach, sein Kind, dass er mich zu überreden versuchte, es zu behalten.

Diese Erwartungen hatte ich zuvor an keinen anderen Mann gestellt. Warum an ihn? Warum jetzt? Ich machte mich von ihm los.

»Dann sehen wir uns also am Donnerstag?« Dominic wartete auf meine Reaktion.

Ich nickte und ging. Als ich drei Stufen hinabgestiegen war, drehte ich mich noch mal zu ihm um. Wie lange wollte ich eigentlich warten, bis ich mit meiner Schwangerschaft rausrückte?

»Was hältst du von Kindern?«, rief ich zu ihm hoch.

Seine Miene zeigte mehr als Befremden. Misstrauen, dachte ich.

»Wieso?«

Ich spürte Ärger darüber aufkeimen, dass ich einen derart idiotischen Ort gewählt hatte, um das Thema anzuschneiden. Jederzeit konnte jemand aus der Redaktion in den Flur kommen oder von unten die Treppe hinaufsteigen. Ich stellte mir vor, wie meine Antwort durch die Gänge schallen würde.

»Ich wundere mich nur«, sagte ich wesentlich leiser, »dass du mit Bella keine bekommen hast.«

Dominic schüttelte leicht den Kopf, als wollte er begreifen, weshalb ich ihm eine solche Frage stellte. »Mit Kindern wäre unsere Beziehung nicht so, wie sie ist«, antwortete er und kam auf mich zu. Er griff nach meiner Hand. Seine Finger berührten die Strickjacke meiner Mutter. »Willst du wirklich mit mir über meine Frau sprechen? Hier?«

Mir wurde übel. Aber für das, was ich ihm zu sagen hatte, gab es einfach keinen geeigneten Ort und keine geeignete Zeit. »Nicht über deine Frau«, sagte ich schluckend. »Über uns. Über unsere Zukunft.«

Er runzelte die Stirn, zog die Augenbrauen hoch und weitete die Nasenlöcher. Ich sah ihm an, dass er begriff, worum es ging. »Nein. Das funktioniert so nicht. Wenn du ein Kind willst, musst du es mit einem anderen bekommen.«

Ich war wie vor den Kopf geschlagen. Er schien allen Ernstes zu glauben, ich wollte ihn um eine Art Samenspende bitten. Die ganze Situation war erbärmlich und unwürdig. Um nicht loszuheulen, hielt ich den Atem an.

»Du kennst meinen Standpunkt. Ich finde unsere Beziehung schön, aber sie wird immer nur so ablaufen wie bisher. Etwas anderes darfst du nicht von mir erwarten.« Er beugte sich vor, um mich auf die Stirn zu küssen, doch ich wich ihm aus. Dominic hob die Schultern ein wenig, als wollte er sagen, dass es allein meine Entscheidung sei. Was es offensichtlich auch war. Dann ging er.

Ich blieb auf der Treppenstufe zwischen den Geschossen stehen und versuchte mich daran zu erinnern, wie alles zwischen uns begonnen hatte. Daran, welche Gefühle er am Anfang in mir ausgelöst hatte. Aber es gelang mir nicht.

Meine Erinnerungen waren fragil und zerbrechlich wie Porzellan.

xxxxxx

Die weite Autofahrt hat das Mädchen müde gemacht. Obwohl sie hungrig ist, wagt sie nicht zu sagen, dass sie etwas essen möchte. Tapfer hält sie die Schwester an der Hand. Die Kleine schnieft, dabei zieht sie den Rotz hoch und wimmert. Immerhin hat sie aufgehört zu schluchzen.

Papa kniet auf dem nassen Gras in dem Garten. Das Mädchen weiß nicht, was sie hier sollen. Das große Haus in ihrem Rücken macht ihr Angst. Der Garten, in dem sie stehen, ist verwildert und voller Geheimverstecke. Der Garten ist schön. Sie wünscht sich, sie könnte herkommen und hier spielen, aber erst wenn sie etwas gegessen hat. Das Haus mag sie nicht, es hat keine Fenster, nur Bretter davor wie auf dem Dachboden. An den kann sich das Mädchen noch genau erinnern, auch wenn es inzwischen lange her ist.

Papa hat versucht, in das Haus zu gelangen, doch die Tür ist verschlossen. Dann ist er auf die Knie gefallen. Jetzt wühlt er um einen Baum herum die Erde auf. Überall sind dort Löcher. Papa kommt dem Mädchen vor wie ein *mol*. Wie dieses Tier mit dem schwarzen Fell gräbt er mit den Händen und schiebt die braune, trockene Erde beiseite. Sie mag gar nicht hinsehen. Als sie wegblickt, hört sie sein

Grunzen und sein Weinen. Sie geht mit der Schwester an der Hand weiter weg von ihm. Auf einmal stößt er einen Schrei aus. Die Schwester fängt wieder an zu weinen. Das Mädchen dreht sich zu ihm um. Papa hat eine Blechdose hervorgeholt. Er hält sie in den Händen und lacht. Das Mädchen sieht, dass ihm beinahe alle Zähne fehlen. Genau wie der Frau auf dem Dachboden. Sie weiß nicht, warum sie auf einmal so viel an den Dachboden denken muss. Lange hat sie es nicht mehr getan.

»Kommt schon!« Papa winkt sie her.

Sie zieht die Schwester mit sich. Er öffnet die Dose. Dann dreht er sie um. Erde fällt heraus. Papas Finger zerbröseln die Erde.

»Das ist sie«, ruft er. »Das ist sie.«

Seine Hand mit dem Dreck streckt sich nach dem Mädchen aus. Sie ängstigt sich vor seinen schmutzigen Fingern. Trotzdem lässt sie die Schwester los und geht weiter auf ihn zu. Langsam setzt sie einen Fuß vor den anderen, bis sie vor ihm steht. Er zerkleinert den Erdbrocken, bis er einen Gegenstand findet, etwas, das eine Kette mit einem Anhänger sein könnte. Papa müht sich ab, den Anhänger aufzuklappen, aber seine Finger sind zu groß und zu unruhig. Er drückt ihr das Amulett in die Hand.

»Mach du.«

Mit den Fingernägeln versucht sie es zu öffnen. Als es ihr gelingt, findet sie im Inneren weitere feuchte Erde vor. Fragend blickt sie zu Papa. Er nimmt ihr das Amulett aus den Fingern, pustet hinein und wischt mit dem Ärmel seiner Jacke darüber. Einen Moment starrt er nur darauf. Dann stöhnt er laut auf. Das Mädchen hat so ein Geräusch noch nie gehört. Nicht von einem Menschen. Er wirft die Kette weit von sich und vergräbt den Kopf in den Händen.

Wimmernd wie die kleine Schwester des Mädchens steht er da. Sie streichelt ihm über den Rücken, aber er stößt sie weg, so dass sie mit dem Po auf den nassen Rasen fällt. Der Sturz tut nicht sehr weh. Sie hat nur Angst, weil Papas Rücken bebt.

In der Wiese liegt das Amulett. Sie möchte wissen, warum Papa weint. Mit den Fingerspitzen zieht sie es an der Kette zu sich heran. Sie versenkt es in der Manteltasche, bevor sie sich wieder zu der Schwester stellt, die das Gesicht an ihren Bauch schmiegt. Das Mädchen streichelt den Hinterkopf der Kleinen und beobachtet, wie Papa mit den Fäusten auf den Boden trommelt. Sie will zu ihm gehen und seine Fäuste festhalten, sie mit ihren Händen umgreifen, doch sie bleibt stehen und spürt die Angst, die in ihr aufsteigt.

»Was tun Sie da? Sie haben hier nichts zu suchen!« Eine keifende Frauenstimme.

Mausgrau, denkt das Mädchen. Als sie sich nach der Frau umsieht, ist diese tatsächlich ganz grau und streng. Wie die Tante. Papa mustert die Frau stumm. Er öffnet den Mund, aber es kommen keine Worte heraus. Dann drückt er sich hoch und klopft sich die Erde von der Hose, auch wenn es nichts bringt, denn seine Knie sind feucht und nass.

»Los, komm«, sagt er zu dem Mädchen. Die Schwester krallt sich an ihr Bein. »Komm«, wiederholt er.

Sie schluckt, als sie die Finger der Kleinen aufbiegt, sie dann an der Hand fasst und ihm folgt. Sie verlassen den Garten wie Diebe, alle drei, an der Frau vorbei, und das Mädchen schämt sich. Papa läuft schnell, trotz seines Humpelns. Erst einige Straßen weiter werden seine Schritte langsamer.

Als sie und die Schwester ihn eingeholt haben, fragt sie, warum Mama gestorben sei.

Er schweigt. Lange blickt er nur geradeaus und geht dann stumm weiter. Als er stehen bleibt, rennt sie fast in ihn hinein.

»Sieh mich an«, sagt er.

Vorsichtig hebt sie die Augen von seinem Bauch zum Gesicht. Es ist ganz hart.

Genauso hart wie seine Stimme, als er zu ihr spricht: »Lass uns nicht an das denken, was war. Lass uns nach vorne blicken, verstehst du das?«

Sie weiß nicht, was sie darauf sagen soll. Sie starrt ihn bloß an. Er packt sie an der Schulter und schüttelt sie, dass ihr Kopf vor- und zurückfliegt wie bei der Stoffpuppe, die die Tante ihr zu Weihnachten genäht hat.

»Ob du das verstehst?«

»Ja.« Ihre Antwort ist ein Piepsen. Sie fürchtet, dass er sie nicht verstanden hat, und wiederholt es lauter. »Ja.«

»Nie zurück. Nie. Nie«, wispert er wie eine Beschwörungsformel vor sich hin.

Das Mädchen spricht es nach. Nie. Nie zurück.

11.

Nachdem ich auf der Straße die 110 gewählt hatte, erfuhr ich, dass ich nicht wieder zurück in mein Atelier durfte. Die Bombe wurde noch entschärft. Ich erinnerte mich an das Versprechen, mich bei Mattis zu melden. Er lud mich am Telefon in sein Gemeinschaftsatelier ein, das er mit zwei Künstlerinnen teilte. Mattis hatte ich bei einer Gruppenausstellung der Akademie kennengelernt. Seine wahnsinnig kleinteiligen Ölgemälde hatten eine große Faszination auf mich ausgeübt. Selbst dem hintersten Passanten in einer Menschengruppe verlieh er individuelle Züge. Niemand war zu unwichtig für Mattis.

Er brachte mich bei einer Tasse Tee auf den neuesten Stand. Es gab so viele Sachen, die wir für die geplante Blockade besprechen mussten. Einige Arbeitsfelder waren mir durch andere Demos, die ich mit vorbereitet hatte, zur Routine geworden, dennoch fiel es mir schwer, mich auf die abzuarbeitenden Punkte zu konzentrieren.

»Ist die Kundgebung angemeldet?«

»Der Typ von der Linken macht das.« Mattis strich sich über die beginnende Halbglatze. An seinen Fingern klebte leuchtend blaue Farbe. Kornblumenblau.

»Das Fünf-Finger-Prinzip habt ihr durchgesprochen, um die Polizeiabsperrungen zu durchfließen? Wird es ein Blockadetraining geben?«, fragte ich weiter.

»Das steht. Wir müssen nur noch klären, wer die Pressemitteilung formuliert. Und den Charakter der Blockade.

Die von der Gruppe Notstand haben vorgeschlagen, dass wir uns alle aneinanderketten.«

Mir kam das Bild der Kölner Hohenzollernbrücke mitsamt den Vorhängeschlössern in den Sinn. »Tragen das die anderen Gruppen denn mit?«

»Nein, die meinten, unsere Blockade sei dann zu unflexibel. Wenn die Bullen mit Wasserwerfern oder Tränengas kommen ...«

In meinem Bauch krampfte es sich zusammen, wie während der Menstruation. Ich war alarmiert. War ich etwa doch nicht schwanger? »Ich muss mal kurz aufs Klo«, unterbrach ich Mattis.

Auf der Toilette krümmte ich mich vornüber und drückte die Fingernägel in die Oberschenkel, bis sie weiße Flecken hinterließen, aber ich fühlte den Druck nicht. Meine Unterleibskrämpfe waren schlimmer als Menstruationsschmerzen. Das Kind, dachte ich. Mein Kind.

Ich biss mir auf die Unterlippe. Die Möglichkeit, überhaupt keine Entscheidung treffen zu können, ging mir auf, ganz egal ob ich das Kind wollte oder nicht. Und ich spürte, dass ich es wollte, dass ich es immer schon gewollt hatte.

Als der Schmerz endlich nachließ, stand ich auf, wusch mir die Hände mit kaltem Wasser und blickte in den Spiegel über dem Waschbecken. Ein bleiches Gesicht sah mir entgegen. Das Gesicht einer über vierzigjährigen Frau, die nicht wusste, was auf sie zukommen würde.

Im Krankenhaus musste ich auf die diensthabende Gynäkologin warten. Es war eine andere Klinik als jene, in der meine Mutter auf der Stroke Unit lag. Ich hatte sie gewählt, weil sie dem Atelier von Mattis am nächsten war.

Trotzdem musste ich an meine kleine Mutter denken. Ich dachte auch viel an Tetra und daran, dass sie ihr Kind verloren hatte. Das Kind, das sie sich monatelang gewünscht hatte. Nicht einmal mehr ein Glas Wein zum Abendessen hatte sie getrunken, nachdem sie die Pille abgesetzt hatte. Ewig viel Geld hatte sie für all die Schwangerschaftstests aus der Drogerie ausgegeben. Erst hatte sie über die beständig ausbleibende zweite Linie gescherzt, dann hatte sie von sich aus nichts mehr über die Tests erzählt, bis sie eines Tages so breit grinste, als sie mich besuchte, dass ich sofort darauf kam, dass sie schwanger war. Ein paar Wochen lang war Tetra irrsinnig glücklich gewesen. Nur ein paar Wochen.

Wieder war sie zu mir gekommen. Sie hatte vor meinem Atelier gestanden und geheult. Ich hatte sie gehalten und mit Worten zu trösten versucht, völlig unzulänglich, weil ich die Dimension ihres Schmerzes nicht verstand. Ich hatte ihr gesagt, dass sie erleichtert sein solle, weil das Kind vielleicht behindert gewesen wäre. Ich hatte wirklich geglaubt, ihr damit helfen zu können.

Wir hatten nie wieder darüber geredet. Mir war es nach wie vor unangenehm, außerdem befürchtete ich, in Tetra mit meinen Fragen nur neue Trauer auszulösen. Irgendwann war Tetra wieder mit mir auf Partys gegangen. Ich war so froh darüber gewesen, dass ich von mir aus das tote Kind nicht mehr angesprochen hatte. Tetra hatte es auch nicht getan. Als sie und ihr damaliger Freund sich vier Monate später getrennt hatten, war das Thema sowieso vom Tisch gewesen.

Ich blickte den leeren, nüchternen Krankenhausflur hinunter. Es war spät. Ich war der einzige Notfall. Tetra hatte vermutlich in einem ähnlichen Flur gesessen. Voller Angst um das Leben ihres entstehenden Kindes. Jetzt konnte ich sie verstehen. Jetzt, da es zu spät war.

Ihre Schwangerschaft war etwas, das mich befremdet hatte. Etwas, das wir nicht miteinander hatten teilen können. Und dann war es plötzlich vorbei gewesen. Ich dachte daran, um nicht an meine Angst zu denken.

»Kommen Sie bitte!«

Die Gynäkologin ließ mich in das Untersuchungszimmer eintreten. Der Raum war ganz in Weiß gehalten, heutzutage ungewöhnlich für ein Krankenhaus.

»Wenn Sie sich unten herum bitte frei machen würden«, bat die Ärztin.

Ich wunderte mich über ihre vorsichtige Wortwahl. Als ich auf dem Untersuchungsstuhl Platz nahm und versuchte, die Oberschenkel auf die dafür angebrachten Stützen zu legen, fühlte ich mich ihr und dem Schicksal gänzlich ausgeliefert. Wie ein Käfer kam ich mir vor, der auf dem Rücken lag und mit den Beinen ruderte, um weiterleben zu können. Ich atmete flach. Alles, was ich zuvor gedacht hatte, war aus meinem Kopf verschwunden. Meine Gedanken waren wie ausgesaugt. Leer.

Nachdem die Ärztin Gel auf das Ultraschallgerät gegeben hatte, führte sie es in meine Vagina ein. Neben dem Stuhl befand sich ein Monitor, auf dem grauschwarze Schemen erschienen mit helleren Flecken. Ich versuchte den Gedanken auszublenden, dass auf dem Monitor eigentlich mein Kind zu erkennen sein müsste. Angestrengt betrachtete ich das Weiß der Wand. Wenn man Weiß in einem Bild verwendete, leuchteten die anderen Farben mit mehr Kraft und wirkten lebendiger, das hatte ich von meiner Mutter gelernt. Mir kamen Bezeichnungen für verschiedene Nuancen von Weiß in den Sinn. Albinoweiß,

Atlasweiß, Birkenweiß, Blütenweiß, Creme, Eiweiß, Kreideweiß, Mehlweiß, Lilienweiß, Perlmuttweiß, Porzellanweiß. Weiß war auch die Bettwäsche, in der meine Mutter auf der Stroke Unit lag. Weiß war das Atelier, in dem sie als junge Frau lächelnd in die Kamera geblickt hatte. Weiß war das Porzellan, auf dem sie gemalt hatte. Weiß war das Nichts. Ich rieb mir die brennenden Augen.

»Sie sind in der zehnten Schwangerschaftswoche«, informierte mich die Ärztin. Auf meinen verständnislosen Blick hin fügte sie hinzu: »Es ist kein Hinweis auf einen frühzeitigen Abgang zu entdecken.« Sie deutete auf einen pulsierenden Punkt auf dem Monitor. »Hier, das Herz. Die Entwicklung des Fötus ist normgerecht. Allerdings sollten Sie in Anbetracht Ihres Alters über eine Fruchtwasseruntersuchung nachdenken.«

Die restlichen Sätze über Risikoschwangerschaften hörte ich gar nicht mehr richtig. Ich betrachtete das schlagende Herz meines Kindes, und mein eigenes zog sich zusammen.

Es war so etwas wie Liebe.

XXXXXX

Sie hält den Atem an, als sie mit einem klackenden Geräusch die kleine Lampe neben ihrem Bett anknipst. Es raschelt, weil Papa sich auf der Matratze umdreht. Das Mädchen wagt es nicht, sich zu bewegen. Sie lauscht auf seine Atemgeräusche, bis sie langsamer werden und gleichmäßiger. Als sie sicher ist, dass er wirklich schläft, tastet sie nach dem Amulett unter dem Kissen. Sie zieht es hervor, um es zu öffnen.

Im Inneren liegen zwei gewellte Papierchen. Inzwischen sind sie getrocknet, aber durch die Feuchtigkeit, die unter der Erde in das Amulett gedrungen ist und sie aufgeweicht hat, kann man nichts mehr darauf erkennen. Trotzdem fühlt das Mädchen, dass dort einmal das Gesicht seiner Mutter gewesen sein muss. Sie weiß es nicht. Sie spürt es nur. Mit dem Finger versucht sie die Züge von Mama nachzufahren und sich daran zu erinnern, wie sie ausgesehen hat. Ihr fällt Mamas Geruch ein, nach saurer Milch und der Wolldecke.

Ein langgezogenes Stöhnen aus Papas Mund lässt das Mädchen aufschrecken. Er jammert, doch sie weiß, dass er noch schläft. Im Schlaf stößt er diese fürchterlichen Geräusche aus. Seit zwei Jahren. Nacht für Nacht.

Sie klappt das Amulett zu, schiebt es unter das Kopfkissen und steht auf, um ihm die Hand aufzulegen. Meistens beruhigt er sich dadurch. Als sie die Füße auf den Boden setzt, schaudert sie. Es ist trotz der drei Menschen kalt in der kleinen Kammer, die ihnen als Schlafzimmer dient, denn die Küche ist so winzig, dass kein Bett hineinpasst.

Auf Zehenspitzen geht das Mädchen zu Papa, da hört es das Weinen der Schwester. »Mamamamamama …« Es ist ein leises Wimmern, und sie weiß nicht, ob die Schwester damit ihre richtige Mama oder die Tante meint. Noch immer redet die Schwester von der Tante.

»Es ist besser, wenn du nicht mehr daran denkst«, hat das Mädchen zu ihr gesagt, aber die Schwester weiß nicht, wie sie das machen soll. Deshalb hat das Mädchen ihr den Brief der Tante zu Weihnachten nicht gegeben. Und die Plätzchen hat sie an die Nachbarskinder verschenkt, damit die Schwester keine Fragen stellt. Und trotzdem fragt sie. Das Mädchen weiß nicht, wie es sie vor dem Kummer beschützen kann. Sie muss es aber tun. Vorsichtig schleicht sie zu ihr. Die Dielen unter ihren Füßen knarren und stöhnen gemeinsam mit Papa.

»Was ist denn? Psch, du musst schlafen«, flüstert das Mädchen.

»Ich hab Pipi gemacht«, nuschelt die Schwester.

Das Mädchen seufzt. Sie schlägt die Decke zur Seite und zieht der Schwester das nasse Nachthemd aus. Der nackte Körper der Kleinen ist von einer Weißheit wie Porzellan. Sie streift ihr ein neues Hemd über und trägt sie in ihr eigenes Bett. Nachdem sie die Decke um die Schwester festgestopft hat, gibt sie ihr einen Kuss auf den Scheitel. Fröstelnd kehrt sie zu der anderen Bettstelle zurück und zieht die durchpinkelten Laken ab, die sie mit dem Nachthemd zu einem Ball zusammenknüllt und unter dem Bett versteckt. Mit einem prüfenden Blick auf Papa, der sich umherwirft, trippelt sie zum Schrank und holt frische Laken hervor. Als die Schranktür quietscht, hält das Mädchen den Atem an. Wenn Papa aufwacht und merkt, dass die Schwester ins Bett gemacht hat, wird er wieder wütend.

»Nein, nein, nein, o bitte, nein«, jammert Papa, die Augen geschlossen.

Sein Kopf windet sich auf dem Kissen. Sein Haar ist nass geschwitzt. Unter ihrer Berührung werden die Bewegungen weniger heftig, bis er endlich still daliegt. Ihre Zähne klappern vor Kälte aufeinander. Das Mädchen kehrt zum Bett der Schwester zurück, legt ein Tuch auf den nassen Fleck auf der Matratze und zieht das Laken darüber glatt. Sollte Papa morgen das Haus verlassen, wird sie das Pipi mit Wasser und Seife wegschrubben.

Gähnend blickt sie auf die Leinwand, die auf der von Papa gezimmerten Staffelei steht. Der Kopf einer Frau ist dort zu sehen, ihr Hals und ein Teil der Schultern. Das Mädchen hat ihm dafür mehrere Stunden im Schlafzimmer auf einem Stuhl Modell gesessen. Papa braucht sie, weil sie Mama so ähnlich sieht, wie er sagt. Es soll Mamas Porträt werden, aber sie findet nicht, dass Mama so ausgesehen hat wie die Frau, die aus den dicken Farbschichten entstanden ist. Papa hat furchtbar viele dunkle Farben verschmiert, ein Kohlengrau, ein düsteres Braun, dazu Marineblau, Moosgrün und Schwarz, viel zu viel Schwarz. Wenn sie an Mama denkt, dann denkt sie an helle Farben, an viele Rot- und Orangetöne, an ein frisches Maigrün und an ein Blau, so strahlend wie der Himmel an einem Sommertag.

Mit dem Finger will das Mädchen über die Wange der Frau auf der Leinwand streichen, weil es wissen will, ob sie sich anfühlt wie Mama. Die Fingerkuppe hinterlässt einen Abdruck in der noch feuchten Farbe. Erschrocken steckt das Mädchen den Finger in den Mund und lutscht ihn sauber, obwohl es ekelig schmeckt, dann kriecht es zu seiner Schwester in die dunkle Höhle unter der Decke. Um ihre eiskalten Zehen zu wärmen, schmiegt sie sich an die Kleine und presst ihre Nase in deren Haar. Sie hört den langsamen Atem der Schlafenden und wünscht sich, Mama wäre gekommen, um sie zu holen, wie sie es damals versprochen hat.

XXXXXX

12.

Mit einem ausgefüllten Mutterpass verließ ich das Krankenhaus. Dass ich ein Ausweispapier für meinen Zustand benötigte, fand ich irritierend. Ich brauchte es nicht schwarz auf weiß, dass ich ein Kind bekam. Alles, was ich brauchte, war dieses Gefühl in mir. Eine Hand auf den Bauch gelegt, spürte ich in mich hinein, spürte das Gefühl von Mehrsein und von Fülle. Inständig hoffte ich, dass dieses Gefühl mich nicht so bald wieder verlassen würde.

Am Straßenrand neben dem Haupteingang hockte eine verhutzelte Frau. Mit dem geblümten Kopftuch sah sie aus wie die Baba Jaga aus einem russischen Märchen. Sie verkaufte winzige Sträuße aus Schneeglöckchen an die Besucher. Das Bild des verwilderten Gartens in Köln, das mir durch die Blumen in Erinnerung kam, verleitete mich dazu, eines der Sträußchen zu kaufen. Die ersten Boten neuen Lebens. Ich roch daran, aber der Gestank der Abgase war intensiver.

Mit dem Blumenstrauß wartete ich vor dem Eingang der Schlaganfall-Intensivstation.

Ein Pfleger holte mich ab. »Die Blumen können Sie leider nicht mitnehmen«, sagte er.

Ich legte sie auf das Kunstleder des Stuhles, auf dem ich zuvor gesessen hatte. Die Blüten zitterten durch die Bewegung. Mit dem Finger stupste ich an eines der Schneeglöckchen. Der innere Blütenkelch sah aus wie eine Porzellantasse mit geschwungenem, grün bemaltem Rand.

Kaum saß ich neben meiner Mutter, platzte es aus mir heraus. »Mama, ich bekomme ein Kind«, sagte ich.

Mit mehr als einem Blinzeln ihrerseits hatte ich nicht gerechnet, als selbst das ausblieb, fühlte ich einen Klumpen in meiner Kehle sitzen. Ich schluckte und schluckte, doch er blieb, wo er war. Von innen drückte etwas gegen meine Augäpfel.

»Ich kann nicht lange bleiben, aber ich komm morgen wieder.«

Um nicht vor meiner Mutter loszuheulen, stand ich auf. Ich hatte nicht mehr vor ihr geweint, seit ich ein Kind gewesen war. So vertraut gingen wir nicht miteinander um. Als ich ihr einen letzten Blick zuwarf, bemerkte ich eine Träne, die ihr die Wange hinunterlief.

Ich fand Erklärungen dafür. Vielleicht konnte sie ihre Augenmuskeln nicht mehr richtig kontrollieren, vielleicht fehlte Flüssigkeit auf der Netzhaut, etwas in der Art. Womöglich war sie aber auch einfach nur traurig. Ich ging zurück und streckte die Hand aus. Mit dem Zeigefinger wischte ich die Träne weg.

In der Hoffnung, dass die Bombe inzwischen entschärft war, nahm ich die Bahn nach Hause. Als mein Handy klingelte, lief ich gerade auf die Polizeisperre zu.

»Ich bin's. Ben. Ich habe ziemlich spontan für heute zwei Termine in Berlin reinbekommen, und jetzt hätte ich anderthalb Stunden Zeit dazwischen. Wie schaut's bei dir aus?«

Ich lachte auf. So war er immer schon gewesen. Ich dachte an den Schüler von damals, an seine anarchische Leichtigkeit. Mein Puls hatte sich beschleunigt, wenn er nach der sechsten Stunde auf mich gewartet hatte. Bei Regen hatte er seinen alten Armeemantel vom Flohmarkt über uns gebreitet. Kopf an Kopf waren wir die nasse Straße entlanggelaufen. Ich sah die Details wieder vor mir, roch den Staub und fühlte seine jungenhaft weiche Wange an meiner.

Mit diesen Bildern im Kopf verabredete mich mit ihm in einem Café in der Nähe. Er war in Berlin-Mitte, brauchte also noch ein paar Minuten, bis er da wäre. Ich ging schon mal vor. In dem Raum mit dem wuchtigen Kronleuchter aus alten Hirschgeweihen besetzte ich einen der niedrigen Fünfziger-Jahre-Tische. Ich strich über den pinkfarbenen Sesselbezug und überlegte, dass ich Annegret Lösch unbedingt nach dem Verkaufsstand der Plüsch- und Fellfotzen fragen musste. Während ich noch in meiner Handtasche nach einem Stift kramte, um den Gedanken zu notieren, fiel mir ein, wie mich Ben zum ersten Mal geküsst hatte und ich danach davongelaufen war, weil ich mit meinem Verlangen nicht hatte umgehen können. Wie er mir mit seiner Sauklaue Briefe geschrieben hatte, in denen er Worte fand, die mich tief im Inneren wärmten. Wie meine Mutter einen solchen Brief laut vorgelesen und die wärmenden Worte mit aller Kälte bloßgestellt hatte.

Es gab einige Dinge, an die ich mich erinnerte, die schön gewesen waren, aber wenn sie aus der Vergangenheit an die Oberfläche stiegen, brachten sie auch all das mit, von dem ich nie wieder etwas hatte wissen wollen. Ich fürchtete mich vor dem, was unweigerlich auf den Tisch kommen würde, wenn Ben mich fragen würde, warum ich damals weggelaufen war, warum ich ihm nie erklärt hatte, dass es zwischen uns vorbei war.

»Hej, Lio!« Im Fenster des Cafés saß Philip, ein semiangesagter Künstler, der zeitgleich zu meiner Ausstellung in einer unbekannten Galerie ausstellte.

Ich hatte ihn gar nicht bemerkt, als ich hereingekommen war. Ich nickte ihm zu, denn wir kannten uns flüchtig von diversen Vernissagen. Er verließ den Kreis junger Frauen, die zu viert um ihn herumsaßen. Kunst-Groupies.

»Hab von deiner Eröffnung gehört. Bist ja super angekommen. Gratuliere. Die Blogs sind voll von deinen Plüschvaginen. Nur euphorisches Lob.«

Wir redeten noch ein bisschen über die Resonanz, und ich genoss seinen Neid, auch wenn ich mich etwas dafür schämte.

»Hallo!« Vor mir stand ein Unbekannter.

Ich wollte mich erneut Philip zuwenden, da erkannte ich Ben wieder. Ich vermisste die Brille, die ich früher so oft mit Tesafilm für ihn geflickt hatte. Er machte eine Geste, als ob er mich in den Arm nehmen wollte, berührte dann aber nur flüchtig meine Hand, so als wisse er nicht, welche Intensität der Umarmung unserem Wiedersehen angemessen wäre. Ich wusste es auch nicht.

Die braunen Haare verblüfften mich. Ich kannte Ben nur mit blau und pink gefärbtem Iro. Vergeblich suchte ich nach dem schwarzen Stern, der von seinem Ohrläppchen herabgebaumelt war.

»Du siehst so verändert aus«, bemerkte er. »Hast gar nichts Verhuschtes mehr.«

»Na, vielen Dank.« Ich lächelte, als er sich neben mich setzte. Aus dem kleinen, pinkfarbenen Sessel ragte seine Gestalt hoch auf.

»Im Ernst. Du bist früher immer nur mit hängenden Schultern rumgelaufen. Und deine Haare haben den größten Teil deines Gesichts verdeckt.«

Ich hatte mich in meinem Körper zu der Zeit sehr unwohl gefühlt. Zum Glück war das nun vorbei. Die Unsicherheit, die Einsamkeit von damals, all das wollte ich jetzt nicht mit ihm durchkauen. Ich war froh, dem Ganzen entkommen zu sein, und erinnerte mich, wie ich mal mit meiner Mutter einkaufen gegangen war und Ben mir von der anderen Straßenseite aus zugewunken hatte. Ich hatte getan, als sähe ich ihn nicht. Meine Wangen hatten gebrannt, so schlecht hatte ich mich deshalb gefühlt.

Man könnte meinen, all die Zeit würde es leichter machen, sich zu erinnern, doch das stimmt nicht. Nicht wenn es einen so tief im Innersten betrifft. Es gibt Erinnerungen, die verblassen im Lauf der Jahre, dafür treten andere umso deutlicher mit ihren schmerzhaften Kanten hervor.

Wenn ich mich an die Zeit mit Ben erinnerte, fielen mir sofort wieder meine Unsicherheit und meine Herzlosigkeit ein, mit der ich ihn oft genug behandelt hatte. Weil ich im Inneren nicht hatte glauben können, dass ich es wert war, geliebt zu werden. Und wenn es doch jemand tat, war er automatisch ebenfalls weniger wert.

Ich rettete mich in die Gegenwart, in der ich eine recht erfolgreiche Künstlerin war, und begrüßte die Bedienung, die an den Tisch getreten war, mit Namen. Ich empfahl Ben den Schokoladenkuchen. »Eine echte Spezialität hier.«

Das gab mir das Gefühl, die Situation im Griff zu haben.

»Dany sagt, du machst Karikaturen«, fing ich ein neues Gesprächsthema an, nachdem wir Kakao und Kuchen bestellt hatten.

»Ich bin Illustrator.« Er erzählte von seinen Bildern, mit denen er versuchte, das Zeitgeschehen zu kommentieren. »Dann sollte ich ein paar Zeichnungen zu Minaretten machen, ist ja gerade in, aber wie's so kommt, ist es eine Serie über Pickelhauben und das deutsche Wesen geworden«, grinste er.

Sein Grinsen verknotete ein ganz kleines bisschen meinen Magen. Obwohl viel Zeit seit unserer Freundschaft vergangen war, stieg etwas von der alten Nähe auf. Ich fühlte mich in Bens Gegenwart wieder wohl. Mit Appetit aß ich den Kuchen. Während ich kaute, bemerkte ich, dass Ben mich beobachtete.

»Was ist?«

»Die Brote, die dir deine Mutter damals in die Schule mitgegeben hat, hast du immer gleich auf dem Schulweg weggeworfen«, sagte er.

»Ich hab's gehasst, wenn sie so dick Butter draufgeschmiert hat.«

Es war seltsam, dass Ben derart banale Einzelheiten aus meinem früheren Leben kannte und ich nicht wusste, an was er sich noch alles erinnern konnte.

»Jetzt erzähl mir noch was von dir. Was ist aus der Kommune geworden?« Ich glaubte nicht, dass Ben tatsächlich in der Villa Kunterbunt lebte, von der er damals geträumt hatte. Ich wollte nur zeigen, dass ich auch noch über Wissen verfügte.

»Leider nichts. Aber insgeheim träume ich weiter davon.« Er warf einen Blick auf seine Armbanduhr. Uhren hatte er früher abgelehnt. Die Diktatur der Zeit, wie er es nannte, hatte er immer verachtet.

Ich betrachtete ihn und stellte fest, dass sich der alte Ben mit dem neuen vermischt hatte. Dass ich nun beide in seinem Gesicht und in seinen Gesten erkennen konnte. Er war der vertraute Fremde.

»Wie geht es denn deiner Mutter?«, fragte er. »Du warst gerade auf Besuch bei ihr?«

Ich schüttelte den Kopf, unschlüssig darüber, was ich ihm erzählen wollte. »Ich war in Köln, weil meine Mutter einen Schlaganfall hatte.«

»O nein.«

Ich winkte ab. »Ich hab dabei festgestellt, dass ich aus einer jüdischen Familie stamme.«

Ben sah mich an. »Ist deine Mutter denn Jüdin?«

Er legte den Kopf schief, so wie er es früher immer getan hatte, wenn er zugehört hatte.

Spontan überkam mich das Bedürfnis, ihm alles zu erzählen, auch von der Schwangerschaft und von Dominic. »Es ist gerade alles superkompliziert in meinem Leben«, begann ich.

In diesem Augenblick piepte sein Handy.

»Mist, mein Termin. Lio, ich würde wirklich gerne mit dir noch über alles reden, aber …«

Ich nickte und schluckte die Traurigkeit herunter, die in mir aufstieg. Es war Quatsch, den neuen Ben mit dem alten zu vermischen. Ben war nett, sehr nett, aber zwischen uns lagen zwanzig Jahre, in denen wir fern vom jeweils anderen gelebt, gefühlt und gedacht hatten.

Er stand auf und ging zur Theke, um zu bezahlen. Ich beobachtete seinen federnden Gang. Früher hatte er sich anders bewegt. Sein Körper war mehr nach hinten geneigt gewesen.

»Kommst du noch kurz mit raus?«, fragte er, als er zurückkam.

Vor dem Café zog er den Reißverschluss seiner Jacke zu, und ich wickelte mich in meinen Filzmantel ein. Aus den Augenwinkeln sah ich Philip im Fenster gestikulieren. Jede seiner Handbewegung wurde von vier Augenpaaren verfolgt.

»War schön, dich wiederzusehen«, sagte ich zu Ben. »Ich war ein bisschen nervös, weil ich dich damals ziemlich mies behandelt habe.«

Er nahm meine Hand. »Das ist lange her. Hör mal, ich würd gerne wissen, was du über deine Familie noch alles rausfindest. Falls du wieder mal in Köln bist …« Er streichelte mit den Fingern über meinen Handrücken. Ich blickte ihm in die Augen. »Ich hätte dich damals nicht gehen lassen dürfen«, sagte er leise.

»Ich war einfach noch nicht so weit. Für uns«, gestand ich, wobei mir das Wort »Liebe« zu große Schwierigkeiten machte. »Du hast dich so sehr in die Beziehung reingehängt, das war zu viel für mich. Aber ich hätte es dir sagen müssen.«

Er nickte. »Ich war verdammt fertig, weißt du.« Verdrängte Gefühle tauchten auf. Vertrautheit, Scham, Enttäuschung. »Egal. Ich meine, es ist halt so gelaufen. Ich war auch nicht lange am Boden. Nur so etwa vier, fünf Jahre lang habe ich auf eine Nachricht von dir gewartet.« Beim Lachen zeigte er seine ebenmäßigen Zähne, doch seine Augen lachten nicht mit.

»Es tut mir wirklich leid«, bemühte ich nun den Satz, der in der letzten Zeit allzu oft fiel.

»Vergiss es. Ich hab 'ne Menge dadurch gelernt. Du warst meine erste große Liebe. Ich dachte, ich muss jede Sekunde meines Lebens mit dir verbringen. Ich hab nicht kapiert, dass du auch mal was anderes wolltest. Und ich hab den Fehler gemacht, deine Traurigkeit immer auf mich zu beziehen. So, Ende der Therapiestunde.«

Ich lachte mit ihm und dankbar dafür, wie leicht er es mir machte.

»Wir können uns ja noch mal treffen und über alte Zeiten quatschen«, schlug Ben vor. »Ohne Entschuldigungen und Bedauern. Einfach nur so.«

»Sehr gern.«

»Kann ich mal vorbei!« Ein Mann zwängte sich zwischen uns hindurch.

Die dadurch entstandene Distanz brachte Ben dazu, sich endgültig zu verabschieden. Als ich ihm nachsah, hatte ich das Gefühl, als bewege sich ein wichtiger Teil meiner Vergangenheit wieder von mir fort.

In den nächsten Tagen vergrub ich mich mit Büchern aus der Bibliothek in meinem Atelier, wenn ich nicht ins Krankenhaus zu meiner Mutter ging. Das war an sich nichts Besonderes. Es gab in meinem Kunstschaffen immer wieder diese Zeiten intensiver Recherche. Doch das Thema war diesmal ein anderes. Durch die Fenster dröhnte Baustellenlärm, während ich Erinnerungen von überlebenden Frauen aus Westerbork und aus anderen Lagern las.

Bei meiner Lektüre ging ich relativ wahllos vor. Ich las alle Geschichten, in denen Gefühle beschrieben wurden, in denen Kleider der Menschen ihren Platz fanden und vor allem Farben. Ich las von dem Dreck, von der Prostitution für ein Stück Brot und von alltäglichen Demütigungen. Wenn ich nicht mehr weiterkam, weil mich das Erzählte zu sehr deprimierte, machte ich eine Pause und legte die Hand ganz bewusst auf meinen Bauch. So versuchte ich eine Verbindung zu dem Wesen darin herzustellen. Es war noch immer ein wahnsinnig abstrakter Gedanke, die Tatsache, dass ein Mensch in mir heranwuchs. Doch je öfter ich darüber nachdachte, desto größer wurde das Verlangen, diesen Menschen kennenzulernen.

Danach konnte ich weiterlesen. Ich las über Röcke,

Kleider, Gesichtsausdrücke und über den Versuch, sich die Menschlichkeit zu bewahren. Was ich erfuhr, überraschte mich.

Ich hatte bereits etliche Sachbücher gelesen und Dokumentarfilme gesehen, über KZs und die Shoah, doch meine Vorstellungen davon waren immer schwarz-weiß gewesen. Durch die Erzählungen der Frauen wurde diese Welt plötzlich eingefärbt.

Ich fühlte mich extrem stark mit ihnen verbunden. Nicht nur, weil meine Großmutter ebenfalls in einem Lager zu Tode gekommen war, und auch nicht nur, weil ich irgendwie ebenfalls jüdische Wurzeln hatte. Sondern weil ich beim Lesen meinte, ihre Stimmen zu hören, die mir mitteilten, was mir die Briefe und Dokumente meiner Mutter nicht verrieten, nämlich Gefühle und den unbändigen Wunsch, den nächsten Tag noch zu erleben. Selbst dann, wenn er nicht viel mehr als Schrecken und neue Grausamkeiten mit sich brachte.

Die ganze Zeit über stand das Paket aus der Vergangenheit mit den Sachen meiner Mutter auf meinem Arbeitstisch wie ein Mahnmal. Sie brauchte ihre Kleider noch nicht. Erst wenn sie von der Intensivstation entlassen werden würde. Während ich den Karton ansah, fiel mir ein Spruch ein, den ich als Zwanzigjährige gerne zitiert hatte: Lebe jeden Tag als wäre es dein letzter.

Ich hatte den Spruch als Legitimation für meine Vollräusche, One-Night-Stands und den ausgiebigen Haschischkonsum genutzt. Erst mit über vierzig realisierte ich, wie idiotisch er eigentlich war. Man konnte mit dem drohenden Tod vor Augen nicht leben. Man musste tun, als gäbe es trotz allem noch eine Zukunft, ein Morgen.

Ich blickte von dem Buch auf. In der Baugrube vor meinem Fenster wurden gerade Betonelemente auf das Fundament gestellt. Fertigbausteine. Auf den gelb lackierten Verstrebungen des Kranschwenkarms, der bis zu meinem Häuserdach reichte, hatten sich Krähen versammelt. Schwarz gefiedert schrien sie in den Himmel hinein. Ich zählte dreizehn Stück.

Ein mieses Omen für die Einladung bei Dominic und seiner Frau. Ich zweifelte immer noch, ob ich hingehen sollte. Mehrmals hatte ich versucht, ihn telefonisch zu erreichen, aber er antwortete nicht und ließ sich auch in der Redaktion von *Ars&Ass* verleugnen. Es war mir selbst nicht ganz ersichtlich, warum ich ihm unbedingt von meinem Kind erzählen wollte, das er sicher nicht begrüßen würde. Doch im gleichen Maße, in dem ich mich mit dem Gedanken vertraut machte, Mutter zu werden, wuchs in mir das Bedürfnis heran, dieses Wissen mit Dominic zu teilen.

Jeder Tag, der verstrich, ohne dass ich es ihm sagen konnte, machte mich nervös. Außerdem begann ich mich über meine Zukunft zu sorgen. Ich begriff, dass ich mit einem Kind mehr Geld brauchen würde. Vorher war ich finanziell immer ganz gut zurechtgekommen. Zur Not hätte ich mein Atelier aufgegeben, wenn es gar nicht mehr gegangen wäre. Nun musste ich für jemand anderen mitdenken. Da konnte ich es mir nicht entgehen lassen, diesen Kunstmann auf Dominics Esseneinladung kennenzulernen. Seine Protektion ermöglichte mir finanzielle Sicherheit. Zumindest redete ich mir ein, dass ich aus diesem Grund zu Dominic und Bella wollte.

Zwei Stunden lang machte ich mich für den Abend fertig. Ich probierte verschiedene Kleidungsstücke an, von denen nichts richtig passte. An meiner Kleiderstange hingen vor allem figurbetonte Sachen, dafür war mein Bauch allerdings schon zu sehr gerundet. Auch wenn ich Dominic von der Schwangerschaft erzählen wollte, war ich nicht unbedingt erpicht darauf, dass jeder von selbst darauf kommen konnte. Am Ende blieb noch Tetras Kreation. Darin fühlte ich mich einfach am wohlsten und sichersten.

Als ich das Haus verließ, befürchtete ich, zu viel Schminke aufgetragen zu haben. Vielleicht war der Lippenstift auch eine Spur verwischt. Ich überlegte gerade zurückzulaufen, als ich Tetra vor dem Bagdad-Imbiss traf. Es gibt Begegnungen, denen etwas wie Schicksal anhaftet. Wir wohnten nur wenige Straßen entfernt voneinander, doch für gewöhnlich begegneten wir uns nicht zufällig. Anderthalb Meter blieben wir voreinander stehen. Ein Abstand, der nah genug war, um nicht an Feindschaft zu denken, aber keiner, der eine baldige Versöhnung verhieß. Aus einem mir unerklärlichen Grund fiel mir ein Werbeaufsteller vor einem Geschäft auf der anderen Straßenseite ins Auge. Frühlingsrabatte auf Tresore und Wandschränke.

»Hallo«, sagte ich.

Sie lächelte nicht. Ihre Hand krallte sich um den Griff der Plastiktüte, die sie trug. Fetzen unseres letzten Gesprächs am Telefon fielen mir wieder ein. Meine gestammelte Entschuldigung, welche die Verletzungen, die ich meiner Freundin zugefügt hatte, nicht wiedergutmachen konnte. Tetras Vorwurf, ich habe sie als emotionalen Mülleimer missbraucht. Und es stimmte. Es stimmte. Nichts, was ich sagen konnte, vermochte daran etwas zu ändern. Dennoch wollte ich nicht, dass unsere Freundschaft vorbei wäre.

»Tetra, meinst du, wir können noch mal …« Sie wandte sich schon zum Gehen. »Reden?«, fragte ich leise.

Meine Freundin blieb stehen. Sie sah mich mit einem bedrückenden Ausdruck in den Augen an, der meinen Magen nach außen stülpte. Lass dies nicht das Ende sein, bat ich stumm.

»Ich hab momentan zu viel zu tun«, sagte Tetra. »Die Modenschau.«

Klar, die Schau. Ich sollte ja für sie laufen. Sie hatte mich noch nicht aus dem E-Mail-Verteiler genommen. Das war eine Chance. Eine winzig kleine zwar, aber es war eine.

»Was machen denn die Vorbereitungen?«, fragte ich eilig. »Wenn du Hilfe brauchst … Ich könnte was zu essen machen oder was du willst.«

Sie schüttelte den Kopf.

»Ich komme auf jeden Fall zur Probe am Montag.«

Keine Reaktion.

Ich wollte mich dafür entschuldigen, dass ich nicht wirklich für sie da gewesen war, als sie ihr Kind verloren hatte, und machte einen Schritt auf sie zu.

»Vorsicht, Hundescheiße!«, warnte sie mich.

Irritiert blickte ich auf den Haufen vor meinen Füßen. Dabei musste mein Mantel aufgeklappt sein, auf jeden Fall bemerkte Tetra ihr Kleid, das ich darunter trug.

»Ich bin auf dem Weg zu Dominic«, erklärte ich. »Ich muss ihm von dem Kind erzählen.«

Sie hielt die Plastiktüte vor den Körper gepresst. Mir fielen ihre abgekauten Fingernägel auf. Der schwarze Nagellack war abgesplittert. Tetra mochte ungewöhnlich aussehen, aber üblicherweise war sie immer perfekt gestylt.

Ich hätte sie so gerne in den Arm genommen, doch es ging einfach nicht.

Noch im Treppenhaus ließ ich mir alle Gründe durch den Kopf gehen, warum ich die Einladung besser nicht annehmen sollte. Bella war mir nicht gerade wohlgesonnen. Die Wohnung war ihre Domäne, somit würde ich mich auf feindlichem Gebiet befinden. Dominic wäre von der Schwangerschaft völlig überrascht, und nach unserem letzten Gespräch wäre er ganz sicher nicht begeistert darüber. Es war also gut möglich, dass er mich sofort rauswerfen würde. Außerdem würden wir nicht allein sein. Alle möglichen Gäste würden das Drama verfolgen.

Die Vernunft öffnete mir trotzdem kein Hintertürchen. Ich wollte nicht länger warten, jetzt, da ich den Entschluss einmal gefasst hatte. Auch wenn es nicht logisch war, konnte ich meine Schwangerschaft keinen Tag länger für mich behalten. Und wenn es Bella mit anhören würde, dann wäre es eben so. Mir waren die Konsequenzen so gut wie egal. Was auch immer passierte, ich würde damit leben können. Nur das Geheimnis musste endlich heraus.

Als Dominic mich in die Wohnung ließ, wollte ich ihm sofort alles erzählen.

»Lioba, wie nett.« Hinter ihm stand seine Frau, die Küsschen links und rechts in die Luft hauchte.

Mit einem kaum unterdrückten Zittern überreichte ich ihr die Blumen, die ich bei einem der teuersten Floristen der Stadt gekauft hatte. Lauter bauschige Treibhaustulpen in verschiedenen Farbschattierungen, die Blätter marmoriert, arrangiert mit ein paar knospenden Ästen von einem Strauch. Der Strauß war mir im Geschäft überragend schön vorgekommen, doch hier in der Diele, in der bereits zahllose Blumen auf dem Beistelltisch drapiert waren, wirkte er viel zu klein.

»Danke.« Bella bedachte mich mit einem Lächeln, das

mir vorkam, als würde ein Kampfhund mir die Zähne zeigen. Die Botschaft dahinter war deutlich: meiner! Aber vielleicht war sie auch nur ebenso aufgeregt wie ich.

Ich atmete wie nach einem Marathonlauf, als ich mit ihr im Rücken ins Wohnzimmer trat. Die Wohnung trug einen nonchalanten Reichtum zur Schau. Wohlstand, wohin man blickte, doch mit Geschmack und feiner Ironie eingerichtet. Der Stilbruch durch den billigen Plastikstuhl sorgte dafür, dass die Designermöbel nicht unerträglich penetrant wurden, und der in die Mitte des riesigen Raumes gerückte Flügel fügte eine Nuance Klasse und den Hauch von höherer Gesellschaft hinzu.

Zahlreiche Personen waren bereits anwesend.

Dominic stellte mich vor. »Achim Kunstmann. Seine Frau Grete Parnatsch. Sie ist Lektorin. Unsere geschätzte Lioba!«

Der legendäre Kunstkritiker sah überraschend spießig aus in dem Tweedsakko, der Jeans und den braunen Wildlederslippern. Seine Frau schien sich in derselben Boutique einzukleiden wie Bella und trug ebenfalls ein sackartiges Gewand, mit dem sie ihre fülligeren Hüften zu verbergen suchte.

Ich schüttelte weitere Hände von Menschen, deren Namen an mir vorbeirauschten. Verdammt, ich wollte Dominic von dem Kind erzählen und keinen Smalltalk machen. »Tessloff … Designer … Hutmacherin … Zimmes … Besitzt ein koscheres Restaurant in Mitte … Künstler … Künstlerin …« Ich musste immerzu nur daran denken, dass es keine Ausflüchte mehr gab.

Während Dominic mich den Gästen vorstellte, blickte er mich nicht richtig an. Zwar richtete er die Augen immer mal wieder auf mich, doch es war eher so, als sähe er durch mich hindurch. Wahrscheinlich wollte er seiner Frau signalisieren, dass wir nur flüchtige Bekannte waren. Doch wie flüchtig sie auch sein mochte, unsere Bekanntschaft, Affäre oder Beziehung, sie hatte etwas hinterlassen, das auch nach diesem Abend nicht vorbei wäre.

Kunstmann stellte sich zu mir, nachdem mich jemand vom Personal, das die Gäste bewirtete, mit einem Weinglas versorgt hatte. Bei dem Gedanken an den säuerlichen Inhalt des Glases wurde mir übel.

»Ihre Ausstellung hat mir sehr gut gefallen. Wirklich sehr gut.«

»Danke.« Das Lob des Kritikers hätte mich in jeder anderen Situation unheimlich gefreut. Jetzt konnte ich nur an den geeigneten Moment denken.

»Haben Sie schon eine Folgeausstellung in Aussicht? Eine Werkschau vielleicht?« Ich verneinte. »Nicht? Dann will ich mal sehen, was sich da arrangieren lässt.« Kunstmann legte mir eine Handfläche für wenige Sekunden auf den Rücken.

Die Geste war mir viel zu intim und absolut nicht angemessen. Ich suchte nach Dominic, der sich zu meiner Erleichterung zu uns stellte.

»Wenn Achim dich unter seine Fittiche nimmt, kannst du darauf wetten, dass dich die Sammlerszene bemerkt.« Er lächelte Kunstmann an.

Der lächelte selbstzufrieden zurück, verschränkte die Finger ineinander und drückte sie durch, bis sie knackten. Sein ganzes Gebaren erinnerte mich an einen Zauberer, dessen Tricks vor allem viel Rauch und leere Gesten beinhalteten.

Was, wenn ich erst durch das ganze Essen hindurch musste, bevor die Gelegenheit kam, mit Dominic zu reden? Ich wusste nicht, wie ich das aushalten sollte. Mein Körper kribbelte. Ich konnte unmöglich ruhig auf einem Stuhl sitzen bleiben.

»Ich werd mal sehen, was ich für Sie tun kann, Liochen«, versprach Kunstmann gönnerhaft.

Liochen? Ich fasste es nicht. Wie war das noch mit dem Meretlein? In jeder anderen Situation hätte ich laut gelacht.

»Zu Tisch«, rief Bella.

Der große Esstisch aus Mahagoni sah aus wie ein Familienerbstück. Die Gastgeberin platzierte mich am äußersten Rand neben Kunstmann. Mir gegenüber an der Wand hing ein erotischer Frauenakt in Öl. Für meinen Geschmack etwas zu gefällig und dekorativ, aber durchaus mit Begabung gemalt, wenn man Technik dem Ausdruck vorzog.

Widerstrebend setzte ich mich auf den Stuhl, den der Kritiker für mich zurechtgerückt hatte. Ein Ober im schwarzen Anzug und mit Fliege tat uns auf. Das Essen war, wie Bella stolz erzählte, vom Koch eines Sterne-Restaurants. Mir sagte der Name gar nichts, doch die anderen ahten und ohten anerkennend.

Ich blickte wieder auf den Akt. Das gemalte Model lag auf dem Rücken, die angewinkelten Beine gaben den Blick auf die Vagina frei. Es erstaunte mich, dass Bella und Dominic ein solches Bild über ihren Esstisch gehängt hatten. Zwar war ich sicher die Letzte, die angesichts einer Vulva mit Prüderie reagieren durfte, aber meine Plüschvaginen und Fellfotzen sollten ja gerade den voyeuristischen Blick auf das weibliche Geschlecht entlarven, den das Gemälde ungeniert propagierte. Ich dachte an die Gespräche mit

Dominic über meine Kunst. Er hatte mich in all dem, was ich mit der Ausstellung kritisieren wollte, extrem bestärkt, und gleichzeitig war die Kunst in seiner Wohnung vor allem konventionell. Ich fragte mich, ob Dominic eigentlich noch mit seiner Frau schlief.

»Superbes Mahl«, rief Kunstmann Bella über den Tisch zu.

Sicher war das Essen vorzüglich, dennoch schmeckte es mir nicht. Ich hätte vor lauter Aufregung den Geschmack von Trüffeln und Watte nicht auseinanderhalten können. Mit der Gabel schob ich die winzigen Rosenkohlröschen über den Teller.

»Auf Diät?«, fragte mich Bella laut. Sie lächelte dabei.

Weil ich mich nur zu gut an ihren gelächelten Affront in der Galerie erinnerte, wappnete ich mich gegen einen weiteren Angriff. Vergeblich suchte ich Augenkontakt zu Dominic. Was, wenn ich es ihm jetzt zurufen würde: »He, ich bekomme ein Kind von dir«? Würde er dann immer noch so gleichgültig zu mir herüberblicken? Ich bemühte mich um Fassung. Den Hauptteil der Gespräche bei Tisch steuerten Kunstmann und Dominic bei, Bella gab dazu wiederum ihre Kommentare ab. Die anderen Gäste stimmten dem Gesagten zu oder erzählten die eine oder andere nette Anekdote. Ich schwieg. Bella erwähnte die Plüschvagina, die Dominic und sie auf meiner Vernissage gekauft hatten.

»Dominic und ich.« Ich leckte mit der Zunge über meine Unterlippe.

»Was haben Sie denn so als Nächstes vor?«, erkundigte sich Kunstmann.

Die Aufmerksamkeit der Tischrunde lastete nun auf mir. Ich äußerte mich unbestimmt.

»Ihre Vaginen haben etwas herrlich Frisches, irgendwie etwas Mädchenhaftes«, setzte er hinzu. »Wissen Sie was? Ich schenke Ihnen jetzt eine Idee, mit der Sie reich werden können, Liochen. Lassen Sie ihre Vaginen in Bronze gießen, dann kommen Sie auch ins Museum.«

Eigentlich war ich gerade mit anderen Problemen beschäftigt. Eigentlich rechnete ich fest damit, dass Dominic mit meinem Kind nichts zu tun haben wollte. Dennoch fühlte ich mich von Kunstmann provoziert. Es war einfach zu viel. Ich konnte nicht noch mehr einstecken.

»Danke, Kunstmännchen«, presste ich hervor, woraufhin Dominic mich zum ersten Mal an diesem Abend richtig ansah.

Er runzelte die Stirn und kam rasch auf die Ausstellung von Philip zu sprechen. Der Kritiker neben mir wurde knallrot im Gesicht und blies die Backen auf, bevor er lautstark die Luft ausstieß. Anschließend wechselte er mit mir kein Wort mehr. Für wenigstens drei Minuten schien es ihm die Sprache verschlagen zu haben, bis er wieder den Hauptteil der Unterhaltung bei Tisch zu bestreiten begann.

Ich stand auf. »'tschuldigung, ich muss mal kurz …«

»Im Flur, dritte Tür links«, sagte Dominic.

Ich war froh, allein zu sein. Am Waschbecken ließ ich mir kaltes Wasser über die Handgelenke laufen, dabei betrachtete ich die Schminkutensilien auf der Ablagefläche. Alles von Chanel. Unter einem flauschigen Bademantel an einem Haken lugte ein Spitzenhöschen hervor. Es war ein Leoprint mit lila Besatz. Viel zu sexy für die Frau im Sackgewand. Ich konnte das Bild von Bella in Reizwäsche auf dem Ehebett nicht verdrängen. Und Dominic nackt neben ihr. Auf ihr.

»Scheiße«, sagte ich zu meinem Spiegelbild.

Diese Einladung überstieg meine Kräfte. Was hatte ich mir damit nur beweisen wollen? Oder was hoffte ich, das Dominic tun würde? Sich zu mir bekennen? Ganz sicher nicht. Ich musste gehen. Jetzt.

Als ich die Tür öffnete, drängte mich Dominic zurück ins Bad.

»Sag mal, musste das sein, den Achim so anzugreifen?«

Er drehte den Schlüssel um, dann umfasste er meine Brüste mit beiden Händen. Ein Kribbeln lief mir über die Haut. Ich hielt seine Handgelenke fest. Mit dem Becken drückte er sich gegen meinen Unterleib. Er wollte mich küssen, doch ich wandte den Kopf ab. Mit der Zunge leckte er über die Haut hinter meinen Ohrläppchen. Das Tragische war, dass er mich damit tatsächlich erregte.

Mit geschlossenen Augen stellte ich mir vor, wir würden es hier auf dem Badezimmerteppich treiben. Ein neues Bild tauchte auf. Bella, die uns ertappte. Ihre Augen auf seinem nackten Hintern zwischen meinen Schenkeln.

»Ich will das nicht.« Ich machte mich von ihm los. »Nicht so.« Er sah mich verwirrt an. »Weißt du, ich …«

»Dom?« Bella stand vor der Tür. Er ließ mich sofort los. Der Türgriff wurde nach unten gedrückt. Sie rüttelte an der Klinke. »Dom?«

Dominic starrte zur Tür, tat aber nichts. Die Situation war entwürdigend. Ich wollte raus. Unbedingt raus. Ich schloss das Badezimmer auf. Bella stolperte herein, die Hand noch immer am Griff. Wir starrten uns an. Ich hörte Dominics schnellen Atem, das Schnauben Bellas, und dann hörte ich nur noch das Blut in meinem Kopf rauschen.

»Ich bin schwanger«, sagte ich.

XXXXXX

Auf dem Schulhof spielen sie Hüpfekästchen. Mit Kreide haben die Kinder Umrisse auf den Asphalt gemalt. Das Mädchen wartet, bis es an der Reihe ist, dann springt es. Eins, zwei, drei, vier, fünf … Als sie fertig ist, stellt sie sich neben Ursula. Sie mag Ursula mit ihren blonden Zöpfen und den schönen Kleidern mit den strahlend weißen Schürzen, die sie immer anhat.

»In Holland«, erzählt das Mädchen, weil es ihm gerade in den Kopf kommt, »da haben wir das auch gespielt. Da hieß das *hinkelen.*«

»Wann warst denn du in Holland?« Ursula bohrt in einem Nasenloch.

»Als ich klein war. Da haben wir uns versteckt.«

»Warum habt ihr euch da versteckt?« Das Mädchen hört am Ton von Ursulas Frage, dass sie das nicht glaubt. Sie will ihr sagen, weil sie Juden sind, aber sie erinnert sich an die Scham, die sie empfunden hat, ein *jood* zu sein.

»Weil böse Männer hinter uns her waren«, sagt das Mädchen trotzdem. Sie möchte es so gerne jemandem erzählen. »Wir sind Juden. Meine Mama ist deshalb gestorben.«

Ursula sieht sie mit dem Finger in der Nase an. »Pfui, du lügst!« Sie lässt das Mädchen stehen und geht zu den anderen Kindern.

Sie flüstern miteinander. Die Kinder kichern, halten sich die Hände vor den Mund und sehen immer wieder zu dem Mädchen herüber, das sich winzig klein und allein fühlt. Nachher will keiner mehr mit ihr spielen.

Sie malt mit Kreide auf den Asphalt. Mohnblumen, Glockenblumen und Kornblumen und sie verschränkt deren Stängel ineinander. Mama, denkt sie, warum bist du nicht gekommen?

Als die Glocke das Ende der Pause ankündigt, ist sie froh. Während die anderen noch trödeln, geht das Mädchen zügig in das Schulgebäude aus Backstein. Im Klassenzimmer setzt sie sich an ihr Pult. Mit beiden Händen hält sie sich an der Holzplatte fest. Darauf haben Kinder vor ihr Kratzer hinterlassen, Löcher hineingebohrt und Buchstaben darauf geschrieben. Das Mädchen starrt auf eines der Löcher und hört, wie die anderen nach und nach in dem Raum kommen, aber es sieht nicht auf. Sie blickt auch nicht zur Tafel, als die Lehrerin mit Kreide quietschend etwas schreibt. Ein Fingerschnippen unterbricht die Stille.

»Ja? Ursula!«, sagt die Lehrerin.

Dem Mädchen wird heiß, weil es Stuhlrücken vernimmt. Sie ahnt, dass Ursula jetzt aufsteht und sich neben ihr Pult stellt. Dann hört sie, wie Ursula erzählt, was das Mädchen vorher auf dem Schulhof gesagt hat.

»Ist das wahr?«, fragt die Lehrerin. »Hast du das wirklich gesagt?« Das Mädchen sieht nicht auf. Sie nickt. »Schäm dich, solche Märchen zu erzählen!«

Das Mädchen schämt sich.

Sie schämt sich noch viel mehr, als die Lehrerin ihr am Ende des Schultages einen Brief an ihren Vater mitgibt. »Den musst du morgen unterschrieben zurückbringen.«

Der Brief brennt in der Hand des Mädchens. Sie spürt seine Glut sogar noch, als er auf dem Nachhauseweg in dem ledernen Ranzen liegt, der ihr gegen die Beine schlägt. Sie entscheidet sich, beim Garten vorbeizulaufen. Es ist ein langer Weg bis dorthin, doch sie nimmt ihn trotz des Regens auf sich. Im Haus leben Menschen, deshalb kann sie den Garten nicht betreten; sie würden sie verjagen. Aber sie mag es, dort am Zaun zu stehen, in den Garten zu blicken und sich vorzustellen, dass Mama hier einmal entlanggegangen ist. Manchmal, wenn sie ganz viel Glück hat, kann sie Mama vor sich sehen. Weiter weg steht sie und hat ein schönes weißes Kleid an, mit lauter Spitze und Falten. Mama lacht und winkt ihr über den Rasen hinweg zu.

Heute kommt Mama nicht.

Auf dem Nachhauseweg spürt das Mädchen die Traurigkeit. Als sie die Tür zu der Wohnung öffnet, steht ihr Vater in der Küche. Vor ihm auf dem Stuhl sitzt die kleine Schwester. Sie hat die Beine angezogen und schützt den Kopf mit den Armen und Händen. Sie schluchzt. Die Hand des Vaters schwebt in der Luft. Papa ist grau im Gesicht, und seine Augen scheinen nicht das Mädchen und die Schwester zu sehen, sondern etwas ganz anderes, etwas viel Schrecklicheres.

Das Mädchen kennt diesen Blick. Immer wenn Papa so zittert und sein Atem schnell geht, als wäre er gelaufen, obwohl er die Wohnung den Tag über nicht verlassen hat, werden seine Augen hart. Sie ist nicht sonderlich überrascht darüber, denn sie hat damit gerechnet, weil er die letzten Nächte noch schlechter geschlafen hat als sonst.

Das Mädchen kann ihm den Brief der Lehrerin nicht zeigen. Nicht heute. Nicht, wenn er so guckt. Frau Sommer wird sie deshalb morgen bestrafen, doch das nimmt sie in Kauf. Viel schlimmer findet sie es, dass die Lehrerin enttäuscht von ihr sein wird. Die nächsten Tage wird sie von ihr nicht mehr beachtet werden, dabei mag sie Frau Sommer so gern.

Langsam geht sie auf Papa zu, der noch immer mit erhobener Hand dasteht. Das Mädchen kann sich nicht um seine schluchzende Schwester kümmern. Behutsam streckt sie die Finger aus und streicht sanft über Papas Arm. Er fährt zusammen, sein ganzer Körper zuckt, aber er schüttelt sie nicht ab.

»Papa?«, fragt sie leise. »Was ist passiert?«

»Sie …« Er zittert noch immer. »Sie hat das letzte Brot gegessen. Sie hat alles aufgegessen. Sie hat uns beraubt.«

Das Mädchen blickt auf die Schwester. Ein zusammengesunkenes, wimmerndes Häufchen Elend. Zu ihren Füßen liegt ein angebissener Kanten Brot auf dem dreckigen Boden.

»Das ist meine Schuld, Papa. Ich hab vergessen, vor der Schule zum Bäcker zu laufen und neues Brot zu kaufen. Sie hatte bloß Hunger«, sagt das Mädchen, auch wenn es weiß, dass Papa nichts davon versteht. Er hört zwar ihre Worte, aber sie erreichen ihn nicht. Zwischen Ohren und Hirn versickern sie in dunklen, verzweigten Gängen.

Das Mädchen schlingt seine Arme um ihn. Papas Herz klopft schnell, viel zu schnell. Sie hängt sich an seinen erhobenen Arm, bis er ihn fallen lässt. Sie hält ihn mit ihrer ganzen Kraft. Irgendwann fangen ihre Arme zu zittern an, weil sie nicht mehr kann. Allmählich verebbt das Schluchzen der Schwester. Nur noch der Atem von drei Menschen ist zu hören.

In dem dünnen Kleid und den nassen Strümpfen beginnt das Mädchen zu frieren, dennoch rührt es sich nicht. Sie hört, wie die Schwester den Stuhl rückt und ins Schlafzimmer läuft, wo sie sich unter der Decke verkriecht, wie immer, wenn Papa sie geschlagen hat. Papa und das Mädchen sind jetzt allein. Allein mit seinen nachtschwarzen

Gedanken, die hinter seiner Stirn umherspuken, obwohl doch Tag ist.

Papa macht sich von ihr los und geht zum Fenster. Er blickt nach draußen in den Regen, aber sie glaubt nicht, dass er den Regen wirklich sieht.

13.

Dominics Entsetzen konnte ich förmlich riechen. Regungslos blieb er neben mir stehen. Sein Blick war erst ungläubig, dann voller Abscheu, als hätte ich ihm gerade von einer ansteckenden Hautkrankheit erzählt. Was auch immer ich an Reaktionen von seiner Seite erwartet hatte, dies war es ganz sicher nicht. Ich blickte zu Bella. Ihr Gesicht blieb derart unbewegt, dass ich gar keine Emotionen ablesen konnte. Sie stand einfach nur da.

Es war, als hätte ich nichts gesagt. Als wären meine Worte aufgetrennt worden wie Kreuzstiche, daher sagte ich es noch einmal.

»Ich bin schwanger.«

Dominic vergrub das Gesicht in den Händen. Über seinen gebeugten Kopf hinweg sahen Bella und ich uns an. Seine Frau und seine Geliebte. Ich begriff die angestrengte Ruhe nicht, mit der sie dastand. Keine Vorwürfe. Keine Tränen. Kein Wutanfall. Ich musterte Dominic. Warum sagte er nichts? Immerhin war es sein Kind.

»Wie weit sind Sie?«, fragte Bella in angestrengt nüchternem Ton.

Hätte sie sich nicht auf ihn stürzen, ihn beschimpfen, ihm das Gesicht zerkratzen, mit Scheidung drohen müssen? Oder zumindest mich attackieren, als Ehebrecherin, als Schlampe, als ich weiß nicht was?

»Zehnte Woche«, sagte ich zu Dominic, der nun immerhin die Hände runternahm.

Sie baumelten an ihm herab, als wäre er dieser Situation gänzlich ausgeliefert. Als hätte er im Grunde nichts damit zu tun. Feigling, schoss es mir durch den Kopf.

»Haben Sie denn schon einen Termin für die Abtreibung?« Bella schien die Situation wieder unter Kontrolle zu haben.

Mein Gott, da erfuhr sie, dass eine andere von ihrem Mann ein Kind erwartete, und reagierte dermaßen überlegen. Das begriff ich nicht. Zumal Dominic einfach weiterhin dastand. Sicher hatte ich nicht ernsthaft erwartet, dass er sich mir zu Füßen werfen und mir anbieten würde, sich von seiner Frau zu trennen. Aber mit dieser Passivität hatte ich definitiv nicht gerechnet.

Mir wurde kalt, eisig kalt. Ich wollte nach Hause, um allein zu sein. Ich wollte unbedingt weg von ihm, doch dafür musste ich an Bella vorbei, die die Tür mit ihrem Körper blockierte.

Ich biss mir von innen auf die Wange. Vor über zweiundvierzig Jahren hatte meine Mutter meinem Erzeuger mitgeteilt, dass sie mit mir schwanger war. Hatte sie sich auch so gefühlt? So angreifbar und verletzlich?

»Ich werde das Kind bekommen«, sagte ich zu Bella, obwohl ich insgeheim hoffte, dass Dominic darauf reagierte. Ich wollte das alles so schnell wie möglich hinter mich bringen.

»Er wird mich nicht verlassen.« Bellas Stimme zitterte leicht, doch wahrscheinlich bildete ich mir das nur ein, damit sie nicht unmenschlich erschien. »Und er wird ganz sicher keine Vaterrolle übernehmen.«

Ich spürte den Riss, der sich zwischen mir und Dominic auftat. Es konnte nie wieder so zwischen uns sein wie bisher. Nicht nur wegen der Schwangerschaft. Vielleicht war es das Schlimmste an der Lage, ihn als dermaßen feige zu erleben. Und an diesen Mann hatte ich meine Zeit verschenkt, meine Gedanken und ein kleines bisschen auch mein Herz. Während sich Bella neben den Mann stellte, der bis gerade eben mein Liebhaber gewesen war, schoss mir alles Mögliche durch den Kopf. Dass meine Beziehung zu Dominic etwas mit meinem abwesenden Vater zu tun haben mochte. Dass ich dieses Muster in meinen Männerbeziehungen wiederholte. Dass mein Kind einen Vater haben würde, den es nie kennenlernen durfte. Genau wie ich.

Ich drängte mich an Bella vorbei und ging. Im Flur hörte ich die Gäste laut lachen.

Am meisten erschreckte mich meine eigene Gefühllosigkeit danach. In Gedanken spielte ich die Situation im Badezimmer immer wieder durch, aber ich empfand alles nur gedämpft, seit ich Dominics und Bellas Wohnung verlassen hatte. Ich konnte einfach nicht zu meinen Emotionen durchdringen. Tatsächlich hätte ich erleichtert sein müssen, dass ich es ihm endlich gesagt hatte. Doch ich war von der Erleichterung gefühlsmäßig abgeschnitten. Erst recht von der Trauer über Dominics abweisendes Verhalten, ebenso wie von jeder Enttäuschung. Ich fühlte mich bloß steif, wie aus Stein, und dieses Gefühl erinnerte mich an meine Kindheit. Ich hatte so empfunden, wenn meine Mutter auf die Herdklappe gestarrt hatte.

Abgeschnitten. Aufgelöst.

Das zweite Bett im Krankenzimmer meiner Mutter, in dem bei meinen letzten Besuchen noch jemand gelegen hatte, war leer. Ich hoffte, dass die andere Frau von der Intensivstation entlassen worden war, bekam dennoch eine Gänsehaut und zog mir einen Stuhl heran.

»Hallo, Mama. Ich bin's, Lio.« Ich nahm ihre Hand, als sie mich ansah. Meine Mutter öffnete die Lippen und versuchte zu sprechen, aber es kam nur eine Art Lallen heraus, das ich nicht aushalten konnte. »Nicht, Mama, lass doch.«

»Ik … ik moet.«

»Was sagst du da?« Ich versuchte zu verstehen, was sie mir mitteilen wollte.

»Ik ben …« Jeder Laut verlangte ihr eine ungeheure Kraft ab. Sie stieß ihn von sich, wie man einen Stein wirft. *»Ik. Altijd stout.«*

»Mama, ich verstehe dich nicht. Bitte ruh dich aus.«

»Omdat ik jood … Joods ben.« Die Worte ergaben für mich keinen Sinn, obwohl ihre Melodie über simples Gelalle hinausging.

Ein junger Mann in weißem Kittel, dem Aussehen nach mit asiatischem Migrationshintergrund, betrat den Raum und gab mir mit einem freundlichen Lächeln die Hand.

»Doktor Tan, guten Tag«, sagte er. »Ich möchte gerne mit Ihnen reden.«

Erst als er einen Moment lang stehen geblieben war, ohne etwas zu sagen, begriff ich, dass er nicht vor meiner Mutter mit mir sprechen wollte, und ich folgte ihm nach draußen.

»Was bedeutet das?«, fragte ich ihn. »Warum spricht meine Mutter so komisch?«

Er lächelte nachsichtig. »Es ist zwar selten, aber es kommt durchaus vor, dass Patienten nach einem Schlaganfall in einer anderen Sprache reden. Leider haben wir noch niemanden gefunden, der aus dem Niederländischen übersetzen kann. Kennen Sie jemanden?«

Es war also kein Kauderwelsch, sondern Niederländisch. Die Sprache, die meine Mutter in der Pflegefamilie gesprochen hatte, fiel mir auf. Ich hatte es den Unterlagen entnommen. Es war die Sprache der Menschen, die sie vor der Vernichtung im KZ bewahrt hatten.

Verwirrt kehrte ich zurück zu meiner Mutter. Sie wirkte unruhig. Ich versuchte zu verstehen, was sie sagte.

»*Ik denk veel aan mama. Mama is net een lelijk woord.*«

Ich verstand nur das Wort »Mama«. Es rührte mich an, dass sie in ihrem hilflosen Zustand an ihre eigene Mutter dachte.

»Ich bin's, deine Tochter«, sagte ich.

Ich hätte ihr so gerne geholfen, doch ich hatte keine Ahnung, ob sie überhaupt begriff, wer ich war. Es war schwierig für mich, sie in diesem Zustand allein zu lassen, aber ich musste zu Tetras Probelauf, das hatte ich versprochen. Selbst wenn es meiner Freundin wahrscheinlich angenehmer wäre, wenn sie mir nicht begegnete.

Als ich mich verabschiedete, sah meine Mutter aus wie ein kleines Mädchen, das sich im Kaufhaus unter fremden Menschen verirrt hatte und nicht wusste, zu wem es gehört.

Ich hatte es geschafft, am Abend zuvor Dominic von meiner Schwangerschaft zu erzählen. Ich würde auch das jetzt schaffen, redete ich mir gut zu, während ich die Klingel drückte. Ich hielt die Luft an, als die Tür geöffnet wurde, doch es war nicht Tetra, die mich hereinließ, sondern eine der Näherinnen aus ihrer Werkstatt. Ich hatte sie erst ein-, zweimal gesehen, aber an ihren blau gefärbten Haaren erkannte ich sie wieder.

»Hier geht's lang.« Sie führte mich zur Wohnarbeitsküche entlang, die ich genauso gut kannte wie mein Atelier. Die drei Meter neben der Eingangstür angeklebte Tapetenbahn aus den siebziger Jahren hatte ich selbst mit Tetra angebracht. Ich sparte die knarrenden Holzdielen aus. Aber obwohl ich den Weg schon so oft gegangen war, war es diesmal anders.

Ich sah Tetra, bevor sie mich entdeckte. Sie stand zwischen den Näherinnen und den Models, alles Freundinnen und Bekannte. Gemeinsam begutachteten sie ein silbrig schimmerndes, bis zum Boden reichendes Abendkleid, dessen Rock mit kleinen Perlen bestickt war. Das Bild des Tropfens, der riesige Wellen auf der Wasseroberfläche auslöst, kam mir in den Sinn. Vorgeführt werden sollte das Kleid von Sylvie, Tetras Tätowiererin, einer großen, blassen Walküre mit naturblonden Locken. Sylvies kräftige, ausladende Gestalt wurde durch den fließenden Stoff veredelt. Die Perlen bildeten einen reizvollen Kontrast zu den Tattoos auf den Armen, der Brust und dem Rücken. Tetra fixierte das Kleid skeptisch und steckte es mit mehreren Nadeln am Ärmel etwas enger ab.

»Willst du einen Crémant?«, fragte mich eine gemeinsame Freundin. Ich schüttelte den Kopf und blickte Tetra weiterhin an. »Sag mal, habt ihr Streit?«, wollte die Freundin wissen.

»Wenn's das wäre.« Ich holte tief Luft, um auf Tetra zuzugehen.

Als hätte sie meine Anwesenheit gespürt, drehte sie den Kopf zu mir um. Ich wischte die Handflächen an der Hose ab. Der Klumpen in meinem Hals schien ein Sprechen unmöglich zu machen.

»Hallo«, rang ich mir ab.

»Hallo«, erwiderte sie.

Überrascht? Ungehalten? In meinem Kopf rauschte es.

»Ist es in Ordnung für dich, wenn ich da bin?« Ich bat mehr, als dass ich fragte.

Sie nickte und wirkte ebenso überfordert wie ich. Wir waren seit über zwei Jahrzehnten die besten Freundinnen. Das konnte nicht vorbei sein. »Ja«, sagte sie dann, und ich atmete auf.

Es war keine Versöhnung. Nicht einmal ein Schritt dahin. Aber wenigstens duldete sie mich noch in ihrer Nähe. Ich redete mir ein, dass es besser war als die Funkstille zuvor.

»Ich zeige dir das Kleid.« Tetras Stimme klang professionell.

Vielleicht lag ein zögerlicher Unterton darin, den konnte ich mir allerdings auch bloß einbilden. Ich folgte ihr zu dem Kleiderständer. Sie hatte ein weißes Chiffonkleid für mich ausgesucht. Es war dünn, beinahe durchsichtig, und schulterlos.

»Soll ich es anziehen?«

Tetra nickte. Alles, was so selbstverständlich zwischen uns gewesen war, war auf einmal schrecklich bemüht und verkrampft.

Ich zog Jeans und Kapuzenjacke aus und schlüpfte in das Kleid. Mein Busen wurde von einer plissierten Korsage verdeckt, von der aus der Stoff glatt bis zu den Knien hinabfiel und dadurch meinen Bauchansatz geschickt umspielte. Der Saum des Kleides war zartgrün bestickt. Den Hauch von Grün konnte man auf den ersten Blick kaum erkennen. Von den Hüften abwärts flossen zusätzlich drei längere Bahnen Stoff bis zu den Absätzen der silbernen Highheels. Als ich in den Spiegel sah, begegneten meine Augen denen von Tetra, doch sie blickte sofort wieder weg.

Sie drehte die Stereoanlage voll auf und ließ uns Probe laufen. Zu der Musik von »17 Hippies« bewegten wir uns eine nach der anderen über den provisorisch aus Paletten gezimmerten Laufsteg. Ich musste aufpassen, dass ich nicht umknickte. Der Gang auf den hohen Hacken war ungewohnt, und ich merkte, dass er meine momentane Unsicherheit gut zum Ausdruck brachte. Als ich fertig war, sah ich wieder zu Tetra hinüber. Ich hatte registriert, dass sie mich beobachtete, doch jetzt stand sie mit dem Rücken zu mir. Die nächste Frau, die lief, war eine klein gewachsene Burlesque-Schauspielerin. Sie wirkte in der weiten Marlene-Dietrich-Hose sehr erhaben. Wieder einmal empfand ich die Stärke, mit der Tetras Kleider die individuelle Schönheit einer jeden Frau herausstrichen.

Als die Schauspielerin von der letzten Palette hüpfte, riss der Hosensaum. Sofort hockte Tetra sich zu ihren Füßen hin, um die Naht aufzutrennen und ich wurde unweigerlich an meine Mutter erinnert. Und an Penelope, die Frauengestalt aus der griechischen Mythologie. Die an einem Teppich webte, den sie jeden Abend von neuem auftrennte. Die das, was sie geschaffen hatte, wieder vernichtete, um sich zu schützen. Weil sie sich somit demjenigen verweigerte, der sie dazu zwingen wollte, sich seinem Willen zu fügen. Dieses Auflösen, das Auslöschen ihrer Arbeit, war ihre Überlebensstrategie.

Als alle mit dem Probelauf fertig waren, verabschiedeten wir uns. Tetra umarmte jede der Frauen, bis ich vor ihr stand. Bevor sie etwas sagen oder tun konnte, fingen meine Augen an zu tränen. Ich wollte nicht, dass sie dachte, ich würde sie mit meinen Emotionen erpressen.

»Es tut mir leid«, brachte ich hervor, dann lief ich davon.

Gut möglich, dass sie noch meinen Namen rief, doch das bekam ich nicht mehr richtig mit. Es hätte auch pures Wunschdenken sein können.

Die aufgetrennten Stickereien. Die zerschlagenen Porzellantassen. Zurück in meinem Atelier, durchsuchte ich die Sachen, die ich aus dem Karton genommen hatte. Darunter das Abschlusszeugnis einer Kölner Volksschule, das Amulett und einige Fotos. All das hatte meine Mutter aufgehoben. Es waren Erinnerungsstücke, von denen sie sich nicht hatte trennen können. Diese Dinge, auch und vor allem die Scherben, waren wichtig für sie gewesen. War die Tasse heruntergefallen, oder hatte meine Mutter sie absichtlich zerschlagen?

Ich legte eine der Scherben auf meine Handfläche. Die Schönheit der gemalten Blumen fiel mir wieder auf. Jeder Pinselstrich war mit einer solchen Sorgfalt und Hingabe aufgetragen worden. Ich drehte die Scherbe um. Auf dem erhaltenen Stück des Tassenbodens erkannte ich das Siegel der Porzellan-Manufaktur. Daneben war eine Nummer verzeichnet.

Ich dachte an das Foto meiner Mutter im weißen Kittel mit dem Pinsel und der Vase in der Hand. Sie könnte die Blumen auf das Porzellan, das ich in der Hand hielt, selbst gemalt haben. Warum nicht? Aber hatte sie dann, genau wie Penelope, ihr eigenes Werk wieder zerstört? Warum schien Zerstörung das einzige Mittel zum Selbstschutz zu sein? Auch bei mir. Hatte ich nicht in der Vergangenheit alles abgebrochen und zerstört? Meine Beziehung zu Ben. Meine Freundschaft mit Tetra. Meine Affäre mit Dominic. Warum konnte ich mich nicht schützen, indem ich etwas schuf und erhielt?

Dann traf mich der Gedanke, dass ich mich erst wirklich mit meiner Mutter und der Vergangenheit auseinanderzusetzen begonnen hatte, seit ich schwanger war. Jetzt, da ich dabei war, selbst Mutter zu werden.

XXXXXX

Die junge Frau schneidet Zwiebeln für das Abendessen. Die Tränen, die ihr über die Wangen laufen, leckt sie mit der Zungenspitze weg. Zehn Kilo Zwiebeln hat sie heute schon gewürfelt, für das Gulasch in der Kantine. Allein von dem Geruch wird ihr übel, aber Zwiebeln sind billig, und sparsam muss sie sein, sonst reicht das Geld wieder nicht für die Miete. Alles, was sie in der Großküche verdient, geht für die Miete und für Lebensmittel drauf, außerdem für den Strom und das Gas. Diesen Monat hat es nicht einmal mehr für die Reparatur ihrer Schuhsohlen gereicht, deshalb werden ihre Füße weiterhin nass, wenn es regnet. Aber der Vater hat wieder seine komplette Rente für Farbtuben ausgegeben.

Wenn er die Ölfarbe nur nicht so dick auftragen würde, als wollte er dem Weiß der Leinwand den Garaus machen.

Die junge Frau wischt sich mit dem Handrücken über die schweißnasse Stirn und blickt durch die offene Tür in das Zimmer des Vaters. Seit ein paar Jahren hat er ein eigenes, in dem er malt und schläft. Den anderen Raum teilt sie sich mit ihrer Schwester.

Sie sieht auf die Uhr an der Wand. Es ist bereits nach acht. Die Schwester ist immer noch nicht da. Die junge

Frau beginnt sich Sorgen zu machen. Wieder blickt sie zum Vater hinüber. Er malt an einer Landschaft, eine Auftragsarbeit, bei der er wenigstens das Material bezahlt bekommt. Mit dem Pinsel schafft er sanfte Hügel und weite Wiesen, ohne Zäune, ohne Begrenzung. Einen endlos erscheinenden Himmel entwirft er darüber. Die Natur, die er malt, ist grün und lebendig. Die Bäume stehen in ihrer ganzen Blätterpracht da, die Vögel werden vom Wind mühelos getragen, Blumen am Feldrand schmücken sich mit kräftigsten Farben. Die Felder tragen üppig, aber der Zeitpunkt der Ernte scheint noch in weiter Ferne zu liegen.

Als die junge Frau die Zwiebeln in den Topf gibt, zischt es. Der Vater zuckt zusammen. Er sieht sie mit geweiteten Augen an. Die Hand, mit der er den Pinsel hält, zittert. Furcht liegt in seinen Gesichtszügen.

»Das Essen ist gleich fertig«, gibt sich die junge Frau unbekümmert, dabei suchen ihre Augen nach weiteren Anzeichen für seine Reizbarkeit.

»Komm«, sagt er. »Sitz mir Modell.«

Nein. Nur nicht das. Sie verabscheut es, dem Vater für seine Frauenporträts Modell zu sitzen, stundenlang, regungslos, damit er sich nicht aufregen muss. Nie ist er zufrieden mit dem, was er schafft. Wenn er sie malt, ist er erregt. Seine nervöse Unruhe geht dann auch auf sie über, und es fällt ihr zunehmend schwerer stillzusitzen.

Sie nimmt die Zwiebeln vom Herd und geht zu ihm. Mit den Fingern umfasst er ihren Hals und dreht ihr Gesicht in verschiedene Richtungen. Sein abgehackter Atem, als bekomme er nicht genug Luft, ist unangenehm laut. Sie kann die schwarzen Ringe unter seinen Augen sehen. Selbst wenn sie nicht länger in einem Raum schlafen, hört sie ihn nachts schreien oder endlos umhergehen.

Der Vater hat die Leinwand mit der Landschaft an die Wand gelehnt und eine andere auf die Staffelei gestellt. Mit hektischen Bewegungen trägt er Farbe auf, blickt immer wieder zu der jungen Frau und zurück zu seinem Bild. Dabei murmelt er vor sich hin. Worte, Sätze, die keinen Sinn für sie ergeben. Wenn er an dem Porträt malt, redet er mit jemandem, aber er meint nicht seine Tochter. Er redet mit einer Person, die nicht da ist. Mit Mama.

Als die Tür zu der Wohnung geöffnet wird, verengen sich seine Augen. Die junge Frau wagt es nicht, sich zu bewegen. In ihr ist eine fürchterliche Anspannung, denn sie weiß, was gleich kommen wird. Der Vater wirft den Pinsel zu Boden, so dass die Farbe durchs Zimmer spritzt. Sonnengelb, fährt es der jungen Frau durch den Kopf.

Er läuft aus dem Zimmer, und sie hört ihn schreien: »Hure du, was treibst du dich rum? Du Miststück. Du Dreck!«

Die Schwester ist nach Hause gekommen. Stocksteif bleibt die junge Frau sitzen und wartet, bis die Schreie ersterben und der Vater zurückkehrt. Ohne ein Wort hebt er den Pinsel auf und malt weiter, bis das Licht zu dunkel wird und er sich auf sein Bett sinken lässt. Vorsichtig steht sie auf, geht aus dem Zimmer und schließt die Tür hinter sich.

Sie macht das Essen noch einmal warm und befüllt drei Teller damit. Vaters Essen bringt sie ihm ins Zimmer, stellt es auf dem Boden vor seinem Bett ab, auf dem er noch immer hockt. Dann geht sie zur Schwester ins andere Schlafzimmer.

»Komm, iss was!«

Die Schwester hat sich auf ihrer Matratze zusammengerollt. Mit rot geweinten Augen blickt sie auf. »Hab keinen Hunger.«

»Komm!«

»Ich wünschte, ich würde jemanden finden, der mich heiratet, damit ich von ihm weg kann«, stößt sie aus.

Die junge Frau streicht ihrer Schwester die nass geweinten Haare aus dem Gesicht. Sie weiß, dass es eines Tages so kommen wird, vielleicht schon bald. Dass die Schwester einen Mann finden und von hier weggehen wird. Dann wird sie mit Vater alleine bleiben.

XXXXXX

14.

Ohne Luft könnten wir nicht überleben. Sie ist zwar unsichtbar und lässt sich nur erahnen, wenn der Windhauch die Spitzen der Grashalme zum Erzittern bringt oder ein Sturm die Äste der Bäume unter sich biegt. Doch obwohl wir sie nicht sehen können, gehört die Luft zum Leben dazu. Wie unsere Erinnerungen.

Die Archivarin der Porzellan-Manufaktur war sehr freundlich und interessiert, als ich sie am nächsten Tag anrief. »Bei uns wird niemand mehr arbeiten, der Ihre Mutter noch kennt, aber es kann sein, dass ich im Archiv was finde.«

Sie lud mich am kommenden Montag ein und bat mich, die Zeichnungen, Scherben und das Foto mitzubringen.

Alles, was für die Archivarin interessant sein mochte, packte ich in eine Einkaufstasche. Der Rest des Kartoninhalts lag noch auf dem Boden verteilt, darunter einige Briefe. Offizielle und andere, die von Hand geschrieben waren. Mit zitternden Fingern faltete ich einen davon auseinander. Eine wunderschön geschwungene Schrift, von ruhiger Hand sorgfältig aufgeschrieben, beinahe aufgemalt. Ich überflog den Brief, nahm einzelne Wörter auf, »Liebe«, »Warten«, »Freude«. Als ich das Papier umdrehte, las ich am Ende die Widmung: »In ewiger Treue, Dein Carl«.

War das der Name meines Erzeugers? War es möglich, dass mein Vater tatsächlich einen Namen bekam? Carl.

Da die Nachrichten alle undatiert waren, wusste ich

nicht, ob dies sein erster Brief an meine Mutter war. Auf Gutdünken musste ich irgendwo anfangen.

Mit dem Finger fuhr ich den Namenszug »Carl« nach und versuchte, etwas aus meiner Erinnerung hervorzukramen, das mit ihm in Verbindung stehen mochte. Hatte meine Mutter den Namen nicht mal erwähnt?

Schließlich rang ich mich dazu durch, die Briefe zu lesen. Manche von ihnen waren zurückhaltender, die Koseworte, die dieser Carl meiner Mutter gab, waren »meine Liebe« und »Liebling«, in anderen wurde er mutiger, bezeichnete sie als »schönste aller Frauen« und »mein Licht«.

Vermutlich waren diese Briefe späteren Datums, als er sich ihrer Gefühle sicher sein konnte. Zu meinem Bedauern wusste ich nicht, was sie ihm geantwortet hatte, aber er schrieb so voller Hoffnung und Überzeugung von seiner Liebe. In einem Brief sprach er von einer gemeinsamen Zukunft, gar von Kindern, die er sich mit ihr vorstellen konnte. Aufgrund seiner Worte formte ich mir ein Bild von ihm. Ich wusste natürlich nicht, ob er schwarze oder blonde Haare hatte, eine krumme Nase oder ein vorstehendes Kinn. Das Bild war rein emotional. Es war das Bild eines liebevollen Mannes, der an eine Zukunft mit meiner Mutter geglaubt hatte.

Ich wollte so gerne, dass er mein Vater war. Doch in keiner der Zeilen erhielt ich einen Hinweis darauf, wie intim das Verhältnis zwischen den beiden tatsächlich gewesen war. Einmal beschrieb er die Süße ihrer Lippen und die Weichheit ihres Haares, weiter gingen seine Worte nie.

Ich versuchte, den Klang seiner Stimme, sein Gesicht heraufzubeschwören, aber über die von mir imaginierten Gesichtszüge legten sich die von Dominic, und ich verdrängte das Bild ganz schnell wieder.

Alles, was ich mit Bestimmtheit aus den Briefen herauslesen konnte, war zum einen, dass beide, Carl und meine Mutter, bei der Porzellan-Manufaktur gearbeitet hatten, wo sie jeden Morgen vor dem Tor auf den jeweils anderen warteten, um sich zuzulächeln. Und zum anderen, dass sie sich regelmäßig nach der Arbeit trafen, um ins Kino zu gehen oder einen Spaziergang im Tiergarten zu unternehmen.

Dass Carl meine Mutter wirklich geliebt hatte, dessen war ich mir sicher. Wie es um ihre Gefühle bestellt war, wusste ich jedoch nicht. Ich bekam nicht zusammen, wie sie von Köln aus nach Berlin gelangt war, wo sie eine Ausbildung in der Porzellan-Manufaktur begonnen hatte, und von dort wieder zurück nach Köln, wo sie in einer Großküche gearbeitet hatte, um uns beide durchzubringen.

Carls Briefe waren die einzigen derartigen Fundstücke in dem Karton. Es gab keinerlei Anhaltspunkte, die auf einen anderen Mann im Leben meiner Mutter hindeuteten. Und war nicht allein die Tatsache, dass meine Mutter seine Briefe all die Jahre aufgehoben hatte, Beweis genug dafür, wie viel dieser Carl ihr bedeutet haben musste?

Ich fröstelte. Meine Füße fühlten sich taub an. Mit dem Bedürfnis nach Körperwärme begann ich mir einen Chai zuzubereiten, wie ihn Tetra immer machte. Mir fehlten zwar Nelken, aber ich hatte Ingwer, Zimt und Kardamom beim Kurden um die Ecke gekauft. Zusammen mit Zucker, Pfeffer und Wasser kochte ich die Mixtur auf der bläulichen Gasflamme auf. Während ich mit einer Gabel in dem braunen Sirup herumrührte, sehnte ich mich wieder einmal nach meiner Freundin. Wann immer mir nach

Nähe war, hatte ich zu ihr gehen können. Ihr Chai hatte mich von innen erfüllt. Ich vermisste sie sehr.

In fünf Tagen war die Modenschau. An diesem Abend würde sich entscheiden, ob wir noch einmal eine Chance auf einen Neubeginn hatten.

Die Sehnsucht vermischte sich mit Wut und Enttäuschung wegen Dominic, der sich nicht wieder bei mir gemeldet hatte. Meine Anspannung wuchs ins Unermessliche. Ich wollte alles loswerden, was sich in mir verknotet hatte, und öffnete ein Fenster.

Mein Schrei kam von ganz tief unten. Er übertönte die gebrüllten Kommandos der Bauarbeiter, das Krachen der Maschinen und das Surren des langen Krans, der bedrohlich bis zum Dach des Ateliergebäudes ragte. Das Loch auf der Baustelle war mittlerweile mit Zement gefüllt. Ich blickte in den Himmel, hinter dessen grauer Schicht ein Hauch von Blau zu erahnen war, und fühlte mich unendlich viel leichter.

Als ich das Fenster schloss, sah ich, dass der Chai überkochte. Ich riss den Topf von der Flamme. In dem Moment klingelte das Telefon. Dominic, wünschte ich mir, aber es war Ben.

»He, Lio. Ich wollte dir nur kurz sagen, wie sehr ich mich darüber gefreut habe, dich wiederzusehen. Ich hab das Gefühl, dass wir eigentlich noch über so vieles reden sollten.« Es schwang etwas Hoffnungsvolles in seiner Stimme mit.

Ich merkte, dass ich ehrlich mit ihm sein musste. »Ben, ich muss dir auch … Ich bin schwanger. Das konnte ich dir bei unserem Treffen nicht sagen, weil ich erst noch einiges für mich klären musste.«

Ein Moment der Stille entstand.

»Oh … Ja. Brauchst du Hilfe?«

Er war so nett. Es wäre ein Leichtes, sein Angebot anzunehmen, um mich nicht mehr so allein zu fühlen. Es wäre nur überhaupt nicht fair. Ich würde Tetra und Dominic einfach nur durch ihn ersetzen. Das würde keinem gerecht. Vor allem nicht Ben.

»Lieb von dir. Aber in mir ist ein riesengroßes Durcheinander, das nur ich allein aufräumen kann. Und wir haben vorher noch unsere Altlasten zu klären, oder?«

»Versteh schon«, sagte er. Ich stellte mir vor, dass er dabei lächelte. »Wenn du noch mal in Köln bist, dann melde dich einfach.«

»Das mach ich«, versprach ich.

Mit dem Chai, in den ich etwas Milch gegeben hatte, ging ich zu einer der Materialinseln in meinem Atelier, wo sich die Decke befand, die ich aus meinen Kinderkleidern genäht hatte. Damit wollte ich arbeiten. Gefühle konnte ich am besten mit meiner Kunst ausdrücken.

Ich malte mir einen geflickten Frauenkörper aus. Einen schwangeren Körper. Ich dachte an das Milchglas in der Küchentür meiner Mutter, durch das ich nur unscharf hatte hindurchblicken können. Diese verschwommene Perspektive, die ich im Hinblick auf die Vergangenheit einnahm, wollte ich darstellen. Assoziationen zu einem heimlichen Schlüssellochblick einer Peepshow sowie zu einem Panoptikum, in dem Kuriositäten ausgestellt worden waren, kamen mir in den Sinn. Kuriositäten wie die Hottentotten-Venus Saartjie Baartman oder Spiegel, welche die eigene Gestalt verzerrt reflektierten.

In eine dicke Pappe bohrte ich mit einer Schere zwei Löcher. Während ich werkelte, spürte ich, wie ich die Zungenspitze zwischen die Lippe schob, etwas, das ich immer dann tat, wenn ich mich intensiv auf etwas konzentrierte. Indem ich mit verschiedenen Blickwinkeln experimentierte, aus denen der Betrachter auf den aus Kinderkleidern genähten Frauenkörper blicken sollte, fiel von draußen ein Lichtstrahl auf das Glas und blendete mich.

Spiegelscherben. Unscharfe Erinnerungen. Eine schöne Frau. Mit nackten Füßen. Eine Tasche. Mit runden Spiegelstückchen besetzt.

Dieser Carl war nur eine Person, die verschwommen aus der Vergangenheit aufgetaucht war. Es musste weitere Menschen geben, die im Leben meiner Mutter eine Rolle gespielt hatten. In der Hoffnung auf einen Hinweis, der etwas von den Erinnerungsfetzen erhellen würde, durchforstete ich noch einmal die Fundsachen aus dem Karton. Ich war auf der Suche nach den Leerstellen, die andere im Leben meiner Mutter hinterlassen hatten.

XXXXXX

Der Geruch des Essens, der mit dem Dampf aufsteigt, heftet sich an ihre Haut und auf ihre Haare, so dass sie ihn mit nach Hause nehmen muss, wie die Reste, die sie für ihre Schwester und ihren Vater einpackt. Die junge Frau schwitzt, weil die großen Töpfe schwer sind. Sie scheuert die Böden, bis ihre Arme taub sind und ihr der Rücken schmerzt.

Durch das offen stehende Fenster neben der Spüle dringt Luft. Obwohl es erst Mai ist, ist es draußen sommerlich warm. In einem Anfall von Übermut überlegt sie, die Strümpfe auszuziehen und barfuß in den Schuhen nach Hause zu laufen. Sie kichert bei dem Gedanken.

»An was denkst denn du? Triffst du dich gleich mit deinem Liebsten, was?«, bedrängt sie der Koch, der ständig davon anfängt, ob sie einen festen Freund hat und ob der sie küssen darf.

Sie dreht ihm den Rücken zu. Wenn der Koch so zu ihr spricht, ist sie froh, keinen Freund zu haben, denn er macht daraus etwas Dreckiges. Dabei stellt sie es sich schön vor, zu lieben und geliebt zu werden.

»Aber nicht zu weit gehen, hörst du?«, ruft ihr der Koch nach, als sie die Küche verlassen kann.

Sie zieht den Kittel aus, hängt ihn in den Spind und läuft nach draußen. In der Nähe der Küche liegt ein Park, dorthin will sie jetzt. Die Essensreste schaukeln in dem Henkelmann an ihrer Hand. Noch scheint die Sonne. Sie blickt sich um, ob niemand sie sieht, dann versteckt sie sich hinter einem Busch, um die Strümpfe auszuziehen. Es wird frisch um ihre Beine. Sie hat keine Lust, jetzt schon nach Hause zu gehen, lieber läuft sie noch einmal um den Teich mit den Enten und wirft ihnen altes Brot zu.

Die junge Frau fühlt sich erwachsen und selbstsicher, weil sie sich einmal die Frechheit herausnimmt, etwas zu tun, das sie will. Einfach trödeln und die letzten Sonnenstrahlen genießen. Sie spürt den Leichtsinn perlend in sich aufsteigen.

Dennoch muss sie bald nach Hause. Gleich wenn sie die Runde beendet hat. Sie kann den Vater nicht so lange allein lassen. Wenn sie allzu spät kommt, regt er sich auf. Dann zittert er am ganzen Körper.

In den letzten Wochen war er extrem reizbar. Es

ist schlimmer mit ihm geworden. Er malt nicht mehr, schmiert bloß noch die Farben aus den Tuben auf der Leinwand ineinander, bis ein braungrüner Brei entsteht, den er am nächsten Tag wieder abkratzt. Dabei redet er ständig vor sich hin, lauter Wörter, die für sie keinen Sinn ergeben. Mit dem Geld ist es auch schwierig geworden, seit vor ein paar Tagen der Bescheid kam, dass seine Rente wegen eines Formfehlers gestrichen wird. Dabei sind Vaters Farben so teuer.

Wenn sie doch nur so gleichgültig sein könnte wie ihre Schwester, die hinter seinem Rücken die Augen verdreht und über seine Angst lacht.

Ich muss nach Hause, denkt sie und geht schneller, doch dann spürt sie wieder die Wärme und bleibt mit geschlossenen Lidern stehen. Sie lässt das Rot der Sonne in sich eindringen, lässt sich ganz von diesem warmen Farbton erfüllen. Lange schon war sie nicht mehr bei dem Garten. Sie wünscht sich dorthin oder zum Tanzen oder in einen der Filme mit den Liebespaaren, von denen die Frauen in der Großküche schwärmen, einfach so. Ein Lehrling hat sie neulich gefragt, ob sie mit ihm ausgehen wolle. Sie hat nein gesagt, wegen Vater.

Was wäre gewesen, wenn sie ja gesagt hätte? Sie betrachtet die jungen Männer und Frauen, die ihr auf der Straße entgegenkommen. Ein Mann hält die Hand einer Frau. Der Henkelmann wiegt schwer in ihrer Hand und noch schwerer, als sie die Treppen zur Wohnung hochsteigt. Sie weiß, dass der Vater nervös auf sie wartet, wie er es jeden Abend tut.

Die Luft ist schlecht im Treppenhaus. Sie ärgert sich darüber, dass sie den Abend mit dem Vater allein verbringen wird, weil sich die Schwester davor drückt, nach Hause zu kommen. Sie werden kein Radio anschalten können, denn Musik bringt ihn nur noch mehr durcheinander. Mit dem Gefühl von Mühseligkeit, als wenn sie einen großen Topf heben würde, schließt die junge Frau die Tür auf. Gestank überfällt sie. Der Geruch nach Gas. Sie hält die Luft an, presst sich die Hand vor Nase und Mund und stürmt zum Fenster, das sie aufreißt. Dann will sie zum Herd, um ihn auszuschalten, aber sie bleibt stehen, wo sie ist.

Der Vater hockt vor dem Herd. Sein Kopf steckt im Backofen.

Obwohl sie keine Luft mehr bekommt, geht sie zu ihm, zieht und zerrt an ihm. Sie ahnt, dass es längst zu spät ist, dennoch schaltet sie das Gas ab und rennt zur Tür. Auf dem Flur ringt sie nach Atem. Sie hustet. Sie torkelt die Treppen hinunter. Auf der Straße hält sie den erstbesten Passanten an, der ihr begegnet, ein Nachbar, der zwei Häuser weiter wohnt. Sie kann ihn nicht leiden, er ist zu freundlich zu ihrer Schwester.

»Mein Vater«, keucht sie, mehr bringt sie nicht hervor. Er rennt mit ihr die Treppen wieder hinauf.

In der Küche hat sich das Gas bereits durch das offene Fenster verzogen. Der Nachbar bindet sich ein Halstuch vor das Gesicht, geht zum Vater und reißt an ihm, bis er zu Boden fällt. Vaters Gesicht ist bläulich weiß. Der Nachbar bleibt entsetzt stehen. Sie hockt sich zum Vater und bettet seinen Kopf in ihren Schoß. Der Nachbar geht, um die Polizei zu benachrichtigen. Er will sie mit zu seiner Familie nehmen, aber sie behauptet, dass sie auf die Schwester warten müsse.

Langsam wird es dunkel draußen. Die Luft ist warm. Sie hält den Vater. Sie fühlt, dass er jetzt frei ist, dass er endlich keine Angst mehr hat. Die dunklen Schächte seiner Erinnerung sind für immer eingestürzt.

Es gibt nichts mehr, was sie mit seiner Vergangenheit verbindet. Es gibt nur morgen.

XXXXXX

15.

Mein Großvater hatte getan, was die Nazis nicht geschafft hatten. Er hatte sich vergast. Zwischen den Papieren hatte ich den Totenschein gefunden, der auf den Namen des Vaters meiner Mutter ausgestellt war. Als Todesursache war Selbstmord durch Gasvergiftung angegeben.

Ein Abgrund tat sich vor mir auf. Ein tiefer Schlund, in den ich zu stürzen drohte. Ich krallte mich an der Bettdecke fest. In meinem Hals saß ein Kloß, so dick und schwer, dass ich ihn nicht schlucken konnte, und ich glaubte, mich wund und blutig zu scheuern, wenn ich ihn herunterzuschlingen versuchte.

Louise Bourgeois hatte einmal gesagt, dass man Künstler werde, um Verzeihung zu erbitten. Dass die Nadel mit ihren flickenden Stichen zu heilen versuche. Vielleicht hat meine Mutter genäht, um wiedergutzumachen, was an ihrem Vater verbrochen wurde.

Mein Großvater, ein Jude, hatte die Vernichtung überlebt, um sich nach Jahren selbst das Leben zu nehmen. Ausgerechnet mit Gas. Ich empfand es als pervers und ergreifend tragisch. Unwillkürlich fasste ich mir an den Bauch, wie um mich zu vergewissern, dass das neue Leben noch darin war.

Ich hatte von Mythologien gelesen, in denen Frauen ihre Vagina entblößten, um Tote zum Leben zu erwecken. Hatte ich deshalb meine Fellfotzen und Kuschelmuschis erschaffen, um die Toten meiner Vergangenheit ins Leben zurückzuholen?

Es gab kein Foto meines Großvaters, zumindest hatte ich in der Wohnung meiner Mutter keines gefunden, daher fiel es mir schwer, ihn mir vorzustellen. Ich wusste nicht, was er genau erlebt oder warum er die Shoah überlebt hatte. Er hatte Glück gehabt, ein seltenes Glück, das so viele andere nicht hatten. Seine Frau zumindest nicht. Hatte er deshalb Scham empfunden? Schuld?

Ich musste an die nicht ganz greifbaren Schuldgefühle meiner Mutter gegenüber denken, die mich ein Leben lang begleiteten. Man musste nicht zwangsläufig schuld an etwas sein, um sich schuldig zu fühlen. Es war eine Erkenntnis, die mich unsagbar traurig stimmte.

In den letzten Tagen hatte ich viele Erinnerungen von Überlebenden gelesen. Manche behaupteten, ihr Wille, sich zu erinnern, habe sie am Leben gehalten. Sie wollten unbedingt anderen Menschen von dem berichten, was sie durchgemacht hatten. Mein Großvater hatte nichts berichtet. Er hatte geschwiegen und stumm unter all den Menschen gelebt, die nichts weiter wollten, als zu vergessen. Vielleicht hatte er zu Anfang noch gedacht, ihr Wunsch nach Vergessen komme seinem entgegen. Wahrscheinlich hatte er auch keine Worte gefunden, um zu erzählen, welches Trauma er erlitten hatte. Doch letztlich waren es die Erinnerungen, die meinen Großvater umgebracht hatten. Und meine Mutter hatte mit all dem weiterleben müssen. Nur wie?

Ich wischte mir mit dem Handrücken etwas Feuchtes aus dem Gesicht. Erst da begriff ich, dass ich weinte. Ich weinte um meine Familie, meinen Großvater, meine Großmutter, meine Tante, und um die verpasste Chance einer liebvollen Beziehung zu meiner Mutter in meiner Kindheit.

Damit vermischte sich die Traurigkeit wegen Tetra, wegen Dominic und sogar wegen Ben. Es gab so vieles, was ich bedauerte und was ich doch nicht ändern konnte, weil es in der Vergangenheit lag, unerreichbar für mich.

Ich erinnerte mich überraschend an einen Besuch in Auschwitz vor etlichen Jahren. Mit einer Gruppe Berliner Künstlerinnen und Künstler war ich nach Polen gefahren. Am Rande von Oświęcim hatten wir in einer Jugendherberge übernachtet. Am nächsten Morgen waren wir zum Besuch ins KZ aufgebrochen. Es war so ein schöner Tag. Hellblauer Himmel. Insekten schwirrten. Alles wirkte friedlich. Dann mein stummes Starren angesichts der ausgestellten Kleider- und Schuhberge. Mein Befremden, das sich in Fassungslosigkeit wandelte. Ich hatte einige Zeit gebraucht, bis ich den Ärmel eines schwarzen Jacketts mit glänzend gescheuerten Ellbogen erkannte und die verkratzte Spitze eines Kinderschuhs in der Masse sah. In dieser Jacke hatte ein Mann gelebt. In diesem Schuh hatte ein Mädchen gespielt. Die Erkenntnis sickerte langsam in mein Bewusstsein durch. Alle tot. Alle vernichtet.

Es hatte sich ergeben, dass wir die Werkräume der Restauratoren besichtigen und dank einer Dolmetscherin mit ihnen über ihre Arbeit sprechen konnten. Wir erfuhren von den Schwierigkeiten, die Haarberge zu konservieren, die die Nazis ihren Opfern abgeschnitten hatten, und von den Mengen an Kleidern und Schuhen, die es zu erhalten galt. Einer der Restauratoren erzählte von den Geheimnissen, welche die Dinge unvermittelt preisgaben, von Briefen oder Fotos, die in den Schuhen und Säumen versteckt gehalten und erst jetzt entdeckt worden waren. Damals spürte ich schon die Macht, die von Erinnerungen ausgehen konnte.

Mein Großvater. Ich versuchte mich ihm anzunähern. Wenn ich auch nichts Genaues wusste, so konnte ich mich doch in ihn hineinversetzen. Er hatte Unvorstellbares erfahren und musste lernen, mit diesem Unvorstellbaren weiterzuleben. Er musste es zu einem Teil seiner Erinnerung werden lassen, die ihn dann immer wieder quälte. Ich stellte mir sein Erschrecken beim Knallen einer Tür vor, das Zittern seiner Hände.

Er hatte sich erst umgebracht, als seine Rente plötzlich eingestellt wurde, wie mir ein amtlicher Bescheid verriet. Eine lächerliche Summe, die er wegen Minderung der Erwerbsfähigkeit aufgrund seines KZ-Aufenthalts erhielt. Eine winzige Anerkennung dessen, was er durchgemacht hatte. Ich recherchierte im Internet dazu. Offenbar war mein Großvater kein Einzelfall. Aufgrund eines Zahlendrehers oder anderer Nichtigkeiten konnte man die Berechtigung auf diese Rente verlieren. Der deutsche Staat sparte Geld, indem er nach Paragraph sieben des Entschädigungsgesetzes, wie es auf dem Amtsschreiben hieß, meinem Großvater seine Ansprüche als Überlebender aberkannte. Ich verglich die Daten des Schreibens mit dem Totenschein. Keine vier Tage später hatte er sich vergast.

Ich versuchte mir meine Mutter vorzustellen, wie sie ihren toten Vater fand, und überlegte, was das wohl mit ihr gemacht hatte. Ihre Eltern waren beide vernichtet worden. Irgendwo und aus irgendeinem Grund hatte sie auch ihre Schwester verloren. Sie war danach nach Berlin gegangen und hatte offenbar zumindest kurzfristig in einer Porzellan-Manufaktur gearbeitet. Das verblüffte mich. Ich fühlte Respekt für meine Mutter in mir aufsteigen. Diese Tatkraft und dieser Mut, ihre Zukunft trotz all des Ballastes aus der

Vergangenheit zu gestalten. Für eine Weile hatte sie etwas Kreatives getan.

Das passte so gar nicht zu der Frau, die ich kannte. Und ich wollte diese fremde Frau unbedingt näher kennenlernen. Ich wollte wissen, was passiert war. Warum ich zur Welt gekommen und meine Mutter zurück in ihre Vergangenheit nach Köln gekehrt war. Mir fiel ein, wie sie damals immer aus der Großküche nach Hause gekommen war. Sie hatte unmittelbar nach der Arbeit geduscht, um den Schweiß loszuwerden, aber des speziellen Fettgeruchs hatte sie sich nie ganz entledigen können.

Ich wollte mehr wissen, um besser verstehen zu können. Das machte mich noch neugieriger auf den Termin in der Manufaktur.

Als ich am Montag über den Hof auf das Gebäude zulief, das mir der Pförtner gezeigt hatte, sah ich das Gesicht meiner Mutter vor mir, wie sie auf dem Foto mit den Malern glücklich gelächelt hatte.

»Guten Tag, ich bin Frau Petzold«, begrüßte mich die Archivarin der Königlichen Porzellan-Manufaktur an der Tür.

Sie hatte die Haare zu einem grauen Knoten straff nach hinten gebunden und trug einen karierten Wollrock sowie ein roséfarbenes Twinset mit einer zartgliedrigen Perlenkette um den Hals. Sie hätte Krimischriftstellerin oder Bibliothekarin sein können, und etwas an ihr mochte ich sofort.

»Mögen Sie einen Tee?«

Sie ging mir durch das Treppenhaus und mehrere helle Gänge voraus, bis wir in einen kleinen Raum gelangten. An den Wänden standen Metallkästen, auf denen alte

Porzellanvasen und Kannen platziert waren. Inmitten des großen Tisches, der den Rest des Raumes beinahe ausfüllte, befand sich ein modernes weißes Teeservice. Auf einem Stövchen wartete eine Kanne mit Tee auf uns.

Da ich nicht wusste, wie ich das Gespräch beginnen sollte, schob ich Frau Petzold das in einer Klarsichthülle steckende Foto meiner Mutter, die Aquarellzeichnungen und die Scherben zu.

»Ich habe mich bereits kundig gemacht.« Sie klappte ein schmales Etui auf und setzte sich eine Brille mit Goldrand auf. »Ihre Mutter war bei uns als Auszubildende beschäftigt, hat aber an der Abschlussprüfung nicht mehr teilgenommen. Sie ist Anfang August 1969 aus der Firma ausgeschieden.«

1969. Im Dezember desselben Jahres war ich geboren. Ich rechnete im Kopf nach. Meine Mutter musste im August bereits im fünften oder sechsten Monat gewesen sein. Wahrscheinlich hatte sie ihren Schwangerschaftsbauch nicht länger verstecken können. Dann war ich also der Grund, warum sie die Gestaltung ihrer Zukunft so unvermittelt abgebrochen hatte. Ich trank einen Schluck Tee, um die aufsteigende Traurigkeit herunterzuschlucken.

Frau Petzold drehte die Scherbe um, die einmal Teil eines Tassenbodens gewesen war, und las die Nummer ab, die neben dem Manufaktur-Siegel verzeichnet stand. »Ja, diese Tasse hat Ihre Mutter bemalt. Wir haben ein Buch, in dem vermerken wir alle unsere Porzellanmaler und ihre Kürzel.« Die Archivarin blinzelte. »Leider habe ich Ihre Mutter nicht kennengelernt, denn ich habe meine Ausbildung hier erst Mitte der Siebziger begonnen.«

»Ich hatte keine Ahnung von dem hier. Das alles«, ich machte eine unbestimmte Handbewegung, »war vor meiner Geburt. Ich würde gerne wissen, was damals passiert ist und wie meine Mutter gelebt hat.«

Frau Petzold hob die Schultern. »Wenn ich Ihnen da überhaupt weiterhelfen kann … Heute arbeiten vor allem Frauen bei uns«, fuhr sie fort, »aber noch in den Sechzigern waren weibliche Lehrlinge die große Ausnahme. Wenn Sie möchten, zeige ich Ihnen, wo Ihre Mutter gelernt hat.«

Nachdem wir den Tee getrunken hatten, folgte ich Frau Petzold in einen Raum mit riesigen Fenstern, in dem normalerweise die Lehrlinge saßen. An diesem Tag war jedoch Berufsschule, und wir waren allein. Die Räume waren noch dieselben, in denen meine Mutter gearbeitet hatte. Ich stellte mir vor, wie sie sich darin bewegte. Mit bedächtigen Schritten, um nicht anzustoßen, aber sicher, daran glaubte ich fest. Sie war hier ganz bestimmt sicher und selbstbewusst umhergegangen.

»Erzählen Sie mir etwas über die Porzellanmalerei«, bat ich Frau Petzold.

»Was genau?«

»Egal, alles.«

»Die Malerei muss sich dem Material anpassen. Das ist wichtig. Es muss alles harmonisch sein. Die Farbe darf die Form nicht verdecken, sondern soll sie veredeln«, erklärte sie.

Dieser Aspekt passte zu meiner Mutter. Dass ihre Arbeit und sie selbst sich anpassten, einfügten und harmonierten.

In der Manufaktur wurde Aufglasurmalerei gelernt, wie mir die Archivarin erklärte. Dabei trug man die Farbe auf bereits gebrannte und glasierte Teller auf, was den Vorteil hatte, dass man die Pinselstriche mit Spiritus wegwischen konnte, sollte einer danebengegangen sein.

»Es ist schwierig, die richtige Konsistenz für die Farbe zu finden.« Frau Petzold vermengte Farbpigmente mit Öl auf einer Glaspalette und spachtelte kräftig. »Wenn zu viel Öl in der Farbe ist, trocknet sie zu langsam, und es dauert zu lange, bis man das Dekor ausarbeiten kann. Bei einer langen Wartezeit kann die Farbe außerdem Staub ansetzen. Oder die Konturen verschwimmen und verlaufen.«

Ich erinnerte mich an die für mich unerträglich langsam verstreichende Zeit, die meine Mutter und ich manchmal in der Küche verbracht hatten und in der sie auf die Herdklappe gestarrt hatte. Das Warten war eine Qual für mich gewesen, meine Mutter dagegen hatte die dahintröpfelnde Zeit duldsam ertragen. Ich hatte ihr das immer als Fehler angekreidet. Aber in dieser Werkstatt war das Wesen meiner Mutter von Vorteil gewesen.

»Die Pinsel werden von den Malern zunächst eingemalt. Ganz individuell. Das ist wichtig für das Gelingen der Malerei«, verriet Frau Petzold, während sie einen Teller auf der linken Hand balancierte und einen lauchgrünen Strich darauf platzierte. »Möchten Sie mal probieren?«

Sie zeigte mir, wie ich den Teller halten musste, während ich den rechten Arm auf dem Malpult abstützte, damit sich das Handgelenk frei bewegen konnte. Der Pinselstrich, den ich fabrizierte, wirkte klumpig und schwunglos.

Frau Petzold lächelte nachsichtig. »Wenn die Farbe zu dick ist, kann sie im Brand abplatzen.«

»Farben«, sagte ich mit einem besonderen Gefühl im Bauch. »Da hat mir meine Mutter ganz viel von erzählt.«

»Weil Farben für uns Porzellanmaler so wichtig sind. Wir müssen die Farbharmonien beim Malen schon erahnen, weil sich die Farben im Brand noch verändern.« Die Archivarin zog eine Glasplatte aus einem Holzkasten. »Sehen

Sie, das hier ist Purpur.« Ein stumpfer bräunlicher Ton, der nichts mit der Farbe gemein hatte, die ich für meine Plüschvaginen gewählt hatte. »Erst im Feuer erhält es sein Leuchten.«

Meine Mutter war für mich wie dieses Purpur. Bräunlich und unscheinbar hatte ich sie in Erinnerung, aber je mehr ich von ihrer Vergangenheit erfuhr, umso stärker begann sie zu leuchten.

Die Atmosphäre der Manufaktur, durch die mich Frau Petzold führte, nahm mich völlig gefangen. Überall trockneten Figuren aus ungebranntem Porzellan in den Regalen. Sie waren in diesem Zustand gräulich und matt. Nach dem Brand würden sie leuchtend weiß glänzen. Der Staub, der auf allem lag. Das Tageslicht, das von oben gedämmt durch das Milchglas fiel. Die weiße Arbeitskleidung der Angestellten. All das rief in mir den Eindruck von Zeitlosigkeit herauf.

Ich hatte immer noch nicht erfahren, was genau meiner Mutter in der Manufaktur passiert war, doch ich fühlte, dass es ihr hier gut gegangen war, und empfand allein durch die räumliche Nähe eine große emotionale Nähe zu ihr, die ich so bislang nicht kannte. Das tat mir wiederum gut.

»Kann ich Ihnen sonst noch weiterhelfen?«, fragte Frau Petzold, als wir zurück ins Maleratelier kamen.

Mein Kopf war so angefüllt mit Eindrücken und Gedanken, dass mir nichts einfiel.

Meine Gesprächspartnerin nahm den Scherben, der auf dem Tisch ausgebreitet war, in die Hand und blickte lange darauf. »Ihre Mutter hatte wirklich Talent, wissen Sie? Sehen Sie, hier, die Farbe ist sehr durchscheinend aufgetragen, und die Linien sind schwungvoll. Mit gekonnter Asymmetrie. Nur etwas fehlt, ein winziges Detail macht die Malerei nicht ganz so gelungen.« Sie saugte die Wangen ein. »Es ist kein richtiger Schatten aufgetragen.«

Schatten. Ein Schatten hatte immer auf dem Leben meiner Mutter gelegen. Der Schatten, den die Vergangenheit warf.

»Carl«, sagte ich. Frau Petzold wirkte irritiert. »Meine Mutter hat Briefe von einem gewissen Carl aufgehoben, der ebenfalls hier gearbeitet hat. Kennen Sie ihn?«

Die Archivarin antwortete nicht direkt darauf, presste die Lippen aufeinander, nickte dann und erklärte, sie werde sich mit ihm in Verbindung setzen, um zu erfragen, ob ihm an einem Kontakt zu mir gelegen war.

Ich war euphorisch. Sie kannte ihn. Im günstigsten Fall würde ich bald schon meinem Vater gegenüberstehen können. Im Gegenzug sicherte ich ihr einen Abzug des Fotos, die Zeichnungen und die Scherben für ihr Archiv zu, sobald ich das Gefühl haben würde, meine Suche sei abgeschlossen.

Mit beschwingtem Schritt verließ ich die Manufaktur. Dass meine Mutter Porzellanmalerin gewesen war, wenn auch nur für eine kurze Zeit in ihrem Leben, erschien mir nach meinem Besuch nicht mehr ganz so verwunderlich zu sein. Ihre Tätigkeit dort hatte viel mit Verwandlung zu tun. Purpur, das zunächst bräunlich war. Gold, das erst stumpf erschien. Graues Porzellan, das durch den Brand zu einem strahlendweißen Scherben wurde.

Vielleicht hatte meine Mutter gehofft, dass auch ihr Leben einer solchen Verwandlung unterzogen würde, dass auch sie eines Tages strahlen könnte. Zumindest für einen, für diesen Carl, hatte sie es getan.

XXXXXX

Die Spitze des Pinsels zieht sich mit der Farbe auf, als sie ihn durch das Gemisch aus Pigment und Öl führt. Die junge Frau sieht auf und blickt durch das Sprossenfenster hinaus auf den Himmel. Er scheint mit breiten, fest aufgedrückten Pinselstrichen und flüssiger blauer Farbe gemalt zu sein, durch die das Weiß des Porzellans hindurchschimmert.

Das kühle, empfindliche Material, das sie bearbeitet, liebt sie mit Hingabe. Das bestechende Weiß des Porzellans, das auch ohne Farbdekor einen Eindruck von Farbigkeit erzeugt. Die Strahlkraft einer gebrannten Tasse oder eines Tellers. Für die junge Frau ist es, als hafte dem Porzellan durch den Brand ein Zauber an. Durch die Hitze kommt die verborgene Schönheit heraus, und alles Störende verschwindet, so wie der Fettstift, mit dem sie die Muster auf den Tassen und Tellern vorzeichnet. Seine Kontur verbrennt in der Schmelze, bis nur noch die Farben zu sehen sind. Die junge Frau liebt Farben, gerade die Farben mit ihrer Wandelbarkeit.

Um eine neue Farbe anzumischen, entnimmt sie mit dem Spatel Dicköl aus dem äußeren Schälchen, das sie mit Pigmenten auf der Palette vermischt. Alles hat seine Ordnung, ist übersichtlich, wie die ineinander gestellten Gefäße. Sorgsam vermengt sie die kleinen Partikel. Den zähen Brei reibt sie mit Frischöl aus dem inneren Gefäß geschmeidig. Dann nimmt sie den Pinsel wieder zur Hand und stützt ihren Arm auf dem Malpult ab.

Es gefällt ihr, dass der Pinsel aus Fehhaar, dem weichen Fell eines sibirischen Eichhörnchens, nur bei ihr diese feinen Schwünge hinterlässt. Mit sanftem Druck malt sie eine grüne Linie auf den Teller, die zu einem Stängel wird. Als sie den Pinsel absetzt, sieht sie zu, wie das Haar wieder in die alte Lage zurückfällt. Sie stellt sich die huschenden Bewegungen des Tieres dazu vor.

Das Grün leuchtet auf dem weißgebrannten Teller. Die junge Frau ist froh, dass sie diese Lehrstelle bekommen hat, auch wenn sie die einzige Frau unter lauter Männern ist. Doch alle Anzüglichkeiten und die spöttischen Bemerkungen, die die anderen Lehrlinge ihr zuraunen, wenn der Meister sie nicht hören kann, sind nichts gegen das Gefühl in ihr. Dieses absolut mächtige, alles durchdringende Gefühl von Glück. Dieses Gefühl hält selbst dann noch an, wenn sie abends nach Hause geht, in das zugige Mansardenzimmer, das sie mit ihrer Schwester und zwei anderen jungen Frauen bewohnt.

Weil es an einigen Stellen durchs Dach regnet, haben sie Schüsseln und Eimer aufgestellt. Bei Regen ertönt eine klopfende Melodie. Das Zimmer ist hässlich und kalt, doch wenn sie an der kleinen Dachluke steht und in den Himmel über der Stadt blickt, dann fühlt sie sich genauso wohl wie in dem Atelier in der Manufaktur. Dann weiß sie zwar, dass dort, in den Straßen unter ihr, eine Mauer die Stadt durchschneidet, wie die Vergangenheit ihr Leben durchschnitten hat. Aber von ihrem Blickwinkel aus ist ihr das gleichgültig geworden.

Die junge Frau, deren Augen von den grellen Glasurreflexen schmerzen, sieht wieder von dem Teller auf, den sie gerade bearbeitet. Am Morgen hat sie sich über ihre Schwester geärgert, die mitten in der Nacht vom Tanzen nach Hause gekommen ist. Sie mag es nicht, dass die Jüngere sich mit Männern herumtreibt.

Auf dem Rand des Tellers ist ein leichter Fehler im Scherben, den sie mit einer Streublume übermalt. Es gefällt ihr, dass das Porzellan durch einen Makel nicht wertlos wird, weil sie ihn verstecken kann. Sie malt gerne nach der Natur, übt Blattformen und Blüten, um eines Tages ein Dekor für Tassen aus Mohn-, Korn- und Sumpfdotterblumen schaffen zu können. Sie hat nie aufgehört, an Mama und an das Spiel mit den Porzellantassen zu denken.

Das Farbklümpchen auf ihrer Palette ist angetrocknet, daher sticht sie etwas davon mit dem Spatel ab und mischt es mit frischem Terpentinöl. Das während der Tagesarbeit verbrauchte und sich verflüchtigende Öl ergänzt sie jeden Abend. Von diesen wiederkehrenden Arbeitsschritten geht für sie etwas beruhigend Gleichmäßiges aus.

Als der Meister sie in die Herstellung schickt, halten sich ihre Finger an dem Amulett fest, das sie um den Hals trägt. Die aufgequollenen Papiere hat sie mit Fotos von ihrer Schwester und sich selbst ersetzt. Sie ist atemlos, und etwas verknotet sich in ihrem Magen. Gleich wird sie Carl wiedersehen.

Die Helligkeit des ganz in Weiß gehaltenen Saales, der von oben durch milchige Fenster erleuchtet wird, hat etwas beinahe Sakrales. Der allgegenwärtige Porzellanstaub, der auf den Tischen und Regalen liegt, scheint die Welt in diesem Raum langsamer werden zu lassen. Und dann sieht sie ihn, Carl, der aus einer Gipsform die Einzelteile einer Porzellanstatue löst. Konzentriert bringt er einen winzig kleinen Finger, einen Miniatur-Daumen, an einem Cherubim an. Ihr Herz wird so weit wie der Raum. Carls Hand zittert nicht. Er ist ganz bei sich und dem, was er tut. Nicht einmal der Lärm und die darauf folgenden Flüche aus dem hinteren Teil der Werkstatt reißen ihn aus seiner Konzentration.

Die junge Frau muss an ihren Vater denken, der auf jedes noch so leise Geräusch reagiert hat. Dessen Hand niemals ruhte, selbst wenn er sie im Schoß gefaltet hielt.

Sie will aber nicht daran denken. Lieber will sie Carl für immer dabei zusehen, mit welcher Hingabe er die Statuette zusammensetzt.

Als er aufblickt, wendet sie sich rasch ab. Ihr Gesicht wird heiß. Es ist ihr peinlich, von ihm ertappt worden zu sein. Es ärgert sie, dass sie ihm nun nie wieder so zuschauen kann, weil er sonst meinen könnte, dass sie Gefühle für ihn hätte. Und die hat sie nicht. Dafür sind Menschen wie sie nicht geschaffen.

Sie blickt sich noch einmal nach Carl um. Er lächelt ihr zu.

Als sie wenig später aus der Manufaktur nach draußen tritt, umwehen sie die weißwolligen Kätzchen von den Espenbäumen. Ihre Berührung auf der Gesichtshaut der jungen Frau ist sacht, vergänglich und dennoch von einer Intensität, die sie in der Sonne erzittern lässt.

Das ist das Leben, denkt sie. Das ist es.

XXXXXX

16.

Die Erinnerung ist das Licht, das unsere Vergangenheit erhellt. Ich stellte sie mir immer als weißes Licht vor. Weiß wie ein noch unbeschriebenes Blatt, Weiß wie glasiertes Porzellan, dessen Glanz wirkt, als schimmerten tausend Farben darin.

Das Bild, das ich von meiner Mutter hatte, war durch meine Recherchen und den Besuch in der Porzellan-Manufaktur einer Verwandlung ausgesetzt. Zuvor war es gräulich und stumpf, doch mittlerweile gab es Stellen, die glänzten und die Strahlkraft einer interessanten Persönlichkeit besaßen. Indem ich meine Mutter zum Glänzen brachte, heilte ich etwas in mir. Neben meiner stumpfen Mutter hatte ich mich als Kind ebenso glanzlos gefühlt. Jetzt hatte ich das Gefühl, als färbte ihr neu entdeckter Glanz auf mich ab.

Nach meinem Ausflug in die Manufaktur suchte ich meine Mutter auf der Stroke Unit auf.

»Hallo, Mama, wie geht es dir?«, fragte ich, bevor mir die Sinnlosigkeit meiner Frage klar wurde. Wahrscheinlich sollte ich einen Dolmetscher engagieren?

»Mama«, ich hockte mich hin und machte mich so kleiner als sie. »Ich war in der Porzellan-Manufaktur und habe gesehen, wo du mal gearbeitet hast. Es ist ein schöner Ort, so hell und ruhig.«

Sie starrte mich an, stumm und auf gewisse Weise unnahbar. Hastig richtete ich mich auf. Durch den Perspektivwechsel schien sich das Gefühl von Unnahbarkeit zu legen. Ich fühlte mit einer Hand auf den Bauch, und es schien mir, als pulsierte etwas in mir gegen meine Hand. Biologisch unmöglich, schoss es mir durch den Kopf, das Wesen in mir war noch viel zu winzig. Dennoch spürte ich, wie es in mir lebte.

Über die Nachforschungen hatte ich den Termin bei pro familia vergessen, aber ich wusste ja sowieso, dass ich das Kind behalten würde.

Als ich einen Stuhl heranzog und mich daraufsetzte, befand ich mich mit meiner Mutter auf Augenhöhe. Ich nahm ihre Hand, die nicht gelähmt war.

»Ich würde so gerne verstehen, warum du mit der Porzellanmalerei aufgehört hast und nach Köln zurückgegangen bist. War es wegen mir? Weil du schwanger mit mir warst? Warum bist du nicht in Berlin geblieben?« Vergeblich forschte ich in ihren Gesichtszügen nach einer Reaktion. »Was ist mit Carl passiert?« Ich meinte, einen Druck ihrer Hand zu spüren. »Ihr habt euch geliebt, nicht wahr?«

Ihre Augen waren auf mich gerichtet, allerdings gewann ich den Eindruck, als wäre sie an einem völlig anderen Ort.

»Ihr habt euch geliebt, Carl und du.« Ich sagte es als Tatsache und merkte, dass ich nicht länger fragte, sondern einen Dialog mit meiner Mutter führte, auch wenn sie nicht sprechen konnte. »Ich habe seine Briefe gelesen. Ja, ich weiß, das ist dir bestimmt nicht recht, aber ich kann einfach nicht akzeptieren, dass ich nichts über dich und die Vergangenheit weiß. Ich muss wissen, wer mein Vater ist, und ich will herausfinden, wer du wirklich bist.«

Während ich ihre Finger streichelte, spürte ich nicht

nur die Trockenheit und Faltigkeit der Haut, sondern auch die Zerbrechlichkeit der Knochen darunter.

»Ich werde ihn suchen, Mama. Deinen Carl meine ich.«

Meine Mutter ruckte so heftig mit dem Kopf, dass ich Angst bekam, sie könnte einen Anfall haben. Ihre Augen waren dabei auf mich geheftet.

Ich setzte mich mit einem Chai und dem kurzen Schmerz, weil ich darüber wieder einmal an Tetra denken musste, an die Fensterfront meines Ateliers. Reglos beobachtete ich die Baustelle. Weil ich rekapitulierte, was ich in Erfahrung gebracht und was ich mir zusammengereimt hatte, nahm ich nichts von dem Treiben unter mir richtig wahr. Dass die Eltern meiner Mutter Juden gewesen waren und meine Großmutter deshalb mit ihrem kleinen Mädchen in die Niederlande gegangen war. Dass sie eine zweite Tochter geboren und es geschafft hatte, das Überleben der beiden in einer Pflegefamilie zu sichern. Dass sie selbst im KZ ermordet worden war und dass ihr Mann, mein Großvater, den Aufenthalt in einem anderen KZ überlebt hatte.

Ich versuchte mir vorzustellen, wie es für meinen Großvater gewesen sein musste, als er ein paar Jahre nach dem Krieg zwei Mädchen anstelle von einem Kind gegenübergestanden hatte. Die jüngste konnte kaum seine Tochter sein. Ein trauernder Mann, zwei verängstigte Kinder. Sie waren dorthin zurückgekehrt, wo sie alles verloren hatten, nach Köln. Ich wusste nicht, wie die gemeinsame Zeit verlaufen war, doch ich konnte nicht glauben, dass es schöne Jahre waren. Sein Weiterleben musste ein einziger Kampf gewesen sein, dem er mit Hilfe des Gasofens ein Ende gesetzt hatte.

Zum Zeitpunkt seines Todes war meine Mutter sechsundzwanzig Jahre alt. Zum ersten Mal in ihrem Leben war sie allein, aber auch frei. Sie ging nach Berlin. Was mit der jüngeren Tochter geschehen war, wusste ich nicht. An sie hatte ich nur eine unscharfe Erinnerung, wie sie im Hippierock ohne Schuhe neben meiner Mutter und mir herlief. In einem Park? Vielleicht war es sogar der Park in unserem Viertel. Die Sonne hatte geschienen. Ich erinnerte mich an eine Tasche. Eine Tasche mit Spiegeln, wie es sie in Indian Shops zu kaufen gab.

Ich kniff die Augen zusammen und versuchte die Erinnerung deutlicher werden zu lassen. Das Bild wurde schärfer. Eine Gruppe junger Menschen auf dem Gras. Ein Schild mit dem Verbot, den Rasen zu betreten. Ich wusste noch, dass ich neidisch gewesen war und mich gerne auch auf das Gras gesetzt hätte. Nein, unvorstellbar, dass ich meine Mutter darum gebeten hatte. Sie hätte es nie erlaubt.

Wie alt war ich damals? Sechs? Sieben Jahre? Ich trug die Haare schulterlang und hatte einen Pony. Demnach müsste es 1974 oder 1975 gewesen sein. Auf den Fotos von meiner Einschulung hatte ich genau diese Frisur. Später waren meine Haare meistens zu Zöpfen geflochten gewesen.

Wie auch immer. Die jungen Leute hatten einen portablen Plattenspieler dabei, das fand ich toll. Sie spielten eine Platte ab. »*When I was young*«, wenn ich mich richtig erinnerte. Meine Tante, dieses Fabelwesen, tanzte dazu. Ihr Lachen war breit und laut. Ich konnte ihre Zähne sehen. Sie nahm mich an der Hand und wollte, dass ich mich mit ihr bewegte. Ich zögerte noch, doch meine Mutter riss mich an der anderen Hand von ihr los.

Die Frau war wirklich da gewesen. Und sie hatte mir die Tasche mit den Spiegeln geschenkt. Meine Mutter hatte die Tasche zu Hause in den Müll geworfen.

Die Erinnerung formte sich nach und nach aus meinem Gedächtnis heraus. Ich fühlte, dass das alles stimmte, aber solange ich meine Tante nicht ausfindig gemacht hatte, blieb sie weiterhin eine Unbekannte, genau wie mein Vater. Genau wie die Umstände meiner Geburt.

Einmal hatte ich mich danach erkundigt. Ein Mädchen in der Grundschule hatte behauptet, dass die Babys aus den Scheiden der Frauen kämen. Ich hatte an das winzige Löchlein zwischen den Beinen meiner Plastikpuppe gedacht und meine Mutter gefragt.

»Ich konnte es nicht aushalten«, hatte sie gesagt. »Du warst ein Schrei.«

Ab da hatte ich geglaubt, ein Kind müsste seine Mutter aufsprengen, um durch das Löchlein nach draußen zu gelangen. Seitdem hatte ich mich meiner Mutter gegenüber schuldig gefühlt.

Zum ersten Mal stellte ich mir die Geburt meines Kindes vor und dachte daran, dass ich dabei alleine sein würde. Ohne Dominic, ohne Tetra. Ganz allein. So allein wie meine Mutter?

Wir hatten in der Isolation Kölns gewohnt. Ohne Kontakt zu meinem Vater oder meiner Tante. Was mir dabei nicht in den Kopf wollte, war die Tatsache, dass ausgerechnet meine angepasste Mutter ein uneheliches Kind in die Welt gesetzt hatte. Obwohl doch ihre jüngere Schwester die leichtfüßige Hippiefrau war. Noch passte nichts richtig zusammen. Noch gab es zu viele Lücken. Hoffentlich konnte ich meine Tante ausmachen, falls sie noch lebte, und einige der Lücken von ihr füllen lassen.

In der Nacht vor Tetras Modenschau träumte ich von der Geburt meines Kindes. Ich war wie eine Tasse mit Tee, in der das Baby schwamm, und als es ans Licht wollte, sprengte es meinen Körper von innen, und ich zerbrach in tausend Scherben.

XXXXXX

Wieder drückt sie den Pinsel zu fest auf das Porzellan. Ihr fehlt die nötige Ruhe in der Hand, mit der sie das Werkzeug hält, deshalb will ihr die Malerei einfach nicht gelingen. Daran trägt der Streit Schuld, den sie am Morgen hatte, weil die Schwester nicht arbeitet, sondern lieber tanzen geht und sich herumtreibt.

Vor ein paar Tagen hat die junge Frau ihre Schwester auf der Straße beim Küssen erwischt. Der Mann, den sie geküsst hat, war schwarz gekleidet und trug einen zerbeulten Zylinder auf dem Kopf. Als sie die Schwester zur Rede stellte, lachte die nur und beschimpfte sie als verklemmte alte Jungfer. Vor Scham brennen die Wangen der jungen Frau erneut.

Sie weiß, dass sie die Malerei auf der Tasse abbeizen muss, wenn sie weiterhin mit so viel Ärger in sich daran arbeitet. Um den Kopf freizubekommen, versucht sie an etwas Schönes zu denken.

Jeden Morgen steht sie gerne auf, weil sie weiß, dass sie Carl treffen wird. Sie wartet auf der Straße auf ihn und geht erst dann durch das Tor hinein, wenn sie ihn in der Ferne auftauchen sieht. Ganz langsam geht sie, damit er sie einholen kann. Jeden Morgen schenkt er ihr ein Lächeln, das sie von innen wärmt. Wenn er lächelt, liegt ein solcher Glanz auf seinem Gesicht, dass sie das Gefühl bekommt, etwas davon würde von ihrer Haut reflektiert. Noch hat sie es nicht über sich gebracht, ihn anzusprechen. So eine Frau ist sie nicht. Ihre Schwester, die schon, aber sie nicht. Verklemmte alte Jungfer. Sie ärgert sich. Carl macht mit seinem Lachen, dass sie sich wünscht, etwas weniger Anstand in sich zu haben.

Und wenn sie sich ändern würde? Wie das gräuliche Porzellan, das nach dem Brand ganz weiß erstrahlt. Sie könnte am nächsten Morgen auf Carl warten, mit ihm durchs Tor gehen und ihn fragen … Nein! Carl würde sie auslachen. Schlimmer noch, er könnte herumerzählen sie sei ein Mädchen, das leicht zu haben sei. Obwohl, so was würde er nicht tun.

Beim Malen geht sie das Risiko ein, dass die Farben, die sie mischt, beim Einbrennen unerwartete chemische Reaktionen zeigen. Deshalb muss sie die Farben beim Auftragen vorfühlen, muss erspüren, ob ihre Mischung gelungen ist. Ihr Gefühl sagt ihr, dass Carl etwas ebenso Strahlendes wie sein Lachen auch im Inneren mit sich trägt.

Eine Tasse, deren Blumendekor misslungen ist, lässt sich abwischen und neu beginnen. Wenn sie aber bei Carl einen Fehler macht, verliert sie das, was sie hat. Vielleicht sogar für immer. Es mag für andere wenig sein, doch für sie bedeutet es alles.

Die junge Frau nimmt die Tasse wieder zur Hand und pustet darüber, um den Staub zu entfernen. Beim Malen ist die Reihenfolge des Auftragens der Farben von Bedeutung. Wenn sie in die Zukunft blicken könnte, dann wüsste sie, welche Reihenfolge die richtige wäre. Ob sie auf Carl zugehen oder ob sie lieber abwarten soll. Unzufrieden mustert sie die Tasse, auf die sie Blumen gemalt hat, Kornblumen, Mohn und Sumpfdotterblumen.

»Da fehlt noch was«, sagt der Meister, als er sich über sie beugt. »Dem Rot fehlen Pigmente. Drücken Sie mit dem Pinsel stärker auf, dann wird der Ton dunkler. Beim Blattgrün muss außerdem noch schattiert werden.«

Er geht weiter zum nächsten Lehrling, und sie versucht die Tasse mit seinen Augen zu sehen. Die Schatten werden immer zuletzt aufgetragen. Sie hat jedes Mal eine große Scheu davor. Diesmal ist sie aber entschlossen, es zu wagen. Während das Gelenk der Hand, in der sie die Tasse hält, von der starren Haltung zu schmerzen beginnt, entscheidet sie sich dafür, am nächsten Morgen auf Carl zu warten und ihn anzusprechen.

Liebe ist eine chemische Reaktion, fällt ihr ein, wie die der Farben beim Brand.

XXXXXX

17.

Die auf den Laufsteg gerichteten Scheinwerfer blendeten mich, als ich durch den Vorhang blickte, so dass ich die Anwesenden nur als dunkle Schatten wahrnahm. Ich hörte das Rücken der Stühle auf den Fliesen und die Stimmen, die in der Halle schallten. Die Modenschau fand in einem trockengelegten Schwimmbad statt. Es waren bereits etliche Gäste gekommen, was mich für Tetra freute.

Tetra. Es schmerzte mich, dass wir uns wieder nur wie entfernte Bekannte begrüßt hatten. Ein Nicken ihrerseits war alles gewesen, auf meinen erwartungsvollen Blick hin. Aber sie ist ja auch ziemlich nervös, sagte ich mir. Flatterhaft eilte sie von hier nach da, gab Anweisungen, leerte Sektgläser, und bei allem machte sie einen großen Bogen um die Ecke des Saales, in der ich mich befand. Ich akzeptierte die Distanz, dabei brannte ich darauf, mich mit ihr auszusprechen.

In der Erwartung, dieselbe Metamorphose zu durchlaufen, die ich bei der Anprobe in Tetras Wohnarbeitsküche verspürt hatte, zog ich das dünne Chiffonkleidchen über. Die hochhackigen Schuhe drückten. Das grelle Licht, das von der Decke herabknallte, brachte all meine Fehler zum Vorschein, wie der Brand die der Porzellanmalerei. Meine Oberschenkel wirkten in den Spiegeln an der Wand doppelt so breit und wellig, und blaue Adern überzogen meine Haut. War mein Gesicht immer schon so lang und von Falten durchfurcht?, fragte ich mich. Ich fror und wickelte mich in die graue Strickjacke meiner Mutter.

Als mich eine mit Tetra befreundete Visagistin schminkte, dachte ich an die Maske, die ich für die Schau tragen würde und die meinen Schmerz wegen Tetra und Dominic verbarg. Ebenso meine Gefühle für meine Mutter und die Tatsache, dass meine Vorfahren Juden gewesen waren. Ich, die Enkelin meines Großvaters, der sich vergast hatte, weil er die Erinnerungen an das KZ nicht ausgehalten hatte, würde gleich Mode vorführen. Es war so grotesk.

Ich war als Zehnte an der Reihe, und mir war beim besten Willen nicht klar, wie ich den Lauf hinter mich bringen sollte. Ich sah zu, wie die ersten Models durch den Vorhang verschwanden, ihren Lauf absolvierten und unter Applaus wieder hinter die Bühne zurückkehrten. Noch vier Frauen waren vor mir. Ich konnte nicht.

»Scheiße! Scheiße!«

Die Tätowiererin Sylvie hatte sich Rotwein aufs Abendkleid gekippt. Der silbergraue Stoff war von dunklen Flecken verunstaltet, und die weißen Perlen, die darauf gestickt waren, schimmerten rosafarben. Eine Katastrophe. Die Frauen, die sich um Sylvie scharten, versuchten vergeblich, den Wein mit Taschentüchern wegzutupfen. Meine Freundin stand inmitten des Aufruhrs und starrte vor sich hin. Verloren sah sie aus. Die Musik setzte ein. *»Welcome to my world«* von den 17 Hippies. Ich hörte die Klänge von Banjo und Akkordeon. Tetra reagierte nicht. Alle blickten zu ihr. Sie blieb stehen und blinzelte wie ein Reh im Scheinwerferlicht. Diese Hilflosigkeit kannte ich gar nicht von ihr.

»Kann denn keiner die Musik stoppen?«, brüllte eine der Näherinnen. »Macht die Musik wieder aus.«

Ich konnte die Unruhe, die draußen im Saal entstand, körperlich spüren. Etwas musste geschehen. Und zwar jetzt. Ich schnitt ein paar Grimassen, dann brachte ich es fertig, mich aufzustellen. Ich durchteilte den Vorgang und trat hinaus ins Licht. Es kam mir vor, als steckte ich in Saartjie Baartmans Körper. Als würde ich als Monstrosität vorgeführt.

Nach den ersten vier Schritten knickte ich auf den hohen Absätzen um. Ein Schmerz durchzuckte mich, doch ich biss mir in die Wange und ignorierte die Tränen, die meinen Blick verschleierten. Weiter. Der Stoff des Kleides wickelte sich mir um die Beine, während ich einen Fuß vor den anderen setzte. Seine Kühle war wie ein Windhauch, der über meine Haut glitt. Das war Tetras Show. *»Watch me go out now …«* Die Worte des Liedes drangen in mein Bewusstsein. *»… and everyone's out to dance on my grand parade.«* Die Korsage spannte über meinem Busen. Wie im Traum durchlebte ich den Weg bis zum Ende des Laufstegs weit vorne im Saal und wieder zurück.

Im Rückblick erinnere ich mich vor allem an das Licht, das mich blendete, an das Rauschen um mich herum, von dem ich nicht wusste, ob es das Gemurmel der Zuschauer war oder das Knistern des Stoffes, wenn ich mich bewegte.

Ich entschwand vom Laufsteg, beugte mich vornüber und rang nach Luft.

Tetra versuchte gerade, den Schaden an dem versauten Kleid zu beheben. Auf Knien hockte sie vor Sylvie und nähte eine Chiffonbahn über die Flecken. Von unten blickte sie zu mir auf.

»Danke«, sagte sie nur.

Für mich war das ein so großes Eingeständnis ihrerseits, als hätten wir uns den ganzen Abend unterhalten. Noch völlig benommen setzte ich mich auf einen Stuhl, um die Stöckelschuhe abzustreifen und die pochenden Füße auf den kalten Boden zu stellen. Ich war beruhigt, meine Freundin dort sitzen und nähen zu sehen. Mit einem Mal verstand ich, dass ich Tetra immer als eine Art Muttterersatz betrachtet hatte und dass ich endlich in der Lage war, ihr etwas von all dem, was sie mir gegeben hatte, zurückzugeben. Ich würde nicht länger erwarten, dass sie mein aufgetrenntes Leben flickte. Mit einer enervierenden Selbstverständlichkeit hatte ich von ihrer Liebe und ihrer Geduld, die ich für grenzenlos gehalten hatte, immer wieder genommen. Dieses Ungleichgewicht war die Basis unserer Freundschaft gewesen. Sie hatte abgerissen werden müssen, damit ich ein neues Fundament gießen konnte, eines, das auf Gegenseitigkeit und Respekt beruhte.

Mir kam das Zitat von Louise Bourgeois mit der Nadel, die um Verzeihung bittet, in den Sinn. Ich würde den aufgetrennten Saum unserer Freundschaft flicken und damit um Verzeihung bitten. Dazu war ich jetzt bereit.

Ein letztes Mal musste ich an diesem Abend ins Scheinwerferlicht hinaus, gemeinsam mit den anderen Frauen. Wir nahmen Tetra in die Mitte; ich stand ganz nah bei ihr. Die Besucher applaudierten. Blitzlichter knallten uns in die Gesichter.

Tetra hatte Tränen in den Augen. Als sie zu stolpern drohte, fing ich sie auf. Sie machte sich hastig wieder los, und ich wusste, wir brauchten Zeit, um unsere Freundschaft zu erneuern, aber ich würde nicht aufgeben. Nie.

Ich ließ das Kleid gleich an, weil Tetra uns die Sachen schenkte, die wir vorgeführt hatten, und tauschte nur die Highheels gegen Turnschuhe. Dann raffte ich meine Jeans, das T-Shirt und die Socken zusammen, wickelte mich in die Strickjacke und zog meinen Mantel über. Auf dem Weg zum Ausgang stellte ich mich hinter Tetra, die gerade mit einer Journalistin sprach. Ich wollte nicht stören, daher wartete ich kurz.

»Was inspiriert Sie zu Ihren Entwürfen?«, fragte die Reporterin eines Hochglanzfrauenmagazins.

Tetra zuckte mit den Schultern. »Menschen auf der Straße, Gefühle, das Blatt eines Baumes. Alles. Aber am liebsten ist es mir, wenn ich ein Kleid für eine ganz bestimmte Person entwerfe. Ihre spezielle Persönlichkeit hervorzuheben, das ist es, was mich reizt.«

»Können Sie ein Beispiel nennen?«

»Meine Freundin Lio.« Als Tetra meinen Namen aussprach, begriff ich, dass sie meine Anwesenheit fühlen konnte. »Das Kleid, das sie, Lio … Sie haben sicher schon von ihrer Ausstellung in der Galerie Zazewitz gehört?«

Die Journalistin nickte.

»Das Kleid, das meine Freundin heute vorgeführt hat … Beim Entwurf habe ich sofort an sie gedacht. Sie ist ein Mensch, der Licht in mein Leben bringt.«

Meine Augen fingen an zu brennen. Die Journalistin wurde auf mich aufmerksam.

»Sie sind Lio, nicht? Wie fühlen Sie sich in dem Kleid, das Ihre Freundin eigens für Sie entworfen hat?«, fragte sie.

»Gut«, rang ich mir mühsam ab. Da ich gerade noch realisierte, dass dies keine zufriedenstellende Antwort war, sammelte ich all meine Kraft. »Wenn man eins von Tetras

Kleidern trägt, dann ist das, als würde man wie ein Insekt die alte Hülle abstreifen und in eine neue schlüpfen. Eine, in der man schillert und glänzt.«

Die Frau schrieb eifrig mit, was ich sagte. Tetra sah mich die ganze Zeit über an. Nachdem die Journalistin alles erhalten hatte, was sie brauchte, verabschiedete sie sich.

»Ich wünsche mir, dass wir es schaffen, Freundinnen zu bleiben«, erklärte ich Tetra. »Das ist bestimmt nicht leicht, aber ich möchte, dass du weißt, wie viel du mir bedeutet hast und immer bedeuten wirst.«

Ich suchte Tetras Hand und drückte sie. Sie erwiderte den Druck. Wir hielten uns lange. Einfach nur so an den Händen.

»Tetra, ich …« Ich atmete durch. »Ich werde das Kind bekommen.«

Sie verzog das Gesicht. »Das ist gut«, sagte sie schließlich.

Ich hörte die Traurigkeit aus ihrer Stimme heraus. Auch ich war bekümmert, weil ich meine Fehler viel zu spät erkannt hatte. Aber es war nicht zu spät, sie wiedergutzumachen.

Ich gab den Namen meiner Tante in die Suchmaschine im Internet ein. Eigentlich rechnete ich gar nicht damit, etwas über sie herauszufinden, immerhin war es gut möglich, dass sie geheiratet und einen anderen Nachnamen angenommen hatte, oder sie war längst tot. Aber vielleicht gab es doch einen Hinweis auf sie. Etwas wie einen Alte-Schulfreunde-gesucht-Eintrag oder dergleichen. Ich wollte die Suche nicht aufgeben, bevor ich nicht damit begonnen hatte.

Ihren Namen entdeckte ich überraschend auf der

Homepage eines Schäfereikollektives. Allerdings war es nicht gesichert, dass es sich dabei wirklich um meine Tante handelte und nicht um eine Namensvetterin. Sicherheitshalber schrieb ich die Mailadresse des Kollektivs auf einen Zettel. Die Schwester meiner Mutter direkt zu kontaktieren, traute ich mich noch nicht.

Stattdessen suchte ich nun Bens Namen und besah mir die Karikaturen, die ich von ihm im Netz fand. Über seine Zeichnungen, die das Paarleben zwischen Mann und Frau ironisch darstellten, musste ich spontan lachen. Er hatte Beziehungsprobleme treffend bebildert, und ich überlegte, was für Erfahrungen er wohl nach meinem Verschwinden gemacht hatte. Ob er sehr geliebt hatte? Ob er im Moment in einer Partnerschaft lebte? Ich hatte ihn bei unserem Treffen gar nicht danach gefragt. Diese Gedanken schienen mir gefährlich zu sein.

Ich sehnte mich nach einem Mann, bei dem ich mich heil fühlen konnte. Diesen Sehnsuchtsmann hatte ich wie eine Schablone auf Dominic gelegt und nicht wahrhaben wollen, wie viel vom echten Dominic an den Rändern überstand, wie wenig er und der Schablonenmann deckungsgleich waren. Ich wollte meine Sehnsucht nicht einfach über den nächsten Mann stülpen.

Als die junge Frau durch das Tor tritt, steht er da und wartet auf sie, wie an jedem Nachmittag. Es ist eine Helligkeit um ihn, strahlender als die Sonne. Das glückliche

Lachen, das aus ihrem Inneren emporsteigt, verbirgt sie hinter ihrem Seidenschal. Alle Arbeiter der Porzellan-Manufaktur könnten es sehen, deshalb geht sie vorsichtshalber mit einer halben Armlänge Abstand neben ihm her. Sie sagen nichts, während sie gehen, blicken sich nur hin und wieder an und lächeln, und es ist ihr, als wäre die Luft elektrisch aufgeladen.

Auf dem Bahnsteig sind so viele Menschen. Sie stellt sich ganz nah neben ihn, so dass ihre Hüfte seinen Oberschenkel berührt. Sie spürt seine Haut und seine Muskeln durch die Kleiderstoffe hindurch. Ihr Atem geht flach. Als die Bahn einfährt, steigt sie vor ihm ein. Für einen Augenblick befürchtet sie, er könnte nicht hinterherkommen. Doch sie beruhigt sich, als sie sein Lachen sieht, das sein ganzes Gesicht in Beschlag nimmt, das sich von den Lippen über die Nase und die Haut um die Augen ausbreitet.

Sie setzt sich nicht, denn das würde sie zu weit von ihm entfernen. Stattdessen hält sie sich an einer Stange fest. Er fasst weiter oben an. Langsam schiebt er seine Finger über die ihren. Die Berührung ist wie das Rot von überreifen Kirschen. Sie schmeckt die Süße auf ihrer Zunge, und der Hunger nach seiner Liebe brennt in ihrem Bauch. Jede flüchtige Berührung ihrer Hände oder ein auf die Wange gehauchter Kuss, all das sind nur Krumen vom Brotlaib. Sie würde die Zähne so gerne ganz in ihn schlagen und ihn verschlingen, um ihren Hunger zu stillen.

Die junge Frau erschrickt. Mit der freien Hand verbirgt sie ihr Gesicht, aus Angst, jemand könnte davon ablesen, was sie gerade gedacht hat. Als die Bahn in einer Kurve ruckelt, hält sie sich an einem anderen Griff fest. Doch sein Blick lässt sie nicht los. Seine Augen, seine grünbraunen Augen, sind weiterhin auf sie gerichtet. Beständig.

Selbst beim Aussteigen. Nebeneinander gehen sie die Treppe hinunter.

Sie müssen durch einen Tunnel. Die junge Frau kann Tunnel nicht leiden und beginnt schneller zu laufen. Unter der Erde kommt es ihr immer so vor, als bewege sie sich durch die Vergangenheit. Doch mit Carl an ihrer Seite ist das Gefühl weniger erdrückend.

Kaum sind sie im Tunnel, zieht er sie an sich.

»Weißt du, wie gerne ich der Pinsel wär, den du den ganzen Tag in der Hand hältst?« Er küsst ihre Finger, einen nach dem anderen.

Sie wünscht sich, er würde mehr als nur ihre Finger küssen. Als ein Mann sich an ihnen vorbeidrängelt, wird sie von Carl weggerissen. Wenige Zentimeter nur, aber dadurch wird alles anders. Sie nimmt die Dunkelheit um sich herum wieder wahr. Sie wünscht sich so sehr, dass Carl sie liebt, doch sie weiß, dass sie seine Liebe nicht verdient. Sie ist nicht hell und strahlend wie er, sondern schattig und lang wie der Tunnel, in dem es nach Urin riecht.

»Was ist denn?« Er sieht sie forschend an, als suche er etwas in ihrem Gesicht.

Damit er die Schatten nicht sieht, die darauf liegen, wendet sie den Kopf ab und geht vor ihm her. Auf der Treppe nach oben fängt er sie ein.

»Hab ich etwas gesagt, das dich gekränkt hat? War es, weil ich …« Er spricht nicht weiter.

Sie denkt, er meint die Küsse auf ihre Fingerspitzen, und schüttelt den Kopf. Wie kann sie ihm begreiflich machen, was in ihr ist? Wie kann sie das Weiß, das ihn umgibt, mit ihrem Schwarz beschmutzen?

Er zieht sie die Treppe hinauf und stört sich nicht daran, dass er Fahrgäste anrempelt und selbst angerempelt wird.

Sie stolpert hinterher. Er zieht sie zu dem kleinen Rasenstück an der Mauer. Wie stark im Tageslicht die Farben leuchten, wie frisch das Grün des Grases ist. Es erinnert sie an den Garten weit weg von hier.

Umgeben von all den Farben schlingt er die Arme um sie und küsst sie. Erst ist sein Kuss hart, doch dann wird er weich und nachgiebig. Es ist ihr, als erstrahle alles um sie herum in einem Licht, das keinen Schatten kennt. Und sie spürt, wie sie selbst zu diesem weißen Licht wird.

XXXXXX

18.

Carl öffnete die Tür.

Das war er also, der Mann, zu dem meine Mutter Zärtlichkeit, Liebe und Verlangen empfunden hatte. Der Mann, der mein Vater sein konnte. Ich forschte in den Details. Seine Kinnpartie hing schlaff herab, doch darunter wirkte sie kantig. Seine Nase war mit groben Poren übersät, die Augen waren rötlich und geschwollen. Die bläulichen Augenränder kamen mir bekannt vor, denn ich litt selbst darunter. Vielleicht sah er mir hinter der Maske seines Alters ähnlich.

»Kommen Sie doch herein.« Auch wenn er seinen Mund zu einem leichten Lächeln verzogen hatte, war seine Stimme heiser und der Händedruck, mit dem er mich begrüßte, war feucht.

Ich hatte nicht wirklich zu hoffen gewagt, dass Carl sich auf meine Anfrage über Frau Petzold melden würde. Als er nur zwei Tage später seinen Namen am Telefon genannt hatte, war mir kotzübel geworden. Zweiundvierzig Jahre lang hatte ich keinen Vater gekannt. Eine sich ständig verwandelnde Phantasiegestalt hatte den Raum eingenommen, den seine Abwesenheit hinterlassen hatte. Ich sehnte mich danach, endlich einen realen Menschen an diese Stelle zu setzen, dennoch fürchtete ich mich vor einer Enttäuschung.

Ich hatte Angst vor ihm, vor Carl, der durch seine Briefe in meiner Vorstellung zu einem schönen und liebenswürdigen Mann geworden war. Ich hatte Angst vor der Entzauberung, davor, dass er sich als langweiliger oder, schlimmer noch, als gleichgültiger alter Mann entpuppte.

In den Gesten, mit denen Carl mich auf dem Sessel Platz nehmen ließ und mit denen er mir einen bereits auf dem Couchtisch stehenden Kaffee anbot, suchte ich das Vertraute. Seine Hände, mit denen er die mit Blumen bemalte Porzellankanne anhob, um Kaffee in eine zierliche Tasse, ebenfalls mit Blumendekor, zu gießen, waren schmal und beinahe mädchenhaft. Als er mir die Tasse zuschob, dachte ich, es sei das gleiche Geschirr wie das meiner Mutter aus dem Keller, und sah ihn an. Sein Mundwinkel zuckte, sein Kopf neigte sich dabei zur Seite. Er hatte eine bestimmte Art, das Gefühl zu verbreiten, für einen da zu sein. Ich verstand, was meine Mutter in ihm gesehen haben musste.

Als könne mir der Raum, in dem wir saßen, mehr über ihn verraten, blickte ich mich um. Auf einer Kommode standen Porzellanfiguren. An der Wand mit dem braunen Ledersofa hingen gerahmte Fotos. Ein schwarz-weißes zeigte ihn und eine Frau in Hochzeitskleidern; die Frisuren ließen auf die späten sechziger oder frühen siebziger Jahre schließen. Er lächelte fröhlich in die Kamera. Die Frau war ihm zugewandt und erwiderte sein Lächeln.

Carl hatte geheiratet. Aber nicht meine Mutter.

Ich blinzelte die Tränen weg.

Um das Hochzeitsbild waren Kinderfotos drapiert. Wieder war er darauf zu erkennen, diesmal mit einem dickbackigen Säugling auf dem Schoß. Das Kind hob die Patschehändchen, als wollte es sein Gesicht berühren.

Carls Augen schenkten dem kleinen Wesen die ungeteilte Aufmerksamkeit. Es schien, als wäre die Person, die das Foto geschossen hatte, gar nicht anwesend, als gäbe es auf der Welt nur dieses Kind und den Vater und die gemeinsame Liebe.

Ich stellte mir vor, seine Liebe hätte mir gegolten und ich wäre das Kind auf seinem Schoß gewesen. Ich hätte Geborgenheit bei ihm gefunden. Mir hätte seine väterliche Aufmerksamkeit gegolten. Mich hätte er behütet und beschützt.

Mir fiel ein Foto auf, das ein Mädchen mit Zöpfen in einem Dirndl und zwei akkurat gescheitelte Jungen in kurzen Hosen zeigte. Sie lächelten auf mich herunter, seine Kinder, die durchaus meine Halbgeschwister sein konnten. Ich mühte mich ab, die Gefühle in mir zu sortieren. Ich empfand Freude, Erregung und viel Neid.

Er seufzte in die Stille des Wohnzimmers hinein. »Ich weiß gar nicht, wie ich Sie anreden soll, Frau … heute sagt man ja Frau, Ihre Mutter habe ich noch Fräulein genannt.«

»Ich bin Lioba. Lio.«

»Schön. Lioba, Sie wollen etwas über Ihre Mutter erfahren, richtig?«

Ich nickte stumm.

»Sie sagten, Ihre Mutter hat durch den Schlaganfall die Sprache verloren? Schreckliche Sache. Aber wissen Sie, es scheint mir nicht richtig zu sein, über damals zu reden. Mit Ihnen. Das ist alles sehr lange her. An der Vergangenheit zu rühren, das bringt doch nichts.«

Keine Ausflüchte. Ich hatte lange genug nichts von ihm gewusst, viel zu lange, mein ganzes Leben lang. »Ich …« Die Stimme versagte mir. Ich nahm einen Schluck von dem dünnen Kaffee. »Ich habe Ihre Briefe gelesen«, krächzte ich. »An meine Mutter. Sie haben sie geliebt, oder?« Mit angehaltenem Atem wartete ich auf seine Reaktion.

Er ließ sich Zeit, schenkte sich erst Kaffee nach, blickte an mir vorbei in den Teil des Wohnzimmers, der hinter mir lag, und lächelte vage. Zu vage, um sein Verhalten deuten zu können.

»Nun ja, vielleicht ist es doch in Ordnung, darüber zu sprechen. Meine Frau ist vorletztes Jahr gestorben, es kann sie also nicht mehr kränken, denke ich.«

Ich beugte mich vor, ließ ihn nicht aus den Augen. »Dann haben Sie meine Mutter also geliebt. Warum haben Sie den Kontakt zu ihr abgebrochen und ihr nicht mehr geschrieben? Warum haben Sie sie nicht geheiratet?«

Carl lächelte noch immer. Seine Hände waren gefaltet, aber es schien mir, als wäre sein Lächeln mehr nach innen gerichtet und gar nicht für mich bestimmt.

»Ich hätte nicht gewusst, wohin ich die Briefe schicken soll.« Sein Brustkorb hob sich. »Ihre Mutter ist von einem Tag auf den anderen verschwunden. Spurlos, wie man so sagt. Ich habe nie wieder etwas von ihr gehört. Bis Frau Petzold mich anrief und mir erzählte, dass Sie in der Porzellan-Manufaktur waren.« Wie zur Bestätigung seiner Worte wackelte er mit dem Kopf.

Ich wusste nicht, ob ich ihm glauben konnte, und im Grunde wollte ich ihm keinen Glauben schenken, doch er klang aufrichtig.

»Der Manufaktur hat sie damals einen Brief geschickt, in dem stand, dass sie nicht mehr käme. Aber mir … Kein Wort hat sie zu mir gesagt. Nichts. Kein einziges Wort.« Er kniff die Lippen zusammen, bis die Farbe daraus entwich. »Als wir uns das letzte Mal sahen, war alles gut zwischen uns. Wir hatten uns verabredet. Zum Essen und Tanzen, wissen Sie. Sie hat gerne getanzt, Ihre Mutter.«

Mein Kiefer schmerzte, so stark presste ich die Zähne aufeinander. Wenn meine Mutter ihm von mir erzählt hätte, hätte seine Liebe mir gegolten, so wie dem Säugling auf dem Foto. Wenn er nur gewusst hätte, dass es mich gab.

»Ihr letzter Brief im Besitz meiner Mutter ist vom dritten Juli. Ich bin im Dezember geboren. Sechs Monate später«, sagte ich.

Er sah mich an, als müsse er meine Worte stumm wiederholen, um sie zu begreifen. Unterdessen veränderte sich sein Gesichtsausdruck. »Sie meinen … Sie denken …« Er brach ab, löste die Finger voneinander und hielt die Hände abwehrend in der Luft.

»Hat Sie Ihnen denn nie von mir geschrieben?«, fragte ich.

Ich wollte seine Händen festhalten, die dort in der Luft hingen. Doch er griff nach der Porzellantasse. An dem ziselierten Griff krallte er sich fest, als er die Tasse zitternd an die Lippen führte. Er tat, als nippe er an dem Kaffee. Ich sah ihn jedoch nicht schlucken. Mit einem Klirren stellte er die Tasse wieder auf dem Unterteller ab.

»Ich bin nicht Ihr Vater.« Sein Blick ging zum Fenster hinaus.

Ich wünschte mir, dass er mich ansähe, damit ich die Lüge in seinen Augen entdecken könnte.

»Ich habe Ihre Mutter geliebt. Ja. Sie war eine schöne und fröhliche Frau. Ich wollte sie auch heiraten, aber ich bin nie dazu gekommen, sie zu fragen. Sie ist vorher verschwunden«, redete er weiter, ohne mich anzusehen. »Ich habe sie in ganz Berlin gesucht. Ich bin sogar in den Osten rüber und habe wildfremde Menschen auf der Straße nach ihr gefragt. Ich habe ihnen das Foto gezeigt, das ich von ihr hatte, eine Porträtaufnahme von einem Fotografen, auf der sie so lieb lächelte.« Er wandte wie in Zeitlupe den Kopf in meine Richtung. »Niemand hat etwas von ihr gewusst. Dann habe ich es aufgegeben, ihr Foto zerrissen und in die Spree geworfen. Vier Monate später lernte ich meine Frau kennen. Wir haben bald geheiratet und drei Kinder bekommen. Das ist die ganze Geschichte.«

Ich wartete darauf, dass er noch etwas hinzufügte, aber er schwieg.

Wenn sie ihm doch nur geschrieben hätte. Vermutlich wäre er mir trotz seiner Frau und den drei Kindern ein guter Vater gewesen. Auch wenn wir in verschiedenen Städten gelebt hätten, hätte er mir zum Geburtstag und zu Weihnachten ein Päckchen schicken können. Vielleicht wären wir uns auch mal begegnet. Wir hätten zumindest die Chance auf eine Beziehung zueinander gehabt, wenn meine Mutter sie uns nur gegeben hätte.

Carl saß zusammengesunken da.

»Ich würde Sie gerne näher kennenlernen«, begann ich unsicher.

»Wozu?« Das Geschirr schepperte, als er beim Aufstehen gegen den Couchtisch stieß. »Ich habe Ihnen gerade erklärt, dass ich nicht Ihr Vater bin. Das haben Sie doch begriffen?«

Weil er stand, musste ich zu ihm aufblicken. Durch die verschobene Perspektive wirkte er ebenfalls verändert. Distanzierter. Kühler.

»Aber … Sie müssen mein Vater sein«, redete ich auf ihn ein.

»Frau Lioba.« Seine Stimme hörte sich verärgert an. »Was Sie heute Affäre nennen. Ihre Mutter … ich … Wir haben nicht. Nicht einmal. Ihre Mutter wollte nicht. Nicht vor der Ehe.«

Wenn er mir mit der Faust ins Gesicht geschlagen hätte, hätte er mich nicht stärker treffen können. Ich schwankte beim Aufstehen. Konnte das sein? Ich war so enttäuscht und wieder einmal wahnsinnig wütend. Auf ihn. Auf meine Mutter. Auf mich selbst. Warum hatte er nicht mit meiner Mutter gevögelt? Warum war sie nicht zu ihm gekommen, als sie mit mir schwanger war? Warum hatte er sie nicht trotz ihres Zustandes geheiratet?

Ich fühlte mich betrogen. Um die Vergangenheit, die ich hätte haben können. Um eine Zukunft, die ich mir schon insgeheim ausgemalt hatte. Mensch, ich hatte ihm erzählen wollen, dass ich sein Enkelkind erwartete. Nichts blieb mir übrig. Keine Hoffnung. Keine Sehnsucht. Einfach gar nichts.

Wahrscheinlich hätte ich auf einen Vaterschaftstest bestehen können, um Sicherheit zu erlangen. Doch sein Verhalten machte mich sicher genug, dass er niemals wirklich mein Vater sein würde.

Mein ganzes Hoffen und mein Bedürfnis nach väterlicher Liebe mündete in diesem spießigen, altmodischen Wohnzimmer in der absoluten Einsamkeit.

Völlig desolat lief ich die Straßen entlang. Ich musste die Gedanken in meinem Kopf sortieren. Dabei hatte mir Bewegung immer schon am besten geholfen. Laufen. Denken. Laufen. Denken. Wenn es stimmte, was Carl gesagt hatte, und ich glaubte ihm, dann war ich wieder genauso weit wie zuvor. Dann hatte ich mich keinen Schritt bewegt, sondern musste mich der Möglichkeit stellen, dass ich, nur weil ich suchte, noch lange keine Antworten erhalten würde. Mir stiegen Tränen in die Augen, weil sich mein Schicksal wiederholte. Mein Kind würde ohne Familie und ohne Wissen um die Vergangenheit aufwachsen, so wie ich bereits aufgewachsen war. Ich machte größere Schritte, als könne ich dem Schicksal dadurch entkommen. Doch es würde mir immer folgen. Mich immer begleiten. Mich überschatten. Es war größer als ich.

Vor einem Modeladen blieb ich abrupt stehen. »Tetra von Hannover« stand in goldenen Lettern auf der Hauswand. Mir war nicht ganz klar, wie ich hierhergekommen war, aber mein Unterbewusstsein hatte mir wohl den Weg gewiesen. Ich sah in das Schaufenster. Die ausgestellten Kleider waren schlicht geschnitten. Nur die verschieden zusammengesetzten Stoffe wirkten ungewöhnlich. Es gibt einen entscheidenden Unterschied zwischen mir und meiner Mutter, sagte ich mir. Ich würde meinem Kind niemals den Vater vorenthalten. Es sollte wissen, dass Dominic sein Vater war. Was konnte ich allerdings tun, wenn er sich verleugnen lassen würde? Durfte ich meinem Kind anvertrauen, dass sein Vater nichts mit ihm zu tun haben wollte?

Vor dem Schaufenster begriff ich, dass meine Mutter Entscheidungen auf einer Grundlage getroffen hatte, von der ich nichts wusste und die ich deshalb nicht einfach verurteilen durfte. Mir war, als müsste ich sie um Verzeihung bitten. Hinter ihrem Rücken hatte ich die Briefe eines Mannes gelesen, den sie einmal geliebt hatte. Bis ein anderer in ihr Leben getreten war. Eine Vergewaltigung? Meine Tante war schon unter seltsamen Umständen entstanden; vielleicht verhielt es sich bei mir ja ähnlich.

Ich versuchte zu erkennen, ob Tetra im Laden war. Doch außer einer Verkäuferin sah ich niemanden.

Ich musste meine Mutter mit anderen Augen betrachten, aus einem anderen Blickwinkel heraus. Bisher hatte ich immer versucht, so viele Unterschiede wie nur möglich zwischen uns zu sehen. Zum ersten Mal in meinem Leben war ich bereit, tatsächlich Gemeinsamkeiten zu entdecken.

XXXXXX

Es ist ein Fehler, denkt die junge Frau, als sie vor dem Lokal steht, in dem sie Carl treffen wird. Sie sollte gehen, ohne sich von ihm zu verabschieden. Der Abschied wird alles nur noch schlimmer machen. Ihre Hand liegt schon auf dem Türgriff. Sie nimmt sie wieder weg. In sich spürt sie die feinen Haarrisse, die sich eine zu stark aufgetragene Farbe beim Brand zuzieht.

Wenn ihr nur eine Wahl bliebe.

Ein Paar drängelt an ihr vorbei ins Lokal. Durch die geöffnete Tür schallt Gelächter. Dort drinnen wird er sitzen und auf sie warten. Mit seinen grünbraunen Augen wird er die Menge absuchen, und immer wenn eine Frau hereinkommt, die ihr auf den ersten Blick gleicht, wird er sein Lächeln aufsetzen, das alles erstrahlen lässt.

Sie muss es sehen, sie muss ihn sehen. Ein letztes Mal.

Als er sie bemerkt, winkt er. Langsam geht sie auf ihn zu. Er hat bereits etwas zu essen bestellt, doch sie weiß, dass sie keinen Bissen herunterbekommen wird. Er fasst nach ihrer Hand und streichelt sie. Unter seinen Fingernägeln sieht sie den grauen Porzellanstaub.

Sie könnte ihm jetzt sagen, dass sie sich in einen anderen verliebt hat. Dass sie ihn nicht mehr liebt, nie geliebt hat. Er würde sie gewiss nicht zurückhalten. Doch sie wird es nicht fertigbringen, zu lügen, nicht wenn er sie so ansieht.

Am Tisch nebenan reißt eine Frau beim Lachen den Mund so weit auf, dass sie ihr in den Rachen sehen kann. Sie neidet der Fremden die Freude, wünscht sich, sie könnte stattdessen diese Freude empfinden.

»Ich muss gehen«, sagt sie nur.

»Aber du bist doch gerade erst gekommen« Sie spürt Düsternis in sich aufsteigen. Bloß nicht vor ihm in Tränen ausbrechen. »Bitte bleib noch«, sagt er.

Ihr schnürt es die Kehle zu. Und wenn sie bei ihm bleibt? Wenn sie nicht nach Hause zurückgeht. Nie wieder. Doch selbst wenn die dunklen Konturen durch den Brand verschwinden, weiß sie, dass sie da waren, dass sie immer da sein werden. Sie kann bei der Blumenmalerei die Schatten weglassen, aber sie wird nicht verhindern können, dass ihr Schatten auf Carls Licht fällt. Sie kann der Vergangenheit und der Verantwortung nicht entkommen.

»Ich bin müde.« Sie weicht seinem Blick aus und erhebt sich. Er steht ebenfalls auf, um sie nach Hause zu bringen. Sie wehrt ihn ab. »Das wäre Verschwendung.«

»Macht doch nichts.« Carl denkt, sie meint das Essen. »Bist du sicher, dass ich dich nicht wenigstens zur Bahn begleiten soll?«

Sie ist sicher, dass sie einen solchen Abschied nicht überstehen würde. Er steht so nah vor ihr, bindet ihr den Seidenschal um und streichelt ihr dabei mit seinen schmalen Fingern über den Hals. Sie stellt sich auf die Zehenspitzen, um ihn zu küssen. Auf einmal ist es ihr gleichgültig, dass alle sie sehen können. Ihre Lippen wollen ein letztes Mal schmecken, was er verspricht.

Sie sind einziger Kuss. Diesen einen Kuss lang existiert die Welt draußen nicht, hat sie keine Vergangenheit mehr. Wenn er mich jetzt noch einmal fragt, ob ich mit ihm nach Hause komme, denkt sie, dann werde ich es tun, dann werde ich mich ihm hingeben und für immer bei ihm bleiben.

Er tut es nicht.

Bitte frag doch!

Und wenn sie es darauf ankommen lässt? Wenn sie ihm die Wahrheit erzählt? Von ihrer Schwester und dass sie ihrer Mutter versprochen hat, immer auf die Jüngere aufzupassen? Möglicherweise könnte er es verstehen und würde sogar zu ihr stehen. Aber dürfte sie ihm das antun? Ihm ein Kind anhängen, das gar nicht seines ist? Ja. So wie er ist, würde er bei ihr bleiben. Doch er würde sich nie in ihrem dunklen Tunnel zurechtfinden. Sie würde ihm all das Licht nehmen mit dem Dunklen, das in ihr ist und immer in ihr bleiben wird. Sie wird nie so hell und strahlend sein können, wie er es verdient. Er verdient es, dass er der einzige Mensch im Leben einer Frau ist, der wichtigste. Für sie kann er immer nur der zweite sein. Der erste Mensch ist ihre Schwester. Für sie muss sie Opfer bringen, so wie ihre Mutter für ihre Töchter Opfer zu bringen bereit war. Es wiederholt sich. Sie kann nichts dagegen tun.

Als sie geht, weiß sie, dass dies die letzte Begegnung mit ihm war. Ihr Herz zerbricht wie Porzellan, das auf den Boden knallt, während er ihr nachwinkt. Sie kann den Schein des Lichts, das von ihm ausstrahlt, noch sehen, während die Tür hinter ihr längst zugefallen ist.

»Ich mach's«, sagt sie zu ihrer Schwester, als sie in die Dachmansarde zurückkehrt. »Ich nehme das Kind.«

Die Schwester fällt ihr um den Hals und küsst sie. »Danke. Danke. Ich wusste, dass du mich nicht im Stich lässt.«

Die junge Frau weiß, dass sie nicht entkommen kann. Sie könnte bei Carl bleiben, aber dann würde sie ihre Mutter verraten. Das darf sie nicht. Das kann sie nicht. Das ist sie ihr schuldig. Dem Schicksal kann man nicht entgehen. Berlin und die Manufaktur, das waren Fehler. Sie muss die Erinnerungen daran mit Spiritus wegwischen.

»Wir fahren gleich morgen früh los.« Sie packt ihre Habseligkeiten in einen Koffer. Dann nimmt sie die Tassen mit dem Blumendekor in die Hand. Sie hat sie selbst gemalt und dabei gedacht, dass sie sie einmal mit ihrem Mann in ihrer gemeinsamen Wohnung benutzen würde, mit Carl. Sie zerbricht eine nach der anderen, doch sie kann die Scherben nicht wegwerfen. Sie sind das Einzige, das ihr von Berlin bleibt, also packt sie die Teile obenauf in den Koffer zu den wenigen Dingen, die sie mitnehmen wird in ihr neues Leben.

Ein Leben, das sie nicht will. Ein Leben allein mit der Vergangenheit.

XXXXXX

19.

In der Bahn saß mir ein Mann mit Kampfhund gegenüber. Das hechelnde Vieh trug keinen Maulkorb. Ich stellte mir vor, wie der Köter mir an die Kehle sprang und sich festbiss. Wie er mir in den Bauch beißen und mein Kind zerfetzen würde. Ich bekam Angst. Weil ich wusste, dass Tiere Angst spüren und riechen können, versuchte ich zu verschwinden, deshalb verkroch ich mich so tief in mir selbst, wie ich es als Kind gelernt hatte. Ich blendete die Umwelt aus, machte mich sozusagen unsichtbar und unriechbar, bis der Mann mit dem Vieh ausstieg.

Zwei Haltestellen später verließ ich mit einem Rucksack voller Bücher von Überlebenden ebenfalls die Bahn.

Tetra wartete auf dem Innenhof vor meinem Atelier. Ich war überrascht, denn ich hatte nicht erwartet, sie zu sehen. Da war ich vor ihrem Laden gewesen und sie hier bei mir. Zufall?

»Wieso bist du nicht reingegangen?«, fragte ich. Dann wollte ich sie fragen, was mit uns sei, aber war ihre Anwesenheit nicht Antwort genug? Ich war so froh, dass sie zu mir gekommen war.

Als wir das Atelier betraten, ging sie zum Fenster. »Ganz schönes Loch«, bemerkte sie angesichts der Baugrube.

»Da kommt eine Tiefgarage rein«, erklärte ich.

Wir wussten uns nichts weiter zu sagen. Dass Tetra hier war, gab mir Hoffnung, doch ich befürchtete auch, das Falsche zu sagen.

»Magst du einen Tee? Chai?«

Ich wollte sie gerne noch hierbehalten. Bei mir. Sie musste merken, dass ich ihr gerade das Getränk angeboten hatte, das sie sonst immer für mich zubereitete. Ich schaltete die Anlage ein. Im Player lag noch die CD mit der Musik von der Modenschau. Meine Freundin ging derweil zu dem mit Stecknadeln provisorisch geformten schwangeren Frauenkörper, den ich aus der Patchworkdecke mit meinen Kinderkleidern geschaffen hatte. Er lag mitten auf dem Boden. Sie betrachtete ihn lange. Ich sah ihr dabei zu, während ich den Tee bereitete. Auf einmal erfüllte das schmerzvolle Lied über den Abschied, »Adieu«, mein Atelier. Unsere Blicke begegneten sich. Tetra setzte sich zu mir an den Holztisch, der vor der Küchenzeile stand.

»Ich will nicht, dass das mit uns vorbei ist«, sagte ich. »Ich will meine Fehler wiedergutmachen können.«

Tetra blies in ihre Tasse, bevor sie am Tee nippte. »Du hast den Zimt vergessen.« Sie sagte es äußerst schroff, aber mir schien es wie ein Zugeständnis zu sein. Auch wenn sie noch nicht über die Verletzung reden konnte, die ich ihr zugefügt hatte. Immerhin redeten wir. Meine Freundin nahm einen weiteren Schluck von dem Chai. »Was ist das überhaupt für eine Figur?«

Sie deutete auf den Frauenkörper, den ich aus den Kinderkleidern genäht hatte.

»Es ist so viel passiert«, erzählte ich. »Ich war in Köln, um ein paar Sachen für meine Mutter zu holen, und in unserer alten Wohnung hab ich viel gefunden, weil ich doch wissen will, wer mein Vater ist.« Tetra nickte. »Ums kurz zu machen. Es sieht so aus, als ob meine Mutter Jüdin ist. Ihre Mutter ist offenbar in Bergen-Belsen umgekommen und hat ihre beiden Töchter, also auch meine Mutter, vorher bei einer holländischen Familie verstecken können. Nach dem Krieg hat der Vater die Kinder dann zu sich geholt.«

»Krass«, sagte Tetra. »Davon hast du nichts gewusst?«

»Ich habe noch nicht viel in Erfahrung gebracht. Ich kenne nicht mal meine Tante. Falls die überhaupt noch lebt. Mein Großvater hat sich in den Sechzigern umgebracht. Vergast hat er sich.«

Meine Freundin wirkte erschüttert. »Und das hast du alles jetzt erst rausgefunden?«

»Ich habe in Köln Briefe und Unterlagen entdeckt. Meine Mutter besitzt ein Haus, stell dir vor, und wir haben immer nur in einer Mietwohnung gelebt.«

»Ziemlich verworren«, sagte Tetra.

Ich fühlte unsere alte Vertrautheit zwischen uns aufsteigen. Auch wenn ich eigentlich für sie hatte da sein wollen, spürte ich, dass ich mit ihr offen reden konnte.

»Ich kann's auch nicht richtig einordnen. Mir fehlt jemand, der mir das Ganze erklären kann. Der mir hilft, die Infos zu entwirren. Außerdem weiß ich immer noch nicht, wer mein Vater ist.« Ich stockte. »Vielleicht war er ja auch verheiratet«, fiel mir ein, »und sie hat dieses Verhältnis geheim gehalten.«

Tetra blickte mich an. Ihr Blick sagte mir, dass sie mich verstand. »Du hast Angst, dass du das Schicksal deiner Mutter mit Dominic wiederholst?«

»Da ist diese namenlose Angst. Weil sich die Vergangenheit aus so vielen blinden Flecken zusammensetzt. Von meiner Mutter werde ich so schnell nichts erfahren«, führte ich das Problem aus, »und ansonsten gibt's niemanden, der etwas weiß.«

»Wenn ich dir irgendwie dabei helfen kann«, bot Tetra an. Sie sah blass und müde aus, und ihrem schwarzen Haar fehlte es an Glanz.

»Danke, aber ich muss da alleine durch. Verstehst du das?«

Erneut herrschte Schweigen. Dieses Schweigen, das nichts wiedergutmachte, nichts heilte, sondern nur weitere Abgründe aufriss, ich hasste es. Warum reagieren wir Menschen auf Dramen, auf Zerwürfnisse und Schrecken nur immer mit Schweigeminuten?, fragte ich mich. Warum klagen wir nicht lautstark an? Wütend vorgebrachte Vorwürfe hätte ich besser ertragen als diese Stille.

Ich schob meine Tasse zur Seite und berührte mit den Fingerspitzen die Hand meiner Freundin. Es war an der Zeit, alles auszusprechen, was noch zwischen uns stand. »Ich weiß, du hast dir das Kind so sehr gewünscht, und jetzt ist deine beste Freundin schwanger«, sagte ich. »Wie hältst du das bloß aus?«

Mit der freien Hand spielte Tetra an den silbernen Ringen in ihrem Ohr. »Es ist total unfair«, brach es aus ihr heraus. »Du wolltest gar kein Kind.«

»Doch, wollte ich. Ich konnte es mir nur nicht eingestehen.« Langsam schüttelte ich den Kopf. »Tetra, wir beide haben so viel gemeinsam erlebt. Das möchte ich nicht aufgeben.«

Tetra löste ihre Hand aus meiner. Frustration machte sich in mir breit. Ich hatte das Gefühl, mich zusammenkrümmen zu müssen. Sie ging wieder zum Fenster.

»Ich auch nicht. Sonst wäre ich gar nicht hier. Du hast schon recht, dass ich noch immer ein Problem mit der Fehlgeburt habe. Was für ein fieses Wort.« Ein vorsichtiges Lächeln zeigte sich auf Tetras Lippen, als sie sich zu mir umdrehte. »Darf ich dich jetzt auch mal wieder was fragen? Hast du's Dominic nun gesagt oder nicht?«

»Ihm und seiner Frau. Bei einem Essen in ihrem Haus. Es war einfach nur schrecklich.«

»Und?«

»Ich habe nichts mehr von ihm gehört. Er will das Kind nicht, so viel steht fest.«

Tetra zog die Augenbrauen zusammen. »Aber nun kriegst du es. Er kann ja nicht verhindern, dass er Vater wird.«

Ich kämpfte mit den Tränen, weil ich mich mit meinen Problemen nicht gleich wieder vor Tetra drängen wollte. Obwohl ich alles ändern wollte, nahm ich den ganzen Raum in unserer Freundschaft ein.

»Ich bekomme das schon hin«, wiegelte ich daher ab.

Tetra sah skeptisch aus, immerhin sagte sie nichts mehr dazu. Ich fragte sie nach dem Erfolg der Modenschau, und wir setzten uns an den Computer, um im Netz nach Hinweisen darauf zu suchen. Es war nicht wieder völlig normal zwischen uns, sondern noch ziemlich verkrampft, auch wenn wir uns um Lockerheit bemühten. Aber wir waren beide zu erschöpft, um die Diskussion um unsere Freundschaft jetzt zu führen.

Manchmal war es gut, nicht alles auf einmal auszusprechen. Vermutlich hatte meine Mutter ihre Gründe, warum sie mir nichts von meinem Vater erzählt hatte. Etwas in mir ahnte den Abgrund hinter allem. Sie hatte mich als Kind sicher schützen wollen. Wie würde ich mich verhalten, wenn mein Kind eines Tages nach seinem Vater fragen sollte? Würde ich ihm wirklich die brutale Wahrheit sagen, dass er nichts mit uns zu tun haben wollte?

Ich gähnte. Seit der Schwangerschaft hatte eine ungeheure Müdigkeit von mir Besitz ergriffen.

Tetra stand auf. »Ich geh dann mal.«

»Das brauchst du nicht. Wir sind doch gerade erst …«

Sie unterbrach mich mit einem Kuss auf meine Stirn. »Lio, das hier ist ein Anfang. Lass es uns langsam angehen.« Sie lächelte schwach.

»Ich will, dass wir das wieder hinbekommen. Ich will's wieder hinkriegen mit dir«, sagte ich und nahm ihre Hand.

Sie drückte sie liebevoll. »Das will ich auch. Wir sehen uns. Gute Nacht.«

Nachdem sie gegangen war, fühlte ich mich viel leichter. Die schwere Last war, wenn schon nicht ganz von mir genommen, so doch wenigstens reduziert worden. Kurz entschlossen wählte ich Dominics Nummer. Er ging nicht dran, aber das hatte ich erwartet, und so sprach ich ihm auf die Mailbox.

»Pass auf, du wirst einiges mit deiner Frau klären müssen, das ist mir auch klar, aber du musst verstehen, dass ich das Kind bekommen werde. Und ich möchte, dass es dich kennenlernen kann.« Erst als ich auflegte, merkte ich, wie stark meine Hände zitterten. Auch wenn ich mich emotional von Dominic zu distanzieren versuchte, es blieb dabei, dass ich ihn auf meine Art und Weise sehr geliebt hatte und dass ich in Zukunft immer mit ihm verbunden sein würde, egal wie er zu mir oder ich zu ihm stünde.

Ich machte mir eine heiße Milch mit Honig, um mich zu beruhigen, und um zwei Uhr nachts schrieb ich meiner Tante eine E-Mail, die ich an die Adresse des Schäfereikollektivs schickte. Erst danach schlief ich mit dem Gefühl ein, wichtige Dinge angegangen zu sein.

Es war bereits nach elf, als ich aufwachte. Benommen setzte ich mich an den Computer. Während ich darauf wartete, dass er hochfuhr, nervte der Baustellenlärm. Hinter meinen Schläfen begann es zu pochen. Seltsam missmutig im Vergleich zu der Stimmung von vergangener Nacht, sah ich meine Mails durch. Mattis hatte mir eine Erinnerung geschickt. Ich durfte das letzte Bündnistreffen vor der Blockadeaktion nicht verpassen und notierte mir den Termin auf einen Zettel. Dann las ich die anderen E-Mails.

»Re: Verwandtschaft?« Zu meiner Verblüffung hatte meine Tante geantwortet. Die Sätze hatte sie wohl hektisch hingeworfen, wie ich den zahllosen Rechtschreibfehlern und den Buchstabendrehern entnehmen konnte. Sie bestätigte mir, dass sie die Schwester meiner Mutter sei. Außerdem äußerte sie die Hoffnung, dass es meiner Mutter bald wieder besser gehen und sie sich gut von dem Schlaganfall erholen werde. Zuletzt lud sie mich ein, sie in der Eifel zu besuchen, wann immer ich Lust und Zeit hatte. Sie sei selten unterwegs, höchstens mal auf Märkten, um Wolle und Gefilztes zu verkaufen, und erst in drei Wochen stehe der erste Frühlingsmarkt an.

Ich versuchte mir meine Tante vorzustellen, wie sie heute aussah, und erfand eine Mischung zwischen der jungen Frau mit dem Bubikopf, die mich an Simone de Beauvoir erinnerte, und der barfüßigen Gestalt aus dem Park. Die Person, die ich mir ausdachte, war faszinierend, und ich beschloss, die Gelegenheit zu ergreifen. Schließlich hatte sie mich eingeladen. Selbst wenn es aus reiner Höflichkeit geschehen war, ich hoffte durch sie einen entscheidenden Schritt weiterzukommen bei meiner Suche. Im Internet buchte ich eine Zugverbindung für den nächsten Morgen nach Kall und kündigte meiner Tante meine Ankunft für den frühen Nachmittag an. Ich war gespannt auf die Schwester meiner Mutter. Sehr gespannt darauf, welche Flecken der Erinnerung sie mit Farbe ausmalen würde.

Als ich einen Tag später zum Bahnhof fuhr, entdeckte ich an einer Straßenecke lauter Coffee-to-go-Pappbecher, die mit Erde befüllt waren. Keimlinge sprossen heraus. Es wirkte wie ein Kunstwerk. Eine Art Mahnmal gegen die Umweltverschmutzung. Unter Umständen war es auch einfach nur eine gute Tat von jemandem, der seine Umgebung ein klein wenig schöner machen wollte. Mit diesem hoffnungsvollen Bild im Kopf stieg ich in den ICE. Die ganze Zugfahrt über betrachtete ich meine Fundstücke, das Amulett, die Fotos, die Scherben und die amtlichen Unterlagen, die ich eingepackt hatte. Ich wollte sie meiner Tante zeigen, um Bestätigungen zu erhalten. Die Schnelligkeit, mit der die Informationen auf mich einprasselten, die über vierzig Jahre vor mir verschlossen gewesen waren, ließ mich noch immer deren Wahrheitsgehalt in Frage stellen. Obwohl ich intuitiv von ihrer Richtigkeit überzeugt war.

Ich fuhr über Köln, musste einmal umsteigen und dann ging's weiter. Immer tiefer in die Vergangenheit.

Auch wenn der Frühling die ersten Lebenszeichen gab, herrschte in der Eifel noch immer der Winter vor. Regen klatschte gegen die Scheibe des Taxis, als es mitten auf einem baufälligen Hof hielt. Beim Aussteigen setzte ich meinen Fuß so tief in eine schmutzig braune Pfütze, dass mir das Wasser in den Schuh lief.

Eine Frau mit zu Dreads gedrehten weißen Haaren in einem dicken Strickpullover mit Norwegermuster und einem lilaroten Rock aus Wollfilz kam aus dem Bauernhaus auf mich zu. An den Füßen trug sie gelbe Gummistiefel. Das Wasser schmatzte unter den Sohlen.

»Hallo«, rief sie mir mit melodischer Stimme zu. »Du bist sicher Lioba.« Ihre Begrüßung wurde von Klängen eines Windspiels untermalt, das an einer Stalltür baumelte. Konnte das meine Tante sein? Am ehesten glich sie der Frau aus dem Park, die mir die Spiegeltasche geschenkt hatte. Aber hatte die nicht dunkles, lockiges Haar gehabt?

Sie hielt inne. Wir standen uns gegenüber und musterten uns. Ihr Gesicht war außergewöhnlich glatt, obwohl sie Ende sechzig sein musste. »So siehst du also aus«, sagte sie, als ob sie erstaunt darüber wäre. Als sie lächelte, war sie mir auf den ersten Blick sympathisch.

»Ich musste einfach kommen«, erklärte ich. »Ich hab so viele Fragen.«

»Das kann ich mir vorstellen. Wir reden am besten drinnen. Ich habe einen Kräutertee aufgesetzt.« Meine Tante deutete zum Haus. »Wie geht's deiner Mutter?«

»Unverändert. Momentan spricht sie nur Niederländisch. Ich weiß nicht, ob das ein gutes oder schlechtes Zeichen ist.«

»Ja«, sagte meine Tante nur.

Am liebsten hätte ich sofort mit den Fragen begonnen, denn sie war erstaunlicherweise gar keine Fremde für mich. Ich konnte sie als Kind nicht mehr als dieses eine Mal gesehen haben und dennoch fühlte ich das Band zwischen uns.

»Wie war die Reise?« Sie plauderte drauflos, während ich ihr folgte. »Pass auf die Pfützen auf.«

Ich achtete darauf, den vielen Wasserlachen auszuweichen, die sich in dem lehmigen Boden gebildet hatten.

»Ich hatte viel zum Nachdenken«, erklärte ich. »Meine Mutter hat mir nie was von früher erzählt. Auch von dir nicht.«

Ich beobachtete ihre Reaktion. Meine Tante sah mich ernsthaft von der Seite an. Mitfühlend, dachte ich und war enttäuscht. Warum hatte meine Mutter mir diesen Menschen all die Jahre bloß vorenthalten? Weil sie mit der sicher unkonventionellen Lebensweise ihrer Schwester nicht einverstanden war?

»Wohnst du schon lange hier?«, fragte ich stattdessen. Ich wollte mich erst einmal an diesen Menschen, der zu mir, zu meiner Familie gehörte, herantasten.

»Fast acht Jahre sind's jetzt. Mal schauen, wahrscheinlich bleib ich noch ein bisschen.«

In der Diele des Bauernhauses zog meine Tante die Gummistiefel aus und stellte sie in eine lange Reihe von matschbespritzten Schuhen. »Du kannst dir ein Paar Filzlatschen nehmen«, sagte sie, als ich mit nassen Socken dastand.

»Danke, dass ich herkommen durfte«, sagte ich.

»War klar, dass es irgendwann mal so weit ist«, erwiderte sie.

Ein junger Mann mit einer Rolle Toilettenpapier in der Hand kam grüßend an uns vorbei. Als ich von ihm zu meiner Tante blickte, bemerkte ich ihren skeptischen Blick, den sie auf mich gerichtet hatte, und war irritiert darüber. Aber was hatte ich erwartet? Beinahe vierzig Jahre hatten wir uns nicht mehr gesehen. Ich war ein kleines Kind gewesen. Jetzt stand ich als erwachsene Frau vor ihr. Womöglich sah ich meiner Mutter, ihrer Schwester, auch noch ähnlich. Es musste sie befremden.

»Hier ist mein Zimmer.« Sie öffnete die Tür zu einem

schwach beleuchteten Raum und ließ mich vor ihr eintreten. »Setz dich doch.«

Ich nahm auf einem indischen Sitzkissen Platz, das mich an die Kissen in meinem Atelier erinnerte. Eine Gemeinsamkeit hatten wir also, stellte ich fest. Sie hockte sich auf eine Matratze, die mit weißen Schaffellen bedeckt war. Neben dem kleinen Fenster hingen gefärbte Stränge aus Schafswolle auf einer Stange aneinandergereiht. Die Farbverläufe gefielen mir außerordentlich gut.

»Hast du die selbst gefärbt?«, fragte ich.

»Ich liebe Farben. Sie sprechen zu mir. Wenn sich das für dich nicht zu abgehoben anhört.«

Ich erwiderte ihr Lächeln. Noch eine Gemeinsamkeit. Wir hatten beide eine kreative Ader. »Nein, auf keinen Fall. Ich bin Künstlerin, weißt du?« Ich forschte in ihrem Gesicht nach einer Spur des Erkennens. Dabei wünschte ich mir, sie hätte sich per Internet über mich auf dem Laufenden gehalten.

»Ah«, sagte sie nur und goss aus einer kleinen marokkanischen Kanne Tee in zwei Gläser. »Zucker gibt's bei uns nicht. Nur Honig. Von unseren Wiesenblumen.« Sie lehnte sich auf der Matratze zurück, bis ihr Kopf an einem aus bunter Wolle gewebten Teppich ruhte, und sah mich an. »Wenn der Sommer endlich kommt, kann ich wieder draußen färben. Das ist wundervoll.«

Der Teppich war über und über bestickt. Die Sorgfältigkeit, mit der die Stiche ausgeführt waren, erkannte ich wieder. Sie deutete auf einen Korb neben dem Bett, voll ungesponnener naturweißer Wolle. Darauf thronte eine Holzspindel.

»Ich mache alles selbst«, erzählte sie. »Ich beize, spinne und färbe. Das ganze Programm. Die da«, sie deutete auf die rotgelben Stränge, »habe ich mit Blüten, die ich mittags bei Sonnenschein gepflückt habe, und Zwiebelschalen gekocht. Pottasche intensiviert den Ton noch, deshalb leuchtet die Wolle so.«

Während sie mit angenehmer Stimme sprach, fühlte ich mich von meiner Mutter betrogen. Sie hatte mir diese wunderbar warmherzige Frau vorenthalten. Es wäre schön gewesen, wenn meine Tante mehr Raum in meinem Leben, vor allem in meiner Kindheit eingenommen hätte.

»Das ist immer wieder ein spannender Prozess, man weiß nie, was einen erwartet. Die Farben können nicht genau so wiederholt werden. Die Wolle als Ausgangsmaterial hat einfach ihre ganz eigene Beschaffenheit. Sie lässt sich nicht berechnen. Vielleicht magst du ja mal mitmachen?«

»Ja.« Sie machte es mir wahnsinnig einfach. Sie hätte mich wie eine Fremde empfangen können, stattdessen redete sie mit mir, als würden wir uns schon ewig kennen. »Ich arbeite viel mit Stoffen. Vor allem mit Fell«, sagte ich. Ich wollte ihr erzählen, dass ich Materialien und Farben genauso liebte wie sie. Ich wollte ihr alles von mir erzählen.

»Ich guck nachher mal, ob Jörgen ein Schaffell für dich übrig hat«, sagte sie. »Noch einen Tee?«

Dann bemerkte sie meinen Blick, der bei einem gerahmten Frauenakt hängen geblieben war. Das Foto eines knabenhaften Mädchenkörpers, über einem Hügel liegend, die Beine gespreizt, so dass der Betrachter die Klitoris sehen konnte, ähnlich dem Frauenakt bei Bella und Dominic zu Hause. Ihr Gesicht wie eine traurige Maske, der Kameralinse zugewandt, die Augen schwarz eingerahmt, die Brauen zu schwarzen Balken geschminkt, dunkel gefärbte, lange Haare.

»Das bin ich.« Meine Tante sprach summend. »Ein Freund von mir hat eine ganze Serie gemacht. Zwischen den Aufnahmen haben wir wild gevögelt. Willst du sie sehen?«

Bevor ich ihr eine Antwort geben konnte, war sie zu einem niedrigen Regal gegangen. Sie legte eine abgenutzte Ausgabe von *Die Nebel von Avalon* zur Seite und holte einen Schuhkarton hervor. Ich dachte, dass sie wie ich nur wenige Möbel und damit kaum Besitztum hatte.

»Hier.« Sie zeigte mir die Nacktfotos ohne jede Scham. Es wunderte mich, wie zwei Schwestern mit ihrer Sexualität und ihrem Körper so unterschiedlich umgehen konnten. »Ich war damals sehr sorglos, na ja, es war auch die Zeit. Ohne Aids.« Sie warf ihre Dreads auf den Rücken. »Es war eine Befreiung.« Sie beugte sich zu mir, um mir ein weiteres Foto zu zeigen, und dabei kam sie mir so nah, dass ich mit dem aufsteigenden Wasserdampf ihren Körpergeruch wahrnahm. Er erinnerte mich an etwas, an ein Gefühl, das ich als Kind empfunden hatte. Am liebsten hätte ich mich von ihr in den Arm nehmen lassen. Ich war auf einmal so durstig nach Liebe.

»Warum hast du uns nicht mehr besucht?«, platzte es unvermittelt aus mir heraus.

Sie legte die Fotos zur Seite und schnalzte wohl unabsichtlich mit der Zunge.

»Deine ... Meine Schwester und ich ... Du ... Es war alles so schwierig damals. Ich weiß nicht, wie ich dir das begreiflich machen soll. Ich war mit einem Menschenschlag zusammen, den deine Mutter nicht mochte. Maler, Fotografen, Musiker ... Es war besser so, glaub mir.«

Mir ging auf, dass sie noch nicht ein schlechtes Wort über meine Mutter verloren hatte. Meine Mutter, die mit ihrer Prüderie und Spießigkeit wahrscheinlich verächtlich auf meine Tante herabgesehen hatte. Ich konnte es mir genau vorstellen. Auf einmal war das Mitleid komplett weg, das ich bisher mit meiner Mutter gefühlt hatte. Ja, sie hatte eine schwierige Vergangenheit. Ja, ihre Mutter war im KZ gestorben, und ihr Vater hatte sich umgebracht. Aber galt das nicht alles auch für ihre Schwester? Warum hatte meine Tante solch ein freies Leben gewählt und meine Mutter nicht?

»Ich habe das Gefühl, als hätte meine Mutter uns was gestohlen«, gestand ich. »Vor allem Zeit. Ich wünschte, ich hätte dich richtig kennenlernen können.«

Sie schwieg und sah dabei seltsam beschämt aus.

»Ich war noch nie ein Mensch für feste Bindungen.« Sie legte die Fotos zurück in den Karton. »Hast du nach der langen Reise denn gar keinen Hunger?«

Ich schüttelte den Kopf und bekam den Eindruck, dass sie mir auswich. Möglicherweise wollte sie meine Mutter schützen. Vielleicht wollte sie der Tochter nichts Negatives über die eigene Mutter sagen.

»Meine Mutter und ich, wir sind wie Fremde«, erzählte ich ihr. »Ich fand es immer furchtbar, dass es nur uns beide gab. Ich habe mich so sehr nach einer Familie gesehnt. Aber sie hat nichts rausgelassen.«

»Und jetzt?«, fragte meine Tante. Sie klang zögernd, beinahe ängstlich.

»Was ich weiß, das habe ich mir mit Hilfe von Unterlagen und Briefen zusammengereimt.«

Sie nickte mehrmals hintereinander. »Und jetzt soll ich dir alles erzählen, ja?«

»Bitte. Es gibt so viele Löcher. Ich meine, ich weiß, dass ihr bei einer niederländischen Familie wart, als eure

Eltern ins KZ kamen. Ich weiß auch, dass euer Vater euch abgeholt hat und sich später umgebracht hat. Aber warum genau? Noch dazu mit Gas. Das ist so schrecklich.«

Sie blickte zum Fenster. »Er war ja auch ein schrecklicher Mensch.«

Dieser Satz klang so simpel aus ihrem immer noch zu einem Lächeln verzogenen Mund.

»Aber«, begann ich, »er war traumatisiert.« Ich hatte das Gefühl, für ihn eintreten zu müssen.

»Sicher war er das. Und noch viel mehr. Er war brutal und unberechenbar. Ich hatte immer Angst vor ihm. Vom ersten Tag an, als er mich von den einzigen Menschen weggerissen hat, die mich wirklich geliebt haben.« Ihr Lächeln hielt an und irritierte mich immer stärker. »Ich wünschte, er hätte nicht überlebt. Dann hätte ich in Holland bleiben können.« Sie sah mich mit diesem anhaltenden Lächeln an. »Ich wusste, dass ich eines Tages mit dir über das alles reden muss. Aber das macht es nicht gerade leichter.«

Was sie sagte und wie sie es tat, machte mich stutzig. Sie wirkte seltsam defensiv auf mich. Trotz oder gerade wegen ihres starren Lächelns. Als Überlebendem hatte meinem Großvater meine Sympathie gegolten. Sicher stimmte, was sie sagte, und er war brutal zu ihr gewesen, doch garantiert hatte er auch nie seine eigenen Erfahrungen im KZ aufarbeiten können.

Mir war das Thema zu vielschichtig und schwierig, um darauf einzugehen. Eigentlich wollte ich etwas ganz anderes in Erfahrung bringen, dennoch musste ich an die Privatfotos von SS-Offizieren denken, die sich nicht weit von Auschwitz in Liegestühlen hatten fotografieren lassen. Bilder von fröhlichen, schönen Gesichtern, denen man nicht ansehen konnte, dass die zugehörigen Menschen ausführende Organe einer gigantischen Tötungsmaschine waren. Sie hatten gelacht und geliebt, während Leute wie mein Großvater ermordet worden waren. Die sympathischen Täter und die schrecklichen Opfer.

Ich sehnte mich nach Übersichtlichkeit, nach Verständlichkeit. Auch sträubte es sich in mir, das bisschen, das ich mühevoll von der Vergangenheit meiner Familie in Erfahrung gebracht hatte, in derart negativem Licht zu sehen.

Meine Tante nahm einen Wollstrang aus dem Korb in die Hand. Mit den Fingern fuhr sie hindurch, spielte mit den Fäden wie auf einem Instrument. »Ich habe vor ein paar Jahren eine Familienaufstellung gemacht, da ist alles wieder hochgekommen. Ich konnte mir nie vorstellen, dass dieser brutale, alte Mann mein Vater war. Wahrscheinlich war er es auch nicht. Rein rechnerisch könnte mich ein anderer gezeugt haben. Keine Ahnung, wer.« Sie zupfte an einem Wollfaden in ihrem Schoß. Ihre Stimme war leiser geworden. »Ich kann inzwischen den Gedanken zulassen, dass es ein Nazi war, dass meine Mutter mit ihm geschlafen hat, um sich und meiner Schwester die Flucht nach Holland zu ermöglichen.«

Sie sah auf, und unsere Blicke begegneten sich. So viele Gemeinsamkeiten zwischen uns. Sie kannte ihren Vater nicht. Ich kannte meinen nicht. Das Schicksal setzte sich durch die Generationen fort, ohne dass es zu verhindern wäre. Unweigerlich dachte ich an Dominic und wie er auf meinen Wunsch, dass er Kontakt zu unserem Kind haben sollte, reagieren würde. Es durfte doch nicht sein, dass es immer so weiterging, dass auch mein Kind keinen Vater haben würde, der in seinem Leben eine Rolle spielte. Ich ballte die Hände zu Fäusten.

»Hier, dieser Wollstrang ist mir besonders gut gelungen. Siehst den Verlauf der Farben von diesem zarten Grün zu dem kräftigen Lila? Birke und Schafgarbe und Holunderbeeren.« Ihre Finger zupften an den Fäden wie an den Seiten einer Harfe. »Ich erinnere mich nicht an Farben aus meiner Kindheit. Nicht nachdem wir aus Holland weg sind. Ab da ist alles grau in meiner Erinnerung. Er hat immer an seiner Staffelei gestanden und gemalt. Ich habe die Tuben gehasst, aus denen er seine Farben gepresst hat.«

Sie hielt mir den Strang hin. Zögerlich befühlte ich das weiche, ein wenig wächserne Material, in dem noch ein paar Kletten und vertrocknete Grashalme von einer Sommerwiese hingen.

»Weißt du, wer mein Vater ist?«, stieß ich hervor.

Sie sah mich an. In ihren Augen lag ein komischer, glänzender Ausdruck. Furcht, fiel mir ein. Aber wovor? Ich atmete stoßweise.

»Weißt du es? Kennst du seinen Namen?«

Gebannt starrte ich sie an, als könne ich sie zu einer Antwort zwingen. Sie schürzte die Lippen.

»Sag es doch.« Meine Stimme war ein Flehen. Am liebsten hätte ich sie an den Schultern gepackt und geschüttelt, bis die Antwort aus ihr herausgeflogen käme. Ich beobachtete, wie sie schluckte. Jetzt. Komm schon. Sag es.

Es schien mir, als müsse sie ihre Antwort genau überdenken. Als kaue sie darauf herum wie auf einem zähen Stück Fleisch. »Ich kenne seinen Namen. Das heißt, ich kenne die Namen von zwei Männern, von denen einer dein Vater ist.«

Und? Ich wartete. Sie schloss die Lippen wieder.

»Ja, gut, wie heißen sie?«, drängte ich, wütend über ihr

Zögern, das ich nicht verstand. Dass ich auf einmal zwei potenzielle Väter hatte, war vorerst nebensächlich. Einer der Männer könnte Carl sein, dann käme nur mehr der andere in Frage.

Ihre Augen hatten sich geweitet. Sie verschränkte die Finger ineinander, wobei die Knöchel weiß hervortraten. Ihre Hände waren auffallend grob. »Ich muss dir erst noch was sagen, wovon du keine Ahnung hast, denke ich.«

Keine Ausflüchte. Keine verdammten Ausflüchte mehr. Ich beugte mich vor. Das Haar fiel mir ins Gesicht. Sie hob eine Hand hoch, als wollte sie mir eine Strähne hinters Ohr streichen, doch sie ließ die Hand wieder fallen.

»Du hast zwei Mütter.«

Mit einem flehenden Blick sah sie mir in die Augen. Ich dachte nur, dass sie völlig durchgedreht war.

XXXXXX

Die Frau betrachtet ihre Schwester, die nackt vor dem Spiegel steht. Deren schmächtiger Körper wird von dem Kind ausgedehnt wie der einer Schlange, die ein Kaninchen verschlungen hat. Ihr Bauch ist riesig, die Haut darauf gespannt, und die Frau hat das Gefühl, als könnte ihre Schwester jederzeit bersten.

Während sie starrt, beginnt ihre eigene Haut zu jucken. Zunächst unter den Achseln. Das ist die Strafe für ihre Entscheidung. Das ist die Strafe dafür, dass sie Carl verlassen hat. Carl, der sie liebt. Als die junge Frau an ihn denkt, juckt es stärker. Es juckt jetzt auch am Hals, im

Gesicht und in den Kniekehlen. Sie kratzt sich, um den Reiz zu lindern, obwohl sie weiß, dass es nichts bringen wird. Der Schmerz, das Jucken, das alles ist nicht körperlich. Es ist tief in ihr drin. Hautschuppen bleiben an ihren Fingerspitzen haften. Es ist, als schäle sie sich, als platze ihre äußere Hülle von ihr ab und darunter komme eine andere zum Vorschein.

Aber sie hat es doch versprochen. Sie hat es der Mutter versprochen. Wie kann man ein Versprechen brechen, das man einer Sterbenden gegeben hat?

Sie tritt neben die Schwester vor den Spiegel und besieht ihr Gesicht. Noch fällt ihr nichts weiter daran auf, aber sind da nicht mehr Falten um die Augen?, und es könnte sein, dass ihre Lippen schmaler geworden sind. Sie hat sie so oft aufeinandergepresst in den letzten Monaten. Immer wenn sie aus der Großküche, in der sie wieder arbeitet, nach Hause gekommen ist, wo die Schwester auf dem Bett liegt und ihren Bauch dicker und dicker werden lässt. Immer wenn sie an Carl denkt und daran, dass sie ihn nie wieder sehen wird. Diesen einen, unerträglichen Gedanken.

Die Schwester blickt sie an. »Bereust du es?«, fragt sie.

Bereuen.

Sie hat sich ausgemalt, wie es wäre, Carl zu heiraten und mit ihm Kinder zu bekommen. In ihren Gedanken waren sie eine glückliche Familie. Eine Familie, die sie so nie hatte und auch nie haben wird.

Ich werde ein Kind haben, sagt sie sich. Bald. Sie wird es von ihrer Schwester bekommen und es großziehen, als wäre es ihr eigenes. Aber nicht das von Carl. Die Frau drückt die Fäuste auf die Augen.

Bereuen. Bereuen kann man nur etwas, bei dem man

eine Wahl getroffen hat. Hätte sie sich denn anders entscheiden können? Gegen das Kind, gegen die Schwester, gegen die Mutter? Die Schwester hat es ganz klar gesagt. Sie will das Kind nicht. Wenn sie es nicht nimmt, kommt es ins Heim. Dann wird es ohne Familie aufwachsen. So wie sie damals in Holland.

»Nein«, sagt sie, aber sie sieht ihre Schwester dabei nicht an.

Die lacht auf. Eine Spur zu höhnisch, denkt die Frau.

»Ja, das passt zu dir. Du weißt immer, was du zu tun hast.«

Weiß sie das? Die Frau denkt an Berlin, denkt an den Zug, den sie nehmen könnte, um dorthin zu fahren. Wenn sie in Berlin wäre, würde sie aus dem Tor der Porzellan-Manufaktur treten, und Carl würde dort auf sie warten. Er würde ihren Arm nehmen, und ihre Schritte würden sich angleichen, wenn sie zur Bahn gingen.

Die Frau stöhnt in den Raum hinein. Sie kann sich sein Gesicht schon nicht mehr genau vorstellen. Vielleicht wird mit den Erinnerungen, die abnehmen, auch der Schmerz weniger. Bis sie gar nichts mehr fühlen wird. Sie ist aus Stein, niemand kann sie brechen.

Ihr Blick fällt auf den Bauch und auf die Brüste ihrer Schwester, die rund und prall sind. Sie erinnert sich daran, wie weich und warm sich die Mutter auf dem Dachboden angefühlt hat. Als Kind hat sie sich nie die Frage gestellt, wer der Vater der Schwester ist. Ihr eigener Vater kann es nicht gewesen sein. Aber so oft sie sich später daran zu erinnern versucht hat, sie kann sich keinen Mann vorstellen, der mit ihrer Mutter verkehrt hat. Niemals wird sie erfahren, wer die Schwester gezeugt hat. Niemals wird sie danach fragen, wer der Vater des Kindes ist, das sie als das ihre annehmen wird. Sie wird sich an das Versprechen halten, das sie ihrer Mutter gegeben hat. Wenn sie dieses Versprechen nicht hält, dann ist sie niemand mehr. Ein Nichts.

Die Schwester gähnt träge.

»Zieh dir was an«, herrscht sie die Schwangere an. »Wenn jemand durchs Fenster in die Wohnung sieht!«

Die Schwester lacht auf. Selbst ihr Lachen hat sich verändert, ist satter geworden, während sie wartet, dass das Kind aus dem Bauch kommt. Die Schwester wartet auf ihre Freiheit. Die Frau wartet darauf, dass dieses Warten ein Ende hat.

Ihre Schwester wird unter dem Namen der Frau ins Krankenhaus gehen und das Kind gebären. Wenn sie heraustritt, wird sie das Kind der Frau in den Arm legen, und die Frau wird zur Mutter des Kindes werden.

Sie hat Angst vor der Person, zu der sie dann wird, weil sie nicht weiß, ob sie mit ihr noch etwas gemeinsam haben wird.

20.

Porzellan und Schafswolle.

Kühl, hart, beinahe durchscheinend, glänzend und nachgiebig, animalisch. Zwei Materialien gleicher Farbe, die nicht unterschiedlicher sein könnten. Nach dem Brand kann Porzellan nur zerschlagen werden, um seine Form zu verändern. Wolle hingegen kann versponnen werden, verstrickt und anschließend gefilzt. Meine Mutter war wie Porzellan, hatte ich immer gedacht. Meine Tante wie Wolle. Und jetzt war alles anders.

Dann gibt es also zwei Mütter in meinem Leben, versuchte ich das Gehörte zu erfassen. Oder gar keine mehr. Meine Mutter war nie meine Mutter gewesen, sondern eigentlich war meine Tante meine Mutter.

»Wie habt ihr das mit dem Namen gemacht?« Im Grunde war es beinahe unwichtig, neben dem Unerhörten, doch ich wollte jetzt alles wissen.

Meine Tante musterte mich forschend, als ob sie Angst hatte, dass ich ihr an die Gurgel gehen könnte. Sicher hatte sie nicht mit der scheinbaren Ruhe gerechnet, mit der ich weiter auf dem Sitzkissen saß. Dabei war ich innerlich so aufgewühlt.

»Ich habe mich mit dem Namen meiner Schwester im Krankenhaus für die Geburt angemeldet. Das war gar kein Problem. Dann habe ich die Papiere unterschrieben. Auch mit ihrem Namen. So bist du zu ihrer Tochter geworden. Es tut mir leid.«

Ich sah sie fassungslos an. Es tat ihr also leid. Einfach so dahergesagt.

»Aber warum?« Ich begriff es nicht. Wie konnte ich das begreifen?

Meine biologische Mutter, meine Lügen-Tante, sah mich nicht an. »Ich war nicht in der Lage, ein Kind großzuziehen. Emotional war ich ja selbst noch eins. Was hätte ich dir schon geben können? Ich hab doch selber keine Liebe erfahren.« Sie blickte zu dem Frauenakt an der Wand. »Ich hatte einfach nichts übrig, was ich geben konnte. Ich wollte mit Jan Jan nach Indien und Afghanistan reisen. Er hatte einen VW-Bus gekauft, den haben wir bemalt. Mit lauter Blumen. Ich hab ihr gesagt, wenn sie es nicht nimmt, dann kommt's ins Heim.«

Es. Es war ich.

Ich sprang auf, weil ich das Gehörte nicht fassen konnte. Ich ging zum Fenster, lief zum Regal und wieder zurück.

Meine biologische Mutter war unter dem Namen ihrer Schwester ins Krankenhaus gegangen und hatte mich dort in die Lüge hineingeboren. Meine Mutter, meine biologische Mutter, meine Nenn-Tante, ich wusste nicht, wie ich von ihr denken sollte. Das war es also, erinnerte ich mich, was diese seltsame Postkarte aus Afghanistan, die ich in den Sachen meiner Mutter entdeckt hatte, bedeutete: »Ich denke an sie.«

Meine biologische Mutter hatte an mich gedacht. Wie nett. Wie überaus großzügig von ihr. Ich fühlte dumpfe Wut in mir.

»Und wo war ich in der Familienaufstellung, die du gemacht hast?«, warf ich ihr vor.

Sie saß auf der mit Schafsfellen bedeckten Matratze,

zupfte Wolle von einem Haufen und drehte die Fäden um eine Holzspindel. Dabei sah ich, dass ihr die Wolle immer wieder aus den zitternden Händen fiel. Ich war drauf und dran, sie ihr zu entreißen und in den Rachen zu stopfen.

»Ich kann verstehen, dass du wütend bist. Aber du musst auch verstehen, wie mein Leben ausgesehen hat«, sagte sie und spann ihre Geschichte wie die Wolle in ihrer Hand zu einem langen Faden. »Es war furchtbar für mich mit diesem fremden Mann, der mein Vater sein sollte. Er hat mich geschlagen. Er hat mich verachtet. Weil er nicht wusste, wer mein richtiger Vater war. Weil er nicht wusste, wie ich entstanden war.«

Wenn sie tatsächlich eine Fremde gewesen wäre, dann hätte ich das Mitleid in mir zulassen können. Aber das war sie nicht. Dennoch hörte ich ihr zu.

»Ich war zwölf, als ich zum ersten Mal Sex hatte. Mit einem Nachbarn. Es war kein Missbrauch. Das war ganz freiwillig. Weil ich mich so sehr nach einem Menschen gesehnt habe, der mich lieb hat. Ich weiß noch, wie er mir über meine Brustwarzen gestrichen hat.«

Bei dem Bild des Mädchenkörpers und des älteren Mannes schluckte ich etwas Hartes, Schweres herunter. Ich wollte das alles gar nicht hören. Aber ich konnte auch nicht weggehen, bevor ich es wusste.

»Ich hab ziemlich schnell kapiert, dass ich über Sex Zuneigung bekomme.« Sie redete weiter, als hätte man einen Korken aus ihr herausgezogen und es sprudelte nur so aus ihrer hervor. »Ich habe viele Männer gehabt. Ich bin nicht stolz drauf. Aber ich brauchte das eben. Um nicht zu spüren, dass ich nie mehr geliebt worden bin als Kind.« Sie hielt inne, sah mich an. »Hast du … Hat sie …?«

Ich glaubte, dass sie in diesem Moment an mich als Kind dachte. Daran, dass sie mich einer ungewissen Zukunft überlassen hatte. Schließlich konnte sie nicht wissen, ob ihre Schwester mich lieben würde. Sie hatte mich dem Schicksal übergeben. Hatte meine Nenn-Mutter mich je geliebt? Ja, auf ihre Weise schon, doch ich brachte es nicht über mich, es meiner biologischen Mutter zu sagen. Ich wollte sie nicht entlasten, wollte ihr die Schuld nicht nehmen.

Sie sah mich forschend an, fragte mich aber nichts weiter. Stattdessen begann sie Grashalme aus der Wolle zu rupfen.

»Damit ihr beide besser zurechtkommen konntet, habe ich ihr das Haus gelassen«, rechtfertigte sie sich. »Ich dachte, sie verkauft es, um von dem Geld zu leben.« Den letzten Satz brachte sie geradezu entschuldigend hervor.

»Danke. Ich würde ja auf die Knie dafür fallen …« Ich brach ab. Was brachte meine Wut schon? Ich verschränkte die Arme vor der Brust, als könne ich mich so vor ihr und den Emotionen schützen.

Sie nickte. »Du hast ja recht. Na ja, du hast nach der Familienaufstellung gefragt. Du wirst es mir wahrscheinlich nicht glauben, wie auch?, aber du standest da ganz in der Mitte. Du warst das Zentrum von allem. Weil ich nach deiner Geburt nie mehr dieselbe war.«

Ich kreuzte die Arme vorm Bauch. Ich hatte mein Kind zunächst nicht haben wollen. Genau wie sie.

Ich erinnerte mich an die Begegnung mit ihr im Park, an ihre schmutzigen, nackten Füße, an das schwingende Kleid, an ihr Lachen, an die Spiegeltasche, die sie mir geschenkt hatte. Meine Nenn-Mutter hatte mir dieses winzige bisschen meiner biologischen Mutter nicht gegönnt, hatte es weggeworfen, um ihre Inszenierung als Übermutter nicht zu gefährden. Ich ballte wieder die Fäuste. Die Fingernägel schnitten mir in die Handballen. Aber dieser Schmerz war auszuhalten.

Wenn sie doch nur sagen würde, dass sie immer wieder versucht hatte, mit mir und ihrer Schwester Kontakt aufzunehmen. Dass die Karte aus Afghanistan und der Besuch im Park nicht alles waren. Dass meine Nenn-Mutter ihr verboten hatte, sich mit mir in Verbindung zu setzen.

Doch das war nicht die Wahrheit. Das spürte ich.

Meine Nenn-Mutter hatte ich mit der Kühle und Härte von Porzellan gleichgesetzt. Wie hart musste ein Mensch zu sich selbst und anderen sein, um all die Jahre eine solch gewaltige Lüge, ein solch verworrenes Gebilde durchzuhalten? Und das war ja längst nicht alles.

Müdigkeit überfiel mich. Ich wollte mich auf der Stelle zusammenrollen, um mir mit der Wärme meines eigenen Körpers Trost zu spenden.

»Ich muss gehen«, sagte ich stattdessen.

»Willst du nicht noch was essen?« Ihr Blick war bittend. »Jo hat heute Küchendienst. Er kocht superlecker.«

Wenn sie gesagt hätte, dass ich bleiben solle, weil sie es sich so sehr wünsche. Wenn sie mehr getan hätte, als mich flehend anzublicken. Nichts davon tat sie. Und die Vorstellung, mit den anderen aus der Kommune plaudernd an einem Tisch zu sitzen, während mein bisheriges Leben gerade eben erst völlig eingerissen war, wie das große, aber viel zu filigrane Netz einer Spinne, erschien mir sinnlos.

Ich wusste nicht, was genau im Kopf meiner biologischen Mutter vor sich ging, und es war mir auch egal. Ich musste erst einmal meine eigenen Gedanken auf die Reihe bekommen.

»Mein Zug geht bald.« Das war gelogen.

»Schade. Warte, ich pack dir noch schnell was ein.« Suchend blickte sie sich im Raum um, nahm einen bestickten Filzschal und gab ihn mir. »Für meine Schwester?« Sie sprach es wie eine Frage aus.

Ich nickte und dachte an das Taxi, das ich gleich bestellen würde. Draußen. Das mich wegbringen würde von hier. Von ihr.

Meine biologische Mutter packte ungefärbte Wolle in eine Stofftasche. »Vielleicht inspiriert dich das ja bei deiner Kunst?«

Ich nahm den Beutel, um so schnell wie möglich wegzukommen. Bloß weg. Obwohl ich wusste, dass ich diese stinkende Wolle im nächstbesten Mülleimer am Bahnhof versenken würde. Ich wollte ihre gesponnenen Geschichten nicht, wollte ihre heile Kommunenwelt nicht ertragen, in der sie alle Verantwortung an die Gemeinschaft abgeben konnte. So wie sie mich an ihre Schwester abgegeben hatte.

Erst als ich schon im Flur war und mir die Schuhe anzog, fiel mir auf, dass ich das, was ich in Wirklichkeit hatte wissen wollen, noch gar nicht erfahren hatte. Ich blickte zur Zimmertür, wo meine biologische Mutter stand.

»Ich brauche die Namen der beiden Männer, die meine Väter sein könnten«, sagte ich so gefasst wie möglich.

Sie lächelte schon wieder. »Der eine ist gestorben, an Hodenkrebs, und der andere ist in Indien verschollen. Wahrscheinlich ist er ebenfalls tot.«

Ich packte sie so hart am Arm, dass sie einen Schrei ausstieß. Erschrocken ließ ich los.

»Ich will es einfach wissen.« Jedes Wort sprach ich

einzeln aus, als könne ich ihr die Dringlichkeit damit klarmachen.

»Wolf, Wolfgang Stergenbach, und Jan Jan Postel.« Sie sah, dass ich nicht zufrieden war. »Beides Künstler. Von einem wirst du dein Talent geerbt haben.« Auch das sagte sie mit diesem ewigen Lächeln.

Egal ob es Verlegenheit ausdrückte, Bedauern oder einfach nur oberflächlich war, ich wollte es nicht.

»Oder ich habe es von meinem Großvater geerbt«, gab ich aggressiv zurück. Ich beobachtete, wie sie zusammenzuckte, doch ich fühlte mich nicht die Spur befriedigt. »Ich gehe jetzt.«

Wir standen voreinander. Es war seltsam, sich so voneinander zu trennen, nach allem, was in ihrem Zimmer passiert war. Sie machte einen Schritt in meine Richtung. Mir war, als wollte sie mich umarmen. Ich wich aus und stolperte nach draußen. Sie folgte mir nicht.

Nach der Dunkelheit ihres Zimmers überraschte mich der gnadenlos blaue Himmel. Ich legte den Kopf in den Nacken und blickte hinein, bis meine Augen tränten. In mir war ein einziges, heilloses Durcheinander. Zwar hatte ich Antworten gefunden, doch sie lösten nur mehr Fragen aus. Ich fühlte mich vom Leben überfordert. Eben noch hatte ich mir ein Taxi rufen wollen, aber ich merkte, dass ich es nicht aushalten würde, nach all diesen Enthüllungen in einem Auto sitzen zu müssen.

Also lief ich einfach los.

Vom Hof aus schritt ich mit großen, weiten Schritten aus, geradeaus über die Wiese. Mit jedem Schritt fühlte ich mich leichter. Es war, als würde ich meine Probleme in den Pfützen zurücklassen. Als ginge ich in eine Weite und Freiheit hinein. In den Frühling. In meine Zukunft. Die Wärme der Sonne war schwach, doch ihr Licht war umso greller. Es blendete mich und schien die Welt um mich herum aufzuwecken. Ich sog alles in mich auf. Nach dem, was ich gerade erfahren hatte, war ich durstig nach Farben, nach Schönem und nach Natur.

Das Gras zu meinen Füßen war von einem gelben Grün, als wäre es soeben frisch angemischt worden. An den Büschen und Bäumen am Rand der Wiese spross ein Hauch von Maigrün. Von ihnen ging auch ein unfassbarer Lärm an trillernden, zwitschernden und piepsenden Vogelstimmen aus. Ich lief über winzige, noch harmlose Brennnesseln, über bauschige, gelbe Löwenzahnköpfe, über lila Veilchen. Ich versuchte alles zu schauen, alles zu entdecken, und dabei traf mich die Erkenntnis. Nicht wie ein Stein, der vom Himmel fällt, sondern sie weitete sich langsam in mir aus, wie ein Brand, der vor sich hin schwelt, bis schließlich Flammen emporschießen. Immer war ich davon ausgegangen, dass ich ein Fehlstich war, ein nicht wiedergutzumachender Fehler, das unerwünschte Kind der Frau, die für mich all die Jahre meine Mutter gewesen war.

In Wahrheit war sie gar nicht ungewollt schwanger gewesen. Sie hatte mich vielmehr ausgesucht, hatte sich bewusst für mich entschieden. Meine biologische Mutter konnte es ausdrücken, wie sie wollte. Es war eine Entscheidung gewesen. Für mich. Hinter einem Gatter grasten Schafe, und mit ihrem Blöken stieg ein Lachen in mir auf. Es war verrückt, aber ich fühlte mich wirklich glücklich.

Ich hockte mich auf einen Zaun und besah mir meine Erinnerungen noch einmal in Ruhe.

Die Erinnerung an lange Stunden in der Küche, in der meine Mutter, ich beschloss, sie weiter so zu nennen, in den Ofen hineingestarrt hatte. An dieses Feine-Damen-Spiel, das ich gehasst hatte, und mit dem sie mir dennoch ihre Liebe bewiesen hatte. Immerhin verband sie die Porzellantassen mit einer schönen Zeit in ihrem Leben. Vermutlich mit der schönsten Zeit.

Die Erinnerungen an die Hippiefrau und die Glitzertasche, die meine Mutter weggeworfen hatte. Dieser Song. »*When I was young*«. Meine Mutter hatte sicher Angst vor ihrer Schwester gehabt. Sie musste Angst gehabt haben. Angst, dass ich ihr weggenommen würde, nachdem sie so viel für mich aufgegeben hatte. Ich umfasste die bemoosten Balken des Holzzaunes, die noch glitschig vom Regen waren, ein bisschen fester.

Indem ich mich erinnerte, diesmal ganz neu und anders, spürte ich, wie ich meiner Mutter ihre Vergangenheit zurückgab und dadurch auch eine Zukunft für sie und mich schuf.

Ein Ton durchschnitt die Luft, hell wie der Klang von aufeinandertreffendem Porzellan, wenn eine Tasse auf eine Untertasse gestellt wird. Es war ein Lamm.

Im Taxi hielt ich den Schal und die Schafswolle auf dem Schoß. Ich ekelte mich davor. Das Weiß des Filzes war kein reines Weiß, sondern gelblich und von Grashalmen durchzogen. Die kleinen Stiche darauf machten das Gewebe noch dichter.

Am Bahnhof brachte ich es jedoch nicht über mich, die Wolle und den Filz wegzuwerfen. *Pain more painful*, summte es mir durch den Kopf, *laughter much louder*. Indem ich mich vor dem ekelte, was meine Tante hergestellt hatte, urteilte ich hart über sie. Sie hatte damals im Park so vieles verkörpert, was meine Mutter niemals für mich gewesen war. Lebensfreude, natürliche Schönheit, Musik, Leichtigkeit. All das hatte mich fasziniert. Und wenn ich sie jetzt dafür verachtete, war das nicht gerecht.

Ich hielt die Tüte mit der Wolle fest in der Hand, als ich in den Zug stieg und meinen reservierten Platz suchte. Ich setzte mich, die Tüte noch immer auf dem Schoß. Dann schloss ich die Augen, aber ich konnte nicht schlafen. Zu viele Gedanken. Ich kramte ein Buch aus der Tasche und schlug es auf. Obwohl ich versuchte, in Etty Hillesums Aufzeichnungen über Westerbork zu lesen, konnte ich mich auf den Inhalt nicht konzentrieren. Immer wieder stand mir die Tatsache vor Augen, dass ich zu meiner Tante gefahren war, um etwas über meinen Vater herauszufinden, und dass ich stattdessen etwas enorm Wichtiges, wenn nicht das Wichtigste über meine Mutter erfahren hatte.

So viele Puzzleteile hatte ich in den letzten Wochen, seit ich mit meiner Suche begonnen hatte, in das Bild meines Lebens einsetzen können. Und nun war doch wieder alles anders. Ursprünglich hatte ich vermutet, dass meine Mutter ungewollt schwanger geworden war. Sogar an eine Vergewaltigung hatte ich gedacht, so widerwärtig mir diese Möglichkeit auch vorkam, das Kind einer solchen Verbindung zu sein. Dann hatte ich geglaubt, sie habe einen heimlichen Liebhaber gehabt, verheiratet wie Dominic, wobei ich befürchtet hatte, ihr Schicksal zu wiederholen.

Ich rieb mir mit der Handfläche über die Stirn, spürte die Wärme und die Spannung und strich mir über die Wangen, als könnte ich so Ordnung in meine Gedanken bringen. Irgendwo war da so etwas wie Dankbarkeit. Und ganz viel Scham. Ja, ich schämte mich für meine Wut. Was war ich wütend gewesen. All die Jahre lang so irrsinnig wütend. Ich wünschte, ich könnte alles ungeschehen machen und zwanzig Jahre zurückdrehen. Wenn ich mich doch nur im Guten von meiner Mutter verabschiedet hätte, als ich nach Berlin gegangen war. Wenn ich mich öfter bei ihr gemeldet hätte. Ich quälte mich mit den Wenns.

Als die Stimme des Zugbegleiters den Kölner Hauptbahnhof ankündigte, packte ich einer spontanen Eingebung folgend meine Umhängetasche und die Tüte zusammen. Ich wollte dorthin, wo alles begonnen hatte. Wo meine Mutter als Kind in eine Welt hineingeboren worden war, die nur wenig Schönes für sie bereitgehalten hatte, dafür aber viele Abschiede und große Schmerzen.

Erneut gönnte ich mir den Luxus eines Taxis. Es hatte kurz zuvor auch in Köln geregnet. Wassertropfen liefen an den Scheiben nach unten. Aber während der Fahrt riss die Wolkendecke auf, und die Sonne kam heraus.

Als ich an meinem Ziel ausstieg, wirkten das Haus und der Garten verändert auf mich. Vielleicht lag es am gleißenden Licht, an den giftigen grünen Spitzen an den Zweigen der Büsche und Bäume und an dem wie angestrahlt glitzernden, nassen Efeu, der über die Mauern rankte. Vielleicht lag es auch daran, dass ich beim ersten Mal ein richtiges Haus erwartet und stattdessen eine sanierungsbedürftige Baustelle vorgefunden hatte. Ich hatte vor allem das Vergangene gesehen.

Dieses Mal war ich bereit, die Augen für den erwachenden Garten zu öffnen und für das Wachstum des Frühlings. Mit der Hand schirmte ich mein Gesicht ab.

Ich sah die Vögel, die auf der Jagd nach Regenwürmern über den knallgrünen Rasen hüpften. Mir traten Tränen in die Augen, angesichts dieses beeindruckenden Willens nach Leben, der in allem brannte, leuchtete und funkelte, was mich umgab. In dem Garten pflückte ich die ersten Blumen des neuen Lebens.

Nachdem ich die Blumen und die Wolle in mein Atelier gebracht hatte, fuhr ich zu meiner Mutter ins Krankenhaus. Die Pflegerin wollte sie gerade waschen. Verlegen blieb ich stehen, als die Frau meine Mutter entkleidete.

»Lassen Sie mich das machen«, sagte ich. Ich war über meine Worte selbst erschrocken. Warum wollte ich das tun?

Zunächst zögerte die Krankenpflegerin, dann übergab sie mir den Waschlappen. »Falls Sie Hilfe brauchen, rufen Sie mich!«

Ich tunkte den Lappen ins Wasser, zog ihn triefend daraus hervor und wrang ihn aus. Ich hatte Hemmungen, meine Mutter zu berühren. »Ich bin's, Mama. Lio«, sagte ich leise.

Der vom Alter gezeichnete Frauenkörper flößte mir Respekt ein. Vorsichtig begann ich an ihrem Hals. Als Nächstes wusch ich ihr das Gesicht. Ich konnte weder erkennen, ob sie es genoss, dass ich mich derart um sie kümmerte, noch ob sie es womöglich sogar demütigte. Aber sie wehrte sich nicht, rührte sich nicht einmal. Sanft führte ich den Lappen über die zur Seite hängenden Brüste meiner Mutter. Mein ganzes Leben lang hatte ich gedacht, ich wäre in ihrem Bauch herangewachsen. Machte es einen Unterschied, dass dies nicht der Fall war?

Ich säuberte meine Mutter bis zum Bauchnabel, machte

danach an den Füßen weiter und wusch ihre Beine bis hinauf zur Vagina.

»Ich war in der Eifel. Dort wohnt deine Schwester. Meine …« Ich brach ab, dann setzte ich mit belegter Stimme wieder ein. »Meine Tante wohnt da in einer Art Kommune.« Ich klang heiser und räusperte mich. Um die Situation für uns beide erträglicher zu machen, redete ich einfach weiter. »Sie färbt Schafswolle. Wunderschöne Pflanzenfarben. Und die Natur da, die solltest du mal sehen. Saftig grüne Wiesen und ganz niedliche Lämmer.«

Ich wusste nicht, ob das, was ich sage, Sinn für meine Mutter ergab, trotzdem redete ich mit ihr, als könnte ich all die Worte, die wir in den letzten zwanzig Jahren nicht miteinander gesprochen hatten, dadurch wiederfinden. Die Hilflosigkeit ihres Körpers ließ mich begreifen, dass sie von meiner Fürsorge und Pflege abhängig war. Dass ich sie nicht nach ein paar Wochen Reha wieder nach Köln zurückschicken und sie ihrem alten Leben überlassen konnte.

XXXXXX

Auf der Straße fällt der Schnee in dicken Flocken, die sich auf die Äste der Bäume legen und das Braune und Schwarze mit einer Schicht Weiß einhüllen, wie ein Kleid den nackten Körper. Alles erscheint auf einmal heller als zuvor. Alles Graue wird zu Licht. Eine Stille liegt auf der Welt draußen. Die Frau hält die Luft an. Sie kann jetzt das tiefe Atmen des Säuglings hören, der in der Wiege schläft.

»Ich werde dich Licht nennen, Lioba«, sagt sie in den Raum hinein. Sie lässt die Tür offen stehen, als sie in die Küche geht, wo sie sich auf einen der beiden Stühle setzt. Die Deckenlampe hat sie nicht eingeschaltet. Durch das Fenster fällt das letzte bisschen Licht des Tages. Der Raum nimmt diesen typischen bläulichen Ton an, kurz bevor der Abend ins Schwarz der Nacht übergeht. Sie mag dieses Beinahe-Dunkel, fühlt sich zu Hause darin. Es rührt etwas tief in ihr verborgen Liegendes an.

Die Frau sitzt in der Küche und wartet. Sie wartet auf nichts Bestimmtes, wartet auf nichts hin. Ihr Blick geht zur Klappe des Herdes. Ein schwarzes Fenster. Sie zwingt ihre Augen, woanders hinzusehen, doch sie kehren immer wieder dorthin zurück. Sie kann die Zeit verstreichen fühlen, aber sie kann den Blick nicht abwenden.

Erst als ein Schrei ihr Warten zerreißt, blickt sie auf. Sie weiß, dass das Kind schreit, weil es klein und hilflos ist, zum Sterben verurteilt, wenn keiner sein Bedürfnis stillt. Auf einmal ist der Mund des Säuglings der ihre. Sein Schrei ist ihr Schrei.

Sie presst die Hände vor den Mund, doch das Schreien hört nicht auf. Es fällt ihr schwer, sich zu erheben, das Wasser zu erhitzen und es in eine Glasflasche mit Milchpulver zu füllen. In ihr ist eine solche Leere, solch ein Hunger. Ein unstillbarer Hunger.

Das Schreien dauert an. Sie geht zum Kühlschrank und isst. Was sie findet, stopft sie wahllos in sich hinein. Würstchen. Brot. Marmelade. Margarine. Mit dem Finger taucht sie hinein, schleckt die Nahrung mit der Zunge ab, kostet, tastet mit der Zunge, kaut, zerteilt, schluckt, verschlingt. In ihr ist es endlich still, auch wenn das Schreien anhält.

Etwas von der zubereiteten Milch in der Flasche tropft sie auf ihr Handgelenk, um die Temperatur zu prüfen, dann geht sie zu dem Säugling. Sein Gesichtchen ist dunkelrot und zu einer Fratze verzerrt, der zahnlose Mund weit aufgerissen. Das Kind ist nur mehr Schlund.

Vorsichtig nimmt sie es aus der Wiege auf den Arm und setzt sich mit dem schreienden Bündel auf das Bett. Mit einer Hand stützt sie das verschwitzte Köpfchen. Da steigt ein Verlangen in ihr auf.

Mit der freien Hand öffnet sie die Knöpfe ihrer Bluse, hakt den Verschluss ihres Büstenhalters auf und legt das Kind an die Brust. Hektisch beginnt es, den Kopf hin und her zu bewegen. Es ist auf der Suche, bis seine Lippen den Nippel umschließen und es kräftig zu saugen beginnt. Sie glaubt, seinen Atem auf ihrer Haut zu spüren. Das Saugen ist schmerzhaft, aber sie empfindet es ganz verschämt auch lustvoll, und mit dem Saugen wird das Baby zu einem Teil von ihrem Körper, verschmilzt mit ihr. Dann lassen die Lippen die Brustwarze los. Der Mund öffnet sich, dieser zahnlose schwarze Mund, und schreit und schreit und schreit.

In ihr ist Angst. Angst davor, den Hunger des Kindes niemals stillen zu können. Sie lässt das Kind aus der Flasche trinken. Es schmatzt laut dabei, so laut, und sie schließt die Augen und stellt sich Weiß vor. Elfenbeinweiß, nur ein Hauch von Gelb, Schneeweiß, glänzend und glitzernd, ein grelles, beißendes Sonnenweiß.

Während der Säugling trinkt, füllt sich das Loch in ihrem Bauch. Am Ende ist es still. Das Kind schläft ein. Sie wird ebenfalls müde und legt sich mit ihm aufs Bett. Das Köpfchen liegt an ihre Seite geschmiegt. Sie ist jetzt ihre eigene Mutter. Ein Wissen steigt in ihr auf, dass sie alle zusammengehören. Was auch immer geschieht, sie wird diesem Kind die Liebe geben, die in ihr ist. Sie wird es lieben. Mit ihrem ganzen Körper, ihrer Seele, ihrem Herzen.

XXXXXX

21.

»Kein Vergeben, kein Vergessen.«

Die Rufe vermischten sich mit dem Lärm des Helikopters, der seit einer Stunde über uns kreiste. Vom Asphalt drang trotz der zerschnittenen Isomatte, auf der ich saß, feuchte Kälte in meinen Körper. Ich hatte noch nichts gefrühstückt. Wasser nahm ich nur in ganz kleinen Schlucken zu mir, um nicht aufs Klo und somit die Blockade verlassen zu müssen. Mattis hockte neben mir. In der Menge, die uns umgab, hatte ich auch Philip und Sylvie, Tetras Tätowiererin, erblickt. Ich war mir sicher, dass Tetra ebenfalls irgendwo hier war, und hielt Ausschau nach ihr, als mich jemand von hinten umarmte. Ich erkannte sie sofort an dem vertrauten Duft.

»Tetra!«

Sie hockte sich zwischen Mattis und mich. Immer wieder musste ich sie von der Seite ansehen, um glauben zu können, dass sie tatsächlich da war. Bei mir. Informationen sickerten durch, dass sich über fünfhundert Nazis versammelt hatten. Wir blockierten mit etwa hundert bis hundertzwanzig Leuten eine Kreuzung, die der Demozug passieren sollte. Jemand packte ein Megaphon aus. »Wir halten die Nazis jetzt schon seit beinahe einer Stunde am Ort ihrer Auftaktkundgebung fest.« Um mich herum jubelten die Teilnehmer der Blockade.

Mattis stieß mich an. »No pasarán«, schrie er, sie kommen hier nicht durch.

Die Tochter einer Überlebenden hielt eine Rede. »Meine Mutter wollte heute hier sein. Doch sie ist vor zehn Tagen friedlich in ihrem Bett gestorben. Sie war neunundachtzig Jahre alt, und sie hat ihr ganzes Leben dem Kampf gegen Faschismus gewidmet.«

Ich hörte der Tochter zu, die über ihre Mutter redete und stellvertretend für sie sprach. Die ihr damit eine Stimme über den Tod hinaus verlieh. Dabei dachte ich an meine Mutter. Sie war ein Kind gewesen und hatte sich nicht gegen die Nazis wehren können. Ich dagegen konnte es. Das war mein Erbe. Es war mir sozusagen in die Wiege gelegt worden.

In dem Jahr vor meiner Geburt, 1968, erreichte die NPD bei einer Landtagswahl beinahe zehn Prozent der Stimmen, und ihre Mitgliederzahl stieg rasant an. Zumindest bei einem Teil der Jugendlichen und Studenten waren deshalb Demonstrationen an der Tagesordnung. Sie hielten Schilder mit Aufschriften wie »Schlagt die Faschisten, wo ihr sie trefft!« in die Höhe. Die Fotos von den Demos zeigten junge Frauen in dem Alter meiner Mutter und meiner Tante mit Perlenohrringen und Handtäschchen. Aus meiner Perspektive wirkten sie jung. Sie versuchten in Wohngemeinschaften den Kuppeleiparagraphen zu umgehen und gründeten Kollektive. Meine Tante war am Rande dabei; das vermutete ich jedenfalls nach dem, was sie mir erzählt hatte. Sie schlief mit Künstlern, die es liebten, das Establishment zu provozieren, ging mit ihnen nach Indien und nach Afghanistan, in ferne Länder ohne die deutsche Vergangenheit.

Meine Mutter zog mich allein auf und arbeitete in einer Großküche, während sie mich bei einer Nachbarin mit Kleinkind unterbrachte. Ich erinnerte mich an regelmäßige Töpfchensitzungen, den täglichen Drill zur Trockenheit, an den gekochten Brei, den ich essen musste. An die Erschöpfung meiner Mutter, wenn sie mich abends nach der schweren Arbeit abholte, zu müde, um mir noch etwas vorzulesen. Es war dieselbe Zeit, in der sie lebten. Sie waren zwei Schwestern mit demselben traumatischen Hintergrund, und dennoch führten sie zwei Leben, die unterschiedlicher nicht hätten verlaufen können.

»Wir fordern Sie auf, die Straße zu räumen.«

Die Polizei hatte einen Wasserwerfer aufgefahren. Mattis und ich verteilten Plastikplanen aus dem Baumarkt an die Teilnehmer der Blockade. Meine Hände zitterten dabei. Nervös blickte ich immer wieder zu den Hunden hinüber. Noch trugen sie Maulkörbe. Ich saß ganz vorne. Wenn sie anfangen würden, die Blockade zu räumen, wäre ich als eine der Ersten dran. Die Polizisten zogen ihre Helme an. Wir hakten uns unter.

Tetra spähte besorgt zu mir herüber. Die Beamtin, zu der ich hochblickte, klopfte mit der Hand auf ihren Tonfa, den sie mit einem Herzchen-Aufkleber verziert hatte. Eingeschüchtert verließen ein paar der Teilnehmer die Blockade. Unruhig wandte ich mich um. Zum Glück blieben die meisten sitzen.

Adrenalin pulsierte durch meinen Körper.

Nach mehrmaliger Aufforderung war es dann so weit. Die Polizei löste unsere Sitzblockade gewaltsam auf. Schwerer machen, dachte ich noch und sah, wie eine Polizistin unmittelbar neben mir Mattis mit der behandschuhten Faust ins Gesicht schlug. Andere Einsatzkräfte machten von ihren Tonfastöcken Gebrauch, mit denen sie auf die Sitzenden einprügelten. Das Kind. Was hatte ich getan? Mein Kind. Ich beugte mich nach vorn und machte einen runden Rücken. Mit beiden Händen versuchte ich meinen Bauch zu schützen. Da wurde Tetra an den Haaren hochgerissen. Als mich zwei Polizisten in Kampfmontur an den Armen packten und wegschleiften, dachte ich nur an das Kind in mir.

Die Polizisten führten mich zu einem Transporter, in den ich nach Herausgabe meines Personalausweises einsteigen musste. Als ich drinnen war, fing ich an zu weinen. Ich weinte so heftig wie in den letzten zwanzig Jahren nicht. Ich weinte um alles, was gewesen war.

Ich hatte von überlebenden Jüdinnen gelesen, die, wenn sie schwanger wurden, noch Jahre später von verdrängten Erinnerungen eingeholt wurden. Ihr Warten auf die Geburt war das Warten im Lager auf die Befreier, der Hunger ihrer Säuglinge war der Hunger der sterbenden Kinder, die Milch, die ihre Babys tranken, war das Leben, das dem Tod nachfolgte.

Nach und nach bekam ich mit, wie andere Demonstrantinnen und Demonstranten im Bus ankamen. Ich fragte nach Mattis und Tetra, aber sie schienen in einen anderen Transporter gebracht worden zu sein.

Als ich Stunden später nach der erkennungsdienstlichen Ermittlung wieder freigelassen wurde, wollte ich nur noch nach Hause und in Erfahrung bringen, wie es meinen Freunden ging. Dann würde ich mich ins Bett verkriechen. Ich lief zügig los, wich einem Hund aus, der sein Bein an einer Ecke hob, und entdeckte in diesem Moment Dominic im Fenster eines Cafés. Ich blieb so abrupt stehen, dass eine Frau in mich hineinlief.

»Pass doch auf«, fuhr sie mich an.

»Pass auf«, war auch Tetras Kommentar gewesen, als ich ihr zum ersten Mal von Dominic erzählt hatte.

Er saß in dem Café und flirtete mit einer jungen Frau. Es ritzte mir ins Herz, ihn so zu sehen. Seinen Blick, der ganz auf sein Gegenüber gerichtet war. Die Frau war höchstens Mitte zwanzig, wenn überhaupt, ein Mädchen mit blondem Pferdeschwanz und breitem, sinnlichem Mund. Ich beobachtete seine Nasenflügel, die sich weiteten, während er ihr mit ausladenden Gesten etwas erklärte. Sie lachte auf, indem sie den Kopf in den Nacken warf. Schon als ich sah, wie er die Hand in ihre Richtung ausstreckte, wusste ich, was gleich passieren würde. Dass er ihr die Hand aufs Knie legen würde, wie er es bei unserem ersten Treffen getan hatte. Dass er langsam den Druck verstärken und mit den Fingern den Oberschenkel hochwandern würde.

Es tat weh, Dominic mit einer anderen zu sehen. Einer jüngeren, schöneren und noch völlig ahnungslosen Frau. Aber am allerschmerzhaftesten war es, zu begreifen, wie austauschbar ich letzten Endes für ihn war. Dass es ihm nie wirklich um mich gegangen war, wenn er so schnell einen Ersatz finden konnte. Dabei hatte ich fest an das Besondere unserer Beziehung geglaubt. Ich hatte mich trotz seiner Ehefrau auf ihn eingelassen, weil ich gespürt hatte, dass sich etwas Machtvolles und Wunderbares zwischen uns vollzog.

Ich wollte einfach nicht wahrhaben, dass ich mich so sehr getäuscht hatte. Ich wollte diesen Schmerz nicht wahrhaben. Deshalb blieb ich noch stehen, als er sich über sie beugte und die Hände rechts und links von ihr auf der Stuhllehne abstützte. Sein Gesicht näherte sich ihr, bis seine Lippen beinahe die ihren berührten. Jede einzelne seiner Bewegungen verletzte mich.

Geh doch. Vergiss ihn. Wirf ihn aus deinem Leben.

Aber ich musste es sehen. Musste sehen, wie er die Augen schloss und sie küsste. Wie seine Zunge ihre Lippen durchteilte. Wie er sie aus dem Stuhl zog und sie an sich presste. Wie sein ganzer Körper sein Verlangen ausdrückte. Dominic. Mein Ex-Lover. Der Vater meines Kindes.

Ich hatte unbewusst den Atem angehalten und stieß nun zischend die Luft aus. Mit beiden Händen umfasste ich meinen Bauch. Diese Sehnsucht. Diese beschissene Sehnsucht. Ich biss mit den Zähnen auf die Haut meines Daumens, als Dominic über die Schulter der jungen Frau zu mir blickte. Ich sah, wie er blinzelte, wie er die Augenbrauen hob und mich erkannte. Erstaunt öffnete er den Mund, als wollte er etwas sagen. Ich drehte mich um und rannte. Als ich weglief, wartete ich darauf, dass er meinen Namen rufen würde. Er tat es nicht, und er kam mir auch nicht nach.

Ich lehnte mich mit dem Rücken gegen die Tür meines Ateliers und hielt mir die stechenden Seiten. Während ich mich von dem Lauf und dem Anblick Dominics zu erholen versuchte, stach mir ein strenger Wollgeruch in die Nase. Er ging von dem gefilzten Schal und der Tasche mit der ungekämmten Naturwolle aus, die noch immer unausgepackt auf meinem Tisch lagen. Ich ging dorthin, zog die Wolle heraus und verteilte sie mit weit ausholenden Handbewegungen auf der Tischplatte, wie beim Schwimmen. Dann setzte ich mich auf einen Stuhl und bettete meine brennende Wange auf die Wolle.

Ich weiß nicht, wie lange ich so dasaß. Mein Blick war auf das Weiße meines Ateliers gerichtet. Ich versuchte, den Kopf leer zu bekommen, leer von den Gedanken an Dominic. Irgendwann gelang es mir, ihn weiter nach hinten zu schieben und an Tetra und Mattis zu denken. Ich holte mein Handy heraus und rief meine Freundin an.

Sie klang wohlbehalten. »War okay«, erklärte sie. »Und du? Geht's dir gut? Und dem Baby?«

Es rührte mich, dass sie an mein Kind dachte. »Ich bin total erschöpft, aber sonst ist alles gutgegangen«, sagte ich.

Dominic und die junge Frau. Ihr Kuss. Sein Blick. Ich hatte die Bilder im Kopf, wusste aber nicht, wie und ob ich sie überhaupt mit Tetra teilen wollte. Doch. Wir hatten schließlich immer alles geteilt. Vor ihrer Schwangerschaft. Bevor sie das Baby verloren hatte. Ich würde ihr auch jetzt alles sagen können. Sie würde mir zuhören, wie sie es immer getan hatte. Schon zu Beginn meiner Affäre mit Dominic hatte sie mich zwar gewarnt, aber nicht versucht, es mir auszureden. Sie hatte mir auch kein schlechtes Gewissen wegen seiner Frau gemacht. Sie hatte ihre ganze Besorgnis und Skepsis mit diesem einen kurzen Satz ausgedrückt: Pass auf. Weil sie meine Freundin war. Ich erzählte ihr das Ganze, und sie verstand mich. Mehr brauchte ich nicht.

»Sehen wir uns bald wieder?«, fragte ich am Ende.

»Ja, gerne.«

Getröstet legte ich auf und rief Mattis an. Dass es auch ihm trotz der Prügel, die er kassiert hatte, so weit gut ging, erleichterte mich. Anschließend füllte ich eine Schüssel mit heißem Wasser und löste Schmierseife darin auf. Ich begann die Wolle mit meinen seifigen Händen zu bestreichen. Zunächst streichelte ich vorsichtig darüber, dann arbeitete ich mit mehr Druck und verfilzte die Strähnen. Die Arbeit hielt die Gedanken von mir fern. Ich filzte ohne konkrete Vorstellungen, ließ mich einfach treiben, bis ich merkte, dass die Wolle eine Form annahm. Sie wurde zum Vorderteil eines Kleides. Zu einem schweren, derben und wilden Hochzeitskleid.

Nachdem ich die Hände von der Seife befreit und das Filzgebilde zum Trocknen ans Fenster gelegt hatte, setzte ich mich an den Computer. Ich tippte die Namen meiner beiden möglichen Erzeuger ein. Sie hatten dem Fluxus angehört, wie ich erfuhr, einer Künstlerbewegung, der auch Joseph Beuys zugerechnet wurde. Ich schob vor Aufregung die Zungenspitze zwischen die Lippen. Einen Künstler als Vater zu haben, das fühlte sich für mich richtig an. Auch wenn die beiden nicht gerade die bekanntesten Vertreter der Avantgardekunstrichtung waren, was womöglich am frühen Ableben der beiden lag. Der eine galt zwar nach wie vor als in Indien verschollen, allerdings gingen Vermutungen in die Richtung, er sei bereits Ende der siebziger Jahre an einer Drogenüberdosis krepiert. Dann wäre ich keine zehn Jahre alt gewesen. Vielleicht war es gut, dass ich nichts von meinem Vater gewusst hatte.

Ich rief mir ins Gedächtnis, wie ich mit neun Jahren ausgesehen hatte, mit dem roten Lederranzen auf dem Rücken und den an den Fersen und Knien gestopften tomatenroten Strumpfhosen. Ich stellte mir vor, ich wäre von der Schule nach Hause gekommen und meine Mutter hätte mir gesagt, dass mein Vater, der Junkie, verreckt war. Auch keine Vorstellung von einer idealen Kindheit. Immerhin milderte das die Sehnsüchte, die noch immer tief in mir steckten, ziemlich ab. Von Jan Jan Postel fand ich eine grobkörnige Schwarz-Weiß-Fotografie. Sie war zu unscharf, um darauf Ähnlichkeiten zwischen uns festzustellen. Von Wolfgang Stergenbach gab es im Netz immerhin vier Fotos, aber der enorme Backenbart und die langen Haare verdeckten zum großen Teil sein Gesicht.

Ich nahm meine Finger von der Tastatur. Hier würde die Suche nach meinem Erzeuger also enden. Ich nagte auf der Unterlippe und versuchte zu begreifen, wie ich mich damit fühlte. Ich konnte mit den spärlichen Informationen leben. Natürlich war es denkbar, Nachfahren meiner beiden möglichen Väter aufzuspüren und Gentests machen zu lassen. Aber wozu? Keiner von beiden hatte mich je auf den Knien reiten lassen. Keiner hatte auf einen aufgeschürften Ellbogen gepustet, um den Schmerz zu lindern. Keiner hatte mit mir Hausaufgaben gemacht oder meine Wäsche gewaschen. Das hatte alles meine Mutter getan. Meine eine Mutter, meine einzige Mutter.

Ich befühlte das gefilzte Hochzeitskleid, das noch feucht war, dann legte ich mich neben den schwangeren Frauenkörper, den ich aus meinen Kinderkleidern genäht hatte. Er war beinahe so groß wie ich. Ich strich über die Nähte, alte, die meine Mutter gefertigt hatte, und neue, die ich mit meinen Händen hinzugefügt hatte.

Ich war ganz bei mir. Ganz in mir.

Mein Blick wanderte zu den Blumen, die ich in Köln im Garten meiner Mutter gepflückt hatte. Sie standen in einem alten Gurkenglas auf dem Tisch. Die Blätter waren mit feinem Blütenstaub bedeckt. Die Blüten waren bereits verblasst. Zwei, drei Blätter waren auf die Holzplatte gefallen. Die Ahnung von der Flüchtigkeit ihres Daseins traf mich.

Ich bereitete neue Seifenlauge zu und begann, aus der restlichen Wolle zwei überdimensionale Tassen zu filzen. Als Muster arbeitete ich die im Garten gepflückten Blumen und die abgefallenen Blütenblätter ein. Die Tassen wollte ich mit gefilzten Schnüren, Adern gleich, mit dem Hochzeitskleid und dem schwangeren Frauenkörper verbinden. Ich stand auf, drückte die Knie durch und arrangierte das Kleid, die noch triefend nassen Tassen und den aus den Kinderkleidern genähten Körper auf dem Boden im Atelier. Dabei war mir, als blickte ich durch ein umgedrehtes Fernglas auf das Leben meiner Mutter. Zuvor war es mir in seiner Unbekanntheit monströs erschienen, erdrückend gar, und nun wirkte es winzig klein und viel zu kurz. Sie hatte nicht viel davon gehabt, und das bedauerte ich zutiefst.

Vor der Intensivstation wartete ich am nächsten Tag darauf, dass Carl erscheinen würde. Ich hatte ihn angerufen und gebeten, meine Mutter einmal zu besuchen, denn ich hoffte, das Wiedersehen mit ihm könnte sie vielleicht aus der Vergangenheit holen, in der sie seit dem Schlaganfall verharrte. Er hatte vage zugesagt, es sich zu überlegen, aber er kam wohl doch nicht. Enttäuscht klingelte ich an der Tür, damit mich jemand hineinließ.

Zu meiner Überraschung saß Carl bereits am Bett meiner Mutter. Er hielt ihre nicht gelähmte Hand und redete auf sie ein. Sie hatte ihm das Gesicht zugewandt und verfolgte die Bewegungen seiner Lippen. Es war kaum eine Woche her, dass ich ihn gesehen hatte, und doch betrachtete ich ihn mit völlig anderen Augen. Als ich zu ihm nach Hause gegangen war, hatte ich in ihm meinen Vater erkennen wollen. Jetzt sah ich in ihm nur noch den Mann, der meine Mutter geliebt hatte und den sie verletzt hatte. Meinetwegen.

Ich fühlte mich ein bisschen schuldig ihm gegenüber, und es erschien mir nicht richtig, ihn zu belauschen, deshalb ging ich wieder. Im Laufen griff ich nach dem Amulett, das ich um den Hals hängen hatte. Mit den Fingern umschloss ich meine Vergangenheit. Mit der anderen Hand fasste ich auf meinen Bauch und stellte fest, dass er sich ein Stück weiter nach außen wölbte. Ich berührte meine Zukunft.

XXXXXX

Es ist so viel passiert.

Zu viel, um Worte für all das zu finden. Für die vielen Erinnerungen, die sie vergessen wollte. Sie sitzt mit krummen Rücken am Küchentisch und weiß nicht, ob sie genug Kraft dafür haben wird. Ihr Blick schweift aus dem Fenster in den Himmel, dessen Blau fast weiß ist von den Strahlen der Sonne, die hinter grauen Wolken Zuflucht sucht. Das Weiß beruhigt sie; diesen Einfluss hat es schon immer auf sie gehabt. Sie lässt das Weiß die Haut ihrer Hände berühren, die sie auf der gesprenkelten Resopaltischplatte in ihrer kleinen Küche abgestützt hat, damit sie nicht zittern. Beinahe ist es ihr, als könne sie dem Licht dabei zusehen, wie es ihre Handrücken mit den dunklen Flecken des Alters durchdringt und danach ihre Arme hochsteigt bis in den Kopf, wo es ihre Gedanken erhellt.

Die Geschichte des Lebens erzählen. Erinnerungen zulassen.

Wie Mottenlarven hat das Leben Löcher in den Stoff gebissen, aus dem es gewebt ist. Sie hat nie versucht, die Löcher zu stopfen. Nur dass sie sich nicht mehr an das

Gesicht ihrer Mutter erinnern kann, sondern bloß noch an das Gefühl der Hand auf der rundlichen Kinderwange, das macht sie unsagbar traurig.

Sie legt ihre Altfrauenhand an ihr Gesicht und spürt die Jahre, die ihr Gedächtnis durchpflügt haben wie ihre Haut. Aber es gibt auch Erinnerungen, die haften geblieben sind, wie Insekten an einem Fliegenfänger. Vielleicht hat sie deshalb zugelassen, dass die Zeit die Erinnerungen zerfrisst. Um diese Leichen loszuwerden.

Die Frau streckt die Finger nach dem Briefumschlag aus, der vor ihr auf dem Tisch liegt. Millimeterweise zieht sie ihn zu sich heran, bis sie das Papier fühlen kann. Die Handschrift auf dem Umschlag kennt sie. Es ist die Schrift ihrer Tochter.

Mit einem Fingernagel ritzt sie den Umschlag auf und holt eine Karte hervor. Druckbuchstaben auf einem glänzenden Foto. Eine Art Kissen mit Stickerei. Die Karte ist glatt wie Porzellan.

Es ist eine Einladung zu einer Ausstellungseröffnung in Berlin. Die alte Frau atmet schwer. Lange war sie nicht mehr dort, in Berlin. Zweiundvierzig, nein, beinahe dreiundvierzig Jahre nicht mehr. Warum dorthin zurückkehren?

Die Karte passt nicht hierher in die billige, altmodische Küche. Die Frau will sie in die Tischschublade schieben, weit nach hinten, zu den Gummibändern und den Rabattmarken, doch dann fällt ihr ein, dass das Leben sich nicht so einfach wieder auftrennen und von vorne beginnen lässt wie eine misslungene Handarbeit.

Sie dreht die Karte um. Auf der Rückseite ist ein Foto. Das Gesicht ihrer Mutter. Ihre Finger können die Karte nicht mehr halten. Langsam segelt sie auf den Fliesenboden. Es kann nicht das Gesicht ihrer Mutter sein, das sie da gerade gesehen hat. Von ihr ist kein Foto übrig geblieben, und keines der aus der Erinnerung gemalten Porträts ihres Vaters ist der Mutter ähnlich geworden. Sie überlegt, ob sie die Karte aufheben soll. Sie will nicht. Doch sie kann sie nicht für immer dort liegen lassen, daher beugt sie sich mit Schmerzen im Kreuz hinunter und hebt die Karte auf. Das Gesicht auf dem Foto, das begreift sie jetzt, ist das ihrer Tochter.

Zweiundvierzig ist diese mittlerweile. Älter, als ihre eigene Mutter damals gewesen ist. Und dennoch diese Ähnlichkeit.

Die Frau bemerkt die Handschrift unter dem Foto und kneift die Augen zusammen. Es gelingt ihr kaum, die Schrift zu lesen, zu stark zittern ihre Finger, die die Karte umklammern, und zu sehr tränen ihre Augen. »Liebe Mama. Ich würde dich gerne sehen. Lioba«, entziffert sie mühevoll. Beinahe vierunddreißig Monate ist es her, dass sie sich zuletzt gesehen haben. Langsam drückt sich die alte Frau vom Stuhl hoch. Wie schwer ihr das Aufstehen heute fällt. Vielleicht hat es damit zu tun, dass die Farben, in denen die Vergangenheit gemalt ist und an die sie sich nicht erinnern will, immer nur verblassen, aber nie ganz aufhören zu sein.

Sie schaltet den elektrischen Wasserkocher auf dem Kühlschrank ein und kehrt zurück zu der Einladungskarte auf dem Tisch. Als sie sich setzt, fängt ihr Auge das rote Licht des Wasserkochers auf. Glutrot wie die Sonne, wenn man an einem Sommertag die Augen schließt und die Wärme der Strahlen das Gesicht liebkost.

Der Frau fallen die Zauberwörter wieder ein, die sie selbst als Kind gelernt und an ihre Tochter Lioba weitergegeben hat. Wie lange hat sie nicht mehr daran gedacht. Viel zu lange. Sie spürt den Wörtern in ihr nach, ihrer leisen Melodie, die anschwillt, je stärker sie nach ihnen sucht. Lauchgrün, Eisblau, Schwanenweiß. Jedes Zauberwort hat seine ganz eigene Magie, eine spezielle Kraft, die von ihm aufsteigt. Die Wörter erfüllen sie mit einem Gefühl von Zugehörigkeit und Freude. Ja, sie ist erstaunt, aber sie fühlt sich beinahe glücklich.

Ob ihre Tochter die Wörter noch kennt? Lautstark fängt das Wasser zu kochen an. Sie legt die Karte vorsichtig auf den Tisch, erhebt sich mit der gleichen Mühe wie zuvor und holt eine Porzellantasse aus dem Hängeschrank über der Spüle. Dann hängt sie einen Beutel Tee hinein und gießt Wasser darauf. Die Wärme des aufsteigenden Dampfs in ihrem Gesicht ist nur ein matter Abglanz der Sommersonne, die sie so sehr liebt.

Sie hält die Hände an den Tassenbauch gepresst. Das Porzellan fühlt sich bereits heiß an. Mit den Fingern streicht sie über die Glätte des Materials. Sie hat Porzellan immer geliebt. Dieses Strahlen und die Farbigkeit, auch wenn kein Dekor das Material schmückt. Sie benutzt nur weißes Porzellan. Eine Tasse mit einem Muster, das anders ist als jenes, das sie zu malen versucht hat, erträgt die Frau nicht.

Es ist ihr nie gelungen, die Blumen in der gleichen Anordnung, in der gleichen Farbharmonie aus der Erinnerung nachzumalen. Wie hoffnungslos sie einmal deshalb gewesen ist. Jetzt lebt sie damit. Wenigstens das bringt das Alter mit sich, denkt sie, wenigstens schenkt es einem Gelassenheit. Sie weiß, dass Erinnerungen nicht ohne Veränderung bewahrt werden können. Dass sie die Farbe wechseln wie Kirschen in Einmachgläsern, die über Jahre im Keller stehen. Was einmal leuchtend rot war, ist nun hellbraunviolett. Manchmal leuchtet sogar weißer Schimmel auf.

Heute erinnert sie sich an Begebenheiten und Menschen ganz anders, als sie es früher tat.

Als sie alles erlebte, beobachtete und fühlte, da wusste sie nichts von all den Irrtümern, den Folgen, dem Verpassten, dem Betrauerten. Da war alles noch leuchtend rot.

Sie hat so lange geschwiegen. Immer nur geschwiegen. Ihr ganzes Leben lang. Von der Leere, der Verzweiflung und Trauer geschwiegen. Aber auch von der Liebe.

Sie muss an das riesige Loch denken, das nach dem Einsturz des Kölner Stadtarchivs zu sehen war. Das ausgelöschte Gedächtnis der Stadt, wie es in den Zeitungen stand. Ob mit ihrem Tod auch so ein Loch entsteht? Ob sich auch so ein Schlund des Vergessens auftun wird, der all ihre Erinnerungen in die Tiefe hinabreißt, wenn sie nicht davon erzählt?

Die alte Frau weiß nicht, warum ihre Tochter sie eingeladen hat. Zum ersten Mal nach all den Jahren. Sie weiß nur, dass sie nicht mehr länger schweigen kann, wenn sie hinfährt. Dabei hat sie Worte stets vermieden, um Gefühle zu vermeiden. Wie soll sie die Worte nun wiederfinden?

Aber sie hat sich an die Zauberwörter erinnert. Sie wird sich gewiss auch an andere erinnern. Lioba gegenüber, ihrer Tochter. Dem Licht in all der Dunkelheit.

Mit Liebe denkt sie an ihr Mädchen. Mit einer Liebe, die ihren ganzen Körper ausfüllt.

Kann ihre Tochter verstehen, dass sie, die Mutter, das alles aus Liebe getan hat? Dass Liebe ihr Leben bestimmt hat, obwohl sie Zeit ihres Lebens gegen die Liebe angekämpft hat? Weil jemanden zu lieben bedeutet, ihn auch verlieren zu können.

Und doch ist die Liebe immer in ihrem Leben gewesen. Sie hat die Form, die Temperatur, ja, die Farbe gewechselt, aber sie hat sie nie verlassen.

Die Frau betrachtet das kleine Sträußchen in dem Wasserglas auf dem Resopaltisch. Sie war heute bei dem Haus im Garten. Sie wollte nie darin leben, und dennoch hat sie es nicht über sich gebracht, es zu verkaufen. Die Vergangenheit gehört nun mal zu ihr. Dort hat sie die Blumen aus der braunen Erde spitzen sehen. Schneeglöckchen. Schlichte weiße Blütenblätter. Eine Blume, die keine Farbe braucht, wie eine Rose, keinen Duft, um zu betören, und keine Dornen, um zu stechen. Eine Blume, die ihrer Einfachheit wegen wunderschön ist.

Sie steht auf, um sich den Mantel anzuziehen. Am Bahnhof will sie eine Fahrkarte nach Berlin kaufen. Sie wird zu ihrer Tochter fahren und erzählen. Von der Liebe erzählen.

XXXXXX

Das Ende ist ein Anfang.

»Möchtest du einen Tee?«, frage ich meine Mutter, die im Rollstuhl in das sich verfärbende Grün der Bäume und Sträucher blickt. Es ist ihr Garten und jetzt auch meiner. Sie fühlt sich wohl darin, deshalb kommen wir immer wieder hierher, seit ich vor zwei Monaten nach Köln gezogen bin.

Ich sehe sie an. Ob sie mir zuhört oder ob sie vielmehr in sich hineinlauscht, kann ich nicht genau sagen. Vermutlich vernimmt sie meine Stimme, vielleicht hört sie auch auf die ihrer Seele. Amnesiepatienten, so hat man herausgefunden, erinnern sich zwar nicht mehr an das, was passiert ist, aber sie erinnern sich noch genau an ihre Gefühle. Ich wünsche mir, dass meine Mutter sich auch daran erinnert, wie warm der Sommer ist.

Mir ist warm, so warm. Das kommt nicht allein von der Sonne, die mir auf die nackten Beine scheint und auf den kugeligen Bauch. Mir ist warm von der Liebe, die zu meinem Leben inzwischen mit einer Selbstverständlichkeit dazugehört, die ich nicht für möglich gehalten hätte.

In den letzten Monaten habe ich akzeptieren müssen, dass ich meine Geschichte und die meiner Familie wohl niemals gänzlich kennenlernen werde. Dass ich nie mehr als Bruchstücke erfahre, deren Wahrheitsgehalt sich mir nicht völlig erschließt. Dass Lücken bleiben werden. Zwar weiß ich, dass die jüdische Familie meiner Mutter verfolgt worden ist, dass einer von zwei verstorbenen Männern womöglich mein Vater war, dass ich eine biologische Mutter habe und eine emotionale. Aber ich werde nicht mehr Details erfahren, solange meine Mutter nur in wenigen kindlichen Worten mit mir spricht. Solange sie ihre Sprache und ihre Erinnerung nicht ganz wiederfindet, werde ich nicht mit Bestimmtheit wissen, wie es für sie war, ihre Identität zu verleugnen. Ein Leben lang. Ich kann es nur erfühlen.

Meine Mutter war so viel und war es doch nie wirklich oder von Dauer. Sie war Jüdin und war es nicht. Sie war Porzellanmalerin und war es nicht. Sie war Geliebte und war es nicht. Sie war Mutter und war es nicht. Sie war ein Opfer und auch ein klein wenig eine Täterin.

Obwohl ihre Erfahrungen ganz eigen waren, kann ich diese nur aus den kollektiven Erinnerungen, anhand von Autobiographien und wissenschaftlichen Büchern, rekonstruieren. So wie die Erlebnisse der Schwestern im Versteck und in der Pflegefamilie.

Fast komme ich mir selbst dabei vor wie eine Porzellanmalerin, die tagelang an dem Blumendekor einer Tasse arbeitet und Pinselstrich für Pinselstrich hinzufügt, bis das Bild als Ganzes entsteht. Erst ihre Erfahrung lässt die Farben harmonisch wirken, lässt sie die Farbe weder zu dick noch zu dünn auftragen.

In eine der beiden Tassen auf dem kleinen, runden Gartentisch gieße ich Tee. Ich hatte sie in der Porzellan-Manufaktur in Auftrag gegeben, als Geschenk für meine Mutter. Für die Frau, die mich aufgezogen und mir all ihre Liebe geschenkt hat, auch wenn ich es nicht immer so empfinden konnte.

Das Service ist schlicht in Weiß gehalten. Als Muster ist auf jede der Tassen nur ein Schneeglöckchen gemalt. Ob ich meiner Mutter die Gefühlskälte verziehen habe, die ich als Kind empfand? Ich kann es nicht mit Bestimmtheit sagen. Ich weiß nur, dass dort, wo die Erinnerungen lagern, keine Wut mehr ist, sondern Mitleid und Liebe. Und es hilft, in der Vergangenheit Platz zu schaffen, um die Zukunft neu gestalten zu können.

Das Gesicht meiner Mutter ist von Falten gezeichnet, wie Wege auf einer Landkarte. Sie streckt den Arm nach mir aus, den sie noch bewegen kann. Ich rücke mit meinem Stuhl näher an sie heran, will ihr die Tasse anreichen, doch sie legt die Hand auf meinen gewölbten Bauch. Still sitzen wir da und warten gemeinsam darauf, dass sich das Lebewesen in mir bewegt und meine Mutter es spüren kann. Nur noch wenige Wochen, dann ist es so weit, dann werde ich mein Kind zur Welt bringen, das Enkelkind meiner Mutter.

Meinen Vater werde ich nie kennenlernen können, aber ich freue mich, dass Carl inzwischen einen Platz in unserem Leben hat. Einen kleinen zwar, doch er kommt am Wochenende mit seiner Freundin vorbei, einer liebenswerten, etwas überfürsorglichen siebzigjährigen Frau, die mir so oft vor Augen führt, wie meine Mutter unter anderen Umständen hätte sein können. Die beiden wollen sich unser altes Haus ansehen, das Ben und ich zu einem Mehrgenerationenprojekt ausbauen lassen. Sie könnten sich vorstellen, von Berlin in eine Hausgemeinschaft mit meiner Mutter, Tetra, Ben, meinem Kind und mir zu ziehen.

Solange meine Mutter die Vergangenheit von mir fernhalten wollte, konnte sie das Haus nicht bewohnen. Sie konnte es aber auch nicht verkaufen oder anderen überlassen, denn es war das Einzige, was sie noch mit den Menschen verband, die sie einst geliebt hatten. Ich hoffe, dass es in ihren letzten Jahren für sie zu einem richtigen Zuhause wird.

Dominic habe ich einen Brief geschrieben und ihm noch einmal angeboten, dass er uns jederzeit besuchen kann, wenn das Kind geboren ist. Falls er es nicht tut, werde ich später mit dem Kind zu ihm fahren, um die beiden miteinander bekannt zu machen. Ich werde dafür sorgen, dass mein Kind seinen Vater zumindest kennt. Mein Kind wird von mir Babi, die Plüschgiraffe, erben und das bisschen an Wissen, das ich von unserer Familiengeschichte habe. Eines Tages wird mein Kind diese Geschichte weitergeben. Es ist ein schweres Erbe, Ballast, aber auch ein Besitz. Kein Geheimnis soll zwischen uns stehen, so wie zwischen meiner Mutter und mir, denn Liebe braucht Weite und Freiheit, um wachsen zu können. Grenzen und Verborgenes lassen sie verkümmern.

Meine Mutter trieb in ihrem Leben in einem dunklen Meer aus Tränen, kein Horizont kam in Sicht, und sie klammerte sich an dem wenigen fest, das an ihr vorüberschwamm und ihr Halt bot. Wie bedrohlich muss ihr die Welt vorgekommen sein. Ihre Farben malten dann die Welt meiner Kindheit. Eine dunkle Welt, in Schwarz und Grau und Braun. Ich hatte Angst vor diesem Dunklen, Geheimnisvollen und war davor zum Licht geflüchtet wie eine Motte.

Seit ich die Schattierungen und Farbabstufen darin erkennen kann, brauche ich nicht mehr zu flüchten. Es ist nicht wichtig, dass ich am Ende jede Farbe benennen kann, in der die Vergangenheit gemalt ist. Ich weiß aber, dass es auch bunte, leuchtende Farben in dem Bild gibt.

Das Leben wird im Rückblick zur Geschichte. Und es gibt Geschichten, die sind zu wahr, als dass man sie glauben könnte. Es gibt Geschichten, die hält man nur in Brüchen und mit Lücken aus.

Über den Rasen kommt Tetra auf uns zugelaufen. Ihr weißes Sommerkleid schwingt um ihre Beine. Ich bin so froh darüber, dass sie mit mir nach Köln gezogen ist. Sie hat gesagt, dass sie es vor allem getan hat, weil sie hier eine zweite Filiale ihres Ladens aufmachen will, aber ich weiß, dass sie es auch für mich und das Kind tut.

»Dein Handy hat geklingelt«, ruft sie.

Ich habe es zusammen mit unseren Sachen im Schatten des Maulbeerbaumes abgelegt. Vielleicht ist es Ben, der anruft. Ich bemerke mein Lächeln. Wir beide schleichen noch umeinander herum, sind uns nicht ganz sicher, ob man alte Gefühle aufwärmen soll.

»Deine«, Tetra zögert, »Tante.«

»Hallo?«, melde ich mich vorsichtig. Seit meinem Besuch habe ich ihr öfters gemailt, um sie auf dem Laufenden zu halten.

»Ich würde euch gerne besuchen kommen«, sagt die Schwester meiner Mutter. »Morgen vielleicht, um drei?«

»Gut. Wir sind beim Haus.« Ich weiß, dass sie weiß, welches Haus ich meine. Als ich mich verabschiede, merke ich, dass Tetra mich beobachtet. »Alles okay«, beruhige ich sie.

Sie verzieht sich wieder in den hintersten Winkel des Gartens, wo sie an den Entwürfen für ihre neue Kollektion sitzt.

»Morgen kommt deine Schwester«, sage ich zu meiner Mutter, der die Strickjacke von den Schultern gerutscht ist.

Ich drücke mich aus meinem Sitz hoch, um sie ihr wieder umzulegen, dabei streiche ich ihr mit der Hand über den nackten Arm. Die Haut an ihrem Oberarm ist faltig und hängt schlaff herunter. Ich betrachte meine Mutter aus dem Stand. Von oben kann ich ihren breiten Scheitel sehen und die Haare, die immer weniger und dünner werden. Ich finde, dass sie schön ist, meine Mutter.

Es gibt eine eigentümliche, leicht vergängliche Schönheit, wie sie auch Blumen eigen ist, die kurz vor dem Verwelken stehen. Hortensien beispielsweise werden in meinen Augen erst richtig schön, wenn sie sich vom Herbst dunkel verfärben. Auch weil es die letzte Zeit vor dem Tod ist.

Die gemeinsame Zeit, die meiner Mutter und mir noch bleibt, ist begrenzt; das ist mir seit ihrem Schlaganfall schmerzhaft bewusst geworden. Dadurch, dass ich begonnen habe, unsere Vergangenheit anders zu sehen, ist es dennoch, als wäre uns Zeit zurückgegeben worden. Ich kann nun sagen, dass sie mich mit all der Liebe geliebt hat, die in ihr war.

Meine Mutter sieht zu mir hoch, als hätte sie meine Gedanken gehört. Es ist ein trauriger, wissender und vor allem liebevoller Blick, mit dem sie mich betrachtet. Ich lege ihr beide Hände auf die Schultern, beuge mich vor, atme ihren vertrauten Geruch ein und flüstere ihr ins Ohr: »Morgen bist du noch da, Mama.«

Nachwort

Das Wunderbare am Schreiben ist, dass ich auf dem Papier Reisen in fremde Zeiten und andere Leben unternehmen kann. Dafür sind so viele Menschen bereit, ihr Wissen mit mir zu teilen. Ich kann gar nicht oft und laut genug »Danke!« sagen.

Ich danke Claudia Tetzlaff von der Königlichen Porzellan-Manufaktur Berlin, die mich an einen verzauberten Ort führte und mir zu sinnlichen Eindrücken von der Porzellanmalerei verhalf.

Dr. Volker Limmroth vom Klinikum Merheim hat mir wichtige Informationen und Eindrücke über Schlaganfallpatienten vermittelt.

Mirjam Wiesemann danke ich für die Übersetzungen ins Niederländische und die Gespräche über Farben.

Die Historikerin Barbara Manthe hat mich bei den Recherchen unterstützt und mein Buchprojekt nicht nur fachlich, sondern auch freundschaftlich begleitet. Auch dafür ein riesiges Dankeschön.

Was täte ich überhaupt ohne mein Netzwerk von Autorinnen (und einem Autor): Beate Sauer, Sargon Youkhana, Jasna Mittler und Gisa Klönne haben mir mit produktiver Kritik an meinem Manuskript enorm weitergeholfen.

Ulrike Rudolph, Brigitte Glaser, Ulla Lessmann und Sabine Leipert haben immer wieder Freud und Leid des Schreibens mit mir geteilt.

Ich danke auch meinem Agenten Bastian Schlück und meiner Lektorin vom Ullstein-Verlag für ihre Anmerkungen.

Vor allem danke ich meiner Lektorin Angela Troni, die mir geholfen hat, die Schwachstellen zu finden und keine Scheu vor Emotionen zu zeigen.

Die Ausstellung von Werken Louise Bourgeois', die ich in meinem Roman beschreibe, fand bereits im Jahr 2009 in der Galerie Carsten Greve statt. Ich habe mir die Freiheit herausgenommen, sie später zu datieren. Ich danke an dieser Stelle Jörn Neumann, mit dem ich immer wieder in die Welt der Kunst reise. Ich könnte mir keine nettere Begleitung vorstellen.

Im Katalog zur Ausstellung fand ich viele wichtige Informationen über die Künstlerin: Louise Bourgeois, *All images of her work*, Galerie Carsten Greve, Köln 2009.

Zudem war das von Marie-Laure Bernadac und Hans-Ulrich Obrist herausgegebene Buch über Louise Bourgeois sehr hilfreich: Louise Bourgeois, *Destruction of the Father, reconstruction of the Father. Schriften und Interviews 1923–2000*, Zürich 2001. Daraus stammt auch das Zitat mit der Nadel.

Ich habe viel über die verschiedensten Themen dieses Romans gelesen. Sehr empfehlenswert ist folgendes Werk: Mithu M. Sanyal, *Vulva. Die Enthüllung des unsichtbaren Geschlechts*, Berlin 2009. Viele der Informationen über Mythologien und vor allem Saartjie Baartman entstammen diesem Buch.

Einige der Infos über weibliche Künstlerinnen stammen aus: *Paradoxien des Hypes von Feminismen in Kunst und Kultur*, in: Rachel Mader, und Hildegard Frübis (Hg.), FKW//

Zeitschrift für Geschlechterforschung und visuelle Kultur, Heft 47, Juni 2009.

Viele Gedankenanregungen über Stickereien verschaffte mir: Rozsika Parkers, *The subversive stitch: embroidery and the making of the feminine*, London 2010.

Um Informationen über Westerbork zu erhalten las ich: Etty Hillesum, *An interrupted life. The diaries; 1941–1944*, New York 1996.

Die wissenswerten Details über Meret Oppenheim und ihre Felltasse verdanke ich folgendem Katalog: Therese Bhattacharya-Stettler, Nathalie Bäschlin (Hg.), *Meret Oppenheim – Retrospektive: ›mit ganz enorm wenig viel‹*, Ostfildern 2006.

Wichtige Einblicke über das Weitergeben von Traumata innerhalb von Familien gab mir: Sandra Konrads, *Jeder hat seinen eigenen Holocaust. Die Auswirkungen des Holocaust auf jüdische Frauen dreier Generationen*, Gießen 2007.